人文传统经典

李白诗全集新注

{上}

管士光 注

人民文学出版社

图书在版编目(CIP)数据

李白诗全集新注：上下／管士光注．-- 北京：人民文学出版社，2024
（人文传统经典）
ISBN 978-7-02-018472-9

Ⅰ.①李… Ⅱ.①管… Ⅲ.①李白(701-762)-唐诗-诗歌欣赏 Ⅳ.①I207.227.42

中国国家版本馆 CIP 数据核字(2024)第 001658 号

责任编辑　李　昭　李　俊
装帧设计　陶　雷
责任印制　张　娜

出版发行　人民文学出版社
社　　址　北京市朝内大街 166 号
邮政编码　100705

印　　刷　三河市鑫金马印装有限公司
经　　销　全国新华书店等

字　　数　662 千字
开　　本　880 毫米×1230 毫米　1/32
印　　张　28.125　插页 4
印　　数　1—5000
版　　次　2024 年 1 月北京第 1 版
印　　次　2024 年 1 月第 1 次印刷

书　　号　978-7-02-018472-9
定　　价　108.00 元(全二册)

如有印装质量问题，请与本社图书销售中心调换。电话：010-65233595

目 录

前言 ··· 1

卷 一

古风(五十九首) ·· 1

卷 二

远别离 ·· 49
公无渡河 ··· 50
蜀道难 ·· 51
梁甫吟 ·· 54
乌夜啼 ·· 57
乌栖曲 ·· 57
战城南 ·· 58
将进酒 ·· 59
行行且游猎篇 ·· 61
飞龙引二首 ··· 62
天马歌 ·· 63
行路难三首 ··· 66
长相思 ·· 69

上留田行 ································ 69
春日行 ································· 71
前有樽酒行二首 ······················ 72
夜坐吟 ································· 73
野田黄雀行 ···························· 74
箜篌谣 ································· 75
雉朝飞 ································· 76
上云乐 ································· 77
夷则格上白鸠拂舞辞 ················ 79
日出入行 ······························ 81
胡无人 ································· 82
北风行 ································· 83
侠客行 ································· 84

卷 三

关山月 ································· 86
独漉篇 ································· 87
登高丘而望远海 ······················ 88
阳春歌 ································· 89
杨叛儿 ································· 89
双燕离 ································· 90
山人劝酒 ······························ 91
于阗采花 ······························ 92
鞠歌行 ································· 93
幽涧泉 ································· 94
王昭君二首 ··························· 95

中山孺子妾歌	96
荆州歌	97
设辟邪伎鼓吹雉子班曲辞	97
相逢行	98
古有所思	99
久别离	99
白头吟	100
采莲曲	102
临江王节士歌	102
司马将军歌	103
君道曲	105
结袜子	106
结客少年场行	106
长干行	108
古朗月行	109
上之回	110
独不见	111
白纻辞三首	112
鸣雁行	113
妾薄命	114
幽州胡马客歌	115

卷 四

门有车马客行	117
君子有所思行	118
东海有勇妇	119

黄葛篇	121
白马篇	122
凤笙篇	123
怨歌行	124
塞下曲六首	125
来日大难	129
塞上曲	130
玉阶怨	131
襄阳曲四首	132
大堤曲	133
宫中行乐词八首	134
清平调词三首	138
鼓吹入朝曲	140
秦女休行	141
秦女卷衣	142
东武吟	143
邯郸才人嫁为厮养卒妇	144
出自蓟北门行	145
洛阳陌	146
北上行	147
短歌行	148
空城雀	149

卷 五

发白马	150
陌上桑	151

枯鱼过河泣	*152*
丁都护歌	*153*
相逢行	*153*
千里思	*155*
树中草	*155*
君马黄	*156*
拟古	*157*
折杨柳	*157*
少年子	*158*
紫骝马	*158*
少年行二首	*159*
白鼻䯀	*160*
豫章行	*161*
沐浴子	*162*
高句骊	*162*
静夜思	*163*
渌水曲	*163*
凤凰曲	*164*
凤台曲	*164*
从军行	*165*
秋思	*165*
春思	*166*
秋思	*166*
子夜吴歌四首	*167*
对酒行	*169*
估客行	*169*

捣衣篇	170
少年行	171
长歌行	172
长相思	173
猛虎行	174

卷 六

襄阳歌	178
南都行	180
江上吟	181
侍从宜春苑奉诏赋龙池柳色初青听新莺百啭歌	182
玉壶吟	183
齰歌行上新平长史兄粲	184
西岳云台歌送丹丘子	186
元丹丘歌	187
扶风豪士歌	188
同族弟金城尉叔卿烛照山水壁画歌	189
白毫子歌	190
梁园吟	191
鸣皋歌送岑征君	193
鸣皋歌奉饯从翁清归五崖山居	196
劳劳亭歌	197
横江词六首	198
金陵城西楼月下吟	201
东山吟	201
僧伽歌	202

白云歌送刘十六归山 ·············· 204
金陵歌送别范宣 ················ 204
笑歌行 ······················ 206
悲歌行 ······················ 207

卷 七

秋浦歌十七首 ·················· 210
当涂赵炎少府粉图山水歌 ············ 217
永王东巡歌十首 ················· 219
上皇西巡南京歌十首 ··············· 224
峨眉山月歌 ···················· 228
峨眉山月歌送蜀僧晏入中京 ··········· 229
赤壁歌送别 ···················· 230
江夏行 ······················ 231
怀仙歌 ······················ 232
玉真仙人词 ···················· 232
清溪行 ······················ 233
酬殷明佐见赠五云裘歌 ············· 234
临路歌 ······················ 235
古意 ························ 236
山鹧鸪词 ····················· 236
历阳壮士勤将军名思齐歌并序 ·········· 237
草书歌行 ····················· 238
和卢侍御通塘曲 ················· 239

卷 八

赠孟浩然 ····················· 241

赠从兄襄阳少府皓	242
淮海对雪赠傅霭	243
赠徐安宜	244
赠任城卢主簿潜	245
早秋赠裴十七仲堪	245
赠范金乡二首	246
赠瑕丘王少府	248
东鲁见狄博通	249
见京兆韦参军量移东阳二首	249
赠丹阳横山周处士惟长	250
玉真公主别馆苦雨赠卫尉张卿二首	251
赠韦秘书子春	253
赠韦侍御黄裳二首	255
赠薛校书	256
赠何七判官昌浩	257
读诸葛武侯传书怀赠长安崔少府叔封昆季	258
赠郭将军	259
驾去温泉宫后赠杨山人	260
温泉侍从归逢故人	261
赠裴十四	261
赠崔侍御	262
述德兼陈情上哥舒大夫	263
雪谗诗赠友人	264
赠参寥子	267
赠饶阳张司户燧	268
赠清漳明府侄聿	269

赠临洺县令皓弟 271

赠郭季鹰 272

邺中赠王大劝入高凤石门山幽居 272

赠华州王司士 273

赠卢征君昆弟 274

赠新平少年 275

赠崔侍御 276

走笔赠独孤驸马 277

赠嵩山焦炼师 并序 278

口号赠杨征君 279

上李邕 280

赠张公洲革处士 281

卷　九

秋日炼药院镊白发赠元六兄林宗 283

书情赠蔡舍人雄 284

忆襄阳旧游赠马少府巨 286

对雪献从兄虞城宰 287

访道安陵遇盖寰为余造真箓临别留赠 ... 288

赠崔郎中宗之 289

赠崔咨议 290

赠升州王使君忠臣 291

赠别从甥高五 292

赠裴司马 293

叙旧赠江阳宰陆调 294

赠从孙义兴宰铭 296

草创大还赠柳官迪 …………………………………… 299
赠崔司户文昆季 …………………………………… 301
赠溧阳宋少府陟 …………………………………… 302
戏赠郑溧阳 ………………………………………… 303
赠僧崖公 …………………………………………… 304
游溧阳北湖亭望瓦屋山怀古赠同旅 ……………… 306
醉后赠从甥高镇 …………………………………… 307
赠秋浦柳少府 ……………………………………… 308
赠崔秋浦三首 ……………………………………… 309
望九华山赠青阳韦仲堪 …………………………… 310

卷　十

赠王判官时余归隐居庐山屏风叠 ………………… 312
在水军宴赠幕府诸侍御 …………………………… 313
赠武十七谔并序 …………………………………… 315
赠闾丘宿松 ………………………………………… 316
狱中上崔相涣 ……………………………………… 317
中丞宋公以吴兵三千赴河南军次寻阳
　脱余之囚参谋幕府因赠之 ……………………… 318
流夜郎赠辛判官 …………………………………… 320
赠刘都使 …………………………………………… 321
赠常侍御 …………………………………………… 322
赠易秀才 …………………………………………… 323
经乱离后天恩流夜郎忆旧游书怀赠江夏韦太守良宰 …… 323
江夏使君叔席上赠史郎中 ………………………… 331
博平郑太守自庐山千里相寻入江夏北市门

见访却之武陵立马赠别	332
江上赠窦长史	333
赠王汉阳	334
赠汉阳辅录事二首	335
江夏赠韦南陵冰	336
赠卢司户	338
赠从弟南平太守之遥二首	338
赠潘侍御论钱少阳	341
赠柳圆	342
流夜郎半道承恩放还兼欣克复之美书怀示息秀才	342
赠张相镐二首	344
闻谢杨儿吟猛虎词因有此赠	349
宿清溪主人	349
系寻阳上崔相涣三首	350
巴陵赠贾舍人	351

卷十一

赠别舍人弟台卿之江南	352
醉后赠王历阳	353
赠历阳褚司马	354
对雪醉后赠王历阳	354
赠宣城宇文太守兼呈崔侍御	355
赠宣城赵太守悦	359
赠从弟宣州长史昭	362
于五松山赠南陵常赞府	363
自梁园至敬亭山见会公谈陵阳山水	

11

兼期同游因有此赠 ······ 364
赠友人三首 ······ 366
陈情赠友人 ······ 368
赠从弟冽 ······ 369
赠闾丘处士 ······ 371
赠钱征君少阳 ······ 371
赠宣州灵源寺仲濬公 ······ 372
赠僧朝美 ······ 373
赠僧行融 ······ 374
赠黄山胡公求白鹇并序 ······ 375
登敬亭山南望怀古赠窦主簿 ······ 375
经乱后将避地剡中留赠崔宣城 ······ 376
献从叔当涂宰阳冰 ······ 378
书怀赠南陵常赞府 ······ 381
赠汪伦 ······ 383

卷十二

安陆白兆山桃花岩寄刘侍御绾 ······ 385
淮南卧病书怀寄蜀中赵征君蕤 ······ 386
寄弄月溪吴山人 ······ 387
秋山寄卫尉张卿及王征君 ······ 388
望终南山寄紫阁隐者 ······ 389
夕霁杜陵登楼寄韦繇 ······ 389
秋夜宿龙门香山寺奉寄王方城十七丈奉国莹上人从
　弟幼成令问 ······ 390
春日独坐寄郑明府 ······ 391

寄淮南友人 ································· 392
沙丘城下寄杜甫 ······························ 392
闻丹丘子于城北山营石门幽居中有高凤遗
　迹仆离群远怀亦有栖遁之志因叙旧以寄之 ······ 393
淮阴书怀寄王宋城 ···························· 394
闻王昌龄左迁龙标遥有此寄 ···················· 395
寄王屋山人孟大融 ···························· 396
忆旧游寄谯郡元参军 ·························· 397
月夜江行寄崔员外宗之 ························ 400
宿白鹭洲寄杨江宁 ···························· 400
新林浦阻风寄友人 ···························· 401
寄韦南陵冰余江上乘兴访之遇寻颜尚书笑有此赠 ··· 402
题情深树寄象公 ······························ 403
北山独酌寄韦六 ······························ 403
寄当涂赵少府炎 ······························ 404
寄东鲁二稚子 ································ 405
独酌清溪江石上寄权昭夷 ······················ 406
禅房怀友人岑伦 ······························ 406

卷十三

庐山谣寄卢侍御虚舟 ·························· 408
下寻阳城泛彭蠡寄黄判官 ······················ 410
书情寄从弟邠州长史昭 ························ 410
寄王汉阳 ···································· 411
春日归山寄孟浩然 ···························· 412
流夜郎永华寺寄浔阳群官 ······················ 413

流夜郎至西塞驿寄裴隐 …………………………… *413*

自汉阳病酒归寄王明府 …………………………… *414*

望汉阳柳色寄王宰 ………………………………… *415*

江夏寄汉阳辅录事 ………………………………… *415*

早春寄王汉阳……………………………………… *416*

江上寄巴东故人…………………………………… *417*

江上寄元六林宗…………………………………… *418*

寄从弟宣州长史昭………………………………… *419*

泾溪东亭寄郑少府谔……………………………… *419*

宣城九日闻崔四侍御与宇文太守游敬亭

  余时登响山不同此赏醉后寄崔侍御二首 …… *420*

寄崔侍御………………………………………… *422*

泾溪南蓝山下有落星潭可以卜筑余泊舟石上寄何判官

  昌浩…………………………………………… *422*

早过漆林渡寄万巨 ……………………………… *423*

游敬亭寄崔侍御 ………………………………… *424*

三山望金陵寄殷淑 ……………………………… *425*

自金陵溯流过白壁山玩月达天门寄句容王主簿 …… *425*

寄上吴王三首…………………………………… *426*

卷十四

秋日鲁郡尧祠亭上宴别杜补阙范侍御 ………… *429*

别鲁颂…………………………………………… *430*

别中都明府兄…………………………………… *430*

梦游天姥吟留别………………………………… *431*

留别曹南群官之江南…………………………… *433*

留别于十一兄逖裴十三游塞垣	435
留别王司马嵩	436
夜别张五	437
魏郡别苏明府因北游	438
留别西河刘少府	439
颍阳别元丹丘之淮阳	440
留别广陵诸公	441
广陵赠别	442
感时留别从兄徐王延年从弟延陵	442
别储邕之剡中	446
留别金陵诸公	446
口号	447
金陵酒肆留别	448
金陵白下亭留别	448
别东林寺僧	449
窜夜郎于乌江留别宗十六璟	449
留别龚处士	451
赠别郑判官	451
黄鹤楼送孟浩然之广陵	452
将游衡岳过汉阳双松亭留别族弟浮屠谈皓	452
渡荆门送别	453
闻李太尉大举秦兵百万出征东南懦夫请缨冀申一割之用半道病还留别金陵崔侍御十九韵	454
别韦少府	456
南陵别儿童入京	457
别山僧	458

赠别王山人归布山 …………………………… 458
江夏别宋之悌 ……………………………… 459

卷十五

南阳送客 …………………………………… 460
送张舍人之江东 …………………………… 460
送王屋山人魏万还王屋并序 ……………… 461
送当涂赵少府赴长芦 ……………………… 466
送友人寻越中山水 ………………………… 467
送族弟凝之滁求婚崔氏 …………………… 468
送友人游梅湖 ……………………………… 469
送崔十二游天竺寺 ………………………… 469
送杨山人归天台 …………………………… 470
送温处士归黄山白鹅峰旧居 ……………… 471
送方士赵叟之东平 ………………………… 472
送韩准裴政孔巢父还山 …………………… 473
送杨少府赴选 ……………………………… 473
对雪奉饯任城六父秩满归京 ……………… 475
鲁郡尧祠送吴五之琅琊 …………………… 476
鲁郡尧祠送窦明府薄华还西京 …………… 476
金乡送韦八之西京 ………………………… 479
送薛九被谗去鲁 …………………………… 479
单父东楼秋夜送族弟沈之秦 ……………… 481
送族弟凝至晏堌单父三十里 ……………… 483
鲁城北郭曲腰桑下送张子还嵩阳 ………… 484

卷十六

送鲁郡刘长史迁弘农长史 …………………………… 485
送族弟单父主簿凝摄宋城主簿至郭南月桥却回栖霞山
　留饮赠之 …………………………………………… 486
鲁郡东石门送杜二甫 ………………………………… 487
鲁郡尧祠送张十四游河北 …………………………… 487
杭州送裴大泽时赴庐州长史 ………………………… 488
灞陵行送别 …………………………………………… 489
送贺监归四明应制 …………………………………… 490
送窦司马贬宜春 ……………………………………… 490
送羽林陶将军 ………………………………………… 491
送程刘二侍御兼独孤判官赴安西幕府 ……………… 492
送侄良携二妓赴会稽戏有此赠 ……………………… 492
送贺宾客归越 ………………………………………… 493
送张遥之寿阳幕府 …………………………………… 493
送裴十八图南归嵩山二首 …………………………… 494
同王昌龄送族弟襄归桂阳二首 ……………………… 495
送外甥郑灌从军三首 ………………………………… 497
送于十八应四子举落第还嵩山 ……………………… 498
送别 …………………………………………………… 499
送族弟绾从军安西 …………………………………… 499
送梁公昌从信安王北征 ……………………………… 500
送白利从金吾董将军西征 …………………………… 501
送张秀才从军 ………………………………………… 501
送崔度还吴度故人礼部员外国辅之子 ……………… 502

17

送祝八之江东赋得浣纱石 …… 503
送侯十一 …… 504
鲁中送二从弟赴举之西京 …… 504
奉饯高尊师如贵道士传道箓毕归北海 …… 505
金陵送张十一再游东吴 …… 506
送纪秀才游越 …… 506
送长沙陈太守二首 …… 507
送杨燕之东鲁 …… 508
送蔡山人 …… 509
送萧三十一之鲁中兼问稚子伯禽 …… 510
送杨山人归嵩山 …… 511
送殷淑三首 …… 511
送岑征君归鸣皋山 …… 512
送范山人归太山 …… 514

卷十七

送韩侍御之广德 …… 515
送通禅师还南陵隐静寺 …… 515
送友人 …… 516
江上送女道士褚三清游南岳 …… 517
送友人入蜀 …… 517
送李青归华阳川 …… 518
送舍弟 …… 519
送别 …… 519
送鞠十少府 …… 520
送张秀才谒高中丞 并序 …… 520

寻阳送弟昌岠鄱阳司马作	522
饯校书叔云	523
送王孝廉觐省	523
同吴王送杜秀芝举入京	524
洞庭醉后送绛州吕使君杲流澧州	524
与诸公送陈郎将归衡阳并序	525
送赵判官赴黔府中丞叔幕	526
送陆判官往琵琶峡	527
送梁四归东平	528
江夏送友人	528
送郄昂谪巴中	529
江夏送张丞	530
赋得白鹭鸶送宋少府入三峡	530
送二季之江东	531
江西送友人之罗浮	531
宣州谢朓楼饯别校书叔云	532
宣城送刘副使入秦	533
泾川送族弟錞	535
五松山送殷淑	536
送崔氏昆季之金陵	537
登黄山凌歊台送族弟溧阳尉济充泛舟赴华阴	538
送储邕之武昌	539

卷十八

酬谈少府	541
酬宇文少府见赠桃竹书筒	542

19

五月东鲁行答汶上翁·················542
早秋单父南楼酬窦公衡··············543
山中问答·························544
答友人赠乌纱帽···················544
酬张司马赠墨·····················545
答湖州迦叶司马问白是何人··········546
答长安崔少府叔封游终南翠微寺太宗皇帝
　金沙泉见寄····················546
酬崔五郎中·······················548
以诗代书答元丹丘·················549
金门答苏秀才·····················550
酬坊州王司马与阎正字对雪见赠······552
酬中都小吏携斗酒双鱼于逆旅见赠····553
酬张卿夜宿南陵见赠················553
酬岑勋见寻就元丹丘对酒相待以诗见招···555
答从弟幼成过西园见赠··············556
酬王补阙惠翼庄庙宋丞泚赠别········556
酬裴侍御对雨感时见赠··············558
酬崔侍御·························559
玩月金陵城西孙楚酒楼达曙歌吹日晚乘醉著紫绮裘
　乌纱巾与酒客数人棹歌秦淮往石头访崔四侍御····559
江上答崔宣城····················560
答族侄僧中孚赠玉泉仙人掌茶并序····561
酬裴侍御留岫师弹琴见寄············563
张相公出镇荆州寻除太子詹事余时流夜郎行至江夏
　与张公相去千里公因太府丞王昔使车寄罗衣二事

20

及五月五日赠余诗余答以此诗 …………………… 564
醉后答丁十八以诗讥予捶碎黄鹤楼 …………… 565
答裴侍御先行至石头驿以书见招期月满泛洞庭 …… 565
答高山人兼呈权顾二侯 …………………………… 566
答杜秀才五松山见赠 ……………………………… 568
至陵阳山登天柱石酬韩侍御见招隐黄山 ………… 570
酬崔十五见招 ……………………………………… 571
答王十二寒夜独酌有怀 …………………………… 572

卷十九

游南阳白水登石激作 ……………………………… 576
游南阳清泠泉 ……………………………………… 576
寻鲁城北范居士失道落苍耳中见范置酒摘苍耳作 … 577
东鲁门泛舟二首 …………………………………… 578
秋猎孟诸夜归置酒单父东楼观妓 ………………… 579
游泰山六首 ………………………………………… 580
秋夜与刘砀山泛宴喜亭池 ………………………… 584
携妓登梁王栖霞山孟氏桃园中 …………………… 585
与从侄杭州刺史良游天竺寺 ……………………… 585
同友人舟行 ………………………………………… 586
下终南山过斛斯山人宿置酒 ……………………… 587
朝下过卢郎中叙旧游 ……………………………… 588
侍从游宿温泉宫作 ………………………………… 589
邯郸南亭观妓 ……………………………………… 589
春日游罗敷潭 ……………………………………… 590
春陪商州裴使君游石娥溪 ………………………… 591

21

陪从祖济南太守泛鹊山湖三首	592
春日陪杨江宁及诸官宴北湖感古作	593
宴郑参卿山池	594
游谢氏山亭	595
把酒问月	595
同族侄评事黯游昌禅师山池二首	596
金陵凤凰台置酒	597
秋浦清溪雪夜对酒客有唱鹧鸪者	598
与周刚清溪玉镜潭宴别	599
游秋浦白笴陂二首	600
宴陶家亭子	600
在水军宴韦司马楼船观妓	601
流夜郎至江夏陪长史叔及薛明府宴兴德寺南阁	601
泛沔州城南郎官湖并序	602
陪侍郎叔游洞庭醉后三首	603
夜泛洞庭寻裴侍御清酌	604
陪族叔刑部侍郎晔及中书贾舍人至游洞庭五首	605
楚江黄龙矶南宴杨执戟治楼	607
铜官山醉后绝句	608
与南陵常赞府游五松山	608
宣城清溪	609
与谢良辅游泾川陵岩寺	610
游水西简郑明府	610
九日登山	611
九日	613
九日龙山饮	613

九月十日即事 …………………………………………… 614

陪族叔当涂宰游化城寺升公清风亭 …………………… 614

卷二十

登锦城散花楼 ………………………………………… 616

登峨眉山 ……………………………………………… 616

大庭库 ………………………………………………… 617

登单父陶少府半月台 ………………………………… 618

天台晓望 ……………………………………………… 619

早望海霞边 …………………………………………… 620

焦山望松寥山 ………………………………………… 620

杜陵绝句 ……………………………………………… 621

登太白峰 ……………………………………………… 621

登邯郸洪波台置酒观发兵 …………………………… 622

登新平楼 ……………………………………………… 623

秋日登扬州西灵塔 …………………………………… 623

登金陵冶城西北谢安墩 ……………………………… 624

登瓦官阁 ……………………………………………… 626

登梅冈望金陵赠族侄高座寺僧中孚 ………………… 627

登金陵凤凰台 ………………………………………… 628

望庐山瀑布二首 ……………………………………… 629

望庐山五老峰 ………………………………………… 630

江上望皖公山 ………………………………………… 631

望黄鹤山 ……………………………………………… 632

鹦鹉洲 ………………………………………………… 632

九日登巴陵置酒望洞庭水军 ………………………… 633

23

秋登巴陵望洞庭 …… 634

与夏十二登岳阳楼 …… 635

登巴陵开元寺西阁赠衡岳僧方外 …… 636

与贾至舍人于龙兴寺剪落梧桐枝望灉湖 …… 636

挂席江上待月有怀 …… 637

金陵望汉江 …… 637

秋登宣城谢朓北楼 …… 638

望天门山 …… 639

望木瓜山 …… 639

登敬亭北二小山余时送客逢崔侍御并登此地 …… 640

过崔八丈水亭 …… 640

登广武古战场怀古 …… 641

卷二十一

安州应城玉女汤作 …… 643

之广陵宿常二南郭幽居 …… 644

夜下征虏亭 …… 645

下途归石门旧居 …… 645

客中作 …… 647

太原早秋 …… 648

奔亡道中五首 …… 648

郢门秋怀 …… 651

至鸭栏驿上白马矶赠裴侍御 …… 652

荆门浮舟望蜀江 …… 653

上三峡 …… 654

自巴东舟行经瞿塘峡登巫山最高峰晚还题壁 …… 654

早发白帝城 ······ 656
秋下荆门 ······ 656
江行寄远 ······ 657
宿五松山下荀媪家 ······ 657
下泾县陵阳溪至涩滩 ······ 658
下陵阳沿高溪三门六刺滩 ······ 658
夜泊黄山闻殷十四吴吟 ······ 659
宿虾湖 ······ 660
西施 ······ 660
王右军 ······ 661
上元夫人 ······ 662
苏台览古 ······ 662
越中览古 ······ 663
商山四皓 ······ 663
过四皓墓 ······ 664
岘山怀古 ······ 665
苏武 ······ 666
经下邳圯桥怀张子房 ······ 667
金陵三首 ······ 667
秋夜板桥浦泛月独酌怀谢朓 ······ 669
过彭蠡湖 ······ 669
入彭蠡经松门观石镜缅怀谢康乐题诗书游览之志 ······ 670
庐江主人妇 ······ 671
陪宋中丞武昌夜饮怀古 ······ 671
望鹦鹉洲怀祢衡 ······ 672
宿巫山下 ······ 673

金陵白杨十字巷 …………………………………… 673
谢公亭 ……………………………………………… 674
纪南陵题五松山 …………………………………… 674
夜泊牛渚怀古 ……………………………………… 676
姑熟十咏 …………………………………………… 677

卷二十二

与元丹丘方城寺谈玄作 …………………………… 682
寻高凤石门山中元丹丘 …………………………… 683
安州般若寺水阁纳凉喜遇薛员外乂 ……………… 683
鲁中都东楼醉起作 ………………………………… 684
对酒醉题屈突明府厅 ……………………………… 685
月下独酌四首 ……………………………………… 685
春归终南山松龙旧隐 ……………………………… 688
冬夜醉宿龙门觉起言志 …………………………… 688
寻山僧不遇作 ……………………………………… 689
过汪氏别业二首 …………………………………… 690
待酒不至 …………………………………………… 691
独酌 ………………………………………………… 692
友人会宿 …………………………………………… 692
春日独酌二首 ……………………………………… 693
金陵江上遇蓬池隐者 ……………………………… 694
月夜听卢子顺弹琴 ………………………………… 694
清溪半夜闻笛 ……………………………………… 695
日夕山中忽然有怀 ………………………………… 696
夏日山中 …………………………………………… 696

山中与幽人对酌	697
春日醉起言志	697
庐山东林寺夜怀	698
寻雍尊师隐居	698
与史郎中钦听黄鹤楼上吹笛	699
对酒	699
醉题王汉阳厅	700
嘲王历阳不肯饮酒	700
独坐敬亭山	701
自遣	701
访戴天山道士不遇	702
秋日与张少府楚城韦公藏书高斋作	702
秋夜独坐怀故山	703
忆崔郎中宗之游南阳遗吾孔子琴抚之潸然感旧	704
忆东山二首	705
望月有怀	706
对酒忆贺监二首并序	706
重忆一首	707
春滞沅湘有怀山中	708
落日忆山中	708
忆秋浦桃花旧游时窜夜郎	709

卷二十三

越中秋怀	710
效古二首	711
拟古十二首	713

感兴六首	720
寓言三首	723
秋夕旅怀	725
感遇四首	726
翰林读书言怀呈集贤诸学士	727
寻阳紫极宫感秋作	729
江上秋怀	730
秋夕书怀	730
避地司空原言怀	731
上崔相百忧章	732
万愤词投魏郎中	735
荆州贼乱临洞庭言怀作	737
览镜书怀	738
田园言怀	738
江南春怀	739
听蜀僧濬弹琴	739
鲁东门观刈蒲	740
咏邻女东窗海石榴	741
南轩松	741
咏山樽二首	742
初出金门寻王侍御不遇咏壁上鹦鹉	742
紫藤树	743
观放白鹰	743
观博平王志安少府山水粉图	744
题雍丘崔明府丹灶	744
观元丹丘坐巫山屏风	745

求崔山人百丈崖瀑布图 ………………………………… 746
见野草中有名白头翁者 ………………………………… 746
流夜郎题葵叶 …………………………………………… 747
莹禅师房观山海图 ……………………………………… 747
白鹭鹚 …………………………………………………… 748
咏槿 ……………………………………………………… 748
咏桂 ……………………………………………………… 749
白胡桃 …………………………………………………… 749
巫山枕障 ………………………………………………… 750
南奔书怀 ………………………………………………… 750

卷二十四

题随州紫阳先生壁 ……………………………………… 753
题元丹丘山居 …………………………………………… 754
题元丹丘颍阳山居并序 ………………………………… 754
题瓜洲新河饯族叔舍人贲 ……………………………… 755
洗脚亭 …………………………………………………… 756
劳劳亭 …………………………………………………… 757
题金陵王处士水亭 ……………………………………… 757
题嵩山逸人元丹丘山居并序 …………………………… 758
题江夏修静寺 …………………………………………… 760
题宛溪馆 ………………………………………………… 760
题东溪公幽居 …………………………………………… 761
嘲鲁儒 …………………………………………………… 762
惧谗 ……………………………………………………… 762
观猎 ……………………………………………………… 763

观胡人吹笛	764
从军行	764
平虏将军妻	765
春夜洛城闻笛	765
嵩山采菖蒲者	766
金陵听韩侍御吹笛	766
流夜郎闻酺不预	767
放后遇恩不沾	768
宣城见杜鹃花	768
白田马上闻莺	769
三五七言	769
杂诗	770
寄远十一首	771
长信宫	776
长门怨二首	777
春怨	778
代赠远	778
陌上赠美人	779
闺情	780
代别情人	780
代秋情	781
对酒	782
怨情	782
湖边采莲妇	783
怨情	783
代寄情楚词体	784

学古思边 ……………………………………… *785*

思边 ……………………………………………… *785*

口号吴王美人半醉 …………………………… *786*

代美人愁镜二首 ……………………………… *787*

赠段七娘 ……………………………………… *788*

别内赴征三首 ………………………………… *788*

秋浦寄内 ……………………………………… *789*

自代内赠 ……………………………………… *790*

秋浦感主人归燕寄内 ………………………… *791*

送内寻庐山女道士李腾空二首 ……………… *791*

赠内 …………………………………………… *792*

在寻阳非所寄内 ……………………………… *793*

南流夜郎寄内 ………………………………… *793*

越女词五首 …………………………………… *794*

浣纱石上女 …………………………………… *796*

示金陵子 ……………………………………… *797*

出妓金陵子呈卢六四首 ……………………… *797*

巴女词 ………………………………………… *798*

哭晁卿衡 ……………………………………… *799*

自溧水道哭王炎三首 ………………………… *799*

哭宣城善酿纪叟 ……………………………… *801*

宣城哭蒋征君华 ……………………………… *802*

补　遗

月夜金陵怀古 ………………………………… *803*

冬日归旧山 …………………………………… *804*

望夫石	804
对雨	805
晓晴	806
初月	806
雨后望月	807
送史司马赴崔相公幕	807
送客归吴	808
送袁明府任长江	809
邹衍谷	809
杂言用投丹阳知己兼奉宣慰判官	810
观鱼潭	811
自广平乘醉走马六十里至邯郸登城楼览古书怀	811
宣城长史弟昭赠余琴溪中双舞鹤诗以见志	813
瀑布	814
金陵新亭	815
题许宣平庵壁	815
戏赠杜甫	816
春感诗	817
白微时募县小吏入令卧内尝驱牛经堂下令妻怒将加诘责白亟以诗谢云	817
庭前晚开花	818
南陵五松山别荀七	818
暖酒	819
寒女吟	819
题峰顶寺	820
阳春曲	820

舍利佛	821
摩多楼子	821
殷十一赠栗冈砚	822
普照寺	822
题窦圌山	823
赠江油尉	823
桃源二首	824
阙题	824
秀华亭	825
宿无相寺	825
炼丹井	826
独坐敬亭山	826
咏石牛	827
太华观	827
别匡山	827
句	828
句	829

附　录

附录一　李白生平创作简表	831
附录二　李白诗集古代版本与今人整理本简目	836
附录三　旧题李白诗存目	842

前　言

一

　　李白是中国文学史上最伟大的诗人之一,他的不朽诗作,千百年来流传不辍,影响深远,成为中华古代文学宝库中一份十分珍贵的遗产。

　　李白(701—762),字太白,号青莲居士。其出生地尚无定论,主要有生于蜀和生于西域碎叶(在今中亚细亚巴尔喀什湖之南、吉尔吉斯斯坦托克马克城西)二说,目前较为流行的是后一说。家世不详,根据李白自言及有关材料看,李白祖先为凉武昭王之后,后其先世窜居西域,至李白之父时才"逃归于蜀",李白亦随家迁居蜀中绵州彰明(今四川江油市),其时李白才五岁。李白的青少年时代是在蜀中度过的,因而他常在诗中把蜀中称作故乡。

　　李白在人生道路上探索和进取了六十二年,他各个时期的生活内容,就是他诗文创作的素材,因此不难从李白的作品中看出他在不同时期的精神风貌和创作特色。大体说来,李白的生活和创作有以下五个阶段。

　　一、蜀中时期。李白的父亲真正名字不详,据今人研究他可能是个商人,这样的家庭条件为李白提供了很好的学习环境,李白自言"五岁诵六甲,十岁观百家,轩辕以来,颇得闻矣",其父还"令诵《子虚赋》"。可见他发蒙读书颇早,因而十五岁时即能写诗作赋,故云:"十五观奇书,作赋凌相如。"(《赠张相镐》)其自负之情可见。在蜀中时期,李白曾隐居戴天山(即匡山)读书数年,时与道士交往,其《访戴天山道士不遇》诗就反映了他这方面的生活内容;同时,李白还与纵横家建立了密切的联系,据载,他曾从著有《长短经》的赵蕤求学,这形成了他"申管晏之谈,谋帝王之术"的政治主张和"以侠自任"的性格。二十岁左右,李白离开匡山,开始周游蜀中。游历成都,他写下《登锦城散花楼》;登览峨眉山,他写下《登峨眉山》。此期李白还有其他一些作品,如《白头吟》等,都在一定程度上反映了他这个时期的思想和生活。总之,蜀中时期的学习和游历,对形成李白豪放不羁的性格以及后来取得杰出的文学成就,奠定了坚实的基础。

二、第一次漫游时期。开元十二年(725),李白"仗剑去国,辞亲远游",开始了第一次漫游时期的生活。开元十三年,李白出峡,后游历了江陵、武昌、长沙、岳阳,然后又东游南京、扬州、绍兴等地,途中李白与各式各样的人物建立联系,以培养自己的社会声望,如在江陵会晤司马承祯,并写了《大鹏遇希有鸟赋》(后改名为《大鹏赋》),赋中以大鹏自比,以希有鸟比司马承祯,充满了豪迈之气。据载,这个时期,李白还有两件任侠行为颇引人注意:其一是丐贷营葬友人吴指南;其二是在扬州接济落魄公子,不到一年即"散金三十万"。李白在以后写的《赠襄阳少府皓》中,说自己这一时期"结发未识事,所交尽豪雄",其狂放不羁的性格和豪性侠气在此期表现得相当突出。

经过一段时间的周游,李白在二十七岁左右来到安陆,与故相许圉师孙女结婚,此后便以安陆为中心漫游各地。在安陆时期,李白的生活虽然比较悠闲,但他建功立业的愿望仍很强烈,在《代寿山答孟少府移文书》中,提出要"申管晏之谈,谋帝王之术,奋其智能,愿为辅弼,使寰区大定,海县清一"的政治理想,并开始向地方长官干谒;但却受到李长史、裴长史的轻蔑,遂"西入秦海,一观国风",于开元十八年(730)经南阳入长安,谋求出仕之机。李白初入长安,首先结识玄宗的女婿张垍,但张垍只把李白安排在终南山玉真公主别馆暂住,并未为他奔走。李白蛰居于此,穷愁潦倒,彷徨苦闷,心情极为压抑,其《玉真公主别馆苦雨赠卫尉张卿二首》,充分表现了他当时渴望遇合而不得的苦闷心情。其间,李白曾前往邠州(今陕西彬州)、坊州(今陕西黄陵、宜君)等地游历,希望能寻觅知己,但结果令他颇为失望。约在开元二十一年春,李白感到彻底绝望,遂离开长安,在游历梁园等地之后,回到安陆。不久,又出外漫游,因忧愁郁结于心,故生活颇为放纵,《襄阳歌》《江上吟》等诗很能表现他当时的精神状态。开元二十七年(739),李白移家东鲁,寓居兖州一带,后与孔巢父等隐于徂徕山,时号"竹溪六逸"。

　　三、供奉翰林时期。天宝元年(742),唐玄宗诏征李白入京。李白认为报国的机会终于来了,在告别家人时写下了《南陵别儿童入京》,诗的最后两句"仰天大笑出门去,我辈岂是蓬蒿人",形象地表现出李白豪放的性格和当时的喜悦与欢欣。李白此次入京,所受待遇的确"前无比俦",但玄宗只是想借其文才,写些颂扬"德政"和歌颂升平的诗歌而已,并不想委以重任,加之张垍等人从中破坏,李白除了写作像《清平乐》这样一些作品外,根本没有机会去实现"尽节报明主"的愿望,反而不断受奸宦佞臣的谗毁,偌大的宫廷已无其容身之处。在这种情况下,李白请求还山,去过一种自由快意的生活。玄宗轻信谗言,借口李白"非廊庙器"而将其"赐金放还"。在供奉翰林的这段时期,李白亲眼目睹了唐王朝内部种种腐败现象,因而写出许多揭露与批判现实的优秀诗篇,诗人豪放不羁、嫉恶如仇的个性，得到更加鲜明的表现。

四、第二次漫游时期。李白离开长安后，在洛阳与唐代大诗人杜甫相遇，他们一见如故，情逾兄弟。在同游梁宋时，又与另一位诗人高适相遇。三位诗人饮酒论文，登高怀古，十分快意。第二年，李、杜再次相遇于兖州，在分别时，李白写下名篇《鲁郡东石门送杜二甫》。此一时期，李白以东鲁与梁园为中心，又游历了今山东、山西、河南、河北、湖南、湖北、江苏、浙江等许多地方。特别值得注意的是，天宝十一载（752）诗人有幽州之行，这使他对唐朝社会存在的危机有了更为深入真切的了解。在漫游的过程中，李白的认识日益深刻，创作才能得到进一步提高，从而写作了大量抨击黑暗现实、具有广泛社会意义的优秀作品。这一时期是李白创作精力最旺盛的阶段，艺术技巧也进入了炉火纯青的境界。

五、晚年的生活与创作。天宝十四载（755），安史之乱爆发。作为一个流浪诗人，李白"有策不敢犯龙鳞，窜身南国避胡尘"。他时刻关心着局势的发展，希望能为平定叛乱做出贡献，但却无处效力，故只好暂隐庐山屏风叠。此时两京失陷，玄宗奔蜀途中令永王李璘领四道节度使，镇江陵，经略南方军事。永王水军东下到达浔阳，征召李白入幕。李白因政治上一再受挫，开始曾有顾虑，但永王三次下书相邀，李白终以"誓欲清幽燕"为念，下庐山入了永王幕府。他在《永王东巡歌》《在水军宴赠幕府诸侍御》等诗里，殷切期望永王能完成平乱大任，并勉励同僚忠心报国；自己则以谢安自比，以鲁仲连自勉，忠君爱国之情，跃然纸上。但此时李亨已即位为肃宗，他令李璘速回蜀中，李璘不从，肃宗遂派兵前来讨伐。两军一交战，永王军队即成鸟兽散，李白也因"从璘"而被囚狱中，虽经宋若思等人营救，最终还是被判长流夜郎。经过十五个月的长途跋涉，李白才重获自由，其

《早发白帝城》充分表现出诗人此时异常兴奋和喜悦的心情。李白遇赦后，经江陵至江夏，又前往岳阳。此时他仍希望朝廷能重用自己，但却一无所获，遂前往豫章（今江西南昌市）与宗氏夫人团聚。后又重游宣城等地，其报国热情并未消退，上元二年（761），李光弼领兵讨伐史朝义叛军，李白不顾衰老之躯，毅然请缨从军，"冀申一割之用"，但因病中途折回。这年冬天，漂泊无依的李白来到当涂，投靠其族叔李阳冰。宝应元年（762）十一月，李白病逝于当涂，时年六十二岁。临终前，李白写下绝笔诗《临路歌》。

李白一生多次以大鹏自喻，《大鹏赋》表示要"一鸣惊人，一飞冲天"；《上李邕》高唱"大鹏一日同风起，扶摇直上九万里。假令风歇时下来，犹能簸却沧溟水"，表现出虽有挫折，仍要进取的精神；《临路歌》仍以大鹏自比，抒发了壮志未酬的感慨："大鹏飞兮振八裔，中天摧兮力不济。"这三篇作品写于不同的时期，将其结合起来，正好反映出李白这位一生积极进取的伟大诗人的真实形象。

二

李白的诗歌流传下来的有九百余首，这只是他全部创作的一部分，据李阳冰《草堂集序》说，李白死后不久，他的诗便"十丧其九"，对后人来说，这无疑是一个无法弥补的巨大损失。就现存的李诗看来，其内容是十分丰富和深刻的，几乎触及了所有重大的政治问题和各种社会现象。

首先，李白的诗歌表现了盛唐蓬勃向上的时代风貌和整个社会由全盛转向衰落的深刻的内在矛盾。经过百余年的积累，盛唐时代出现了过去任何朝代都未曾有过的繁荣，整个社会充满了一种积极向上的精神,科举考试和从军边塞为知识分子走入仕途提供了很好的条件,因而一般读书人都有一种建功立业的热情。李白的诗中便典型地表现了这样一种时代精神,他高歌:"功名不早著,竹帛将何宣?"(《长歌行》)他自信:"天生我材必有用!"(《将进酒》)综观李白的一生,他总是认为自己的才能终有一天会有机会施展,遇到挫折,他会鼓励自己:"长风破浪会有时,直挂云帆济沧海!"(《行路难》)李白不仅总是以展翅九万里的大鹏自比,还经常以历史上建立奇功的英雄人物自喻,如管仲、鲁仲连、诸葛亮、谢安等,都是他敬仰和希望效仿的人物。正是因为具有这样一种积极进取的精神,李白的诗中才总是充满了豪迈的气概和感人的力量。但是,在表面的繁荣下,社会的腐败和阴暗也以出人意料的速度发展,种种社会矛盾不断激化,尤其是唐玄宗晚期不理朝政,纵容权贵,宠信宦官,造成了是非颠倒、善恶不分的现实,有才之士根本没有机会来施展自己的抱负。李白在其诗歌里,对此作了无情的揭露和抨击:"骅骝拳跼不能食,蹇驴得志鸣春风。"(《答王十二寒夜独酌有怀》)"群沙秽明珠,众草凌孤芳。"(《古风》其三十七)"梧桐巢燕雀,枳棘栖鸳鸯。"(《古风》其三十九)"鸡聚族以争食,凤孤飞而无邻。蝘蜓嘲龙,鱼目混珍。嫫母衣锦,西施负薪。"(《鸣皋歌送岑征君》)……这是怎样的一个黑暗的时代呵!李白不仅特别强烈地抒发了自己怀才不遇的苦闷,更表达了对黑暗社会现实的绝望和痛恨,从而使其诗歌具有深刻的认识价值。

其次,李白诗歌中表现出强烈的对个性自由的追求和对权贵的蔑视。李白是一位个性鲜明、性格豪放的诗人,他希望建功立业,但又不为功名所局限:"功名富贵若长在,汉水亦应西北流!"(《江上吟》)"钟鼓馔玉不足贵,但愿长醉不用醒。"(《将进酒》)他需要有人赏识,但不能以降低人格为代价:"安能摧眉折腰事权贵,使我不得开心颜!"(《梦游天姥吟留别》)"黄金白璧买歌笑,一醉累月轻王侯。"(《忆旧游寄谯郡元参军》)李白作品的叛逆精神,还表现在歌颂游侠、嘲讽腐儒这一方面。李白追求自由、重视义气,这与"三杯吐然诺,五岳倒为轻"的游侠有相似之处。他鄙视那些只知读书而不识时务的儒生,并将他们与侠士对比而加以贬抑:"儒生不及游侠人,白首下帷复何益。"(《行行且游猎篇》)在李白看来,"白发死章句"、"问以经济策,茫如坠烟雾"的儒生,连"平生不读一字书"、"猛气英风振沙碛"的边城儿都不如。对旧有秩序的轻视,对社会现实的叛逆,在这些诗篇中得到了充分的表现。

第三,李白诗歌中表现出强烈的爱国主义思想。李白对国家的安危十分关心,他很赞赏自管仲以来众多的抵制外族入侵的人物和他们的事迹及主张,其《塞上曲》借古咏今,歌颂唐太宗抗击侵扰的显赫武功;《塞下曲》更赞扬了抵御入侵的正义战争。同时,他对给人民带来灾难的非正义战争总是持批判和揭露的态度,如《书怀赠南陵常赞府》、《古风》其三十四等都是如此。安史之乱,给唐朝社会带来巨大的破坏和灾难,在这种时候,李白对国家命运的担忧和对人民的同情,表现得更为强烈:"白骨成丘山,苍生竟何罪?""中夜四五叹,常为大国忧。"(《经乱离后天恩流夜郎忆旧游书怀赠江夏韦太守良宰》)他一再表示"誓欲清幽燕"、"志在清中原",要为平定叛乱作出一份贡献。由此看来,他参加永王幕府及以后力图参加李光弼的军队,都绝不是心血来潮时的行为,而是李白爱国主义思想的必然表现。

第四,李白诗歌中特别突出地表现了对祖国壮丽山河的热爱。李白曾自言"一生好入名山游",伴着他的足迹,诗人留下了许多令人赞叹的山水名篇。无论是"咆哮万里"的黄河,还是"白浪如山"的长江;无论是"连峰去天不盈尺"的蜀道,还是"屏凤九叠云锦张"的庐山;无论是"飞流直下三千尺"的瀑布,还是"影入平羌江水流"的峨眉山月,在李白笔下,都得到了形象生动的描绘。李白的人生观是积极的和乐观的,因此他往往用雄健粗放的线条和明朗的色彩来勾勒壮丽开阔的自然景色,从中亦表现出诗人宽阔的胸襟和乐观浪漫的情怀,如《望天门山》便是这样一首诗作。读这首诗,眼前似乎出现这样一幅图画:奇峻的天门山像是被神工鬼斧从中劈开,长江由上游奔腾而下,突遇奇峰,江水在此打一回旋又继续向东流去;两岸的群山,一片青绿,互相对峙,像是从地下猛然冒出来似的;一只帆船正从太阳升起的地方驶来……诗人把山与江交织起来描写,山因江水的奔腾而奇峻,江因山峰的对峙而越发壮美。李白的山水诗,很注意动态与静态的结合,他笔下很少有孤立地描写静态景物的作品,这是与他的性格和审美趣味密切相关的。当然,这并不是说李白没有那种表现大自然的明媚秀丽的诗篇,相反,他这一类诗篇并不少见,而且不乏佳作,只是这些作品不如那些色彩鲜明、动感强烈、充满豪情的山水名篇更能打动人们的心灵,往往被读者所忽略。要全面欣赏李白的作品,这一类诗篇当然是不能不读的。

第五,在李白的诗歌里,还有一部分描写了底层人物,表现出李白对底层劳动人民的深厚感情,如有反映纤夫艰苦生活的《丁都护歌》,有描写农家淳朴感情和贫困生活的《宿五松山下荀媪家》,有描写冶炼工人劳动的《秋浦歌》其十四等,这一类作品虽然数量不多,但它们所表达的思想和感情却弥足珍贵。另外,李白在其诗作中对妇女的不幸遭遇表示了深切的同情,《白头吟》写被遗弃女子的悲愤心情,《北风行》写北方妇女对出征战死的丈夫的怀念,《长干行》写思妇的刻骨相思之情……这些作品不仅表现出李白诗歌题材的多样性,更说明李白感情的真挚、淳厚美好以及其思想的进步性,是了解李白其人其诗的重要资料。

当然,我们说李白诗歌的主流是进步的,但却并不否认其中也有一些消极的倾向。因为世路的艰难,李白总幻想有一个仙人世界供他自由来往,这一方面固然表现出他对现实的失望,同时也说明他有消极避世的倾向,表现在作品里,便出现了许多感叹人生如梦、追求及时行乐的诗篇。作为今天的读者,我们应该对李白在特定时代条件下产生的这些消极倾向表示充分的同情。

三

李白诗歌不仅有进步和丰富的思想内容,而且有鲜明和突出的艺术特色,从而使他成为中外诗歌史上最杰出的诗人之一。

其一,李白的诗歌具有强烈的抒情性。李白具有充沛和不可羁勒的感情,无论写什么主题,他总能融注自己真实的感情,从而写出别人所不能模拟和替代的作品。李白不像杜甫、白居易那样长于细致的描写。他往往更擅长直接抒发自己的感情,使全诗有一种奔腾的气势,犹如山洪冲出山谷,一泻千里。如《答王十二寒夜独酌有怀》《行路难》《将进酒》等,都是这样的作品。因此,李白笔下的黄河、蜀道、北风、雨雪,都明显地染上了诗人浓重的感情色彩。读者正可以从"黄河之水天上来,奔流到海不复回"、"蜀道之难,难于上青天"、"燕山雪花大如席,片片吹落轩辕台"等诗句里,感受到诗人李白的性格与豪情。

其二,李白的诗歌善于塑造鲜明的形象,尤其善于塑造自我形象。如《江上吟》《襄阳歌》《月下独酌》等诗作,把诗人狂放不羁的形象和性格描写得淋漓尽致。其他一些不大为人注意的小诗,也突出表现了诗人的个性和生活态度,塑造了诗人的自我形象。如《友人会宿》,写诗人借"百壶饮"来"涤荡千古愁",突出地表现了诗人旷达的胸怀,使诗人傲岸性格和随意自适的形象跃然纸上。又如《自遣》,虽只有短短的四句,却描绘出诗人独酌凝神、落花满衣、醉后步月的形象,十分生动传神。李白的诗作中还描绘了各阶层正反人物形象。对反面人物,李白总是带着憎恶的感情,用锐利的笔触,勾勒出他们丑恶面目和污浊的灵魂;而对底层人物,尤其是没有独立地位的广大妇女,诗人总是用饱含着同情的笔触,描绘她们美丽的外表、高尚的品德,以及她们内心的痛苦和欢乐。李白还很注意细节的描写,从而使人物形象更为生动,更为典型,收到了很好的艺术效果。

其三,李白的诗歌具有自然、生动、个性鲜明的语言。李白诗的语言带有强烈的个人色彩,例如,蜀道之艰险,历代诗人感叹可谓多矣,但李白却这样来写蜀道之难:"蜀道之难,难于上青天!"又如他写黄河:"西岳峥嵘何壮哉!黄河如丝天际来。黄河万里触山动,盘涡毂转秦地雷。"(《西岳云台歌送丹丘子》)写自己的豪情:"俱怀逸兴壮思飞,欲上青天览明月。"(《宣州谢朓楼饯别校书叔云》)这些诗句充分表现了李白的个性、李白的感情,翻开李白的诗集,这样个性鲜明的诗句几乎比比皆是。朴实自然、生动形象,是李白诗歌语言的另一特色。他的一些赠别、怀友之作,往往托物寄意,语言明白流畅、清新自然,似是脱口而出,却是诗人真挚感情的结晶,如《金乡送韦八之西京》《闻王昌龄左迁龙标遥有此寄》等,都是这样的名篇。

其四,李白诗歌具有奇特的想象与大胆的夸张。艺术是生活的反映,但是诗人在反映生活时,却往往要借助超现实的艺术手法,因为有时只有这样才能更真实地反映生活,而且能更准确地把握生活的本质。这是浪漫主义文学的基本原理。李白是运用超现实艺术手法的杰出代表。李白具有丰富的想象力,当他十分痛恨黑暗的现实社会、热烈追求理想境界时,往往虚构出仙境与幻境;当现实生活本身不足以表达他的一腔豪情与激愤时,他也常借助于想象与夸张。如要表现怀才不遇的愤慨,李白便说:"吟诗作赋北窗里,万言不直一杯水。世人闻此皆掉头,有如东风射马耳。"(《答王十二寒夜独酌有怀》)诗人用"不直一杯水"来形容万言诗章的价值;用"东风射马耳"来夸张人们的反应,生动形象地表现了诗人当时的愤慨和痛苦,收到了极好的效果。再如诗人描写自己的愁绪,便说:"白发三千丈,缘愁似个长。不知明镜里,何处得秋霜?"(《秋浦歌》其十五)诗人把夸张的对象与具体的事物联系起来,借"三千丈"的白发来极写自己的愁绪,使无形的"愁"通过有形而夸张的"发",表现得更加夸张,更加鲜明,给读者以具体生动的感受。"君不见高堂明镜悲白发,朝如青丝暮成雪"(《将进酒》)也是用夸张的手法感叹光阴之速和人生易老。李白抒发自己的胸怀,也常常采用夸张的手法,从而突出自己无拘无束的风度和一腔豪情,如《襄阳歌》便是这样的作品。诗人往往将动人的想象与大胆的夸张结合在一起,使自己狂放不羁的形象更加鲜明,诗人的性格与精神也因此得到更真实的表现。李白成功运用想象与夸张的诗句极多,如写侠客的豪情,有"三杯吐然诺,五岳倒为轻";写望月时的奇想,有"欲折月中桂,持为寒者薪";写醉酒后的狂态,有"划却君山好,平铺湘水流";写自己对京城的忆念,有"狂风吹我心,西挂咸阳树";写长江的风急浪高,有"一风三日吹倒山,白浪高于瓦官阁"……这些想象与夸张真可谓新、奇、怪、绝,但由于它们的基础是生活本身,所以虽常常出人意外,却毫不做作和牵强,反而十分自然和准确地表现了诗人的情感和愿望,从而形成了李白诗歌独具的艺术魅力。

四

在中国文学史上,李白及其作品对后代的影响十分深远,他的爱国主义思想和对人民疾苦深切的同情,他的对个人才能的高度自信和对社会阴暗面的抨击和揭露,他的蔑视权贵的豪迈气概和"不屈己,不干人"的傲岸性格,他的"发想超旷,落笔天纵"的浪漫主义精神和艺术特色,千百年来受到后人普遍的敬仰和赞赏。吴伟业在《与宋尚木论诗书》中说:"诗之尊李、杜……此犹山之有泰、华,水之有江、河,无不仰止而取益焉。"吴伟业的这一番话,是十分中肯的。

李白在其生前就产生了广泛的影响,故而李阳冰《草堂集序》说:"自三代以来,《风》《骚》之后,驰驱屈、宋,鞭挞扬、马,千载独步,唯公一人。故王公趋风,列岳结轨,群贤翕习,如鸟归凤。"由此可见李白在当时诗坛的地位。与李白同时的文人如杜甫、殷璠、魏颢、贾至、任华等都给李白以极高的评价。中唐韩愈、孟郊努力向李白学习,创造出自己风骨高骞的艺术风格;李贺更从李白的作品里吸取了丰富的营养,他的富于奇特幻想的诗篇,显然可以看出李白的影响,因而后人有"李贺诗,乃从太白乐府中来"(《岁寒堂诗话》)的评语。其他诗人,如唐代的李益、杜牧、顾况、张籍、王建等,或在古体,或在绝句,或在乐府,或在歌行,都显然受到李白诗风的熏陶。至唐以后则苏轼被评为"东坡似太白",陆游青年时即有"小李白"之称。其他如宋代的苏舜钦、欧阳修、辛弃疾,元代的吴莱、杨维祯,明代的宋濂、高启、杨慎,清代的黄景仁、龚自珍……这些诗人无不从李白诗篇中获取思想和艺术的营养,进而形成自己独特的风格。

总之,从后代许多诗人的作品里,我们或者可以感受到李白那种狂放不羁的性格和浪漫主义的气概；或者可以看到李白式的想象、夸张和那使人回肠荡气的旋律……若是中国文学史上没有李白这样一位伟大的诗人，那会使人感到多么遗憾！在民间，李白的影响也很广泛，他的名字几乎人人皆知，他的形象出现在小说、戏剧、电影等艺术形式之中，他那明白如话而又感情真挚的诗篇被人们广泛传诵着。李白的诗歌早就流传到国外，在日本、俄罗斯、英国、美国、加拿大等等不少国家，有许多专家在研究和介绍李白的诗作，他们的努力，使李白的不朽诗篇逐渐成为全人类共同的精神财富。

五

李白晚年已感到自己政治上恐难建功立业，故愈来愈倾心于文学事业，其《古风》其一便表示了他的愿望："我志在删述，垂辉映千春。希圣如有立，绝笔于获麟。"因此，李白晚年至少三次将编集之事托付与至亲好友，可见他对自己诗文的重视。天宝十三载(754)，李白与王屋山人魏万(后改名颢)相遇于扬州，二人相携至金陵同游，分手时，李白尽出己之诗文，嘱托魏颢整理编集，但不幸的是，第二年便发生了"安史之乱"，李白所付诗文全部被魏颢丢失。"经乱离，白章句荡尽"(魏颢《李翰林集序》)，一直到上元末，魏颢于绛偶得李白旧稿，一年以后，他便编成《李翰林集》共二卷，当时李白还在世，故魏《序》云："白未绝笔，吾其再刊。"

乾元(758—760)间，李白流放夜郎遇赦归至江夏，遇到倩公，感到"神冥契合"，因此，李白在《江夏送倩公归汉东序》里说："仆平生述作，罄其草而授之。"但不知倩公是否将这些文稿编成集子。

宝应元年(762),李白将终,又将编集之事拜托族叔李阳冰,阳冰《草堂集序》云:

> 阳冰试弦歌于当涂,心非所好,公(指李白)遐不弃我,乘扁舟而相顾。临当挂冠,公又疾亟,草稿万卷,手集未修,枕上授简,俾予为序。

李阳冰编辑并为之作序的即是《草堂集》十卷,其中诗文并非全是李白手稿,《草堂集序》云:

> 中原有事,公避地八年,当时著述,十丧其九,今所存者,皆得之他人焉。

《草堂集》编成后并未成为定本,故二十八年后(790),刘全白《唐故翰林学士李君碣记》说:"文集亦无定卷,家家有之。"又过了二十七年(817),范传正"于人间得公遗篇逸句,吟咏在口"(《唐左拾遗翰林学士李公新墓碑并序》),然后编成文集二十卷,范《序》说:

> (李白)文集二十卷,或得之于时之文士,或得之于宗族,编辑断简,以行于代。

范本即是在李阳冰本的基础上扩大而成的,虽收集仍不全面,但却是唐代最完备的一个本子。《旧唐书·李白传》:"有文集二十卷,行于时。"《新唐书·艺文志》:"李太白草堂集二十卷(李阳冰录)。"大约就是指范传正以李阳冰《草堂集》为底本增订的那个本子,但魏颢、李阳冰、范传正的三个本子今皆不传。

如果说唐人由魏颢至范传正对李白诗文还只是一般的收集,那么到宋代,宋人对李白集的增订、分类和考次则是十分严谨的整理。

咸平元年(998),乐史以《草堂集》(十卷本)为底本,开始了第一次较大规模的增订，其《李翰林别集序》说：

> 李翰林歌诗，李阳冰纂为《草堂集》十卷，史又别收歌诗十卷，与《草堂集》互有得失，因校勘排为二十卷，号曰《李翰林集》。今于三馆中得李白赋、序、表、赞、书、颂等，亦排为十卷，号曰《李翰林别集》。

过了七十年，常山宋敏求在熙宁元年（1068）重新进行了编辑整理，其《李太白文集后序》说：

> 咸平中，乐史别得白歌诗十卷，合为《李翰林集》二十卷，凡七百七十六篇，史又纂杂著为别集十卷。治平元年，得王文献公溥家藏白诗集上、中二帙，凡广一百四篇，惜遗其下帙。熙宁元年，得唐魏万所纂白诗集二卷，凡广四十四篇。因裒《唐类诗》诸编，泊刻石所传、别集所载者，又得七十七篇，无虑千篇。沿旧目而厘正其汇次，使各相从。以别集附于后，凡赋、表、书、序、碑、颂、记、铭、赞、文六十五篇，合为三十卷。

宋敏求的增订使乐史本更为丰富，故特别受到后人重视，但此本仍是一般的汇集，而且在辑佚过程中没有严格辨别真伪，掺入了许多他人之作。王琦谓："论太白诗集之繁富，必归功于宋，然其紊杂亦实出于宋。"

后来曾巩又前进一步，他就宋敏求这个三十卷本，于每类之中，考其先后而编年排次，其《李太白文集后序》说：

> 《李白集》三十卷，旧歌诗七百七十六篇，今千有一篇，杂著六十五篇，知制诰常山宋敏求字次道之所广也。次道既以类广白诗，自为序，而未考次其作之先后。余得其书，乃考其先后而次第之。

至此，李白文集大体成为定本，不仅收集诗文较丰富，且有编年考定，但其体例仍不十分恰当，故而胡震亨云："至其体例，先古风，次乐府，又仍次古风，尤所不解。"(《唐音癸签》卷三十二)

宋元丰三年(1080)，临川晏处善守苏州，以宋、曾所编《李白文集》付信安毛渐校正刊行，这便是《李白文集》的第一个刻本，世称"苏本"。此本第一卷为序、碑，下二十三卷为歌诗，最后六卷为杂著。以后据此翻刻者有蜀本。同时沿乐史本系统下来的有咸淳己巳(1269)本，简称"咸淳本"，题为《李翰林集》三十卷，这个本子伪作颇多，但也有一定的参考价值。

宋末，李白诗文的集注本才出现。南宋杨齐贤(宋宁宗庆元五年进士)，有集注《李白诗》二十五卷，元人萧士赟认为此本"博而不能约，至取唐广德以后事及宋儒记录诗词为祖，甚而并杜诗内伪作、苏东坡笺事、已经益守郭知达删去者亦引用焉"(《补注李太白集序例》)。元世祖至元辛卯(1291)，萧氏删补杨齐贤注本而成《分类补注李太白集》二十五卷，是今见最早的李白诗注本。其《序例》说：

> 仆自弱冠知诵太白诗。时习举子业，虽好之，未暇究也。厥后乃得专意于此，间趋庭以求闻所未闻，或从师以蕲解所未解。真思邈想，章究其意之所寓；旁搜远引，句考其字之所原。若夫义之显者，概不赘演。或疑其赝作，则移置卷末，以俟具眼者自择焉。此其例也。一日得巴陵李粹甫家藏左绵所刊舂陵杨君齐贤子见注本读之……因取其本类此者为之节文，择其善者存之。注所未尽者，以予所知附其后，混为一注。全集有赋八篇，子见本无注，此则并注之，标其目曰《分类补注李太白集》。

萧氏于辨别李诗之真伪确实下了功夫，故时有发明，但其注很繁琐,至使胡震亨批评说:"萧之解李,亦无一字为本诗发明,却于诗外旁引传记,累牍不休。"(《唐音癸签》卷三十二《录三》)这个批评虽然过苛,但也说明了萧本的弱点。《四库全书总目提要》的评论比较适当:

> 注中多征引故实,兼及意义。卷帙浩博,不能无失……然其大致详赡,足资检阅……其于白集固不为无功焉。

萧氏本元代即有至大辛亥勤有堂刊本,明嘉靖癸卯(1543)吴会郭云鹏又有校刻本,但改动很大,已非杨、萧本的本来面目了。

明代对李白集的整理与校注又有极大发展,一方面,重刊、翻刻宋元本李白集在这一时期不断出现;另一方面,明人重新整理、注释、编刻李白集有数十种之多,达到了李白诗流传史的高峰。这里仅对几部有代表性的明人整理本作简要说明。首先值得注意的是朱谏的《李诗选注》十二卷和《辩疑》二卷,合之即是一部李诗全集。朱氏此本虽时有武断之处和其他失误,但材料丰富,条理清楚,有分段串讲,间有总评;其对李诗的辩疑,还是能启发后人的。

朱谏之后,胡震亨驳正旧注,作《李诗通》二十一卷。詹锳先生在《李太白集版本叙录》谈到胡氏本云:

> 其书首列朱茂时、朱大启并胡夏客题识。自卷一以下则为作者所改编之李白传、李白年谱及本诗。胡氏以宋敏求所收间杂伪作,曾巩所次体例亦多错综,乃重为编订。以乐府居前,余古律各以类从,为二十卷。其李赤《姑孰十咏》、李益《长干行》、顾况《去妇词》混入者,并改正。而伪作经前人甄辨者别为一卷附集后。

胡氏认为杨、萧之注繁琐,故《李诗通》大量删去旧注,常常在诗题下用短语说明题意,对旧注也有许多纠正,只是过分追求简洁,有些注解因过略而不能说清问题。

明代还有林兆珂撰的《李诗钞述注》十六卷,十分简陋,错误甚多;又有刘世教刊行的《合刻李杜分体全集李诗四十二卷杜诗六十六卷》,此本删去了所有旧注,而以古近诸体分类,其间本着编年而定先后。还有杨慎题辞、张愈光选的《李诗选》,仅收诗一百六十余首。

清代王琦的《李太白全集》三十六卷,是历来李白诗文合注最完备的本子。此本一出,便特别受到研究者与爱好者的重视。《四库全书总目提要》说:

> 琦字琢崖,钱塘人。注李诗者,自杨齐贤、萧士赟后,明林兆珂有《李诗钞述注》十六卷,简陋殊甚。胡震亨驳正旧注,作《李诗通》二十一卷。琦以其尚多漏略,乃重为编次、笺释,定为此本。其诗参合诸本,益以逸篇,厘为三十卷,以合曾巩序所言之数。别以序志、碑传、赠答题咏、诗文评语、年谱、外纪为附录六卷。而缪氏所谓《考异》一卷,散入文句之下,不另列焉。其注欲补三家(杨、萧、胡)之遗阙,故采摭颇富,不免微伤于芜杂,然捃拾残剩,时亦寸有所长。自宋以来,注杜诗者林立,而注李诗者寥寥仅二三本。录而存之,亦足以资考证。是固物少见珍之义也。

王本材料丰富,考证也力求准确,确有集大成之功绩,其对典故和地理方面的诠释考订提出了一些独到的见解,在版本校勘上也时有创新。当然也有不足之处,如"采摭颇富,不免微伤于芜杂";在笺释和人事考证上也屡有失误,加之王本删去了萧本诗题下原来宋本所注的李白游踪,也给研究者带来了麻烦。

清代还有李调元、邓在珩合编的《李太白全集》十六卷，其内容基本上取自王琦注本而尽删其注，所附年谱亦是王琦所作，价值不高。清代还有康熙年间应泗源所编《李诗纬》，其书选了李白部分诗文加以评论，有些观点较有启发性。

今人对李白集的整理与研究与时俱进，除出现了十余种李白诗文选注本外，当代值得特别注意的是四部李白作品全集：一是瞿蜕园、朱金城先生的《李白集校注》；二是安旗先生主编的《李白全集编年注释》；三是詹锳先生主编的《李白全集校注汇释集评》；四是郁贤皓先生主编的《李太白全集校注》。这四部李白作品全注本各有特色，亦各有不足，但在李白作品的整理和研究上都有重要贡献，均是当代李白作品研究的重要成果。

关于李白诗歌作品全集，还有一部书不能不提，那就是由陈贻焮先生任主编的《增订注释全唐诗》，其中李白的诗歌作品编为二十五卷，可视作是李白诗歌作品的全注本，这个注本是由我来完成的，后作为《李白诗集新注》单独出版。本书又在此基础上更换底本、删伪作、补逸诗，做了全面修订，书题更名为《李白诗全集新注》。以下对本书体例做几点说明：

一、本书所用底本，为清乾隆二十三年聚锦堂刊王琦《李太白文集辑注》，即王琦注本。同时参考四库全书所收王琦注《李太白集注》，明嘉靖二十五年玉几山人校刻宋杨齐贤集注、元萧士赟补注《分类补注李太白诗》，清康熙五十六年吴门缪曰芑双泉草堂仿元丰三年临川晏氏刊本《李太白文集》，国家图书馆藏宋蜀刻本《李太白文集》，《全唐诗》等。本书只录李白诗作，底本卷一所录赋、卷二十六后所录文皆不收，以底本卷二为本书卷一，正文共二十四卷。凡改动底本文字，皆作校记；明显的错字，径行改正，不复出校。底本随文注出的异文，择其要者保留（如确系误字，或确无参考价值，则不保留），但不作小字夹注的形式,而移入注文中,写为"某,一作'某'"。校记和注释放在一起。

二、本书注释,充分参考前贤时彦的研究成果,凡引用古人及当代学者的注文,悉加标明。注释难字、难词一般不列举书证,仅说明其含义,同时标注拼音,以便读者诵读。注释偏僻的地名、官名,则说明注释的依据。注释诗中涉及的史实、典章制度等,大都说明史料来源,或征引原文,或撮述其大意。诗中典故及化用前人的语句,皆注明出处,并征引原文(一般只征引关键性的几句话,其余则撮述大意)。

三、王琦注本正文共收李白诗987首,诗文拾遗收李白逸诗44首。其中确定为非李白所作的篇目,本书正文径行删去,仅在附录三中简列存目。底本所收可信的李白逸诗,统一收入书后"补遗"部分,逸句即以"句"为题。同时,本书在前人整理研究的基础上,利用已有的辑逸成果增补逸诗。根据他人辑逸成果录入者,除注明原出处并检核原书外,还注明采自某人某成果,以示对他人劳动成果的尊重。

总之,整理一部李白诗歌全集是一项很有意义的工作,难度也很大。本书虽然在笔者整理《李白诗集新注》的基础上又做了全盘修订,但书中难免仍有讹误、遗漏之处,祈请读者批评指正。

管士光

卷 一

古 风

其 一

《大雅》久不作[1]，吾衰竟谁陈[2]。《王风》委蔓草[3]，战国多荆榛[4]。龙虎相啖食[5]，兵戈逮狂秦[6]。正声何微茫[7]，哀怨起骚人[8]。扬马激颓波[9]，开流荡无垠。废兴虽万变，宪章亦已沦[10]。自从建安来[11]，绮丽不足珍。圣代复元古[12]，垂衣贵清真[13]。群才属休明[14]，乘运共跃鳞[15]。文质相炳焕[16]，众星罗秋旻[17]。我志在删述[18]，垂辉映千春。希圣如有立[19]，绝笔于获麟[20]。

【注释】

〔1〕大雅：《诗经》由《风》《雅》《颂》三部分组成。《雅》又分《大雅》《小雅》。《大雅》共三十一篇，多为西周时期的政治诗。作：兴起。

〔2〕吾衰：语本《论语·述而》："子曰：甚矣吾衰也。"陈：陈献。传说古时天子命令太师陈诗以观民风。事见《礼记·王制》。

〔3〕王风:《诗经》国风的一部分,朱熹《诗集传》:"(平王)徙居东都王城,于是周室遂卑,与诸侯无异,故其诗不为《雅》而为《风》。然其王号未替也,故不曰周,而曰王。"委:丢弃。《王风》和上句《大雅》,均借指《诗经》。

〔4〕荆榛(jīng zhēn):丛生的杂树。比喻荒芜。

〔5〕"龙虎"句:比喻战国七雄龙争虎斗,互相吞并。

〔6〕逮:及,到。

〔7〕正声:即正风,指雅正的诗篇。

〔8〕骚人:屈原的《离骚》是《楚辞》的代表,后因称屈原、宋玉等创作楚辞体作品的诗人为"骚人"。

〔9〕扬马:指汉代辞赋家扬雄与司马相如。

〔10〕宪章:指诗的法度。沦:沦丧。

〔11〕建安:东汉献帝的年号(196—220)。其时曹氏父子(曹操和曹丕、曹植)和"建安七子"等所作的诗,风格刚健质朴,慷慨悲凉,号称"建安体"。

〔12〕圣代:指唐朝。

〔13〕垂衣:言无为而治。《易·系辞下》:"黄帝、尧、舜,垂衣裳而天下治。"清真:纯真朴素。这里指政治清明,世风纯朴。

〔14〕属:适逢。休明:美好清明。这里用以赞美盛世。谢朓《始出尚书省》:"惟昔逢休明,十载朝云陛。"

〔15〕"乘运"句:意谓应运而起,其势如龙腾鱼跃。语本王珪《咏汉高祖》:"汉祖起丰沛,乘运以跃鳞。"

〔16〕文:文采。质:本质。文质指诗歌的形式和内容。

〔17〕秋旻(mín):秋日的天空。

〔18〕删述:孔子曾将古时诗歌三千余篇,删为三百零五篇。事见《史记·孔子世家》。又《论语·述而》:"子曰:述而不作,信而好古。"删述泛指整理编订诗歌创作。

〔19〕希圣:效法圣人。圣指孔丘。夏侯湛《闵子骞赞》:"圣既拟天,贤亦希圣。"

〔20〕"绝笔"句:《春秋·哀公十四年》:"春,西狩获麟。"杜预注谓见西狩获麟,仲尼"伤周道之不兴,感嘉瑞之无应",遂停止修《春秋》,"绝笔

于获麟之一句"。

其 二[1]

蟾蜍薄太清[2],蚀此瑶台月[3]。圆光亏中天,金魄遂沦没[4]。蝃蝀入紫微[5],大明夷朝晖[6]。浮云隔两曜[7],万象昏阴霏。萧萧长门宫[8],昔是今已非。桂蠹花不实[9],天霜下严威[10]。沉叹终永夕[11],感我涕沾衣。

【注释】

〔1〕诗约作于天宝三载(744),时作者被赐金放还即将离京。

〔2〕蟾蜍:即癞蛤蟆。神话传说月中有蟾蜍,啮食月亮。薄:侵迫。太清:天空。

〔3〕"蚀此"句:指月蚀。瑶台,在昆仑山,神话中西王母居处。沈约《和王中书德充咏白云诗》:"蔽亏昆山树,含吐瑶台月。"

〔4〕金魄:谓满月之影,光明灿烂,如金子一般。

〔5〕蝃(dì)蝀:虹的别名。紫微:星座名,太一之精,天帝所居。古人以为"蝃蝀入紫微",即是淫邪之气侵入帝座,是国家将出现灾祸的预兆。

〔6〕"大明"句:指朝日无光。大明,太阳。夷,消灭。

〔7〕两曜(yào):日、月。

〔8〕长门宫:汉武帝陈皇后失宠,退居长门宫,愁闷悲思。

〔9〕桂蠹(dù):桂树上的一种寄生虫。花不实:指只开花不结子。此句语本《汉书·五行志》所载汉成帝时歌谣:"桂树华不实,黄雀巢其颠。"

〔10〕"天霜"句:意谓皇帝发怒,如天降秋霜。潘岳《西征赋》:"弛秋霜之严威。"

〔11〕永夕:长夜。

其　三

秦王扫六合[1],虎视何雄哉[2]!挥剑决浮云,诸侯尽西来[3]。明断自天启[4],大略驾群才。收兵铸金人[5],函谷正东开[6]。铭功会稽岭[7],骋望琅邪台[8]。刑徒七十万,起土骊山隈[9]。尚采不死药,茫然使心哀[10]。连弩射海鱼,长鲸正崔嵬[11]。额鼻象五岳[12],扬波喷云雷[13]。鬐鬣蔽青天[14],何由睹蓬莱[15]?徐市载秦女,楼船几时回?但见三泉下,金棺葬寒灰[16]。

【注释】

〔1〕王:一作"皇"。六合:天地四方,概指天下。贾谊《过秦论》:"及至始皇……履至尊而制六合。"

〔2〕虎视:如虎之雄视,形容势力强盛。班固《西都赋》:"秦以虎视。"

〔3〕"挥剑"二句:典出《庄子·说剑》:"天子之剑……上决浮云,下绝地纪。此剑一用,匡诸侯,天下服矣。"挥,一作"飞"。决,断。诸侯尽西来,指六国诸侯皆在函谷关以东,秦始皇横扫天下,六国之君皆西向秦称臣。

〔4〕明断:英明果断。天启:上天的启示。《左传·僖公二十三年》:"天之所启,人弗及也。"

〔5〕兵:兵器。金人:指用金属铸成的人像。秦始皇二十六年(前221),"收天下兵,聚之咸阳,销以为钟鐻,金人十二,重各千石,置宫廷中。"(《史记·秦始皇本纪》载。本诗注释有关秦始皇事,均出此。)

〔6〕函谷：即函谷关，故址在今河南灵宝市北。此关为秦与东方六国的交通要道。六国未灭时，秦以重兵防守，启闭甚严；六国灭后，天下统一，此门便向东打开了。

〔7〕铭功：刻石记述功绩。会(kuài)稽岭：即会稽山，在今浙江绍兴市东南。秦始皇在公元前210年曾"上会稽，祭大禹，望于南海，而立石刻颂秦德"。

〔8〕骋望：纵目远望。琅邪台：在今山东胶南市琅邪山上。秦始皇曾于公元前219年"南登琅邪"，后"作琅邪台，立石刻，颂秦德，明得意"。

〔9〕"刑徒"二句：始皇即位后，命七十余万人为之修陵墓。隈(wēi)，山曲折处。

〔10〕"尚采"二句：传说海上有三仙山，始皇遂命徐市"发童男女数千人入海求仙人"。

〔11〕"连弩"二句：连弩是一种装有机栝，可以连续发射数箭的弓。徐市等求神药花费巨万，数岁不得，就谎称海中有大鲛鱼拦道，致使无法靠近仙山。秦始皇于是亲自带连弩在之罘(即今山东烟台市芝罘岛)射杀大鱼。崔嵬(wéi)，形容高大的样子。

〔12〕五岳：即东岳泰山、西岳华山、南岳衡山、北岳恒山和中岳嵩山。

〔13〕"扬波"句：是说鲸鱼扬起波浪，喷出水柱，其气如云，其声似雷。

〔14〕鬐鬣(qí liè)：鱼脊和鱼颔上的羽状部分。

〔15〕蓬莱：海中三神山之一。

〔16〕"但见"二句：化用《史记·秦始皇本纪》"穿三泉下铜而致椁"语意。

其　四[1]

凤飞九千仞，五章备彩珍[2]。衔书且虚归[3]，空入周与秦。横绝历四海[4]，所居未得邻。吾营紫河车[5]，千载落风尘[6]。药物秘海岳，采铅青溪滨[7]。时登大楼山[8],举首望仙真[9]。羽驾灭去影,飙车绝回轮[10]。尚恐丹液迟[11],志愿不及申。徒霜镜中发,羞彼鹤上人。桃李何处开,此花非我春。唯应清都境[12],长与韩众亲[13]。

【注释】

〔1〕诗作于天宝十三载(754),时作者在秋浦。

〔2〕五章:五种彩色。

〔3〕衔书:《宋书·符瑞志》:"有凤凰衔书,游文王之都。"

〔4〕横绝:《史记·留侯世家》:"鸿鹄高飞,一举千里。羽翮已就,横绝四海。"

〔5〕紫河车:萧士赟注:"道书蓬莱修炼法,河车是水,朱雀是火。取水一斗当中,以火炎之令沸,致圣石九仞其中,初成姹女,次谓之玉液,后成紫色,谓之紫河车,白色曰白河车,青色曰青河车,赤色曰赤河车,亦曰黄芽。"

〔6〕落:脱离。

〔7〕青溪:即清溪,唐时在池州府,今安徽省池州市北。

〔8〕大楼山:王琦注:"在池州府城南六十里。"

〔9〕首:一作"手"。

〔10〕"羽驾"二句:杨齐贤注:"羽驾,言乘鸾驾鹤。飙车,言御风载云。"

〔11〕丹液:即还丹金液,道家认为服之可以白日升天。

〔12〕清都:天帝所居的宫阙,也指帝王所居之都城。

〔13〕韩众:仙人名。《楚辞·七谏·自悲》:"见韩众而宿兮,问天道之所在。"王逸注:"韩众,仙人也。"《抱朴子·仙药》:"韩众服菖蒲十三年,身生毛,日视书万言,皆诵之,冬袒不寒。"

其　五

太白何苍苍[1],星辰上森列。去天三百里,邈尔与世绝[2]。中有绿发翁,披云卧松雪。不笑亦不语,冥栖在岩穴[3]。我来逢真人,长跪问宝诀[4]。粲然启玉齿[5],授以炼药说。铭骨传其语,竦身已电灭。仰望不可及,苍然五情热[6]。吾将营丹砂[7],永与世人别。

【注释】

〔1〕太白:山名,在今陕西省西安市西南,为秦岭主峰。

〔2〕"去天"二句:《水经注·渭水》:"太白山,在武功县南,去长安二百里,不知其高几何。俗云:'武功太白,去天三百。'"邈,远貌。

〔3〕冥栖:隐居。

〔4〕"我来"二句:语本曹植《飞龙篇》:"我知真人,长跪问道。"真人,道家称"修真得道"或"成仙"的人。

〔5〕粲然:盛笑貌。启玉齿:一作"忽自哂"。

〔6〕苍然:匆遽貌。五情:喜、怒、哀、乐、怨。

〔7〕营丹砂:指求仙访道。

其　六

代马不思越,越禽不恋燕[1]。情性有所习,土风固其然[2]。昔别雁门关[3],今戍龙庭前[4]。惊沙乱海日[5],飞雪迷胡天。虮虱生虎鹖[6],心魂逐旌旃[7]。苦战功不赏,忠诚难可宣。谁怜李飞将,白首没三边〔8〕。

【注释】

〔1〕"代马"二句:用《古诗十九首》"胡马依北风,越鸟巢南枝"语意。代、燕,指北方。越,指南方。

〔2〕土风:乡土风俗。张协《杂诗》:"土风安所习,由来有故然。"固其然:一作"其固然"。

〔3〕雁门关:关名,在今山西阳高县北。

〔4〕龙庭:匈奴祭天、大会诸部之地,又称龙城。

〔5〕海:瀚海,泛指戈壁沙漠。

〔6〕虎鹖(hé):谓虎文衣与鹖冠。《后汉书·舆服志》:"武冠……加双鹖尾,竖左右,为鹖冠云……虎贲武骑皆鹖冠,虎文单衣。"

〔7〕旌(jīng):旗的通称。旃(zhān):曲柄的旗。

〔8〕李飞将:西汉名将李广。李广与匈奴大小七十余战,然而终身未封侯。事见《史记·李将军列传》。三边:幽、并、凉三州,此泛指北方边地。

其 七

客有鹤上仙,飞飞凌太清〔1〕。扬言碧云里,自道安期名〔2〕。两两白玉童,双吹紫鸾笙〔3〕。去影忽不见,回风送天声〔4〕。举首远望之〔5〕,飘然若流星。愿餐金光草〔6〕,寿与天齐倾〔7〕。

【注释】

〔1〕凌:经历、飞过。太清:天庭。《楚辞·九叹·远游》:"譬若王侨

之乘云兮,载赤霄而凌太清。"

〔2〕安期:安期生,仙人名。传说中的仙人,居东海仙山。事见《史记·封禅书》。

〔3〕紫鸾笙:仙人所吹之笙。

〔4〕回风:飘风,旋风。

〔5〕"举首"句:一作"我欲一问之"。

〔6〕金光草:《佩文韵府·韵府拾遗》卷四九引《广异纪》:"谢元卿至东岳夫人所居,有异草,叶如芭蕉,花正黄色,光可以鉴,曰此金光草也,食之化形灵,元寿与天齐。"

〔7〕本诗一作:"五鹤西北来,飞飞凌太清。仙人绿云上,自道安期名。两两白玉童,双吹紫鸾笙。飘然下倒影,倏忽无留形。遗我金光草,服之四体轻。将随赤松去,对博坐蓬瀛。"

其　八

咸阳二三月〔1〕,宫柳黄金枝。绿帻谁家子,卖珠轻薄儿〔2〕。日暮醉酒归,白马骄且驰。意气人所仰,冶游方及时〔3〕。子云不晓事,晚献《长杨》辞〔4〕。赋达身已老,草《玄》鬓若丝〔5〕。投阁良可叹〔6〕,但为此辈嗤〔7〕。

【注释】

〔1〕咸阳:秦首都,此代指长安。

〔2〕"绿帻(zé)"二句:《汉书·东方朔传》载:董偃少时随母卖珠,出入武帝姑母馆陶公主家,后为馆陶公主宠幸,出则执辔,入则侍内,号曰董君。武帝至馆陶公主家宴饮时,偃头裹绿帻(汉时贱服)拜见,受到封赏,后又得宠用。帻,包发头巾。

9

〔3〕冶游：指狎妓。

〔4〕"子云"二句：汉成帝幸长杨宫，令胡客大校猎，扬雄献《长杨赋》。

〔5〕草《玄》：《汉书·扬雄传》："哀帝时，丁、傅、董贤用事，诸附离之者，或起家至二千石。时雄方草《太玄》，有以自守，泊如也。"

〔6〕投阁：王莽篡汉，建立新朝，扬雄作《剧秦美新》歌颂王莽。他的学生刘棻犯罪，扬雄受株连。收捕时，扬雄正在天禄阁上校书，治狱者来，扬雄从阁上跳下，几乎死去。事见《汉书·扬雄传》。

〔7〕此辈：指董偃之辈。嗤（chī）：耻笑。

其 九

庄周梦胡蝶，胡蝶为庄周〔1〕。一体更变易，万事良悠悠。乃知蓬莱水，复作清浅流〔2〕。青门种瓜人，旧日东陵侯〔3〕。富贵故如此〔4〕，营营何所求〔5〕？

【注释】

〔1〕"庄周"二句：《庄子·齐物论》："昔者庄周梦为胡蝶，栩栩然胡蝶也。自喻适志与！不知周也。俄然觉，则蘧蘧然周也。不知周之梦为胡蝶与，胡蝶之梦为周与？"

〔2〕"乃知"二句：《神仙传》载，仙女麻姑说曾见东海三为桑田，前到蓬莱，又见海水浅于往日略半，将复为陆地。

〔3〕"青门"二句：汉长安城东，居南第一门，因门色青，故俗呼为"青城门"。（见《三辅黄图·都城十二门》）《史记·萧相国世家》载，秦东陵侯召（shào）平，秦亡后为布衣，种瓜于长安青门外。

〔4〕故：一作"固"。

〔5〕营营：奔走忙碌貌。

10

其 十

齐有倜傥生[1],鲁连特高妙[2]。明月出海底[3],一朝开光曜。却秦振英声,后世仰末照[4]。意轻千金赠,顾向平原笑[5]。吾亦澹荡人[6],拂衣可同调[7]。

【注释】

〔1〕倜傥(tì tǎng):潇洒超拔,不受拘束。

〔2〕鲁连:即鲁仲连。《史记·鲁仲连邹阳列传》载,战国时,鲁连助赵解邯郸之围,平原君赠以千金,笑而不受。

〔3〕明月:即夜光珠,产于海中。此处借喻鲁仲连之风采。

〔4〕却秦:使秦军后退。末照:余光。

〔5〕顾:回头。

〔6〕澹荡:恬淡自适。

〔7〕同调:志趣相同,谢灵运《七里濑》:"谁谓古今殊,异代可同调。"

其十一

黄河走东溟[1],白日落西海。逝川与流光[2],飘忽不相待。春容舍我去,秋发已衰改[3]。人生非寒松,年貌岂长在。吾当乘云螭,吸景驻光彩[4]。

【注释】

〔1〕东溟:即东海。

〔2〕逝川:流水。流光:光阴。

〔3〕春容:青春年少的容颜。秋发:指衰年之头发。

〔4〕云螭(chī):龙的别称。吸景:杨齐贤注:"吸日月之景以驻吾之颜。"景,光。此二句一作"谁能学天飞,三秀与君采"。

其十二

松柏本孤直,难为桃李颜[1]。昭昭严子陵,垂钓沧波间。身将客星隐,心与浮云闲。长揖万乘君,还归富春山[2]。清风洒六合[3],邈然不可攀[4]。使我长叹息,冥栖岩石间[5]。

【注释】

〔1〕桃李颜:指桃李妖艳的颜色。

〔2〕"昭昭"六句:《后汉书·严光传》载,严光(本姓庄,后人避汉明帝刘庄讳改)字子陵,会稽余姚人。曾与刘秀同学。刘秀即帝位,召至京城,拜谏议大夫,不受,归隐于富春江。昭昭,光明磊落貌。将,与。

〔3〕六合:指天地四方。

〔4〕邈然:高远貌。不可攀:不可企及。

〔5〕冥栖:即隐居。

其十三

君平既弃世,世亦弃君平[1]。观变穷太易[2],探元化群生[3]。寂寞缀道论,空帘闭幽情。驺虞不虚来[4],鸑鷟有时鸣[5]。安知天汉上[6],白日悬高名?海客去已久[7],谁人测沉冥[8]?

【注释】

〔1〕"君平"二句：《文选》鲍照《咏史》："君平独寂寞，身世两相弃。"李善注："身弃世而不仕，世弃身而不任。"君平，严君平，名遵，西汉蜀郡（今成都市）人。卖卜于成都，日得百钱，足以自养，即闭肆下帘授《老子》，著书十余万言。一生不为官，享年九十余。

〔2〕太易：《列子·天瑞》："有太易，有太初，有太始，有太素。太易者，未见气也；太初者，气之始也；太始者，形之始也；太素者，质之始也。"

〔3〕探元：即探玄，探道。

〔4〕驺(zōu)虞：传说中的瑞兽。《诗·召南·驺虞》"于嗟乎驺虞"毛传："驺虞，义兽也，白虎黑文，不食生物，有至信之德则应之。"

〔5〕鹥鷟(yuè zhuó)：《国语·周语》："周之兴也，鹥鷟鸣于岐山。"韦昭注："鹥鷟，凤凰之别名也。"

〔6〕天汉：天河，银河。

〔7〕"海客"句：张华《博物志》载，天河与海通，年年八月有浮槎来去。有人乘槎而去，至一处，有城郭宫室，遥望宫中多织妇，又见一丈夫牵牛饮于河边，乃问此是何处，牵牛者曰："君还至蜀郡，访严君平则知之。"此人回到成都，问君平，答曰："某年月日有客星犯牵牛宿。"

〔8〕沉冥：隐居不仕。

其十四

胡关饶风沙[1]，萧索竟终古[2]。木落秋草黄，登高望戎虏。荒城空大漠，边邑无遗堵[3]。白骨横千霜[4]，嵯峨蔽榛莽[5]。借问谁凌虐[6]，天骄毒威武[7]。赫怒我圣皇，劳师事鼙鼓[8]。阳和变杀气，发卒骚中土[9]。三十六万人，哀哀泪如雨。且悲就行役，安得营农圃[10]？不见征戍儿,岂知关山苦[11]？李牧今不在[12],边人饲豺虎[13]。

【注释】

〔1〕胡关:近边塞之关隘。饶:多。

〔2〕萧索:萧条凄凉。竟:尽。终古:自古以来。

〔3〕空:只。邑:小城。堵:墙壁。

〔4〕千霜:千载。

〔5〕嵯峨(cuó é):高峻貌。榛莽:草木丛生。

〔6〕凌虐:欺凌暴虐。

〔7〕天骄:《汉书·匈奴传》:"胡者,天之骄子也。"毒:毒害。威武:指以武力相侵。

〔8〕赫怒:盛怒。圣皇:指玄宗。鼙(pí)鼓:古代军中用的小鼓。此指战争。

〔9〕阳和:春日和暖之气。杀气:秋日之阴气。发:征调。中土:中原。

〔10〕营农圃(pǔ):从事农业生产。古称种五谷为农,种蔬菜为圃。

〔11〕"岂知"句:一本以下有"争锋徒死节,秉钺皆庸竖。战士涂(死)蒿莱,将军获圭组"四句。

〔12〕李牧:《史记·张释之冯唐列传》:"李牧为赵将,居边,军市之租,皆自用飨士,赏赐决于外,不从中扰也。"

〔13〕豺虎:喻残暴的敌人。

其十五[1]

燕昭延郭隗,遂筑黄金台。剧辛方赵至,邹衍复齐来[2]。奈何青云士[3],弃我如尘埃。珠玉买歌笑,糟糠养贤才[4]。方知黄鹄举,千里独徘徊[5]。

【注释】

〔1〕诗约作于天宝三载(744),时作者即将离开长安。

〔2〕"燕昭"四句:战国时,燕昭王为求富国强兵,欲延天下贤士,先为郭隗修建宫室而师事之。又筑黄金台,置千金于台上,以招聘贤士。不久,乐毅从魏国、剧辛从赵国、邹衍从齐国奔赴燕国。事见《战国策·燕策》及《史记·燕召公世家》。

〔3〕青云士:指在高位之人。

〔4〕"珠玉"二句:刺统治者荒淫逸乐而鄙弃贤才。阮籍《咏怀》其三一:"战士食糟糠,贤者处蒿莱。"

〔5〕"方知"二句:喻贤才远走高飞,独自徘徊。

其十六

宝剑双蛟龙[1],雪花照芙蓉[2]。精光射天地,雷腾不可冲[3]。一去别金匣,飞沉失相从。风胡殁已久[4],所以潜其锋[5]。吴水深万丈,楚山邈千重。雌雄终不隔,神物会当逢[6]。

【注释】

〔1〕"宝剑"句:《晋书·张华传》(本诗注释有关张华事,均出此)载,雷焕在丰城县狱掘得宝剑两把,雄曰干将,雌曰莫邪,送干将与张华,留莫邪以自佩。张华被杀,失剑所在。雷焕卒后,其子持莫邪剑经延平津,剑忽跃入水中。使人没水取之,不得,但见双龙光彩照水,波浪惊沸。

〔2〕雪花、芙蓉:形容剑光之清澈。

〔3〕"精光"二句:张华见"斗牛之间常有紫气",因与雷焕登楼仰观。雷焕说是"宝剑之精,上彻于天耳",并说宝剑当在豫章丰城。

15

〔4〕风胡:即风胡子,春秋楚国的一位善相剑者。楚王曾派他赴吴,见干将和欧冶子,使铸宝剑。见《越绝书·越绝外传·记宝剑》。殁(mò):死。一作"灭"。

〔5〕潜:藏。

〔6〕"雌雄"二句:张华得雷焕赠剑后说:"详观剑文,乃干将也,莫邪何复不至?虽然,天生神物,终当合耳。"

其十七

金华牧羊儿,乃是紫烟客[1]。我愿从之游,未去发已白。不知繁华子,扰扰何所迫?昆山采琼蕊[2],可以炼精魄[3]。

【注释】

〔1〕"金华"二句:《神仙传》卷二载,黄初平在金华山牧羊,后得道成仙。其兄入山寻之,问初平:"羊何在?"答曰:"近在山东。"兄往视,唯见白石累累。初平叱曰:"羊起!"于是白石皆变为羊,数万头。金华山,在今浙江金华市北。紫烟客,指仙人。

〔2〕琼蕊:琼华。《汉书·司马相如传》颜师古注引张揖曰:"琼树生昆仑西流沙滨,大三百围,高万仞。华,蕊也,食之长生。"蕊,一作"蘂"。

〔3〕精魄:魂魄。

其十八

天津三月时[1],千门桃与李。朝为断肠花[2],暮逐东流水。前水复后水,古今相续流。新人非旧人,年年桥上游。鸡鸣海色动[3],谒帝罗公侯[4]。月落西上阳[5],余辉半城楼。衣冠照云日,朝下散皇州[6]。鞍马如飞龙,黄金络马头。行人皆辟易[7],志气横嵩丘[8]。入门上高堂,列鼎错珍羞[9]。香风引赵舞[10],清管随齐讴[11]。七十紫鸳鸯,双双戏庭幽[12]。行乐争昼夜,自言度千秋。功成身不退,自古多愆尤[13]。黄犬空叹息[14],绿珠成衅仇[15]。何如鸱夷子,散发棹扁舟[16]。

【注释】

〔1〕天津:浮桥名,故址在今洛阳西南洛水上。

〔2〕断肠花:极言桃李烂漫,使人见之春心摇荡,不胜思恋。

〔3〕海色:晓色。

〔4〕谒(yè):拜见。罗:排列。

〔5〕西上阳:宫名,在唐东都洛阳皇城西南隅。一作"上阳西"。

〔6〕朝下:下朝。皇州:京都。

〔7〕辟易:因惊惧而退避。

〔8〕嵩丘:嵩山。

〔9〕列鼎:古代贵族列鼎而食。错:错杂。珍羞:名贵珍奇的食物。

〔10〕香风:脂粉香气随风散发。

〔11〕清管:清亮的管乐声。讴(ōu):歌。

〔12〕"七十"二句:《西京杂记》卷三:"茂陵富人袁广汉……于北邙山下筑园……养白鹦鹉、紫鸳鸯……奇兽怪禽,委积其间。"庭幽,幽静的庭院。

〔13〕愆(qiān)尤:罪过,灾祸。

〔14〕"黄犬"句:用李斯事。《史记·李斯列传》载,李斯被囚,对其子说:"吾欲与若复牵黄犬,俱出上蔡东门,逐狡兔,岂可得乎?"父子抱头痛哭,而夷三族。

〔15〕"绿珠"句:《晋书·石崇传》载,石崇宠妓绿珠,美而艳,善吹笛,工舞。后石崇被收捕,绿珠自投楼下而亡。

〔16〕"何如"二句:用范蠡(lí)事。《国语·越语下》载,范蠡佐越王勾践灭吴后,乃辞别越王,"乘轻舟以浮于五湖,莫知其所终极"。鸱(chī)夷子,即鸱夷子皮,范蠡的别号。扁舟,小船。棹(zhào),一作"弄"。

其十九[1]

西上莲花山[2],迢迢见明星[3]。素手把芙蓉,虚步蹑太清[4]。霓裳曳广带[5],飘拂升天行。邀我登云台,高揖卫叔卿[6]。恍恍与之去,驾鸿凌紫冥[7]。俯视洛阳川,茫茫走胡兵[8]。流血涂野草,豺狼尽冠缨[9]。

【注释】

〔1〕诗作于至德元载(756),作者由梁宋奔之玉华山。

〔2〕上:一作"岳"。莲花山:即莲花峰,为西岳华山的最高峰。

〔3〕迢(tiáo)迢:遥远貌。明星:神话中的华山仙女名。《太平广记》卷五九引《集仙录》:"明星玉女者,居华山,服玉浆,白日升天。"

〔4〕素手:洁白的手。虚步:凌空而行。蹑(niè):登。太清:高空。

〔5〕霓裳:虹霓做成的衣裳,仙人所服。曳(yè):拖。

〔6〕云台:华山东北部的高峰。卫叔卿:《神仙传》卷八载,卫叔卿,中山人,服云母石而成仙。汉武帝曾派人寻找他的踪迹,远远望见卫叔卿与数人博戏于华山绝岩下。

〔7〕恍恍:恍惚。紫冥:青紫色的天空。

〔8〕胡兵:指安禄山叛军。天宝十四载(755)十二月,安史叛军攻破洛阳。

〔9〕冠缨(yīng):官员的装束。

其二十

昔我游齐都[1],登华不注峰[2]。兹山何峻秀,绿翠如芙蓉。萧飒古仙人,了知是赤松[3]。借予一白鹿[4],自挟两青龙[5]。含笑凌倒景[6],欣然愿相从[7]。泣与亲友别,欲语再三咽。勖君青松心[8],努力保霜雪。世路多险艰,白日欺红颜。分手各千里,去去何时还[9]。在世复几时,倏如飘风度[10]。空闻《紫金经》[11],白首愁相误。抚己忽自笑,沉吟为谁故。名利徒煎熬,安得闲余步[12]。终留赤玉舄,东上蓬莱路。秦帝如我求,苍苍但烟雾[13]。

【注释】

〔1〕齐都:《元和郡县图志·河南道·青州》:"临淄县,古营丘之地,吕望所封,齐之都也。"即今山东淄博市。

〔2〕华不(fū)注峰:华不注山在济南市区东北。

〔3〕赤松:赤松子,古代仙人。

〔4〕白鹿:仙人的坐骑。

〔5〕青龙:仙人所乘。

〔6〕凌倒景:指升天。倒景,即倒影,道家指天上最高处。

〔7〕一本此十句作一首。

〔8〕勖(xù):勉励。

〔9〕一本此八句作一首。

〔10〕飘风:旋风,暴风。

〔11〕《紫金经》:炼丹之书。

〔12〕闲余步:《文选》沈约《宿东园》:"聊可闲余步。"李善注:"《七

启》:'雍容闲步。'"张铣注:"闲,缓也。"

〔13〕"终留"四句:用安期生典。《晋书·高士传》载,琅邪人安期生,受学于河上丈人,卖药海边,时人皆呼千岁公。秦皇东游,与语三日夜,赐金帛数千万,皆置之而去,留下赤玉舄和书信曰:"后数十年求我于蓬莱山下。"赤玉舄(xì),一种复底而着木的鞋。莱,一作"山"。一本此十二句作一首。

其二十一

郢客吟《白雪》,遗响飞青天。徒劳歌此曲,举世谁为传。试为《巴人》唱,和者乃数千[1]。吞声何足道[2],叹息空凄然。

【注释】

〔1〕"郢客"六句:宋玉《对楚王问》:"客有歌于郢中者,其始曰《下里》《巴人》,国中属而和者数千人……其为《阳春》《白雪》,国中属而和者不过数十人……是其曲弥高,其和弥寡。"

〔2〕吞声:不敢出声。何足道:谓心中痛苦而不可言也。

其二十二[1]

秦水别陇首,幽咽多悲声[2]。胡马顾朔雪,躞蹀长嘶鸣[3]。感物动我心,缅然含归情[4]。昔视秋蛾飞,今见春蚕生。袅袅桑结叶,萋萋柳垂荣[5]。急节谢流水[6],羁心摇悬旌[7]。挥涕且复去,恻怆何时平?

【注释】

〔1〕诗约作于天宝三载(744),时作者即将离京。

〔2〕"秦水"二句:《太平御览》卷五六引《三秦记》:"陇西关,其阪九回,不知高几里,欲上者七日乃越……上有清水四注,俗歌曰:'陇头流水,鸣声幽咽。遥望秦川,心肝断绝。'去长安千里,望秦川如带。又关中人上陇者,还望故乡,悲思而歌,则有绝死者。"陇首,即陇山,在今陕西陇县至甘肃平凉市一带。

〔3〕"胡马"二句:《古诗十九首》其一:"胡马依北风,越鸟巢南枝。"朔雪,北方的雪。蹀躞(xiè dié),往来徘徊。

〔4〕缅然:遥远貌。《国语·楚语上》:"缅然引领南望。"

〔5〕"昔视"四句:杨齐贤注:"《毛诗》:'昔我往矣,杨柳依依。今我来思,雨雪霏霏。'曹子建诗:'昔我初迁,朱华未希。今我旋止,素雪云飞。'太白意同此。昔我在此见秋蛾之飞,今既改岁,春蚕生矣,桑华如结,柳条争荣,犹未得归。"

〔6〕急节:《文选》曹植《与吴季重书》:"日不我与,曜灵急节。"吕延济注:"急节谓迁移速也。"杨齐贤注:"王逸《楚辞》注:'谢,去也。'谓时节之去如流水之急。"

〔7〕"羁心"句:谓心神不定。《战国策·楚策一》:"心摇摇如悬旌,而无所终薄。"

其二十三

秋露白如玉,团团下庭绿[1]。我行忽见之,寒早悲岁促。人生鸟过目[2],胡乃自结束[3]。景公一何愚?牛山泪相续[4]。物苦不知足,得陇又望蜀[5]。人心若波澜,世路有屈曲。三万六千日,夜夜当秉烛[6]。

【注释】

〔1〕团团:凝聚貌。江淹《刘文学桢感怀》:"团团霜露色。"庭绿:指庭中草木。

〔2〕"人生"句:语本张协《杂诗》:"人生瀛海内,忽如鸟过目。"

〔3〕结束:约束。《古诗十九首》:"荡涤放情志,何为自结束?"

〔4〕"景公"二句:《列子·力命》载,齐景公游于牛山,临望都城感到人终有一死而悲哀下泪。晏子讥其"立事庛疵,何暇念死?……是不仁也"。后喻不知满足而自寻烦恼。

〔5〕"物苦"二句:《后汉书·岑彭传》:"(刘秀)敕岑彭书曰:人苦不知足,既平陇,复望蜀。"

〔6〕"三万"句:指百年之寿。秉烛,《古诗十九首》:"昼短苦夜长,何不秉烛游?"

其二十四[1]

大车扬飞尘,亭午暗阡陌[2]。中贵多黄金,连云开甲宅[3]。路逢斗鸡者[4],冠盖何辉赫[5]!鼻息干虹蜺,行人皆怵惕[6]。世无洗耳翁,谁知尧与跖[7]?

【注释】

〔1〕诗作于开元十八年(730),时李白初入长安。

〔2〕亭午:正午。阡陌(qiān mò):田间的路,南北称阡,东西称陌,此泛指长安城中的街道。

〔3〕中贵:有权势的宦官。连云:形容建筑物极高,仿佛上接云霄。甲宅:头等住宅。

〔4〕斗鸡者:善于斗鸡的人。据陈鸿《东城老父传》载,长安宣阳里童子贾昌由于善养斗鸡,深得玄宗宠信,"金帛之赐,日至其家",时号"神鸡童"。

〔5〕冠盖:衣冠和车盖。辉赫:光彩照人。

〔6〕干:犯。怵惕(chù tì):恐惧。

〔7〕洗耳翁:指尧时的隐士许由。《高士传》卷上:"尧又召(许由)为九州长,由不欲闻之,洗耳于颍水滨。"跖(zhí):传说中古代的大盗。《庄子·盗跖》说他"从卒九千人,横行天下,侵暴诸侯"。此处用尧与跖分别代表好人与坏人。

其二十五

世道日交丧[1],浇风散淳源[2]。不采芳桂枝,反栖恶木根。所以桃李树,吐花竟不言[3]。大运有兴没,群动争飞奔[4]。归来广成子,去入无穷门[5]。

【注释】

〔1〕"世道"句:《庄子·缮性》:"世丧道矣,道丧世矣,世与道交相丧也。"

〔2〕浇风:风俗浇薄。淳源:淳朴之源。《庄子·缮性》:"浇淳散朴。"

〔3〕"所以"二句:《史记·李将军列传》记古谚曰:"桃李不言,下自成蹊。"后以此语形容人品高尚,自然受人仰慕爱戴。

〔4〕大运:天运,国运。群动:各种动物。此指世人。争飞奔:争逐于名利之场。

〔5〕"归来"二句:《庄子·在宥》载:黄帝问道于广成子,广成子曰:"余将去女,入无穷之门,以游无极之野。吾与日月参光,吾与天地为常……人其尽死,而我独存乎!"广成子,古代仙人。

其二十六

碧荷生幽泉,朝日艳且鲜。秋花冒绿水[1],密叶罗青

23

烟[2]。秀色空绝世[3],馨香谁为传?坐看飞霜满,凋此红芳年。结根未得所,愿托华池边[4]。

【注释】

〔1〕冒绿水:覆盖绿水。曹植《公宴诗》:"朱华冒绿池。"
〔2〕罗青烟:网罗住弥漫在水上的青色雾霭。
〔3〕空绝世:徒然超过世上的一切鲜花。
〔4〕结根:生根。华池:芳华之池。陆机《塘上行》:"江蓠生幽渚,微芳不足宣。被蒙风云会,移居华池边。发藻玉台下,垂影沧浪泉。沾润既已渥,结根奥且坚。"

其二十七

燕赵有秀色[1],绮楼青云端[2]。眉目艳皎月,一笑倾城欢[3]。常恐碧草晚,坐泣秋风寒。纤手怨玉琴[4],清晨起长叹。焉得偶君子[5],共乘双飞鸾。

【注释】

〔1〕"燕赵"句:《古诗十九首》其十二:"燕赵多佳人,美者颜如玉。"
〔2〕绮(qǐ)楼:华美之楼,美人所居。
〔3〕"一笑"句:语本李延年歌"一顾倾人城,再顾倾人国"。见《汉书·孝武李夫人传》。倾城,倾覆都城,形容貌美绝伦。
〔4〕纤:细巧。
〔5〕偶:匹配。

其二十八

容颜若飞电,时景如飘风[1]。草绿霜已白,日西月复东。华鬓不耐秋[2],飒然成衰蓬。古来贤圣人,一一谁成功。君子变猿鹤,小人为沙虫[3]。不及广成子,乘云驾轻鸿。

【注释】

〔1〕时景:时光。飘风:旋风。

〔2〕鬓:一作"发"。

〔3〕"君子"二句:《艺文类聚》卷九〇引《抱朴子》:"周穆王南征,一军尽化。君子为猿为鹤,小人为虫为沙。"

其二十九

三季分战国[1],七雄成乱麻[2]。《王风》何怨怒[3],世道终纷拏[4]。至人洞玄象[5],高举凌紫霞。仲尼欲浮海[6],吾祖之流沙[7]。圣贤共沦没,临岐胡咄嗟[8]。

【注释】

〔1〕三季:夏、商、周三代之末。

〔2〕七雄:指战国时齐、楚、燕、赵、韩、魏、秦七国。

〔3〕《王风》:《诗经》有《王风》。怨怒:言时值乱世,民作歌述其怨怒之心。

〔4〕纷拏(ná)同"纷挐(rú)",混战貌。

〔5〕"至人"句:王琦注:"至人谓圣人,玄象谓天象。"《庄子·天下》:"不离于真,谓之至人。"《后汉纪》:"玄象错度,日月不明。"

〔6〕"仲尼"句:《论语·公冶长》:"子曰:道不行,乘桴浮于海。"桴(fú),木筏。

〔7〕吾祖:指老子。老子姓李名耳,唐代帝王自认为老子之后,李白

自谓与帝室同宗,故亦可谓之为吾祖。流沙:沙漠。传说老子出函谷关,西游流沙,莫知所终。

〔8〕咄嗟(duō jiē):慨叹,惊叹。

其三十

玄风变太古,道丧无时还〔1〕。扰扰季叶人〔2〕,鸡鸣趋四关〔3〕。但识金马门〔4〕,谁知蓬莱山〔5〕。白首死罗绮,笑歌无休闲。绿酒哂丹液,青娥凋素颜〔6〕。大儒挥金槌,琢之《诗》《礼》间〔7〕。苍苍三株树,冥目焉能攀〔8〕。

【注释】

〔1〕"玄风"二句:大道沦丧,古风不存。与《古风》其二十五首二句"世道日交丧,浇风散淳源"意同。

〔2〕季叶:末世,一作"市井"。

〔3〕四关:王琦注:"李善《文选》注陆机《洛阳记》曰:洛阳有四关,东成皋,南伊阙,北孟津,西函谷。《史记索隐》:关中,咸阳也。东函谷,南峣、武,西散关,北萧关,在四关之中。"此借指京师之地。

〔4〕金马门:汉未央宫门名。武帝铸铜马立于门外,故名。

〔5〕蓬莱山:传说中东海三神山之一。谁:一作"讵"。

〔6〕丹液:仙药。指求仙学道。青娥:指少女。以上二句一作"萋萋千金骨,风尘凋素颜"。

〔7〕"大儒"二句:《庄子·外物》:"儒以《诗》《礼》发冢。大儒胪传曰:'东方作矣,事之何若?'小儒曰:'未解裙襦,口中有珠。'《诗》固有之曰:'青青之麦,生于陵陂。生不布施,死何含珠为?'接其鬓,压其颥(huì下巴上的胡须),儒以金椎控其颐,徐别其颊,无伤口中珠。"大儒,

此指欺世盗名之儒士。槌,一作"椎"。

〔8〕三株树:神话中木名。《山海经·海外南经》:"三株树在厌火北,生赤水上,其为树如柏,叶皆为珠。"冥目:谓目盲无见。

其三十一

郑客西入关,行行未能已。白马华山君,相逢平原里。璧遗镐池君,明年祖龙死[1]。秦人相谓曰,吾属可去矣[2]。一往桃花源,千春隔流水[3]。

【注释】

〔1〕"郑客"六句:《搜神记》卷四:"秦始皇三十六年,使者郑容从关东来,将入函关,西至华阴,望见素车白马,从华山上下。疑其非人,道住止而待之。遂至,问郑容曰:'安之?'答曰:'之咸阳。'车上人曰:'吾华山使也,愿托一牍书,致镐池君所。子之咸阳,道过镐池,见一大梓,下有文石,取以款梓,当有应者,即以书与之。'容如其言,以石款梓树,果有人来取书。明年,祖龙死。"祖龙,秦始皇之隐语。祖,始也。龙,人君之象。

〔2〕吾属:我辈。

〔3〕桃花源:晋陶渊明《桃花源记》所描绘的理想国。

其三十二

蓐收肃金气[1],西陆弦海月[2]。秋蝉号阶轩,感物忧不歇。良辰竟何许[3],大运有沦忽[4]。天寒悲风生,夜久众星没。恻恻不忍言,哀歌达明发[5]。

【注释】

〔1〕蓐(rù)收:西方之神,司秋。《礼记·月令》:"孟秋之月……其帝少皞,其神蓐收。"金气:秋气。古代以阴阳五行解释季节演变,秋属金,故称秋气为金气。

〔2〕西陆:指秋天。《隋书·天文志》:"日行西陆谓之秋。"弦海月:指海月成弦。

〔3〕何许:何处。谢朓《在郡卧病呈沈尚书》:"良辰竟何许?夙昔梦佳期。"

〔4〕大运:天运、国运。沦忽:没落。

〔5〕达:一作"逮"。明发:黎明。《诗·小雅·小宛》:"明发不寐,有怀二人。"

其三十三

北溟有巨鱼,身长数千里[1]。仰喷三山雪[2],横吞百川水。凭陵随海运[3],烜赫因风起[4]。吾观摩天飞,九万方未已。

【注释】

〔1〕"北溟"二句:《庄子·逍遥游》:"北冥有鱼,其名为鲲。鲲之大,不知其几千里也。化而为鸟,其名为鹏。"

〔2〕三山:海中三神山。雪:一作"云"。

〔3〕凭陵:侵陵进逼。

〔4〕烜(chǎn)赫:声势盛大貌。诗本《庄子·外物》:"惊扬而奋鬐,白波若山,海水震荡,声侔鬼神,惮赫千里。""烜"为"惮"别字。

其三十四[1]

羽檄如流星[2],虎符合专城[3]。喧呼救边急,群鸟皆夜鸣。白日曜紫微[4],三公运权衡[5]。天地皆得一,澹然四海清[6]。借问此何为?答言楚征兵[7]。渡泸及五月[8],将赴云南征[9]。怯卒非战士,炎方难远行[10]。长号别严亲[11],日月惨光晶[12]。泣尽继以血,心摧两无声[13]。困兽当猛虎,穷鱼饵奔鲸[14]。千去不一回,投躯岂全生。如何舞干戚,一使有苗平[15]。

【注释】

〔1〕诗作于天宝十载(751)。

〔2〕羽檄:《汉书·高帝纪》颜师古注:"檄者,以木简为书,长尺二寸,用征召也。其有急事,则加以鸟羽插之,示速疾也。"如流星:形容迅捷。

〔3〕虎符:《汉书·文帝纪》:"九月,初与郡守为铜虎符、竹使符。"颜师古注:"与郡守为符者,谓各分其半,右留京师,左以与之。"专城:指州郡长官。

〔4〕白日:象征皇帝。紫微:星座名,太一之精,天帝所居,后借指皇宫。

〔5〕三公:指朝廷中地位最高的大臣。汉以丞相、太尉、御史大夫为三公。唐以为太尉、司徒、司空为三公。运权衡:指掌管国家大政。

〔6〕得一:比喻得道纯正。《老子》三十九:"天得一以清,地得一以宁……侯王得一以为天下正。"澹然:安然。

〔7〕"借问"二句:沈德潜《唐诗别裁》注:"言天下清平,不应有用兵之事,故因问之。"楚征兵,指天宝年间为讨南诏而征兵事。据《资治通鉴》卷二一六载:天宝十载(751),鲜于仲通伐南诏失败后,杨国忠再度大肆征兵,遣御史分道捕人,连枷送诣军所。"于是行者愁怨,父母妻子送之,所在哭声振野。"

〔8〕泸:古水名,即今云南省金沙江。相传其地多瘴气,三四月最甚,人遇之易病亡。及:趁。

29

〔9〕征:一作"行"。

〔10〕炎方:炎热的南方,此指云南。行:一作"征"。

〔11〕长号:大声痛哭。严亲:指父母。

〔12〕"日月"句:日月为之感动,光彩暗淡。

〔13〕两无声:指士卒和家人泣不成声。

〔14〕困兽、穷鱼:喻出征的士卒。当:抵挡。饵:喂食。

〔15〕"如何"二句:《艺文类聚》卷一一引《帝王世纪》:"有苗氏负固不服,禹请征之,舜曰:'我德不厚而行武,非道也。吾前教由未也。'乃修教三年,执干戚而舞之,有苗请服。"干戚,古兵器名。

其三十五

丑女来效颦,还家惊四邻[1]。寿陵失本步,笑杀邯郸人[2]。一曲斐然子,雕虫丧天真[3]。棘刺造沐猴,三年费精神。功成无所用,楚楚且华身[4]。《大雅》思《文王》,《颂》声久崩沦[5]。安得郢中质,一挥成风斤[6]。

【注释】

〔1〕"丑女"二句:《庄子·天运》载,西施病心而颦眉,其里之丑女见而美之,归亦捧心而颦眉,村里人皆避之。

〔2〕"寿陵"二句:《庄子·秋水》载,寿陵余子学步于邯郸,不成,又失其故步,乃匍匐而归。

〔3〕斐(fěi)然:谓文采华丽。雕虫:扬雄《法言·吾子》:"或问:'吾子少而好赋?'曰:'然。童子雕虫篆刻。'俄而曰:'壮夫不为也。'"后因以"雕虫"指诗赋创作,多为自谦之语。

〔4〕"棘刺"四句:棘刺,酸枣树的刺。沐猴,猕猴。《韩非子·外储

说》载:有个卫国人欺骗燕王说,自己能在棘刺的尖端雕刻母猴。楚楚,鲜明貌。华身,指获得个人的荣耀。

〔5〕"《大雅》"二句:《大雅》与《颂》是《诗经》的两个组成部分。《文王》是《大雅》的首篇。崩沦,衰落。

〔6〕"安得"二句:《庄子·徐无鬼》载,有个郢人(楚国人)在鼻尖涂上像蝇翼一样薄的白土,让一个名叫石的匠人用斧子把这层白粉砍去。"匠石运斤成风,听而斫(zhuó)之,尽垩(è)而鼻不伤,郢人立不失容"。郢中质,指郢人。斤,斧头。这二句是说,哪里有像理解石匠让他发挥绝技的郢人那样,能让自己施展才华的人呢?

其三十六

抱玉入楚国,见疑古所闻。良宝终见弃,徒劳三献君〔1〕。直木忌先伐〔2〕,芳兰哀自焚〔3〕。盈满天所损,沉冥道为群〔4〕。东海泛碧水〔5〕,西关乘紫云〔6〕。鲁连及柱史〔7〕,可以蹑清芬〔8〕。

【注释】

〔1〕"抱玉"四句:用卞和事。《韩非子·和氏》载,春秋楚人卞和在荆山发现一块玉璞,先后献给楚厉王、武王,皆以为欺诈,被截去双脚。文王即位,卞和抱璞哭于荆山下。文王命玉工剖璞加工,果得宝玉,世称和氏璧。

〔2〕"直木"句:《庄子·山木》:"直木先伐,甘井先竭。"

〔3〕"芳兰"句:《汉书·龚胜传》载,龚胜死,有老父来吊,哭甚哀,既而曰:"嗟乎!薰以香自烧,膏以明自销。龚生竟夭天年,非吾徒也。"

〔4〕沉冥:泯然无迹貌。谓不仕。

〔5〕"东海"句:用鲁仲连事。《史记·鲁仲连邹阳列传》载鲁仲连云,若奉秦为帝,"则连有蹈东海而死耳,吾不忍为之民也"。

31

〔6〕"西关"句:用老子事。老子西游,关令尹喜登楼四望,见有紫气东来,知有异人过此。至期乃斋戒,果见老子乘青牛过关。见《艺文类聚》卷七八引《关令内传》。

〔7〕柱史:即柱下史,周秦官名,后世称侍御史。老子曾仕周,为柱下史,见《列仙传》卷上。

〔8〕此诗一作《感兴》云:"揭来荆山客,谁为珉玉分。良宝绝见弃,虚持三献君。直木忌先伐,芬兰哀自焚。盈满天所损,沉冥道所群。东海有碧水,西山多白云。鲁连及夷齐,可以蹑清芬。"

其三十七[1]

燕臣昔恸哭,五月飞秋霜[2]。庶女号苍天,震风击齐堂[3]。精诚有所感,造化为悲伤。而我竟何辜,远身金殿傍[4]。浮云蔽紫闼,白日难回光[5]。群沙秽明珠,众草凌孤芳。古来共叹息,流泪空沾裳。

【注释】

〔1〕诗作于天宝三载(744),时诗人被赐金放还离京不久。

〔2〕"燕臣"二句:邹衍在燕,无罪被囚,时当五月,仰天而叹,天为之陨霜。见《论衡·感虚》。

〔3〕"庶女"二句:《淮南子·览冥》:"庶女叫天,雷电下击。景公台陨,支体伤折,海水大出。"高诱注:"庶贱之女,齐之寡妇,无子,不嫁,事姑谨敬。姑无男有女,女利母财,令母嫁妇,妇益不肯,女杀母以诬寡妇。妇不能自明,冤结叫天,天为作雷电,下击景公之台。陨,坏也,毁景公之支体,海水为之大溢出也。"

〔4〕一本无此二句。

〔5〕紫闼(tà):天子所居之处。白日:喻指皇帝。

其三十八

孤兰生幽园,众草共芜没。虽照阳春晖,复悲高秋月[1]。飞霜早淅沥,绿艳恐休歇。若无清风吹[2],香气为谁发。

【注释】

〔1〕高秋:九月。
〔2〕清风:喻知己。

其三十九

登高望四海,天地何漫漫[1]!霜被群物秋,风飘大荒寒[2]。荣华东流水,万事皆波澜[3]。白日掩徂辉,浮云无定端[4]。梧桐巢燕雀,枳棘栖鸳鸾[5]。且复归去来[6],剑歌《行路难》[7]。

【注释】

〔1〕漫漫:无边无际。
〔2〕被:覆盖。大荒:广野,荒原。
〔3〕波澜:喻起伏无常。
〔4〕徂(cú)辉:落日之光。无定端:没有一定方向。
〔5〕枳棘(zhǐ jí):落叶灌木或小乔木,比喻艰阻险碍的环境。
〔6〕归去来:《宋书·陶潜传》载,陶潜任彭泽令,在官八十余日,"郡遣督邮至,县吏白应束带见之,潜叹曰:'我不能为五斗米折腰向乡里小

人。'即日解印绶去职。赋《归去来》。"

〔7〕剑歌:弹剑而歌。《战国策·齐策四》载,冯谖为孟尝君门客,不得志,乃弹剑而歌曰:"长铗归来乎,食无鱼。"孟尝君知之,曰:"食之。"后又弹铗而歌曰:"长铗归来乎,出无车。"孟尝君曰:"为之驾。"后又弹铗而歌曰:"长铗归来乎,无以为家。"孟尝君使人赡其母。后冯谖为孟尝君市义,并为之营就三窟。行路难:乐府旧题。此诗一作:登高望四海,天地何漫漫。霜被群物秋,风飘大荒寒。杀气落乔木,浮云蔽层峦。孤凤鸣天倪,遗声何辛酸。游人悲旧国,抚心亦盘桓。倚剑歌所思,曲终涕泗澜。

其四十〔1〕

凤饥不啄粟,所食唯琅玕〔2〕。焉能与群鸡,刺蹙争一餐〔3〕?朝鸣昆丘树,夕饮砥柱湍〔4〕。归飞海路远,独宿天霜寒。幸遇王子晋〔5〕,结交青云端。怀恩未得报,感别空长叹。

【注释】

〔1〕诗作于天宝三载(744)春,时作者将离开京城。

〔2〕"凤饥"二句:传说凤凰食琼树之实,名曰琅玕(láng gān)。

〔3〕刺蹙:亦作"刺促",劳苦不安。

〔4〕"朝鸣"二句:《淮南子·览冥》:"凤皇之翔……曾逝万仞之上,翱翔四海之外。过昆仑之疏圃,饮砥柱之湍濑。"昆丘,即昆仑山。砥(dǐ)柱,山名。

〔5〕王子晋:即王子乔,周灵王太子,好吹笙,作凤凰鸣,道士浮丘公接以上嵩山,三十余年后,对人说:"告我家,七月七日待我于缑氏山巅。"至时果乘白鹤驻山头,数日而去。后人立祠于缑氏山与嵩山。

其四十一

朝弄紫沂海[1],夕披丹霞裳[2]。挥手折若木,拂此西日光[3]。云卧游八极[4],玉颜已千霜。飘飘入无倪,稽首祈上皇[5]。呼我游太素[6],玉杯赐琼浆。一餐历万岁,何用还故乡。永随长风去,天外恣飘扬[7]。

【注释】

〔1〕"朝弄"句:一作"朝驾碧鸾车。"又,沂,一本作"泥"。紫泥海,传说中的海,其水如泥,色紫,东方朔曾游之。见《洞冥记》卷一。

〔2〕丹霞裳:仙人所服。谢朓《七夕赋》:"靥白玉而为饰,霏丹霞而为裳。"

〔3〕"若木"二句:《楚辞·离骚》:"折若木以拂日兮,聊逍遥以相羊。"王逸注:"若木在昆仑西极,其华照下地。拂,击也……折取若木,以拂击日,使之还去。"

〔4〕云卧:指乘云。卧,一作"举"。

〔5〕无倪(ní):没有边际。上皇:《楚辞·九叹》:"信上皇而质正。"王逸注:"上皇,上帝也。"

〔6〕太素:天。此指天上宫阙。

〔7〕一本无此二句。

其四十二

摇裔双白鸥[1],鸣飞沧江流。宜与海人狎[2],岂伊云鹤俦[3]。寄影宿沙月[4],沿芳戏春洲。吾亦洗心者[5],忘机从尔游[6]。

【注释】

〔1〕摇裔(yì):随意飘荡貌。

〔2〕"宜与"句:《列子·黄帝》:"海上之人有好沤(鸥)鸟者,每旦之海上,从沤鸟游,沤鸟之至者百住而不止。其父曰:'吾闻沤鸟皆从汝游,汝取来,吾玩之。'明日之海上,沤鸟舞而不下也。"

〔3〕"岂伊"句:萧士赟注:"鲍照诗曰:'宁作野中之双凫,不愿云间之别鹤。'诗意实祖乎此。云中之鹤乃供仙官控御者,以喻在位之人也;海上之鸥乃与野人狎玩者,以喻闲散之人也。"岂伊,岂是。俦(chóu),同类。

〔4〕影:一作"形"。

〔5〕洗心:洗涤心胸。喻除去世俗的杂念。

〔6〕忘机:忘却世俗的纷争,自甘淡泊。

其四十三

周穆八荒意[1],汉皇万乘尊[2]。淫乐心不极,雄豪安足论。西海宴王母[3],北宫邀上元[4]。瑶水闻遗歌[5],玉杯竟空言[6]。灵迹成蔓草,徒悲千载魂。

【注释】

〔1〕"周穆"句:周穆王曾西征犬戎,《穆天子传》演绎为穆王乘八骏西游见西王母之事。八荒意,巡行八荒(八方荒远之地)之心。

〔2〕汉皇:指汉武帝。

〔3〕"西海"句:用周穆王事。《穆天子传》载,周穆王西游,与西王母宴于瑶池之上。西王母为穆王歌曰:"白云在天,丘陵自出。道里悠远,山川间之。将子无死,尚能复来。"

〔4〕"北宫"句:用汉武帝事。《太平广记》卷五六引《汉武内传》:"上元夫人,道君弟子也。亦玄古以来得道,总统真籍,亚于龟台金母……汉孝武皇帝好神仙之道,祷醮名山,以求灵应。元封元年辛未七月七日夜,二唱之后,西王母降于汉宫……命侍女郭密香邀夫人同宴于汉宫。"

〔5〕瑶水:即瑶池。

〔6〕玉杯:《三辅黄图》卷三:"《庙记》曰:神明台,武帝造,祭仙人处。上有承露盘,有铜仙人舒掌捧铜盘玉杯,以承云表之露。以露和玉屑服之,以求仙道。"

其四十四

绿萝纷葳蕤〔1〕,缭绕松柏枝。草木有所托,岁寒尚不移。奈何夭桃色〔2〕,坐叹葑菲诗〔3〕。玉颜艳红彩〔4〕,云发非素丝。君子恩已毕,贱妾将何为〔5〕。

【注释】

〔1〕绿萝:女萝。《诗·小雅·頍弁》:"茑与女萝,施于松柏。"纷葳蕤:盛美貌。

〔2〕夭桃:《诗·周南·桃夭》:"桃之夭夭,灼灼其华。之子于归,宜其室家。"

〔3〕葑(fēng)菲诗:《诗·邶风·谷风》:"采葑采菲,无以下体。德音莫违,及尔同死。"朱熹《诗集传》:"妇人为夫所弃,故作此诗,以叙其悲怨之情。"

〔4〕红彩:指鲜花。江淹《杂体诗》:"庭树发红彩。"

〔5〕"君子"二句:王琦注:"江淹诗:'君子恩未毕。'《古诗》:'贱妾亦何为?'琦按,古称色衰爱弛,此诗则谓色未衰而爱已弛,有感而发,其寄讽之意深矣。"

其四十五

八荒驰惊飙[1],万物尽凋落。浮云蔽颓阳[2],洪波振大壑[3]。龙凤脱网罟[4],飘飘将安托?去去乘白驹,空山咏场藿[5]。

【注释】

〔1〕惊飙:狂风。
〔2〕颓阳:西落的太阳。
〔3〕大壑(hè):《庄子·天地》:"夫大壑之为物也,注焉而不满,酌焉而不竭。"陆德明《经典释文·庄子》:"大壑,东海也。"
〔4〕网罟(gǔ):罗网。
〔5〕"去去"二句:《诗·小雅·白驹》:"皎皎白驹,食我场苗。""皎皎白驹,食我场藿。"藿(huò),即苗。毛传:"宣王之末,不能用贤,贤者有乘白驹而去者。"

其四十六[1]

一百四十年[2],国容何赫然[3]!隐隐五凤楼[4],峨峨横三川[5]。王侯象星月,宾客如云烟[6]。斗鸡金宫里,蹴鞠瑶台边[7]。举动摇白日,指挥回青天[8]。当涂何翕忽[9],失路长弃捐[10]。独有扬执戟[11],闭关草《太玄》[12]。

【注释】

〔1〕诗约作于天宝三载(744),时作者在长安。

〔2〕"一百"句:唐自高祖开国至玄宗天宝初年,共一百二十余年。王琦注疑"四"字误。

〔3〕赫然:盛貌。

〔4〕隐隐:隐约不分明貌。五凤楼:犹凤楼。谓宫中楼阁。鲍照《代陈思王京洛篇》:"凤楼十二重。"

〔5〕峨峨:高大雄伟貌。三川:古称泾水、渭水、洛水为关中三川。

〔6〕以上六句一作:帝京信佳丽,国容何赫然。剑戟拥九关,歌钟沸三川。蓬莱象天构,珠翠夸云仙。

〔7〕金宫:指皇宫。蹴鞠(cù jū):亦曰打毽,即古踢球之戏。瑶台:传说中神仙居住的地方,此指华丽精巧的楼阁。

〔8〕"举动"二句:言斗鸡踢球之徒受到玄宗宠幸,举动指挥足以动主。

〔9〕当涂:当道,指掌握权柄的人。歘(xī)忽:迅速。

〔10〕失路:失势。弃捐:被弃置。

〔11〕扬执戟:指扬雄,曾为奉礼郎,与执戟郎相近。

〔12〕草《太玄》:《汉书·扬雄传》:"哀帝时,丁、傅、董贤用事……时雄方草《太玄》,有以自守,泊如也。"

其四十七

桃花开东园,含笑夸白日。偶蒙春风荣,生此艳阳质[1]。岂无佳人色,但恐花不实[2]。宛转龙火飞[3],零落早相失[4]。讵知南山松,独立自萧飂[5]?

【注释】

〔1〕春:一作"东"。生:一作"矜"。艳阳质:似明媚春光一样的

禀性。

〔2〕实:结果实。

〔3〕宛转:辗转。龙火:星名,即大火星,到秋天它便由南方移向西方。龙火飞指大火星位置转移,时至秋天。

〔4〕相失:指花瓣散落。

〔5〕讵(jù)知:岂知,怎知。讵,岂、怎。萧飋(sè):风吹松柏声。此诗一作《感兴》云:芙蓉娇绿波,桃李夸白日。偶蒙春风荣,生此艳阳质。岂无佳人色,但恐花不实。宛转龙火飞,零落互相失。讵知凌寒松,千载长守一。

其四十八

秦皇按宝剑〔1〕,赫怒震威神〔2〕。逐日巡海右,驱石驾沧津〔3〕。征卒空九宇〔4〕,作桥伤万人。但求蓬岛药〔5〕,岂思农扈春〔6〕?力尽功不赡〔7〕,千载为悲辛。

【注释】

〔1〕按宝剑:指秦始皇用武力统一中国。江淹《恨赋》:"秦帝按剑,诸侯西驰。削平天下,同文共规。"

〔2〕赫怒:盛怒。

〔3〕"逐日"二句:《艺文类聚》卷七九引《三齐略记》载,秦始皇造石桥,欲渡海看日出之处。时有神人,以鞭驱石下海。石行不速则鞭之,皆流血。驾,一作"架"。沧津,海上桥梁。

〔4〕九宇:九州,即全国。

〔5〕蓬岛药:蓬莱仙岛的长生不老之药。《史记·秦始皇本纪》载,徐市言海中有蓬莱等三仙山,于是,始皇"遣徐市发童男女数千人,入海求仙人"。

〔6〕农扈(hù):古代农官。

40

〔7〕赡:足,成。

其四十九^{〔1〕}

美人出南国,灼灼芙蓉姿^{〔2〕}。皓齿终不发^{〔3〕},芳心空自持^{〔4〕}。由来紫宫女,共妒青蛾眉^{〔5〕}。归去潇湘沚^{〔6〕},沉吟何足悲。

【注释】

〔1〕诗作于天宝三载(744),作者欲离京之时。
〔2〕灼灼:鲜明貌。《诗·周南·桃夭》:"桃之夭夭,灼灼其华。"芙蓉:荷花。
〔3〕皓:洁白。不发:指不开口笑。
〔4〕芳心:对异性的爱慕之心。自持:自我克制。
〔5〕紫宫:《文选》左思《咏史八首》:"列宅紫宫里。"李周翰注:"紫宫,天子所居处。"青蛾眉:代指美人。
〔6〕潇湘:二水名,均在今湖南省。沚(zhǐ):水中小岛。

其五十

宋国梧台东,野人得燕石^{〔1〕}。夸作天下珍,却哂赵王璧^{〔2〕}。赵璧无缁磷^{〔3〕},燕石非贞真。流俗多错误,岂知玉与珉^{〔4〕}?

【注释】

〔1〕"宋国"二句:《艺文类聚》卷六引《阚子》载,宋之愚人得燕石于

梧台之东,归而藏之以为宝。周客见之,掩口而笑曰:"此特燕石也,其与瓦甓不殊。"二句一作"宋人枉千金,去国买燕石"。

〔2〕赵王璧:即和氏璧。

〔3〕缁磷:指瑕疵。《论语·阳货》:"不曰坚乎?磨而不磷。不曰白乎?涅而不缁。"缁(zī),黑。磷,薄。

〔4〕珉(mín):似玉之石。

其五十一

殷后乱天纪[1],楚怀亦已昏[2]。夷羊满中野[3],菉葹盈高门[4]。比干谏而死[5],屈平窜湘源[6]。虎口何婉娈[7],女媭空婵媛[8]。彭咸久沦没[9],此意与谁论?

【注释】

〔1〕殷后:指殷王纣,殷代亡国之君。天纪:天之纲纪(法制)。

〔2〕楚怀:楚怀王,战国时楚国君主,他曾听信谗言,放逐屈原。

〔3〕夷羊:传说中的一种神兽。据《淮南子·本经》高诱注,殷商将亡时,夷羊曾出现在殷都城郊牧野,这是亡国之兆。

〔4〕菉葹(lù shī):两种恶草,比喻谗佞之臣。见《离骚》。

〔5〕比干:殷纣王的叔父。《史记·殷本纪》载,商纣王淫乱不止,比干强谏,"纣怒曰:'吾闻圣人心有七窍。'剖比干,观其心"。

〔6〕屈平:屈原,名平。窜:放逐。湘源:指湘江流域一带。

〔7〕虎口:喻暴君之门。婉娈:顾恋思慕貌。

〔8〕女媭(xū):相传为屈原的姐姐。婵媛:牵引不舍貌。《离骚》:"女媭之婵媛兮,申申其詈(lì)予。"

〔9〕彭咸:《离骚》:"虽不周于今之人兮,愿依彭咸之遗则。"王逸注:"彭咸,殷贤大夫也,谏其君不听,自投水而死。"沦没:沉没。

其五十二

青春流惊湍[1],朱明骤回薄[2]。不忍看秋蓬,飘扬竟何托。光风灭兰蕙[3],白露洒葵藿[4]。美人不我期,草木日零落[5]。

【注释】

〔1〕青春:春天。惊湍:奔腾的急流。

〔2〕朱明:《尔雅·释天》:"夏为朱明。"郭璞注:"气赤而光明也。"明,一作"火"。回薄:转迫。

〔3〕光风:《楚辞·招魂》:"光风转蕙,氾(fàn)崇兰些。"王逸注:"言天雨霁日明,微风奋发,动摇草木,皆令有光,充实兰蕙,使之芬芳而益畅茂也。"此句反用其意。

〔4〕葵藿:野菜名。洒葵藿,一作"委萧藿"。

〔5〕"美人"二句:《离骚》:"惟草木之零落兮,恐美人之迟暮。"美人,喻时君。

其五十三

战国何纷纷,兵戈乱浮云。赵倚两虎斗[1],晋为六卿分[2]。奸臣欲窃位,树党自相群。果然田成子,一旦杀齐君[3]。

【注释】

〔1〕倚:依靠。两虎:指蔺相如与廉颇。《史记·廉颇蔺相如列传》

43

载:蔺相如拜为上卿,廉颇不服,几次侮辱相如,相如均回避不与计较,有人为相如抱不平,相如说:"强秦之所以不敢加兵于赵者,徒以吾两人在也。今两虎共斗,其势不俱生。吾所以为此者,以先国家之急而后私仇也。"廉颇闻之,乃负荆请罪。

〔2〕六卿分:晋国有范、中行、智、赵、韩、魏六家大夫,世为晋卿,势力越来越大,晋公室逐渐衰微,最后晋国为韩、赵、魏三家所分。

〔3〕"果然"二句:田成子,即陈成子,春秋时齐国大臣,后杀死齐简公,独揽齐国大权,其子孙终于篡位为齐国君主。《庄子·胠箧》:"然而田成子一旦杀齐君而盗其国。"杀,一作"弑"。

其五十四

倚剑登高台[1],悠悠送春目[2]。苍榛蔽层丘,琼草隐深谷[3]。凤鸟鸣西海,欲集无珍木[4]。鹬斯得所居[5],蒿下盈万族[6]。晋风日已颓,穷途方恸哭[7]。

【注释】

〔1〕倚剑:佩剑。

〔2〕送春目:春日远眺。

〔3〕苍榛:青色的丛生杂树。琼草:珍贵的草。

〔4〕珍木:谓珍异之木。

〔5〕鹬(yù)斯:一名鸦鸟,雀类。

〔6〕蒿:草名。盈万族:极言其多。

〔7〕"晋风"二句:《世说新语·栖逸》注引《魏氏春秋》曰:"阮籍常率意独驾,不由径路,车迹所穷,辄恸哭而反。"以上六句一作:"翩翩众鸟飞,翱翔在珍木。群花亦便娟,荣耀非一族。归来怆途穷,日暮还恸哭。"

44

其五十五

齐瑟弹东吟,秦弦弄西音[1]。慷慨动颜魄[2],使人成荒淫。彼美佞邪子,婉娈来相寻[3]。一笑双白璧,再歌千黄金[4]。珍色不贵道,讵惜飞光沉[5]。安识紫霞客[6],瑶台鸣素琴[7]。

【注释】

〔1〕"齐瑟"二句:曹植《赠丁翼》:"秦筝发西气,齐瑟扬东讴。"曹丕《善哉行》:"齐倡发东舞,秦筝奏西音。"弹,一作"挥"。

〔2〕魄:一作"色"。

〔3〕"彼美"二句:阮籍《咏怀》:"婉娈佞邪子,随利来相欺。"婉娈,年少而美好貌。

〔4〕"一笑"二句:王琦注引《古诗》:"一笑双白璧,再顾千黄金。"

〔5〕飞光:《文选》沈约《宿东园》:"飞光忽我遒。"张铣注:"飞光,月光也。"

〔6〕紫霞客:谓仙人。

〔7〕瑶台:神话中西王母居处,在昆仑山。素:一作"玉"。

其五十六

越客采明珠,提携出南隅[1]。清辉照海月,美价倾皇都[2]。献君君按剑[3],怀宝空长吁。鱼目复相哂[4],寸心增烦纡[5]。

【注释】

〔1〕"越客"二句:合浦古为南越之地,盛产明珠。

〔2〕皇都:京城。

〔3〕"献君"句:邹阳《狱中上书自明》:"臣闻明月之珠,夜光之璧,以暗投人于道,众莫不按剑相眄者,何则?无因而至前也。"

〔4〕"鱼目"句:张协《杂诗》:"鱼目笑明月。"

〔5〕烦纡(yū):《文选》张衡《四愁诗》:"何为怀忧心烦纡。"李周翰注:"烦纡,思乱也。"

其五十七

羽族禀万化,小大各有依[1]。周周亦何辜,六翮掩不挥[2]。愿衔众禽翼,一向黄河飞。飞者莫我顾,叹息将安归?

【注释】

〔1〕羽族:鸟类。依:依托。

〔2〕"周周"二句:《文选》阮籍《咏怀诗》:"周周尚衔羽。"李善注:"《韩子》曰:鸟有周周者,首重而屈尾,将欲饮于河,则必颠,乃衔羽而饮。今人之所有饥不足者,不可以不索其羽矣。"周周,鸟名。六翮(hé),翅膀。掩不挥,谓不能飞翔。

其五十八

我行巫山渚[1],寻古登阳台[2]。天空彩云灭,地远清风来。神女去已久,襄王安在哉[3]?荒淫竟沦没[4],

樵牧徒悲哀。

【注释】

〔1〕行:一作"到"。巫山:在重庆市巫山县东,北与大巴山相连,长江穿流其间,形成巫峡。渚(zhǔ):江中小洲。

〔2〕阳台:宋玉《高唐赋》描写楚王梦与巫山神女欢会,神女去而辞曰:"妾在巫山之阳,高丘之阻。旦为朝云,暮为行雨。朝朝暮暮,阳台之下。"

〔3〕襄王:指楚襄王。

〔4〕荒淫:阮籍《咏怀》:"三楚多秀士,朝云进荒淫。"沦没:衰败。没,一作"替"。

其五十九

恻恻泣路岐[1],哀哀悲素丝[2]。路岐有南北,素丝易变移。万事固如此,人生无定期。田窦相倾夺,宾客互盈亏[3]。世途多翻覆[4],交道方崄巇[5]。斗酒强然诺[6],寸心终自疑。张陈竟火灭[7],萧朱亦星离[8]。众鸟集荣柯[9],穷鱼守枯池。嗟嗟失权客[10],勤问何所规[11]。

【注释】

〔1〕泣路岐:《淮南子·说林》载,战国时魏人杨朱见歧路而哭之,"为其可以南,可以北"。岐,通歧。

〔2〕悲素丝:《淮南子·说林》:"墨子见练丝而泣之,为其可以黄,可以黑。"练丝,即素丝。

〔3〕"田窦"二句:王琦注曰:"《史记》:魏其侯窦婴,喜宾客,诸游士

宾客争归魏其侯。武安侯田蚡,新用事为相,卑下宾客,进名士家居者,欲以倾魏其诸将相……天下吏士趋势利者,皆去魏其归武安。又《史记》:齐有孟尝君,赵有平原君,魏有信陵君,方争下士,招致宾客,以相倾夺,辅国持权。"

〔4〕"世途"句:一作"《谷风》刺轻薄"。

〔5〕崄巇(xì):艰险崎岖貌。《文选》刘峻《广绝交论》:"世路崄巇,一至于此。"

〔6〕然诺:许诺。

〔7〕"张陈"句:《后汉书·王丹传》:"张、陈凶其终。"李贤注:"张耳、陈馀初为刎颈交,后构隙。耳后为汉将兵,杀陈馀于泜水之上。"

〔8〕"萧朱"句:《后汉书·王丹传》:"萧、朱隙其末。"李贤注:"萧育字次君,朱博字子元,二人为友,著闻当代,后有隙不终,故时以交为难。"

〔9〕荣柯:茂树。

〔10〕权:一作"欢"。

〔11〕规:一作"悲"。

卷 二

远 别 离[1]

远别离,古有皇英之二女[2]。乃在洞庭之南,潇湘之浦[3]。海水直下万里深,谁人不言此离苦[4]?日惨惨兮云冥冥,猩猩啼烟兮鬼啸雨[5]。我纵言之将何补?皇穹窃恐不照余之忠诚,雷凭凭兮欲吼怒[6]。尧舜当之亦禅禹[7],君失臣兮龙为鱼,权归臣兮鼠变虎[8]。或云尧幽囚[9],舜野死[10]。九疑联绵皆相似[11],重瞳孤坟竟何是[12]?帝子泣兮绿云间[13],随风波兮去无还。恸哭兮远望,见苍梧之深山。苍梧山崩湘水绝,竹上之泪乃可灭[14]。

【注释】

〔1〕远别离:乐府旧题,属《杂曲歌辞》。此诗见于殷璠《河岳英灵集》,当作于天宝十二年(753),时作者离开幽燕之地南归。

〔2〕皇英:即娥皇、女英,舜之二妃。舜南巡,死于苍梧,二妃追之不及,死于江湘之间,世称湘妃。见《列女传》卷一。

〔3〕浦(pǔ):水滨。

〔4〕"海水"二句:王琦注:"二句是倒装句法,谓生死之别,永无见期,其苦如海水之深,无有底止也。"

〔5〕惨惨:无光貌。冥冥:晦暗貌。啼烟、啸雨:谓在烟雨中哀啼。

〔6〕皇穹(qióng):指天,亦喻皇帝。雷:一作"云"。凭凭:盛满貌。此指雷声大而密。

〔7〕之:指下文"君失臣""权归臣"的情况。禅:让位。

〔8〕"君失臣"二句:《说苑·正谏》:"吴王欲从民饮酒,伍子胥谏曰:'不可。昔白龙下清泠之渊,化为鱼,渔者豫且射中其目。'"东方朔《答客难》:"用之则为虎,不用则为鼠。"二句语本于此。

〔9〕尧幽囚:《史记·五帝本纪》:"尧崩,三年之丧毕,舜让辟丹朱于南河之南。"张守节《正义》引《括地志》:"《竹书》云:昔尧德衰,为舜所囚也……舜偃塞丹朱,使不与父相见也。"

〔10〕舜野死:《国语·鲁语》:"舜勤民事而野死。"韦昭注:"野死,谓征有苗,死于苍梧之野。"

〔11〕九疑:山名,即苍梧山,在湖南宁远县南。其山九峰相似,故曰九疑。

〔12〕重瞳:指舜,传说舜眼中有两个瞳仁。何:一作"谁"。

〔13〕帝子:指娥皇、女英。语出《楚辞·九歌·湘夫人》:"帝子降兮北渚。"绿云:状青竹之茂盛。

〔14〕"竹上"句:《述异记》载,舜死,娥皇、女英"相与恸哭,泪下沾竹,竹上文为之斑斑然"。

公无渡河[1]

黄河西来决昆仑[2],咆哮万里触龙门[3]。波滔天,尧咨嗟[4]。大禹理百川,儿啼不窥家[5]。杀湍埋洪水,九州始蚕麻[6]。其害乃去,茫然风沙。被发之叟狂而

50

痴,清晨径流欲奚为[7]。旁人不惜妻止之,公无渡河苦渡之。虎可搏,河难凭[8],公果溺死流海湄[9]。有长鲸白齿若雪山,公乎公乎挂罥于其间[10],箜篌所悲竟不还。

【注释】
〔1〕公无渡河:乐府旧题,属《相和歌辞》。又名《箜篌引》。诗作于至德二载(757)作者长流夜郎与宗氏夫人分别之时。
〔2〕昆仑:山名。古代相传黄河发源于昆仑山。
〔3〕龙门:山名,在今山西河津市、陕西韩城市之间。
〔4〕"波滔天"二句:《书·尧典》:"帝曰:咨!四岳。汤汤洪水方割,荡荡怀山襄陵,浩浩滔天。"
〔5〕"大禹"二句:《史记·夏本纪》载:大禹治水,"乃劳身焦思,居外十三年,过家门不敢入"。理,即治。
〔6〕杀:减少。湍:急流之水。堙(yīn):堵塞。九州:泛指中国。
〔7〕径流:指渡河。径,一作"临"。奚为:何为。
〔8〕"虎可搏"二句:《诗·小雅·小旻》:"不敢暴虎,不敢冯河。"毛传:"徒涉曰冯(píng)河。"凭、冯同。
〔9〕流海湄(méi):漂流到海边。
〔10〕挂罥(juàn):缠挂。罥,一作"骨"。

蜀 道 难[1]

噫吁嚱[2]!危乎高哉!蜀道之难,难于上青天。蚕丛及鱼凫[3],开国何茫然!尔来四万八千岁,不与秦塞通人烟[4]。西当太白有鸟道,可以横绝峨眉巅[5]。地崩山摧壮士死[6],然后天梯石栈相钩连[7]。上有六龙回日之高标[8],下有冲波逆折之回川[9]。黄鹤之飞尚不得过,猿猱欲度愁攀援[10]。青泥何盘盘[11]!百步九折萦岩峦。扪参历井仰胁息,以手抚膺坐长叹[12]。问君西游何时还[13]?畏途巉岩不可攀[14]。但见悲鸟号古木[15],雄飞雌从绕林间[16]。又闻子规啼夜月[17],愁空山。蜀道之难,难于上青天,使人听此凋朱颜[18]。连峰去天不盈尺[19],枯松倒挂倚绝壁。飞湍瀑流争喧豗,砯崖转石万壑雷[20]。其险也若此[21],嗟尔远道之人胡为乎来哉!剑阁峥嵘而崔嵬[22],一夫当关,万夫莫开。所守或匪亲,化为狼与豺[23]。朝避猛虎,夕避长蛇。磨牙吮血,杀人如麻。锦城虽云乐[24],不如早还家。蜀道之难,难于上青天,侧身西望长咨嗟[25]。

【注释】

〔1〕此诗被收入唐殷璠《河岳英灵集》中,一般认为是天宝初年所作,时作者在长安。蜀道难:乐府旧题,属《相和歌辞·瑟调曲》,多写蜀道之险。

〔2〕噫吁嚱(yī xū xī):惊叹的声音,蜀地方言。

〔3〕蚕丛、鱼凫:传说中古代蜀国的两个开国君主。《文选》左思《蜀都赋》刘逵注:"扬雄《蜀王本纪》曰:蜀王之先,名蚕丛、柏濩、鱼凫、蒲泽、开明……从开明上到蚕丛,积三万四千岁。"

〔4〕尔来:指开国以来。秦塞:秦地,指今陕西一带。通人烟:指互相交通。

〔5〕太白:山名,在今陕西眉县南。绝:度、越。峨眉:山名,在今四川峨眉山市西南。

〔6〕"地崩"句:《华阳国志·蜀志》载,古蜀国有五丁力士,能移山。

秦惠王知蜀王好色,许嫁五女于蜀,蜀遣五丁迎之。还至梓潼,见一大蛇入穴,五丁大呼拽蛇,山崩,压杀五丁与五女,而山分为五岭。

〔7〕天梯:指崎岖狭窄的山路。石栈:在山岩上凿石架木修成的栈道。相:一作"方"。

〔8〕六龙:神话中为太阳驾车的六条龙。借指天子车驾。高标:蜀山之高峰而为一方之标志者。此句一作"横河断海之浮云"。

〔9〕冲波:奔腾的波涛。逆折:水流回旋。

〔10〕猱(náo):猕猴。援:一作"缘"。

〔11〕青泥:山岭名,在今甘肃徽县南甘、陕边界上。盘盘:道路曲折回旋貌。

〔12〕扪(mén):摸。历:经过。参(shēn)、井:均为星宿名。参为蜀之分野,井为秦之分野。胁息:敛气不敢呼吸。膺(yīng):胸。

〔13〕问君:一作"征人"。

〔14〕巉(chán)岩:峻险的山岩。

〔15〕古:一作"枯"。

〔16〕雌从:一作"呼雌";一作"从雌"。

〔17〕子规:鸟名,又称杜宇、杜鹃。

〔18〕凋:衰谢。朱颜:红润的脸色。

〔19〕去天不盈尺:一作"人烟几千尺"。

〔20〕喧豗(huī):喧闹声。砯(pīng):水撞击岩石之声。万壑雷:形容声音宏大。

〔21〕若:一作"如"。

〔22〕剑阁:即剑门关,故在今四川剑阁,大小剑山之间有栈道,名曰剑阁。峥嵘、崔嵬:皆山势高大雄峻貌。

〔23〕"一夫"四句:语本西晋张载《剑阁铭》:"一人荷戟,百夫趑趄。形胜之地,匪亲勿居。"当关,把守关口。匪亲,不是亲信。亲,一作"人"。

〔24〕锦城:即锦官城,成都的别称。

〔25〕咨嗟:叹息。长咨:一作"令人"。

梁 甫 吟[1]

长啸《梁甫吟》,何时见阳春[2]?君不见朝歌屠叟辞棘津,八十西来钓渭滨[3]!宁羞白发照清水[4],逢时壮气思经纶[5]。广张三千六百钩,风期暗与文王亲[6]。大贤虎变愚不测[7],当年颇似寻常人。君不见高阳酒徒起草中,长揖山东隆准公!入门不拜骋雄辩,两女辍洗来趋风[8]。东下齐城七十二,指挥楚汉如旋蓬[9]。狂客落魄尚如此[10],何况壮士当群雄!我欲攀龙见明主[11],雷公砰訇震天鼓[12]。帝傍投壶多玉女[13],三时大笑开电光,倏烁晦冥起风雨[14]。阊阖九门不可通,以额扣关阍者怒[15]。白日不照吾精诚[16],杞国无事忧天倾[17]。猰貐磨牙竞人肉[18],驺虞不折生草茎[19]。手接飞猱搏雕虎[20],侧足焦原未言苦[21]。智者可卷愚者豪[22],世人见我轻鸿毛。力排南山三壮士,齐相杀之费二桃[23]。吴楚弄兵无剧孟,亚夫咍尔为徒劳[24]。《梁甫吟》,声正悲。张公两龙剑,神物合有时[25]。风云感会起屠钓,大人峴屼当安之[26]。

【注释】

〔1〕梁甫吟:乐府旧题,属《相和歌辞·楚调曲》。诸葛亮好为《梁甫吟》,见《三国志·蜀书》本传。诗约作于开元二十一年(733)前后,时作者初入长安,因一事无成,失意而归。

〔2〕长啸:引吭高歌之意。阳春:阳光明媚的春天。此喻政治上得志。

〔3〕朝歌:殷代京城,在今河南淇县。屠叟:指吕望。相传他五十岁在棘津(今河南延津县东北)做小贩,七十岁在朝歌屠牛,八十岁在渭滨钓鱼。九十岁时遇到周文王,受到重用。后辅助周武王灭纣,封于齐。

〔4〕清:一作"渌"。

〔5〕壮:一作"吐"。经纶:指筹划治国安邦大计。

〔6〕三千六百:指吕望八十钓于渭水之滨,至九十为天子师,凡垂钓十年,共三千六百日。风期:风云际会之期。期,一作"雅"。

〔7〕大贤虎变:《易·革》:"大人虎变。象曰:其文炳也。"后用虎毛更新喻杰出人物终有得志之日。愚:平庸之辈。

〔8〕"君不见"四句:《史记·郦生陆贾列传》:"郦(lì)生食其(yì jī)者,陈留高阳人也。好读书,家贫落魄。……沛公(刘邦)至高阳传舍,使人召郦生。郦生至,入谒,沛公方倨床使两女子洗足而见郦生。郦生入,则长揖不拜,曰:'足下欲助秦攻诸侯乎?且欲率诸侯破秦也?'沛公骂曰:'竖儒!夫天下同苦秦久矣,故诸侯相率而攻秦,何谓助秦攻诸侯乎?'郦生曰:'必聚徒合义兵诛无道秦,不宜倨见长者。'于是沛公辍洗,起摄衣,延郦生上坐。"高阳酒徒,郦食其曾自称"高阳酒徒"。山东,古代指函谷关以东的地区。刘邦是沛县丰邑人,故称。隆准,高鼻。《史记·高祖本纪》:"高祖为人,隆准而龙颜。"趋风,疾走如风,以示对对方的尊敬。入门不拜,一作"入门开说";一作"一开游说"。

〔9〕"东下"二句:《史记·郦生陆贾列传》载,汉高祖时,郦食其曾说降齐王田横,"伏轼下齐七十余城"。挥,一作"麾"。旋蓬,转蓬,蓬草随风飞转。

〔10〕狂客:郦食其落魄时,人称"狂生"。客,一作"生"。魄,一作"拓"。

〔11〕攀龙:比喻依附皇帝建立功业。

〔12〕雷公:传说中的司雷之神。砰訇(hōng):宏大的声响。天鼓:《史记·天官书》:"天鼓,有音如雷非雷。"后以天鼓指雷声。

〔13〕"帝傍"句:《神异经·东荒经》:"东王公……恒与一玉女投壶,每投千二百矫……矫出而脱误不接者,天为之笑。"矫,投壶时箭从壶中跃出而手接之复投谓之矫。

〔14〕三时:指春、夏、秋三个季节。开电光:指闪电。古谓闪电为天笑。倏烁:电光闪烁貌。晦冥:昏暗。

〔15〕"阊阖"二句:屈原《离骚》:"吾令帝阍开关兮,倚阊阖而望予。"王逸注:"帝,谓天帝。阍(hūn),主门者也。阊阖(chāng hé),天门也。言己求贤不得,疾谗恶佞,将上诉天帝,使阍人开关,又倚天门望而距我,使我不得入也。"九门,九天之门。

〔16〕白日:喻皇帝。精诚:至诚。

〔17〕"杞国"句:《列子·天瑞》:"杞国有人忧天地崩坠,身亡所寄,废寝食者。"

〔18〕猰㺄(yà yǔ):传说中的兽名。

〔19〕驺虞(zōu yú):传说中的瑞兽。

〔20〕"手接"句:《文选》注引《尸子》:"中黄伯曰:余左执太行之犹(同猱),而右搏彫虎。"猱,猕猴。彫虎,毛色斑驳的虎。

〔21〕"侧足"句:《文选》注引《尸子》:"莒国有石焦原者,广寻五十步,临百仞之溪,莒国莫敢近也。有勇以见莒子者,独却行齐踵焉,所以服莒国。"此处用以表示自己具有足够的勇气。焦原,山名,在今山东省莒县南。

〔22〕卷:谓收藏其智。《论语·卫灵公》:"邦无道,则可卷而怀之。"

〔23〕"力排"二句:诸葛亮《梁甫吟》:"力能排南山,文能绝地纪。一朝被谗言,二桃杀三士。谁能为此谋?国相齐晏子。"

〔24〕"吴楚"二句:《史记·游侠列传》载,吴楚反时,周亚夫得剧孟,谓"吴楚举大事而不求孟,吾知其无能为已矣"。吴楚弄兵,指西汉景帝三年(前154),分封在吴楚等国的宗室七王,起兵作乱。咍(hāi),嗤笑。

〔25〕"张公"二句:雷焕送一剑与张华,自佩一剑,张华说两剑乃"天生神物,终当合耳"。后华、焕卒后,两剑终合于延平津。

〔26〕风云感会:指君臣遇合。屠钓:吕望曾屠牛、钓鱼,故云。大人:

指有大志的人。峴屼(niè wù):不安貌。沈德潜《唐诗别裁》:"言己安于困厄以俟时。"

乌夜啼[1]

黄云城边乌欲栖,归飞哑哑枝上啼。机中织锦秦川女[2],碧纱如烟隔窗语。停梭怅然忆远人[3],独宿孤房泪如雨[4]。

【注释】

〔1〕乌夜啼:乐府旧题,属《清商曲辞·西曲歌》。诗约作于开元十八年(730)李白初入长安之时。

〔2〕织锦:《晋书·列女传》载,前秦苻坚时,秦州刺史窦滔被徙流沙,其妻苏若兰思之,"织锦为《回文旋图诗》以赠滔,宛转循环以读之,词甚凄惋,凡八百四十字"。机中织锦:一作"闺中织妇"。

〔3〕远人:指在远地的丈夫。怅然忆远人:一作"向人问故夫"。

〔4〕孤房:一作"空堂"。独宿孤房:一作"欲说辽西"。

乌栖曲[1]

姑苏台上乌栖时[2],吴王宫里醉西施[3]。吴歌楚舞欢未毕,青山欲衔半边日[4]。银箭金壶漏水多[5],起看秋月坠江波,东方渐高奈乐何[6]!

【注释】

〔1〕乌栖曲:乐府《清商曲辞·西曲歌》名。诗约作于开元十四年(726),时作者在今苏州。

〔2〕姑苏台:位于姑苏山上,相传为吴王阖闾或夫差所筑,故址在今江苏吴县西南。乌栖时:日暮之时。

〔3〕吴王:指吴王夫差。西施:吴王夫差灭越,越王勾践欲复仇,乃献美女西施,夫差宠之,荒淫忘国,事见《吴越春秋·勾践阴谋外传》。

〔4〕"青山"句:状日落时景象。欲,一作"犹"。

〔5〕银箭金壶:箭与壶是古滴水计时器的部件,均用金属制成。一作"金壶丁丁"。漏水多:谓历时长。

〔6〕东方渐高:语本汉乐府《有所思》:"东方须臾高知之。"指太阳渐渐升起。乐:一作"尔"。

战　城　南〔1〕

去年战桑乾源〔2〕,今年战葱河道〔3〕。洗兵条支海上波〔4〕,放马天山雪中草〔5〕。万里长征战,三军尽衰老。匈奴以杀戮为耕作,古来唯见白骨黄沙田〔6〕。秦家筑城备胡处〔7〕,汉家还有烽火燃。烽火燃不息,征战无已时〔8〕。野战格斗死,败马号鸣向天悲。乌鸢啄人肠,衔飞上挂枯树枝〔9〕。士卒涂草莽,将军空尔为〔10〕。乃知兵者是凶器,圣人不得已而用之〔11〕。

【注释】

〔1〕战城南:乐府旧题,《汉鼓吹铙歌》十八曲之一。

〔2〕桑乾(gān):河名,永定河上游,源出于山西省北部,经大同市东

南流入河北省西北部。

〔3〕葱河:即葱岭河,有南北两河,南名叶尔羌河,北名喀什噶尔河,发源于帕米尔高原,为塔里木河支流之一。

〔4〕洗兵:洗涤兵器,表示准备出兵。条支:汉西域国名,约在今伊拉克境内。此泛指遥远的西域。

〔5〕天山:即今新疆境内的天山。

〔6〕匈奴二句:《文选》王褒《四子讲德论》:"匈奴者,百蛮之最强者也……其耒耜则弓矢鞍马,播种则捍弦掌拊,收秋则奔狐驰兔,获刈则颠倒殪仆。"

〔7〕"秦家"句:《史记·蒙恬列传》:"秦已并天下,乃使蒙恬将三十万众北逐戎狄,收河南。筑长城,因地形,用制险塞,起临洮,至辽东,延袤万余里。"备:一作"避"。指秦始皇修筑抵御匈奴之长城。

〔8〕征战:一作"长征"。

〔9〕鸢:猛禽名,形似鹰,喜吃腐肉。上挂枯树枝:一作"上枯枝"。

〔10〕涂草莽:指战死后血涂草莽。尔:如此。

〔11〕"乃知"二句:杨齐贤注引《六韬》:"圣人号兵为凶器,不得已而用之。"兵,兵器。

将 进 酒[1]

君不见黄河之水天上来,奔流到海不复回!君不见高堂明镜悲白发,朝如青丝暮成雪[2]!人生得意须尽欢,莫使金樽空对月。天生我材必有用,千金散尽还复来。烹羊宰牛且为乐,会须一饮三百杯[3]。岑夫子[4],丹丘生[5],将进酒,君莫停[6]。与君歌一曲,请君为我倾耳听[7]。钟鼓馔玉不足贵[8],但愿长醉不用醒[9]。古来

59

圣贤皆寂寞,唯有饮者留其名。陈王昔时宴平乐,斗酒十千恣欢谑[10]。主人何为言少钱?径须沽取对君酌[11]。五花马[12],千金裘,呼儿将出换美酒[13],与尔同销万古愁。

【注释】

〔1〕将进酒:《汉鼓吹铙歌》十八曲之一。开元二十二年(734)秋,李白应邀至嵩山元丹丘隐居之处,岑勋当时也在那里,三人置酒高会,席间李白写了此诗。

〔2〕青丝:形容黑发。

〔3〕"会须"句:《世说新语·文学》注引《郑玄别传》载:袁绍为郑玄饯行,三百余人向玄敬酒,"自旦及暮,度玄饮三百余杯,而温克之容,终日无怠。"会须,应该。

〔4〕岑夫子:岑勋,南阳人。

〔5〕丹丘生:即元丹丘。岑、元皆李白友人。

〔6〕君:一作"杯"。

〔7〕倾:一作"侧"。

〔8〕钟鼓:指豪门贵戚之家的音乐。馔玉:食物精美如玉。此句一作"钟鼎玉帛岂足贵"。

〔9〕不用:一作"不复",一作"不愿"。

〔10〕"陈王"二句:《文选》曹植《名都篇》:"归来宴平乐,美酒斗十千。"李善注:"平乐,观名。"陈王,即曹植,曾受封为陈王。斗酒十千,言酒美价高。恣欢谑,尽情地娱乐欢饮。

〔11〕径须:只管。沽(gū)取:买取。

〔12〕五花马:谓马之毛色作五色花纹者。一说唐代开元、天宝年间,上层社会讲究马的装饰,常将马鬣剪成花瓣形,剪成五瓣的称五花马。见《图画见闻志》。

〔13〕"千金裘"二句:《西京杂记》载,司马相如初与卓文君还成都,

家贫,曾用鹔鹴裘换酒。鹔鹴(sù shuāng),水鸟名。又,《史记·孟尝君列传》:"此时孟尝君有一狐白裘,直(值)千金,天下无双。"将出,拿出。

行行且游猎篇[1]

边城儿,生年不读一字书,但知游猎夸轻趫[2]。胡马秋肥宜白草,骑来蹑影何矜骄[3]。金鞭拂雪挥鸣鞘[4],半酣呼鹰出远郊。弓弯满月不虚发[5],双鸧迸落连飞髇[6]。海边观者皆辟易,猛气英风振沙碛[7]。儒生不及游侠人[8],白首下帷复何益[9]!

【注释】

〔1〕行行且游猎篇:乐府旧题,属《杂曲歌辞》。此诗作于天宝十一载(752),时作者经邯郸、蓟门而至幽州。

〔2〕生年:犹生平。轻趫(qiáo):轻捷。知:一本作"将"。

〔3〕白草:西域牧草名,干熟时色白。为牛马所喜食。蹑影:追赶日影,形容迅疾。矜骄:骄傲。

〔4〕鞘(shāo):马鞭的末梢。雪:一作"云"。

〔5〕弓弯满月:弓弯得像满月一样圆。弓弯,一作"弯弧"。

〔6〕鸧(cāng):鸧鸹(guā),即白顶鹤。髇(xiāo):响箭。

〔7〕海:瀚海,大漠。辟(bì)易:吃惊倒退。《史记·项羽本纪》:"辟易数里。"沙碛(qì):戈壁沙漠。

〔8〕游侠人:指边城儿。

〔9〕下帷:放下帷幕。《史记·儒林列传》:"(董仲舒)下帷讲诵,弟子传以久次相受业,或莫见其面。"

61

飞龙引二首[1]

黄帝铸鼎于荆山,炼丹砂。丹砂成黄金,骑龙飞上太清家[2],云愁海思令人嗟[3]。宫中彩女颜如花,飘然挥手凌紫霞,从风纵体登鸾车[4]。登鸾车,侍轩辕[5]。邀游青天中,其乐不可言。

【注释】

〔1〕飞龙引:乐府旧题,属《琴曲歌辞》。

〔2〕"黄帝"四句:《史记·封禅书》说黄帝铸鼎于荆山下,有龙垂胡髯迎黄帝上天,因名其处为鼎湖。又,《史记·封禅书》:"(李)少君言上曰:祠灶则致物,致物而丹沙可化为黄金,黄金成以为饮食器则益寿,益寿而海中蓬莱仙者乃可见,见之以封禅则不死,黄帝是也。"太清,天庭。

〔3〕云愁海思:萧综《听钟鸣》:"云悲海思徒掩抑。"

〔4〕纵体:轻举貌。曹植《洛神赋》:"于是忽焉纵体,以遨以嬉。"鸾车:神仙所乘。

〔5〕轩辕:即黄帝。《史记·五帝本纪》:"黄帝者,少典之子,姓公孙,名曰轩辕。"

鼎湖流水清且闲[1],轩辕去时有弓剑[2],古人传道留其间。后宫婵娟多花颜,乘鸾飞烟亦不还,骑龙攀天造天关[3]。造天关,闻天语,屯云河车载玉女[4]。载玉女,过紫皇[5],紫皇乃赐白兔所捣之药方[6]。后天而老凋三光[7],下视瑶池见王母[8],蛾眉萧飒如秋霜。

【注释】

〔1〕闲:舒缓。

〔2〕"轩辕"句:《水经注·河水》:"(黄)帝崩,惟弓剑存焉,故世称黄帝仙矣。"

〔3〕天关:天门。

〔4〕屯云河车:仙人所乘之车多如屯云。

〔5〕紫皇:道教所称天神。《太平御览》卷六五九:"《秘要经》曰:太清九宫皆有僚属,其最高者称太皇、紫皇、玉皇。"

〔6〕白兔所捣药方:乐府古辞《董逃行》:"教敕凡吏受言,采取神药若木端,白兔长跪捣药蝦蟆丸。奉上陛下一玉柈,服此药可得神仙。"

〔7〕后天而老:谓长生不老。《拾遗记》:"服之得道,后天而老。"三光:指日、月、星。此言三光有时凋落而其身长存。

〔8〕瑶池:古代神话中神仙居住之处,在昆仑山上。西王母曾于此宴请周穆王。

天　马　歌[1]

天马来出月支窟[2],背为虎文龙翼骨[3]。嘶青云,振绿发[4],兰筋权奇走灭没[5]。腾昆仑,历西极,四足无一蹶[6]。鸡鸣刷燕晡秣越[7],神行电迈蹑慌惚。天马呼,飞龙趋[8],目明长庚臆双凫[9]。尾如流星首渴乌[10],口喷红光汗沟朱[11]。曾陪时龙跃天衢,羁金络月照皇都[12]。逸气棱棱凌九区,白璧如山谁敢沽[13]?回头笑紫燕[14],但觉尔辈愚。天马奔,恋君轩,骁跃惊矫浮云翻[15]。万里足踯躅,遥瞻阊阖门[16]。不逢寒风子,谁采逸景孙[17]?白云在青天,丘陵远崔嵬[18]。

盐车上峻坂[19],倒行逆施畏日晚[20]。伯乐翦拂中道遗[21],少尽其力老弃之。愿逢田子方[22],恻然为我悲[23]。虽有玉山禾[24],不能疗苦饥。严霜五月凋桂枝,伏枥衔冤摧两眉[25]。请君赎献穆天子,犹堪弄影舞瑶池[26]。

【注释】

〔1〕天马歌:乐府旧题,属《郊庙歌辞》。《汉书·礼乐志》载《郊祀歌》十九章,其十曰《天马》。

〔2〕"天马"句:《史记·大宛列传》载,汉武帝得乌孙马,名曰天马。后又称大宛汗血马为天马。月支:即月氏(zhī),古部落名。秦汉之际,游牧于敦煌、祁连间,后为匈奴所攻,分为大、小月氏。

〔3〕"背为"句:《汉书·礼乐志》载《天马歌》:"虎脊两,化若鬼。"颜师古注:"应劭曰:马毛色如虎脊(者)有两也。"

〔4〕发:马额上之毛。

〔5〕兰筋:《文选》陈琳《为曹洪与魏文帝书》:"整兰筋。"李善注:"《相马经》云:一筋从玄中出,谓之兰筋。玄中者,目上陷如井字。兰筋坚者千里。"权奇:出众,非凡。走灭没:指疾走如飞,若灭若没。

〔6〕西极:西方极远之地。《天马歌》:"天马徕,从西极,涉流沙,九夷服。"蹶(jué):倒,颠仆。

〔7〕鸡鸣:清晨。晡(bū):申时,即黄昏。刷燕、秣越:《文选》颜延年《赭白马赋》:"旦刷幽燕,昼秣荆越。"李善注:"《说文》曰:刷,刮也……杜预曰:以粟饭马曰秣。"句谓天马行走极快。

〔8〕飞龙:喻骏马。马八尺以上称龙。

〔9〕长庚:即太白星。臆:胸。凫:谓胸两边肉如凫(野鸭)。《齐民要术》卷六:"(马)胸欲直而出,凫间欲开,望视之如双凫。"又云:"双凫欲大而上。"

〔10〕流星:即彗星。渴乌:古代吸水用的虹吸管。《后汉书·张让

传》注:"渴乌,为曲筒,以气引水上也。"

〔11〕红光:《齐民要术》卷六:"相马……口中色欲得红白如火光为善材,多气,良且寿。"汗沟朱:谓汗血马。《汉书·西域传》载大宛汗血马,其马汗出如血。《赭白马赋》:"汗沟走血。"

〔12〕络(luò)月:指用圆月状饰物络马头。跃:一作"蹑"。

〔13〕稜(léng)稜:威严貌。九区:九州。泛指全国。沽:买。

〔14〕紫燕:古代骏马名。

〔15〕骎(sǒng):摇动马衔令马行走。

〔16〕阊阖(chāng hé):传说中的天门,后亦指皇宫之门。

〔17〕寒风子:古善相马者。《吕氏春秋》:"古之善相马者,寒风是相口齿……皆天下之良工也。"逸景:良马名。

〔18〕远崔嵬:一作"崔嵬远"。

〔19〕"盐车"句:《战国策·楚策四》载,老骥驾盐车而上太行山,伯乐遇之,攀而哭之。"骥于是俯而喷,仰而鸣,声达于天,若出金石声者。何也?彼见伯乐之知己也。"

〔20〕倒行逆施:《史记·伍子胥列传》:"吾日莫(暮)途远,吾故倒行而逆施之。"司马贞《索隐》:"颠倒疾行,逆理施事。"

〔21〕伯禾:古之善相马者。剪拂:王琦注:"剪拂谓修剪其毛鬣,洗拭其尘垢。"

〔22〕田子方:《韩诗外传》卷八载,战国时,田子方出见老马于道,以问御者,答曰:"故公家畜也,罢(疲)而不为用,故出放也。"子方曰:"少尽其力,而老去其身,仁者不为也。"乃束帛以赎之,穷士闻之,皆归其门。

〔23〕悲:一作"思"。

〔24〕玉山禾:即昆仑山之木禾,见《山海经·海内西经》。

〔25〕枥(lì):马槽。

〔26〕穆天子:即周穆王。《列子·周穆王》载:穆王"肆意远游,命驾八骏之乘……遂宾于西王母,觞于瑶池之上。"

行路难三首[1]

金樽清酒斗十千,玉盘珍羞直万钱[2]。停杯投箸不能食[3],拔剑四顾心茫然。欲渡黄河冰塞川,将登太行雪满山[4]。闲来垂钓碧溪上[5],忽复乘舟梦日边[6]。行路难!行路难!多岐路[7],今安在?长风破浪会有时[8],直挂云帆济沧海[9]。

【注释】

〔1〕行路难:乐府旧题,属《杂曲歌辞》,内容多写世路之艰难与离别之悲伤。此诗作年有歧说,以往认为是天宝三载(744)被放之初,述怀之作,今人通过分析,大多赞同前二首为初入长安时作,时间约在开元十八九年之间。后一首作年莫考,因同题,姑附于此。

〔2〕斗十千:极言酒价之高,以见酒之名贵。曹植《名都篇》:"美酒斗十千。"羞:同馐,美味食品。

〔3〕箸(zhù):筷子。

〔4〕太行:山名,绵延于今之河南、河北、山西三省之间。满山:一作"暗天"。

〔5〕垂钓碧溪:用吕尚事,《史记·齐太公世家》载,姜太公吕尚年老穷困,垂钓于渭水之滨。周文王出猎,遇之,与语,大悦,立为师。后佐武王兴周灭殷。碧,一作"坐"。

〔6〕梦日边:传说伊尹在将受到成汤的征聘时,曾梦见乘船经过日月之旁。见《宋书·符瑞志上》。

〔7〕岐路:岔路。

〔8〕长风破浪:《宋书·宗悫传》载,悫(què)年少时,叔问其志,悫

曰:"愿乘长风,破万里浪。"

〔9〕直:就,当即。云帆:似白云般的船帆。济:渡。沧海:大海。

大道如青天,我独不得出。羞逐长安社中儿,赤鸡白狗赌梨栗〔1〕。弹剑作歌奏苦声〔2〕,曳裾王门不称情〔3〕。淮阴市井笑韩信〔4〕,汉朝公卿忌贾生〔5〕。君不见昔时燕家重郭隗〔6〕,拥篲折节无嫌猜〔7〕。剧辛乐毅感恩分,输肝剖胆效英才〔8〕。昭王白骨萦蔓草,谁人更扫黄金台〔9〕?行路难,归去来!

【注释】

〔1〕社:古代基层行政单位,二十五家为一社。此泛指里巷。赤鸡白狗:指斗鸡走狗之类赌博活动。

〔2〕弹剑作歌:《战国策·齐策四》载,冯谖为孟尝君食客,屡次为自己不如意的生活待遇而弹剑长歌,孟尝君总是满足他的要求,而冯谖为孟尝君出谋划策,建立奇功。

〔3〕曳裾王门:邹阳《谏吴王书》:"饰固陋之心,则何王之门不可以曳长裾乎?"曳裾(jū),牵起外衣的前襟而疾行,表示谦卑的礼节。

〔4〕"淮阴"句:《史记·淮阴侯列传》:"淮阴侯韩信者,淮阴人也……淮阴屠中少年有侮信者,曰:'若虽长大,好带刀剑,中情怯耳。'众辱之曰:'信能死,刺我;不能死,出我袴下。'于是信孰视之,俯出袴下,蒲伏,一市人皆笑信,以为怯。"淮阴,汉代县名,故城在今江苏省淮阴南。

〔5〕"汉朝"句:贾谊为汉文帝所重,准备任以公卿,一些重臣在皇帝面前进谗言,谊乃贬为长沙王太傅。

〔6〕燕家重郭隗(wěi):《战国策·燕策一》载,燕昭王招贤,郭隗说:"臣闻古之君人,有以千金求千里马者,三年不能得。涓人言于君曰:'请求之。'君遣之,三月得千里马,马已死,买其首五百金,反以报君。君大怒曰:'所求者生马,安事死马而捐五百金?'涓人对曰:'死马且买之五百金,

67

况生马乎？天下必以王为能市马,马今至矣。'于是不能期年,千里之马至者三。今王诚欲致士,先从隗始,隗且见事,况贤于隗者乎？岂远千里哉？'"

〔7〕拥篲(huì):拿着笤帚扫地退行,迎接贵宾,表示恭敬的礼节。

〔8〕剧辛:赵国人。乐毅:魏国人。他们到燕国后均受到重用。恩分(fèn):恩情。输肝剖胆:竭尽忠诚。效英才:以英才相报效。

〔9〕萦:缠绕。蔓:一作"烂"。黄金台:故址在今河北易县东南。传说"燕昭王置千金于台上,以延天下之士"。

有耳莫洗颍川水[1],有口莫食首阳蕨[2]。含光混世贵无名[3],何用孤高比云月。吾观自古贤达人,功成不退皆殒身。子胥既弃吴江上[4],屈原终投湘水滨[5]。陆机雄才岂自保,李斯税驾苦不早。华亭鹤唳讵可闻？上蔡苍鹰何足道[6]？君不见吴中张翰称达生,秋风忽忆江东行。且乐生前一杯酒,何须身后千载名[7]。

【注释】

〔1〕"有耳"句:反用许由洗耳事,皇甫谧《高士传》卷上:"尧又召(许由)为九州长,由不欲闻之,洗耳于颍水滨。"

〔2〕"有口"句:反用伯夷、叔齐事。蕨(jué),即薇。

〔3〕含光混世:不露才能,混同世人。

〔4〕"子胥"句:《史记·伍子胥列传》载,子胥佐吴王夫差称霸,终因伯嚭(pǐ)进谗,被吴王逼迫伏剑自刎。

〔5〕屈原:战国时楚国大夫,被楚王放逐江南,曾长期流浪于湘水流域。后自沉汨罗江而死。

〔6〕"陆机"四句:分咏陆机、李斯事。《晋书·陆机传》载,陆机死时叹道:"华亭鹤唳,岂可复闻乎！"华亭,地名,在今上海松江区。《史记·李斯列传》载,李斯死时亦对其子感叹道:"吾欲与若复牵黄犬,俱出上蔡东

门,逐狡兔,岂可得乎?"上蔡,在今河南上蔡县西南。雄才:一作"才多"。

〔7〕"君不见"四句:用张翰事。《晋书·张翰传》载,张翰为吴郡吴县人,仕于京师洛阳,"因见秋风起,乃思吴中菰菜、莼羹、鲈鱼脍,曰:'人生贵得适志,何能羁宦数千里,以要名爵乎!'遂命驾而归"。

长 相 思[1]

长相思,在长安。络纬秋啼金井阑[2],微霜凄凄簟色寒[3]。孤灯不明思欲绝[4],卷帷望月空长叹,美人如花隔云端[5]。上有青冥之高天,下有渌水之波澜[6]。天长路远魂飞苦,梦魂不到关山难。长相思,摧心肝。

【注释】

〔1〕长相思:乐府旧题,属《杂曲歌辞》。此诗一般认为作于天宝三载(744)"赐金放还"之后。

〔2〕络纬:昆虫名,俗称纺织娘。金井阑:精美的井上栏杆。

〔3〕微:一作"凝"。簟(diàn):竹席。

〔4〕明:一作"寐"。

〔5〕美人如花:一作"佳期迢迢"。

〔6〕青冥:青天。渌(lù)水:清澈的水。

上 留 田 行[1]

行至上留田,孤坟何峥嵘[2]!积此万古恨,春草不复生。悲风四边来,肠断白杨声[3]。借问谁家地,埋没蒿里茔[4]?古老向予言,言是上留田,蓬科马鬣今已平[5]。昔之弟死兄不葬,他人于此举铭旌[6]。一鸟死,百鸟鸣。一兽走,百兽惊[7]。桓山之禽别离苦,欲去回翔不能征[8]。田氏仓卒骨肉分,青天白日摧紫荆[9]。交让之木本同形,东枝憔悴西枝荣[10]。无心之物尚如此,参商胡乃寻天兵[11]?孤竹延陵,让国扬名[12]。高风缅邈[13],颓波激清。尺布之谣,塞耳不能听[14]。

【注释】

〔1〕上留田行:乐府旧题,属《相和歌辞·瑟调曲》。《古今注·音乐》:"上留田,地名也。其地人有父母死,兄不字其孤弟者,邻人为其弟作悲歌以讽其兄,故曰《上留田》。"

〔2〕峥嵘:高峻貌。

〔3〕"悲风"二句:《古诗十九首》其十四:"出郭门直视,但见丘与坟……白杨多悲风,萧萧愁杀人。"

〔4〕蒿(hāo)里:古指坟地,又为丧歌名。

〔5〕蓬科:即蓬颗,长着蓬草的土块。《汉书·贾山传》:"使其后世曾不得蓬颗蔽冢而托葬焉。"颜师古注:"颗谓土块。蓬颗,言块上生蓬者耳。"马鬣(liè):坟上封土之形,状如马鬣。

〔6〕铭旌:即明旌,旧时竖在柩前以表识死者姓名的旗幡。

〔7〕"一鸟"四句:《礼记·三年问》:"今是大鸟兽则失丧其群匹,越月逾时焉,则必反巡。过其故乡,翔回焉,鸣号焉,蹢躅焉,踟蹰焉,然后乃能去之。"李诗用其意。

〔8〕"桓山"二句:《孔子家语·颜回》:"回闻桓山之鸟生四子焉,羽翼既成,将分于四海,其母悲鸣而送之。"后用作兄弟分离的典故。

〔9〕"田氏"二句:《续齐谐记》载,田真兄弟三人共议分财,堂前有一紫荆树,拟破为三片,其树即枯死。兄弟大惊,悲不自胜,不复分树,紫荆应声荣茂。兄弟相感,遂不分家,终为孝门。仓卒,通"仓猝",急遽。

〔10〕"交让"二句:《述异记》卷上:"黄金山有楠树,一年东边荣,西边枯;后年西边荣,东边枯,年年如此。张华云:交让树也。"

〔11〕参商:二星名,参西商东,此出彼没,永不相见。《左传·昭公元年》:"子产曰:昔高辛氏有二子,伯曰阏伯,季曰实沉,居于旷林,不相能也。日寻干戈,以相征讨。后帝不臧,迁阏伯于商丘,主辰,商人是因,故辰为商星。迁实沉于大夏,主参,唐人是因,以服事夏、商。"杜预注:"寻,用也。"胡乃:为何。

〔12〕孤竹:古国名。《史记·伯夷列传》:"伯夷、叔齐,孤竹君之二子也。父欲立叔齐,及父卒,叔齐让伯夷。伯夷曰:'父命也。'遂逃去。叔齐亦不肯立而逃之。"延陵:指季札。春秋时吴国公子。吴王寿梦有四子,季札虽少,但因其贤,寿梦欲立之,季札让之,乃立长兄,长兄立,让位季札,季札弃其室而耕,后索性逃走,可见《史记·吴太伯世家》。

〔13〕高风:指伯夷、叔齐、季札让国的高尚品格。缅邈:遥远貌。

〔14〕"尺布"二句:《史记·淮南衡山列传》载,汉文帝异母弟淮南厉王刘长谋反,事觉,流放蜀郡,绝食而死。当时民歌曰:"一尺布,尚可缝;一斗粟,尚可舂;兄弟二人,不能相容。"

春 日 行[1]

深宫高楼入紫清,金作蛟龙盘绣楹[2]。佳人当窗弄白日,弦将手语弹鸣筝[3]。春风吹落君王耳,此曲乃是《升天行》[4]。因出天池泛蓬瀛[5],楼船蹙沓波浪惊[6]。三千双蛾献歌笑,挝钟考鼓宫殿倾[7],万姓聚舞歌太平。我无为,人自宁。三十六帝欲相迎[8],仙人飘翩下云䴈[9]。帝不去,留镐京[10]。安能为轩辕,独往入窅冥[11]?小臣拜献南山寿[12],陛下万古垂鸿名[13]。

【注释】

〔1〕春日行:《乐府诗集·杂曲歌辞》有鲍照《春日行》。

〔2〕紫清:天帝所居,即紫微清都之所。盘绣:一作"绣作"。

〔3〕弦将手语:指弹奏。

〔4〕升天行:乐府《杂曲歌辞》名,言游仙之事。

〔5〕天池:指宫中池沼。蓬瀛:指唐大明宫太液池中的蓬莱山。

〔6〕楼船:船上有楼的大船。蹙沓:密集纷乱貌。

〔7〕挝(zhuā)、考:均为敲击之意。

〔8〕"三十"句:王琦注:"道书有三十六天上帝。"

〔9〕䴈(píng):古代贵族妇女所乘有帷幕的车,此指仙人所乘之车,因有彩云环绕,故曰云䴈。

〔10〕镐京:西周国都,故址在今陕西西安市长安区,此借指唐都长安。

〔11〕为:如。轩辕:黄帝。窅(yǎo)冥:一作"杳冥",指天上。

〔12〕南山寿:《诗·小雅·天保》:"如南山之寿,不骞不崩。"

〔13〕鸿名:盛名。

前有樽酒行二首[1]

春风东来忽相过,金樽渌酒生微波[2]。落花纷纷稍觉多,美人欲醉朱颜酡[3]。青轩桃李能几何,流光欺人忽磋跎[4]。君起舞,日西夕。当年意气不肯倾[5],白发如丝叹何益?

【注释】

〔1〕 前有樽酒行:乐府旧题,属《杂曲歌辞》。一本"樽"前有"一"字。

〔2〕 渌酒:即清酒。

〔3〕 朱颜酡(tuó):《楚辞·招魂》:"美人既醉,朱颜酡些。"酡,饮酒后脸色发红。

〔4〕 流光:谓日月之光。蹉跎:光阴虚度。

〔5〕 意气:意态、气概。倾:一作"平"。

琴奏龙门之绿桐[1],玉壶美酒清若空[2]。催弦拂柱与君饮,看朱成碧颜始红[3]。胡姬貌如花,当垆笑春风[4]。笑春风,舞罗衣,君今不醉将安归[5]?

【注释】

〔1〕 龙门桐:枚乘《七发》:"龙门之桐,高百尺而无枝。"

〔2〕 清若空:清澈透明的美酒盛在饮器里,仿佛空无所有似的。

〔3〕 看朱成碧:形容眼花,视觉模糊。

〔4〕 "胡姬"二句:辛延年《羽林郎》:"胡姬年十五,春日独当垆。"当垆(lú),即卖酒。垆为酒店中放置酒瓮的土台子。

〔5〕 将:一作"欲"。

夜 坐 吟[1]

冬夜夜寒觉夜长,沉吟久坐坐北堂。冰合井泉月入闺[2],金钉青凝照悲啼[3]。金钉灭,啼转多。掩妾泪,听君歌。歌有声,妾有情。情声合,两无违。一语不入意,从君万曲梁尘飞[4]。

【注释】

〔1〕夜坐吟:乐府旧题,属《杂曲歌辞》。鲍照《代夜坐吟》云:"冬夜沉沉夜坐吟,含声(一作情)未发已知心。霜入幕,风度林。朱灯灭,朱颜寻。体君歌,逐君音。不贵声,贵意深。"此篇拟之。

〔2〕冰合井泉:谓井水冻成冰。

〔3〕钉(gāng):灯盏。青凝:青色的火焰似凝住一般。一作"凝明"。

〔4〕从:任凭。梁尘飞:《艺文类聚》引《别录》载,汉代虞公善歌,其音清哀,声振梁尘。

野田黄雀行[1]

游莫逐炎洲翠[2],栖莫近吴宫燕[3]。吴宫火起焚巢窠[4],炎洲逐翠遭网罗。萧条两翅蓬蒿下,纵有鹰鹯奈尔何[5]!

【注释】

〔1〕野田黄雀行:乐府旧题,属《相和歌辞·瑟调曲》。

〔2〕炎洲翠:陈子昂《感遇》其二十三:"翡翠巢南海,雌雄珠树林……杀身炎州里,委羽玉堂阴。"炎洲谓海南之地,四时常热,故曰炎洲。

〔3〕吴宫燕:《太平御览》卷九二二引《吴地记》:"春申君都吴宫,因加巧饰。春申死,吏照燕窟,失火遂焚。"鲍照《代空城雀》:"犹胜吴宫燕,

无罪得焚弃。"

〔4〕巢：一作"尔"。

〔5〕鹰鹯(zhān)：皆猛禽。尔：一作"若"。

箜 篌 谣[1]

攀天莫登龙,走山莫骑虎。贵贱结交心不移,唯有严陵及光武[2]。周公称大圣,管蔡宁相容[3]！汉谣一斗粟,不与淮南舂[4]。兄弟尚路人,吾心安所从？他人方寸间[5],山海几千重。轻言托朋友,对面九疑峰[6]。多花必早落[7],桃李不如松。管鲍久已死,何人继其踪[8]！

【注释】

〔1〕箜篌谣：乐府旧题,属《杂歌谣辞》。王琦注引《乐府诗集》："《箜篌谣》,不详所起,大略言结交当有终始,与《箜篌引》异。"

〔2〕严陵、光武：《后汉书·严光传》载,严光曾与刘秀同学,刘秀即帝位,召至京城,拜谏议大夫,不受,归隐于富春江。

〔3〕"周公"二句：《史记·周本纪》："周初定天下,周公恐诸侯畔周,公乃摄行政当国。管叔、蔡叔群弟疑周公,与武庚作乱,畔周。周公奉成王命,伐诛武庚、管叔,放蔡叔。"

〔4〕"汉谣"二句：《史记·淮南衡山列传》载民谣曰："一尺布,尚可缝；一斗粟,尚可舂；兄弟二人,不能相容。"淮南,指淮南厉王,因谋反流放蜀郡,绝食而死。

〔5〕方寸：指心。

〔6〕九疑峰：即苍梧山,在湖南宁远县南。其山九峰皆相似,故曰

九疑。

〔7〕多:一作"开"。

〔8〕管鲍:指管仲、鲍叔。管仲少时,常与鲍叔游,"鲍叔知其贤",后荐管仲为相,佐齐桓公称霸。管仲曰:"生我者父母,知我者鲍子也。"事见《史记·管晏列传》。

雉朝飞[1]

麦陇青青三月时,白雉朝飞挟两雌。锦衣绮翼何离褷[2],犊牧采薪感之悲[3]。春天和,白日暖,啄食饮泉勇气满,争雄斗死绣颈断[4]。《雉子班》奏急管弦,心倾美酒尽玉碗[5]。枯杨枯杨尔生稊[6],我独七十而孤栖。弹弦写恨意不尽[7],瞑目归黄泥。

【注释】

〔1〕雉朝飞:乐府《琴曲歌辞》有《雉朝飞操》。

〔2〕离褷(shī):《文选》木华《海赋》:"凫雏离褷。"李善注:"离褷,毛羽始生之貌。"

〔3〕"犊牧"句:崔豹《古今注》卷中:"《雉朝飞》者,牧犊子所作也。齐处士,泯、宣时人,年五十无妻,出薪于野,见雉雄雌相随而飞,意动心悲,乃作《雉朝飞》之操,将以自伤焉。其声中绝。"牧,一作"沐"。

〔4〕"争雄"句:语本鲍照《代雉朝飞》:"雉朝飞,振羽翼,专场挟雌恃强力……刎绣颈,碎锦臆,绝命君前无怨色。"绣颈,颈毛如绣。

〔5〕雉子班:《汉鼓吹铙歌》十八曲之一。倾心美酒:一作"心倾酒美"。

〔6〕生稊(tí):《易·大过》:"枯杨生稊,老夫得其女妻,无不利。"王

弼注:"秭者,杨之秀也。"杨叶未舒称秭。

〔7〕写:同"泻"。

上 云 乐[1]

金天之西[2],白日所没。康老胡雏,生彼月窟[3]。巉岩容仪,戍削风骨[4]。碧玉炅炅双目瞳,黄金拳拳两鬓红[5]。华盖垂下睫[6],嵩岳临上唇[7]。不睹诡谲貌,岂知造化神?大道是文康之严父[8],元气乃文康之老亲[9]。抚顶弄盘古[10],推车转天轮[11]。云见日月初生时,铸冶火精与水银[12]。阳乌未出谷[13],顾兔半藏身[14]。女娲戏黄土,团作愚下人[15]。散在六合间[16],濛濛若沙尘。生死了不尽,谁明此胡是仙真?西海栽若木[17],东溟植扶桑[18]。别来几多时,枝叶万里长。中国有七圣[19],半路颓洪荒[20]。陛下应运起,龙飞入咸阳[21]。赤眉立盆子[22],白水兴汉光[23]。叱咤四海动,洪涛为簸扬[24]。举足蹋紫微,天关自开张[25]。老胡感至德,东来进仙倡[26]。五色师子,九苞凤凰[27]。是老胡鸡犬,鸣舞飞帝乡。淋漓飒沓[28],进退成行。能胡歌,献汉酒。跪双膝,并两肘[29],散花指天举素手。拜龙颜,献圣寿。北斗戾,南山摧[30]。天子九九八十一万岁,长倾万岁杯[31]。

【注释】

〔1〕上云乐:乐府旧题,属《清商曲辞》。周舍有《老胡文康辞》,此诗拟之,辞义多相出入。因周诗原文过长,故不录。

〔2〕金天:西方。

〔3〕康老:即周舍旧辞中之文康,胡人。月窟:指西方极远之地。

〔4〕戍削:清瘦貌。

〔5〕炅(jiǒng)炅:明亮貌。黄金拳(quán)拳:言其发色黄而稍卷。

〔6〕华盖:指眉毛。垂下睫:谓眉长而下覆于目。

〔7〕嵩岳:指鼻大。《云笈七签》卷十一:"外应中岳鼻齐位。"梁丘子注:"中岳者,鼻也。"

〔8〕大道:即老子所云作为万物之本源的道。严父:王琦注:"《道德指归论》:'道德为父,神明为母。'"

〔9〕元气:形成天地万物的原始物质。

〔10〕盘古:神话中的开天辟地者。

〔11〕天轮:指天地。《文选》木华《海赋》李善注:"《吕氏春秋》:'天地如车轮,终则复始。'"

〔12〕"云见"二句:《淮南子·天文》:"天地之袭精为阴阳……积阳之热气生火,火气之精者为日;积阴之寒气为水,水气之精者为月。"

〔13〕阳乌:指太阳。谷:畅谷,传说为日出之处。

〔14〕顾兔:指月亮。《楚辞·天问》:"夜光何德,死则又育?厥利维何,而顾兔在腹?"

〔15〕"女娲"二句:《太平御览》卷七八引《风俗通》:"俗说天地开辟,未有人民,女娲抟黄土作人,剧务,力不暇供,乃引绳于绠泥中,举以为人。故富贵者,黄土人也;贫贱凡庸者,绠人也。"

〔16〕六合:天地四方。

〔17〕西海:指西方极远之地。若木:神话中木名,为日入之处。一说若木即扶桑。

〔18〕东溟:东海。扶桑:神话中木名,为日出之处。一说即若木。

〔19〕七圣:王琦注:"谓高祖、太宗、高宗、中宗、睿宗、玄宗六君,其一

则武后也。"

〔20〕"半路"句：王琦注："喻禄山倡乱，两京覆没，有似鸿荒之世也。"鸿荒，同洪荒，谓远古混沌初开之世。

〔21〕"陛下"二句：王琦注："'陛下应运起'，谓肃宗即位于灵武。'龙飞入咸阳'，谓西京克复，大驾还都也。"龙飞，《易·乾》："飞龙在天，利见大人。"喻登帝位。

〔22〕"赤眉"句：《后汉书·刘盆子传》载：东汉光武帝建武元年，赤眉军立刘邦孙朱虚侯刘章之后刘盆子为天子。

〔23〕"白水"句：在今湖北枣阳市。汉光武帝生于此。张衡《东京赋》有"龙飞白水"之句。

〔24〕"叱咤"二句：王琦注："喻天下震动，寰宇洗清也。"

〔25〕紫微：星座名，太一之精，天帝所居，后借指皇宫。天关：犹天门。

〔26〕仙倡：《文选》张衡《西京赋》："总会仙倡，戏豹舞罴。白虎鼓瑟，苍龙吹箎。"薛综注："仙倡，伪作假形，谓如神也。罴豹熊虎，皆为假头也。"

〔27〕九苞凤凰：《初学记》引《论语摘衰圣》："凤有六像、九苞……九苞者，一曰口包命，二曰心合度，三曰耳听达，四曰舌诎伸，五曰彩色光，六曰冠矩州，七曰距锐钩，八曰音激扬，九曰腹文户。"

〔28〕淋漓：众盛貌。飒沓：盘旋貌。

〔29〕并：一作"立"。

〔30〕戾：曲。摧：倒。

〔31〕岁：一作"年"；一作"寿"。

夷则格上白鸠拂舞辞[1]

铿鸣钟，考朗鼓[2]。歌《白鸠》，引拂舞[3]。白鸠之白谁与邻？霜衣雪襟诚可珍，含哺七子能平均[4]。食不噎[5]，性安驯。首农政，鸣阳春[6]。天子刻玉杖，镂形赐耆人[7]。白鹭之白非纯真[8]，外洁其色心匪仁。阙五德[9]，无司晨，胡为啄我葭下之紫鳞[10]？鹰鹯雕鹗[11]，贪而好杀，凤凰虽大圣，不愿以为臣。

【注释】

〔1〕夷则格上白鸠拂舞辞：一作"白鸠辞"，《乐府诗集》以此篇入《舞曲歌辞》。

〔2〕铿（kēng）：撞。考：击。朗：言发声响亮。

〔3〕引拂舞：王琦注："乐人执拂而舞，以为容节也。"

〔4〕"含哺"句：《诗·曹风·鸤鸠》："鸤鸠在桑，其子七兮。"毛传："鸤鸠之养其子，朝从上下，莫（暮）从下上，平均如一。"

〔5〕噎：一作"咽"。

〔6〕"首农政"二句：鸤鸠又名布谷，此鸟鸣时，耕事方作，农人以为候。见《尔雅注》《禽经注》。

〔7〕"天子"二句：《后汉书·礼仪志》："仲秋之月，县道皆案户比民，年始七十者，授之以王杖……王杖长九尺，端以鸠鸟为饰。鸠鸟，不噎之鸟也，欲老人不噎。"耆人，老人。

〔8〕鹭：一作"鹰"。之：一作"亦"。

〔9〕五德：《韩诗外传》卷二："田饶谓哀公曰：'……君独不见夫鸡乎？首戴冠者，文也；足搏距者，武也；敌在前敢斗者，勇也；得食相告，仁也；守夜不失时，信也。鸡有此五德。'"

〔10〕紫鳞：指鱼。

〔11〕鹰鹯雕鹗：王琦注："四鸟皆禽中之鸷者，形状亦相似，曲喙，金睛，剑翮，利爪，盘旋空中，伺物而击之。"

日出入行[1]

日出东方隈[2],似从地底来。历天又入海,六龙所舍安在哉[3]?其始与终古不息[4],人非元气,安得与之久徘徊[5]?草不谢荣于春风,木不怨落于秋天[6]。谁挥鞭策驱四运[7],万物兴歇皆自然。羲和羲和[8],汝奚汩没于荒淫之波[9]?鲁阳何德?驻景挥戈[10]。逆道违天,矫诬实多[11]。吾将囊括大块,浩然与溟涬同科[12]。

【注释】

〔1〕日出入行:一作"日出行",乐府旧题,属《相和歌辞》。

〔2〕隈(wēi):山水弯曲处的地方。

〔3〕六龙:神话中为太阳驾车的六条龙。借指天子车驾。舍:止宿之地。

〔4〕"其始"句:一作"其行终古不休息"。终古,久远。

〔5〕元气:形成天地万物的原始物质。

〔6〕"草不"二句:《庄子·大宗师》郭象注:"暖焉若春阳之自和,故蒙泽者不谢;凄乎若秋霜之自降,故凋落者不怨。"李诗本此。

〔7〕四运:指春、夏、秋、冬四季变化。

〔8〕羲和:为太阳驾车的神。

〔9〕奚:何。汩(gǔ)没:沉沦,沉没。荒淫:谓广阔浩瀚。

〔10〕"鲁阳"二句:《淮南子·览冥》:"鲁阳公与韩构难,战酣日暮,援戈而挥之,日为之反三舍。"

〔11〕"逆道"二句:谓以前关于太阳的传说不合规律,违反自然,多为

欺骗诬诈之论。矫诬:欺诈。

〔12〕囊括:包罗。大块:大地,大自然。溟涬(xìng):元气。同科:同类。

胡 无 人[1]

严风吹霜海草凋,筋干精坚胡马骄[2]。汉家战士三十万,将军兼领霍骠姚[3]。流星白羽腰间插[4],剑花秋莲光出匣[5]。天兵照雪下玉关[6],虏箭如沙射金甲[7]。云龙风虎尽交回[8],太白入月敌可摧[9]。敌可摧,旄头灭[10],履胡之肠涉胡血。悬胡青天上,埋胡紫塞旁[11]。胡无人,汉道昌。陛下之寿三千霜,但歌大风云飞扬,安得猛士兮守四方。胡无人,汉道昌[12]。

【注释】

〔1〕胡无人:乐府旧题有《胡无人行》,属《相和歌辞·瑟调曲》。

〔2〕严风:冬风。筋干:代指弓。《周礼·考工记·弓人》:"凡为弓,冬析干而春液角,夏治筋,秋合三材。"骄:马壮貌。

〔3〕霍骠(piào)姚:即霍去病,汉武帝时名将,曾为骠姚校尉。兼领:一作"谁者"。

〔4〕流星:古宝剑名。白羽:白色箭翎。亦指箭。

〔5〕秋莲:喻宝剑光彩照人。

〔6〕天兵:谓兵威之盛如天。玉关:玉门关,原在今甘肃敦煌市西北小方盘城,六朝时移至今安西县双塔堡附近。

〔7〕金甲:金属制的铠甲。

〔8〕云龙风虎:兵阵名,古人以天、地、风、云、龙、虎、鸟、蛇为八阵。

尽：一作"昼"。

〔9〕太白：即金星，又名启明、长庚。古代迷信，以为太白星进入月亮，是大将被杀的征兆。

〔10〕旄（máo）头：星名，二十八宿之一。《汉书·天文志》："昴曰旄头，胡星也。"此星为胡人之象征。

〔11〕紫塞：泛言边塞。崔豹《古今注》卷上："秦筑长城，土色皆紫，汉塞亦然，故称紫塞焉。"

〔12〕一本无后五句。

北　风　行[1]

烛龙栖寒门，光曜犹旦开[2]。日月照之何不及此？唯有北风号怒天上来。燕山雪花大如席，片片吹落轩辕台[3]。幽州思妇十二月，停歌罢笑双蛾摧[4]。倚门望行人，念君长城苦寒良可哀。别时提剑救边去，遗此虎纹金鞞靫[5]。中有一双白羽箭，蜘蛛结网生尘埃。箭空在，人今战死不复回。不忍见此物，焚之已成灰。黄河捧土尚可塞，北风雨雪恨难裁[6]。

【注释】

〔1〕北风行：乐府旧题，属《杂曲歌辞》。

〔2〕"烛龙"二句：北方之神，《山海经·大荒北经》云："西北海之外，赤水之北，有章尾山。有神，人面蛇身而赤……不食不寝不息，风雨是谒。是烛九阴，是谓烛龙。"

〔3〕燕山：在今河北平原北侧，绵延数百里，东抵海滨。轩辕台：故址在今河北省怀来县乔山上。

〔4〕幽州:辖今北京市及河北省北部一带地区。双蛾摧:双眉低垂。蛾,蛾眉,女子细长娟秀的眉毛。

〔5〕鞞靫(bǐng chá):当作"鞴(bèi)靫",箭袋。

〔6〕裁:止。

侠 客 行[1]

赵客缦胡缨[2],吴钩霜雪明[3]。银鞍照白马,飒沓如流星[4]。十步杀一人,千里不留行[5]。事了拂衣去,深藏身与名。闲过信陵饮[6],脱剑膝前横。将炙啖朱亥,持觞劝侯嬴。三杯吐然诺,五岳倒为轻。眼花耳热后,意气素霓生。救赵挥金槌,邯郸先震惊。千秋二壮士,烜赫大梁城[7]。纵死侠骨香[8],不惭世上英。谁能书阁下,白首《太玄》经[9]?

【注释】

〔1〕侠客行:乐府旧题,属《杂曲歌辞》。

〔2〕赵客:战国时燕赵一带多出侠士,后人因称侠客一类人物为燕赵之士。缦胡缨:一种没有文理的粗制帽带。《庄子·说剑》:"吾王所见剑士,皆蓬头、突鬓、垂冠、曼胡之缨。"

〔3〕吴钩:《吴越春秋·阖闾内传》载吴王阖闾命国中作金钩,有人贪王之重赏,杀其二子吴鸿、扈稽,以血衅金,遂成二钩,献于阖闾。后泛指利剑宝刀。钩,兵器,形似剑而刃弯。

〔4〕飒沓:群飞貌。此处形容马行迅疾。

〔5〕"十步"二句:《庄子·说剑》:"臣之剑,十步一人,千里不留行。"司马彪注:"十步与一人相击,辄杀之,故千里不留于行也。"留,阻留。

〔6〕信陵:信陵君,战国四公子之一的魏公子无忌,"为人仁而下士""致食客三千人",事见《史记·魏公子列传》。

〔7〕"将炙"十句:用信陵君救赵事。据《史记·魏公子列传》载,赵都邯郸为秦所围,赵国多次向魏求救,魏王畏秦,不敢前往,信陵君欲救赵,门客侯生为之出谋划策,请魏王宠姬入王卧内,盗得兵符,又举荐屠者朱亥与公子同至魏军中,击杀按兵不动的将领晋鄙,率领魏军前去救赵。炙,用火烤的肉。啖(dàn),食。然诺,许诺。眼花耳热,形容酒酣时情状。素霓,即白虹。二壮士,指侯嬴与朱亥。烜(xuǎn)赫,光彩照人貌。大梁,魏国都城,即今河南开封市。

〔8〕"纵死"句:语本张华《游侠曲》:"生从命子游,死闻侠骨香。"

〔9〕"谁能"二句:《汉书·扬雄传》:"哀帝时,丁、傅、董贤用事,诸附离之者,或起家至二千石。时雄方草《太玄》,有以自守,泊如也。"

卷 三

关 山 月[1]

明月出天山[2],苍茫云海间。长风几万里,吹度玉门关。汉下白登道[3],胡窥青海湾[4]。由来征战地[5],不见有人还。戍客望边色[6],思归多苦颜。高楼当此夜[7],叹息未应闲[8]。

【注释】

〔1〕关山月:乐府旧题,属《横吹曲辞》。

〔2〕天山:即祁连山,在今甘肃、青海两省边界。匈奴人称天为祁连。

〔3〕下:指出兵。白登:山名,在今山西省大同市东北。匈奴尝围汉高祖于此。

〔4〕窥:窥伺。青海:湖名,在今青海省东北部。

〔5〕由来:从来。

〔6〕戍客:指戍边的士兵。色:一作"邑"。

〔7〕高楼:指住在高楼里的士兵的妻室。

〔8〕闲:一作"还"。

独漉篇[1]

独漉水中泥,水浊不见月。不见月尚可,水深行人没[2]。越鸟从南来,胡雁亦北度。我欲弯弓向天射,惜其中道失归路。落叶别树,飘零随风。客无所托,悲与此同。罗帏舒卷[3],似有人开。明月直入,无心可猜。雄剑挂壁,时时龙鸣[4]。不断犀象[5],绣涩苔生。国耻未雪[6],何由成名?神鹰梦泽,不顾鸱鸢。为君一击,鹏搏九天[7]。

【注释】

〔1〕独漉篇:乐府旧题,属《舞曲歌辞》。独漉,一说为地名,在今河北省涿州;一说是罿麗(小网)的同音词。从诗意看,此诗大约作于作者晚年。

〔2〕"独漉"四句:《独漉篇》古辞:"独漉独漉,水深泥浊。泥浊尚可,水深杀我。"李诗拟之。

〔3〕帏:帐子。舒卷:帐子飘动开合。

〔4〕"雄剑"二句:《拾遗记》卷一:"颛顼高阳氏……有曳影之剑,腾空而舒,若四方有兵,此剑则飞起指其方,则克伐;未用之时,常于匣里,如龙虎之吟。"

〔5〕断犀象:言剑锋利。曹植《七启》:"步光之剑,华藻繁缛……陆断犀象,未足称隽。"

〔6〕国耻:似指安禄山之乱。

〔7〕"神鹰"四句:《太平广记》卷四六〇引《幽明录》:"楚文王好猎,有人献一鹰,王见其殊常,故为猎于云梦。毛群羽族,争噬共搏,此鹰瞪

目,远瞻云际。俄有一物,鲜白不辨其〔形〕,鹰便竦羽而升,蠢若飞电,须臾羽堕如雪,血下如雨,有大鸟坠地,度其羽翅广数十里,时有博物君子曰:此大鹏雏也。"

登高丘而望远海[1]

登高丘,望远海。六鳌骨已霜,三山流安在[2]?扶桑半摧折[3],白日沉光彩。银台金阙如梦中,秦皇汉武空相待[4]。精卫费木石[5],鼋鼍无所凭[6]。君不见骊山茂陵尽灰灭[7],牧羊之子来攀登[8]。盗贼劫宝玉,精灵竟何能[9]?穷兵黩武今如此,鼎湖飞龙安可乘[10]?

【注释】

〔1〕登高丘而望远海:《乐府诗集》编入《相和歌辞》。

〔2〕"六鳌"二句:《列子·汤问》载:大海中有五座仙山,常随波漂流。群仙患之,天帝乃命巨鳌举首戴之,五山乃峙而不动。

〔3〕扶桑:神话中木名,太阳升起之处。

〔4〕银台金阙:传说渤海中有蓬莱、方丈、瀛洲三座神山,皆以黄金白银为宫阙,乃仙人所居。见《史记·封禅书》。如梦中:谓求仙之事虚无飘渺。秦皇、汉武皆尝遣方士入海求三神山。

〔5〕精卫:炎帝少女名女娃,游于东海,溺而不返,遂化为鸟,名曰精卫,常衔西山之木石,以填东海。见《山海经·北山经》。

〔6〕"鼋鼍(yuán tuó)"句:周穆王伐越,"大起九师,东至于九江,驾鼋鼍以为梁"。见《竹书纪年》卷下。

〔7〕骊山:在今陕西西安市临潼区东南,秦始皇葬于此。茂陵:汉武帝陵名,在今陕西兴平市东北。

〔8〕"牧羊"句:《汉书·刘向传》载,项羽攻占咸阳后,曾发掘秦始皇陵墓。后来一牧童亡羊,羊入墓道,牧童持火寻羊,失火,烧其棺椁。

〔9〕精灵:指秦始皇、汉武帝的神灵。

〔10〕鼎湖飞龙:《史记·封禅书》说黄帝铸鼎于荆山下,有龙垂胡髯迎黄帝上天,因名其处为鼎湖。

阳 春 歌[1]

长安白日照春空,绿杨结烟桑袅风[2]。披香殿前花始红[3],流芳发色绣户中[4]。绣户中,相经过。飞燕皇后轻身舞,紫宫夫人绝世歌[5]。圣君三万六千日,岁岁年年奈乐何。

【注释】

〔1〕阳春歌:乐府旧题,属《清商曲辞》。

〔2〕袅风:微风,轻风。

〔3〕披香殿:汉长安宫殿名,在未央宫中。

〔4〕流芳:散发香气。发色:显露颜色。

〔5〕紫宫:王者之宫象紫微,因称紫宫。夫人:指汉武帝李夫人。世,一作"代"。

杨 叛 儿[1]

君歌《杨叛儿》,妾劝新丰酒[2]。何许最关人[3]?乌啼

89

白门柳[4]。乌啼隐杨花,君醉留妾家。博山炉中沉香火[5],双烟一气凌紫霞。

【注释】

〔1〕杨叛儿:六朝乐府《西曲歌》曲名之一,属《清商曲辞》。诗作于开元十四年(726),时作者初游金陵(南京)。

〔2〕新丰:汉代县名,在今陕西西安市临潼区东北。六朝以来以产美酒著名。

〔3〕何许:犹何处。最关人:最让人关心动情。

〔4〕白门:六朝时建康城(今南京)的西门。古时,五行西方属白,故又称白门。《杨叛儿》古辞:"暂出白门前,杨柳可藏乌。欢作沉水香,侬作博山炉。"

〔5〕博山炉:香炉名。其表面雕有重叠山形的装饰。沉香:一种名贵的香木,置水则沉,又称沉水香,古作为熏香之用。

双 燕 离[1]

双燕复双燕,双飞令人羡。玉楼珠阁不独栖,金窗绣户长相见。柏梁失火去[2],因入吴王宫[3]。吴宫又焚荡,雏尽巢亦空。憔悴一身在,孀雌忆故雄。双飞难再得,伤我寸心中。

【注释】

〔1〕双燕离:乐府旧题,属《琴曲歌辞》。

〔2〕柏梁失火:汉武帝元鼎二年建柏梁台,太初元年,遭灾而毁。见《汉书·武帝纪》。

〔3〕"因人"句:《太平御览》卷九二二引《吴地记》:"春申君都吴宫,因加巧饰。春申死,吏烧燕窟,失火遂焚。"

山人劝酒[1]

苍苍云松,落落绮皓[2]。春风尔来为阿谁[3]?蝴蝶忽然满芳草。秀眉霜雪颜桃花,骨青髓绿长美好[4]。称是秦时避世人,劝酒相欢不知老。各守麋鹿志,耻随龙虎争[5]。欻起佐太子,汉王乃复惊。顾谓戚夫人,彼翁羽翼成[6]。归来商山下[7],泛若云无情。举觞酹巢由,洗耳何独清[8]!浩歌望嵩岳,意气还相倾[9]。

【注释】

〔1〕山人劝酒:乐府旧题,属《琴曲歌辞》。

〔2〕落落:豁达,开朗。绮皓:指商山四皓。《史记·留侯世家》载,秦末四位须发皆白的老人东园公、绮里季、夏黄公、甪里先生,隐居于商山(今陕西商县东南),人称"商山四皓"。汉高祖素慕其贤名,征之不得。吕后用张良计,卑辞安车迎四人至,与太子同见汉高祖。太子地位由此得以巩固。

〔3〕阿谁:谁人。

〔4〕"秀眉"二句:一作"秀眉雪霜桃花貌,青髓绿发长美好"。

〔5〕麋鹿志:指隐居山野的志向。龙虎争:指楚汉相争。

〔6〕"欻起"四句:吕后用张良计迎四皓入朝辅太子后,高祖谓戚夫人曰:"我欲易之,彼四人辅之,羽翼已成,难动矣。"戚夫人泣,上曰:"为我楚舞,吾为若楚歌!"歌数阕,戚夫人嘘唏流涕。事见《史记·留侯世家》。欻(xū),忽然。

〔7〕商:一作"南"。

〔8〕酹(lèi):用酒洒地以祭。巢由:巢父、许由,相传均为尧时隐士。洗耳:皇甫谧《高士传》卷上:"尧又召为九州长,由不欲闻之,洗耳于颍水滨。"独:一作"太"。

〔9〕嵩岳:即嵩山,其南有许由山,其北有许由洗耳之颍水。相倾:投合。

于阗采花[1]

于阗采花人,自言花相似。明妃一朝西入胡[2],胡中美女多羞死。乃知汉地多名姝,胡中无花可方比。丹青能令丑者妍[3],无盐翻在深宫里[4]。自古妒蛾眉,胡沙埋皓齿[5]。

【注释】

〔1〕于阗采花:乐府旧题,属《杂曲歌辞》。于阗(tián),古西域国名。在今新疆和田一带。

〔2〕明妃:即王昭君,晋人避司马昭讳,改称明君,又称明妃。

〔3〕"丹青"句:《西京杂记》载,汉元帝后宫甚多,乃命画工绘图,按图召幸。诸宫人皆略画工,独王昭君不肯。画工丑其形,故不得召幸。匈奴入朝求美人,以昭君行。及去,召见,貌为后宫第一。元帝悔之,然恐失信于匈奴,故不复更人。乃穷案其事,画工毛延寿等皆弃市。

〔4〕无盐:战国时齐国一位相貌极丑的女子,宣王立之为后。见《新序》卷二。

〔5〕蛾眉、皓齿:美女之代称。

鞠 歌 行[1]

玉不自言如桃李[2],鱼目笑之卞和耻[3]。楚国青蝇何太多[4],连城白璧遭谗毁[5]。荆山长号泣血人[6],忠臣死为刖足鬼。听曲知宁戚,夷吾因小妻[7]。秦穆五羊皮,买死百里奚[8]。洗拂青云上[9],当时贱如泥。朝歌鼓刀叟,虎变磻溪中[10]。一举钓六合[11],遂荒营丘东[12]。平生渭水曲,谁识此老翁[13]?奈何今之人,双目送飞鸿[14]!

【注释】

〔1〕鞠(jū)歌行:乐府旧题,属《相和歌辞·平调曲》。

〔2〕桃李:古谚有"桃李不言,下自成蹊"之句。

〔3〕鱼目笑之:张协《杂诗十首》:"鱼目笑明月(珠名)。"卞和:春秋楚人。相传他在荆山发现一块玉璞,先后献给楚厉王、武王,皆以为欺诈,被截去双脚。文王即位,卞和抱璞哭于荆山下。文王命玉工剖璞加工,果得宝玉,世称和氏璧。事见《韩非子·和氏》。

〔4〕青蝇:《诗·小雅·青蝇》:"营营青蝇,止于樊。岂弟君子,无信谗言。"以苍蝇喻颠倒黑白的小人。

〔5〕连城白璧:指和氏璧,《史记·廉颇蔺相如列传》载,赵惠王得和氏璧,秦昭王愿以十五城易之。陈子昂《宴胡楚真禁所》:"青蝇一相点,白璧遂成冤。"李诗本此。

〔6〕荆山:卞和得玉璞之处。

〔7〕宁戚:春秋时齐人。夷吾:春秋时齐相管仲之名。小妾:妾。《列女传·辩通传》载:宁戚欲见桓公而无由,乃为人仆,将车宿齐东门之

外。桓公因出,宁戚击牛角而商歌甚悲。桓公使管仲迎之,宁戚称曰:"浩浩乎白水。"管仲不知何意,面有忧色。其妾笑曰:"人已语君矣,君不知识耶?古有《白水》之诗,诗不云乎:'浩浩白水,鯈鯈之鱼。君来召我,我将安居?国家未定,从我焉如?'此宁戚之欲得仕国家也。"管仲大悦,以报桓公,桓公乃以宁戚为佐,齐国以治。

〔8〕百里奚:春秋时秦国大夫。原为虞大夫,虞亡时被晋俘虏,作为陪嫁之臣送入秦国。后出走到楚,为楚人所执,又被秦穆公以五张牡黑羊皮赎回,用为大夫,称五羖(gǔ)大夫。

〔9〕洗拂:洗涤与拂拭尘垢。

〔10〕鼓刀:指为屠户。

〔11〕钓六合:意谓取得天下。

〔12〕"遂荒"句:《诗·鲁颂·閟宫》:"遂荒大东。"毛传:"荒,有也。"《史记·齐太公世家》:"于是武王已平商而王天下,封师尚父于齐营丘。"

〔13〕识:一作"数"。

〔14〕"双目"句:《史记·孔子世家》:"卫灵公……与孔子语,见蜚雁,仰视之,色不在孔子,孔子遂行。"飞:一作"征"。

幽 涧 泉〔1〕

拂彼白石,弹吾素琴,幽涧愀兮流泉深〔2〕。善手明徽〔3〕,高张清心〔4〕,寂历似千古〔5〕,松飕飗兮万寻〔6〕。中见愁猿吊影而危处兮,叫秋木而长吟。客有哀时失职而听者〔7〕,泪淋浪以沾襟〔8〕。乃缉商缀羽,潺湲成音〔9〕。吾但写声发情于妙指〔10〕,殊不知此曲之古今。幽涧泉,鸣深林。

【注释】

〔1〕幽涧泉:《乐府诗集》收此诗入《琴曲歌辞》。

〔2〕愀(qiǎo):忧貌。

〔3〕善手:高手。明徽:王琦注:"《韵会》:《琴节》曰:徽,《乐书》作晖……古徽十有三,象十二月,其一象闰,用螺蚌为之,近代用金、玉、瑟瑟、水晶等宝,以示明莹。"此指佳琴。

〔4〕高张:《文选》颜延年《秋胡》诗:"高张生绝弦,声急由调起。"李善注:"《物理论》曰:琴欲高张,瑟欲下声。"

〔5〕寂历:犹寂寞。

〔6〕飕飗(sōu liú):风声。寻:八尺为一寻。

〔7〕职:一作"志"。

〔8〕淋浪:泪流不止貌。

〔9〕缉商缀羽:指奏乐。商、羽皆五音之一。潺湲(chán yuán):状水流声。此指乐声。

〔10〕写:宣泻。《诗·小雅·南有嘉鱼》:"既见君子,我心写兮。"郑笺:"我心写者,舒其情意,无留恨也。"

王昭君二首[1]

汉家秦地月,流影照明妃[2]。一上玉关道[3],天涯去不归。汉月还从东海出,明妃西嫁无来日。燕支长寒雪作花[4],蛾眉憔悴没胡沙。生乏黄金枉图画[5],死留青冢使人嗟[6]。

【注释】

〔1〕王昭君:乐府旧题,属《相和歌辞》。

95

〔2〕照:一作"送"。
〔3〕玉关:玉门关。
〔4〕燕支:山名,即焉支山,在今甘肃省永昌县西、山丹县东南。
〔5〕枉图画:言画工丑化昭君事。
〔6〕青冢:即汉王昭君墓。在今内蒙古呼和浩特市南二十里处。相传冢上草色常青,故名。

昭君拂玉鞍,上马啼红颊。今日汉宫人,明朝胡地妾。

中山孺子妾歌[1]

中山孺子妾,特以色见珍。虽不如延年妹[2],亦是当时绝世人。桃李出深井,花艳惊上春[3]。一贵复一贱,关天岂由身?芙蓉老秋霜,团扇羞网尘[4]。戚姬髡发入春市[5],万古共悲辛。

【注释】

〔1〕中山孺子妾歌:乐府旧题,属《杂歌谣辞》。中山孺子妾:中山王妾之有品号者。参见《汉书·艺文志》及注。

〔2〕延年妹:《汉书·外戚传上》:"延年侍上起舞,歌曰:'北方有佳人,绝世而独立。一顾倾人城,再顾倾人国。宁不知倾城与倾国,佳人难再得。'"

〔3〕深井:庭中天井。上春:即孟春,春季的第一个月。

〔4〕"团扇"句:汉成帝时,班婕妤失宠,供养于长信宫,乃作《怨诗》曰:"新裂齐纨素,鲜洁如霜雪。裁为合欢扇,团团似明月……常恐秋节至,凉风夺炎热。弃捐箧笥中,恩情中道绝。"见《玉台新咏》卷一。

〔5〕"戚姬"句:汉高祖时,戚夫人得宠,"高祖崩,惠帝立,吕后为皇太后,乃令永巷囚戚夫人,髡钳,衣赭衣,令舂"。见《汉书·外戚传上》。舂,舂米,汉代惩治女犯人的一种刑罚。发,一作"剪"。

荆 州 歌[1]

白帝城边足风波[2],瞿塘五月谁敢过[3]?荆州麦熟茧成蛾,缫丝忆君头绪多[4],拨谷飞鸣奈妾何[5]!

【注释】

〔1〕荆州歌:乐府旧题,属《杂曲歌辞》。诗作于开元十三年(725),时作者初离蜀中而到荆州。

〔2〕白帝城:故址在今重庆市奉节县白帝山上。

〔3〕瞿塘:瞿塘峡,长江三峡之一,在奉节县东。峡中水流险急,中多礁石,夏历五月涨水时,行舟更加危险。

〔4〕荆州:治所在今湖北江陵。缫(sāo)丝:抽茧出丝。君:夫君。六朝乐府民歌中常用丝谐"思",故"头绪多"有双关之意。

〔5〕拨谷:即布谷鸟,五月飞鸣,鸣声似唤"行不得也哥哥"。

设辟邪伎鼓吹雉子班曲辞[1]

辟邪伎作《鼓吹》惊[2],《雉子班》之奏曲成[3],喔咿振迅欲飞鸣[4]。扇锦翼[5],雄风生。双雌同饮啄,趫悍谁能争[6]?乍向草中耿介死[7],不求黄金笼下生。天地至广大,何惜遂物情[8]？善卷让天子[9],务光亦逃名[10]。所贵旷士怀[11],朗然合太清[12]。

【注释】

〔1〕设辟邪伎鼓吹雉子班曲辞:一作"雉子班",《汉鼓吹铙歌》十八曲之一。

〔2〕辟邪:兽名,形似鹿。辟邪伎:扮作辟邪兽之形而舞者。鼓吹:乐名,出自北方民族,本军中乐,后殿庭、道途皆用之。

〔3〕班:羽毛斑斓美丽。

〔4〕喔咿(yī):鸟鸣声。振迅:振翅飞翔。

〔5〕扇:摇动。

〔6〕趫(qiáo)悍:健捷强悍貌。

〔7〕乍:乍可,宁可。耿介:光明正直。相传雉鸟性耿介,为人所获,则自屈折其头而死。

〔8〕遂物情:顺从物性。

〔9〕善卷:古之贤士。相传舜尝以天下让卷,不受,入深山,莫知所终。见《高士传》。

〔10〕务光:夏末贤士。汤伐桀,克之,以天下让务光,不受,乃自沉于庐水。见《庄子·让王》。

〔11〕旷士:心胸旷达之士。

〔12〕朗然:明貌。太清:天空。

相 逢 行[1]

相逢红尘内,高揖黄金鞭。万户垂杨里,君家阿那边[2]？

【注释】

〔1〕相逢行:乐府旧题,属《相和歌辞·清调曲》。

〔2〕阿那:瞿蜕园、朱金城注:"阿那犹阿谁,即今口语之哪个。杜甫诗:'秋色凋春草,王孙若个边?'与此句语意正同。"

古有所思[1]

我思仙人乃在碧海之东隅[2],海寒多天风,白波连山倒蓬壶[3]。长鲸喷涌不可涉,抚心茫茫泪如珠。西来青鸟东飞去[4],愿寄一书谢麻姑[5]。

【注释】

〔1〕古有所思:一作"古有所思行",《汉鼓吹铙歌》十八曲有《有所思》。

〔2〕碧海:《海内十洲记》:"扶桑在东海之东岸,岸直,陆行登岸一万里,东复有碧海,海广狭浩汗,与东海等。水既不咸苦,正作碧色,甘香味美。"

〔3〕蓬壶:即蓬莱。

〔4〕青鸟:神话中鸟名,西王母的使者。见《山海经·大荒西经》。

〔5〕麻姑:古代神话中的女仙。

久别离[1]

别来几春未还家,玉窗五见樱桃花。况有锦字书,开缄使人嗟[2]。至此肠断彼心绝,云鬟绿鬓罢梳结[3],愁如回飙乱白雪[4]。去年寄书报阳台[5],今年寄书重相催。东风兮东风,为我吹行云使西来。待来竟不来,落花寂寂委青苔[6]。

【注释】

〔1〕久别离:乐府旧题,属《杂曲歌辞》。

〔2〕缄(jiān):封。

〔3〕彼:指妻子。云鬟(huán)绿鬓(bìn):形容女子头发浓密如云,且有光泽。梳:一作"揽"。

〔4〕回飙:旋风。

〔5〕阳台:宋玉《高唐赋》描写楚王梦与巫山神女欢会,神女去而辞曰:"妾在巫山之阳,高丘之阻。且为朝云,暮为行雨。朝朝暮暮,阳台之下。"

〔6〕委:堆积。

白头吟[1]

锦水东北流[2],波荡双鸳鸯。雄巢汉宫树,雌弄秦草芳[3]。宁同万死碎绮翼[4],不忍云间两分张[5]。此时阿娇正娇妒,独坐长门愁日暮。但愿君恩顾妾深,岂惜黄金买词赋[6]?相如作赋得黄金,丈夫好新多异心。一朝将聘茂陵女,文君因赠《白头吟》[7]。东流不作西归水[8],落花辞条羞故林[9]。兔丝固无情[10],随风任倾倒。谁使女萝枝[11],而来强萦抱。两草犹一心,人心不如草。莫卷龙须席,从他生网丝[12]。且留琥珀枕[13],或有梦来时。覆水再收岂满杯？弃妾已去难重回。古来得意不相负,只今惟见青陵台[14]。

【注释】

〔1〕白头吟:乐府旧题,属《相和歌辞·楚调曲》。《西京杂记》卷三:"司马相如将聘茂陵人女为妾,卓文君作《白头吟》以自绝,相如乃止。"

〔2〕锦水:即锦江,俗名府河,在今四川省成都南。

〔3〕汉、秦:均指长安一带。

〔4〕绮翼:指鸳鸯美丽的翅膀。

〔5〕分张:分离。

〔6〕"此时"四句:《乐府古题要解》卷下载:汉武帝陈皇后失宠,退居长门宫,愁闷悲思。以黄金百斤请司马相如作《长门赋》,帝见而伤之,复得亲幸。后人因其赋作《长门赋》。买词:一作"将买"。

〔7〕"相如"四句:用司马相如和卓文君故事。赠,一作"赋"。

〔8〕"东流"句:化用南朝《子夜歌》"不见东流水,何时复归西"语意。

〔9〕羞故林:羞于重返故林。

〔10〕兔丝:即菟丝,一种寄生植物,茎细如丝,常缠绕在其他植物上。固:一作"本"。

〔11〕女萝:即松萝,一种寄生于树上的植物。由于兔丝蔓有时缠绕在女萝上,故古人常用兔丝、女萝喻指男女爱情。

〔12〕龙须席:龙须草编制成的席子。从他:任他。网丝:蛛网。

〔13〕琥珀枕:用琥珀装饰的精美枕头。

〔14〕青陵台:战国时宋康王所筑,故址在今河南商丘市。本诗一作"锦水东流碧,波荡双鸳鸯。雄巢汉宫树,雌弄秦草芳。相如去蜀谒武帝,赤车驷马生辉光。一朝再览《大人》作,万乘忽欲凌云翔。闻道阿娇失恩宠,千金买赋要君王。相如不忆贫贱日,位高金多聘私室。茂陵姝子皆见求,文君欢爱从此毕。泪如双泉水,行堕紫罗襟。五更鸡三唱,清晨《白头

101

吟》。长吁不整绿云鬟,仰诉青天哀怨深。城崩杞梁妻,谁道土无心。东流不作西归水,落花辞枝羞故林。头上玉燕钗,是妾嫁时物。赠君表相思,罗袖幸时拂。莫卷龙须席,从他生网丝。且留琥珀枕,还有梦来时。鹔鹴裘在锦屏上,自君一挂无由披。妾有秦楼镜,照心胜照井。愿持照新人,双对可怜影。覆水却收不满杯,相如还谢文君回。古来得意不相负,只今惟有青陵台"。

采 莲 曲[1]

若耶溪旁采莲女[2],笑隔荷花共人语。日照新妆水底明,风飘香袂空中举[3]。岸上谁家游冶郎[4],三三五五映垂杨。紫骝嘶入落花去[5],见此踟蹰空断肠[6]。

【注释】

〔1〕采莲曲:乐府旧题,属《清商曲辞·江南曲》。起于梁武帝萧衍父子,后人多拟之。

〔2〕若耶溪:在今浙江绍兴市南。

〔3〕袂(mèi):衣袖。一作"袖"。

〔4〕游冶郎:出游寻乐的青年男子。

〔5〕紫骝(liú):毛色枣红的良马。

〔6〕踟蹰(chí chú):徘徊。

临江王节士歌[1]

洞庭白波木叶稀[2],燕鸿始入吴云飞。吴云寒,燕鸿苦。风号沙宿潇湘浦,节士悲秋泪如雨[3]。白日当天心,照之可以事明主。壮士愤,雄风生。安得倚天剑[4],跨海斩长鲸?

【注释】

〔1〕临江王节士歌:乐府旧题,属《杂歌谣辞》。《汉书·艺文志》有《临江王及愁思节士歌诗》,南朝宋陆厥作有《临江王节士歌》。诗约作于乾元二年(759),时作者在岳阳。

〔2〕"洞庭"句:语本《楚辞·九歌·湘夫人》:"袅袅兮秋风,洞庭波兮木叶下。"

〔3〕悲:一作"感"。

〔4〕倚天剑:宋玉《大言赋》:"长剑耿耿倚天外。"

司马将军歌 代陇上健儿陈安[1]

狂风吹古月,窃弄章华台[2]。北落明星动光彩[3],南征猛将如云雷[4]。手中电曳倚天剑[5],直斩长鲸海水开[6]。我见楼船壮心目,颇似龙骧下三蜀[7]。扬兵习战张虎旗[8],江中白浪如银屋。身居玉帐临河魁[9],紫髯若戟冠崔嵬[10]。细柳开营揖天子,始知灞上为婴孩[11]。羌笛横吹《阿鞬回》,向月楼中吹《落梅》[12]。将军自起舞长剑,壮士呼声动九垓[13]。功成献凯见明主[14],丹青画像麒麟台[15]。

【注释】

〔1〕司马将军歌:乐府旧题,属《杂歌谣辞》。诗作于乾元二年(759)秋,时作者在巴陵。陈安:晋王司马保的故将,因反抗刘曜而战死,时人作《陇上歌》颂扬他,首句云"陇上壮士有陈安"。参见《晋书·刘曜载记》。

〔2〕古月:"胡"的隐语。窃弄:非法弄兵。章华台:台名,楚灵王所筑,旧址在今湖北监利市西北。据《通鉴》载,乾元二年,康楚元、张嘉延据襄州作乱,袭破荆州,故云"窃弄章华台"。

〔3〕北落:星名,位在北方,主候兵。古代迷信,认为如果它明亮而大,则军安。

〔4〕如云雷:形容军威之盛。

〔5〕倚天剑:长剑。

〔6〕长鲸:指叛军。

〔7〕龙骧(xiāng):指晋益州刺史王濬。西晋初,吴有童谣曰:"阿童复阿童,衔刀浮渡江。不畏岸上兽,但畏水中龙。"王濬小字阿童,晋武帝遂拜为龙骧将军。见《晋书·羊祜传》。三蜀:古代以蜀郡、广汉、犍(qián)为为三蜀,此泛指蜀地。

〔8〕虎旗:绘有虎形的旗帜。

〔9〕玉帐:征战时主将所居的军帐。取意坚不可犯,犹如玉帐。河魁:指戌之方位。《云谷杂记》:"戌为河魁,谓主将之账宜在戌也。"

〔10〕戟(jǐ):古兵器名,此形容须髯坚硬。崔嵬:高貌。

〔11〕"细柳"二句:汉文帝时,将军周亚夫屯军细柳(今陕西咸阳市西南),以军纪严明著称,事见《史记·绛侯周勃世家》。

〔12〕阿䜢(duǒ)回:笛曲名。落梅:即《梅花落》,亦笛曲名。

〔13〕九垓(gāi):即九天之上。

〔14〕献凯:指军队得胜献功时演奏的乐曲。

〔15〕麒麟台:即麒麟阁,泛指画有功臣图像的楼阁。汉宣帝甘露三年,画功臣霍光、苏武等十一人图像于阁上。见《汉书·苏武传》。

104

君道曲 梁之雅歌有五章,今作一章[1]

大君若天覆[2],广运无不至[3]。轩后爪牙常先太山稽[4],如心之使臂。小白鸿翼于夷吾[5],刘葛鱼水本无二[6]。土扶可成墙[7],积德为厚地[8]。

【注释】

〔1〕君道曲:王琦注:"按《乐府诗集》:《古今乐录》曰:'梁有《雅歌》五曲……二曰《臣道曲》……'无《君道曲》……盖后人讹臣字为君字耳。"

〔2〕大君:天子。天覆:《汉书·匡衡传》:"陛下圣德天覆,子爱海内。"

〔3〕广运:《国语·越语》"广运百里"韦昭注:"言取境内近者百里之中耳。东西为广,南北为运。"

〔4〕轩后:黄帝。常先、太山稽:传说为黄帝之臣。

〔5〕小白:齐桓公名。夷吾:齐相管仲名。鸿翼:据《管子·霸行》载:齐桓公曾说自己有管仲为相,"犹飞鸿之有羽翼也"。

〔6〕刘:刘备。葛:诸葛亮。《三国志·蜀书·诸葛亮传》:"先主解之曰:'孤之有孔明,犹鱼之有水也。'"

〔7〕"土扶"句:《北齐书·尉景传》:"土相扶为墙,人相扶为王。"扶:一作"校"。

〔8〕"积德"句:安旗等注:"德谓地德,以其能生万物也。句谓君之惠臣。"

结袜子[1]

燕南壮士吴门豪,筑中置铅鱼隐刀[2]。感君恩重许君命,太山一掷轻鸿毛[3]。

【注释】

〔1〕结袜子:乐府旧题,属《杂曲歌辞》。

〔2〕燕南壮士:指高渐离,战国时燕人,擅长击筑。燕太子丹派荆轲谋刺秦王,至易水送行,高渐离击筑,荆轲和而歌。秦统一天下后,他变姓名,为人佣保。秦始皇闻其善击筑,令人熏瞎其目,使为己击筑。他在筑内暗藏铅块,扑击始皇,不中被杀。见《史记·刺客列传》。吴门豪:指专诸,春秋吴人。吴公子光(即阖闾)欲杀吴王僚自立,伍子胥把专诸推荐给光。吴王僚十二年(前515),光设宴请僚,专诸藏匕首于鱼腹中进献,因刺杀僚,自己也当场被杀。见《史记·刺客列传》。

〔3〕"太山"句:语本司马迁《报任少卿书》:"人固有一死,死有重于泰山,或轻于鸿毛,用之所趋异也。"

结客少年场行[1]

紫燕黄金瞳,啾啾摇绿鬃[2]。平明相驰逐,结客洛门东[3]。少年学剑术,凌轹白猿公[4]。珠袍曳锦带[5],匕首插吴鸿[6]。由来万夫勇,挟此生雄风[7]。托交从剧孟[8],买醉入新丰[9]。笑尽一杯酒,杀人都市中。

羞道易水寒〔10〕,从令日贯虹〔11〕。燕丹事不立,虚没秦帝宫。舞阳死灰人,安可与成功〔12〕?

【注释】

〔1〕结客少年场行:乐府旧题,属《杂曲歌辞》。

〔2〕紫燕:良马名。瞳:眸子。啾(jiū)啾:马鸣声。一作"稜稜"。鬃(zōng):马颈上的长毛。

〔3〕洛门:即洛城门,汉代长安城门名。

〔4〕凌轹(lì):欺蔑。白猿公:《吴越春秋·勾践阴谋外传》载,越处女善剑术,道逢一翁,自称袁公,与处女比剑,不胜,则飞上树,变为白猿。

〔5〕珠袍:缀珠之袍。

〔6〕吴鸿:吴钩的代称。《吴越春秋·阖闾内传》载,吴王阖闾命国中作金钩,有人贪王之重赏,杀其二子吴鸿、扈稽,以血衅金,遂成二钩,献于阖闾。后泛指利剑宝刀。

〔7〕此:指匕首,吴鸿。

〔8〕剧孟:汉洛阳人,以任侠显名诸侯。吴楚反时,周亚夫得剧孟,谓"吴楚举大事而不求孟,吾知其无能为已矣"。事见《史记·游侠列传》。

〔9〕新丰:汉县名,盛产美酒。

〔10〕易水寒:《战国策·燕策三》载,战国时,燕太子丹遣荆轲入秦谋刺秦王,众皆白衣冠以送之。至易水上,高渐离击筑,荆轲和而歌曰:"风萧萧兮易水寒,壮士一去兮不复还!"复为慷慨羽声,"士皆瞋目,发尽上指冠"。

〔11〕日贯虹:《战国策·魏策四》:"聂政之刺韩傀也,白虹贯日。"《史记·鲁仲连邹阳列传》:"昔者荆轲慕燕丹之义,白虹贯日,太子畏之。"从:一作"徒"。

〔12〕"燕丹"四句:写燕丹、荆轲事。《史记·刺客列传》载,燕太子丹欲报秦王嬴政之仇,使刺客荆轲刺秦王。荆轲诈献樊於期首级和燕督亢地图,阴藏匕首于地图中,图穷而匕首现,轲持以刺秦王,不中,被杀身亡。舞阳,即秦舞阳,荆轲之副手,见秦王而"色变振恐"。

107

长 干 行[1]

妾发初覆额,折花门前剧[2]。郎骑竹马来,绕床弄青梅[3]。同居长干里,两小无嫌猜。十四为君妇,羞颜未尝开[4]。低头向暗壁,千唤不一回。十五始展眉,愿同尘与灰[5]。常存抱柱信[6],岂上望夫台[7]?十六君远行,瞿塘滟滪堆[8]。五月不可触[9],猿声天上哀[10]。门前迟行迹[11],一一生绿苔[12]。苔深不能扫,落叶秋风早。八月胡蝶来[13],双飞西园草。感此伤妾心,坐愁红颜老[14]。早晚下三巴[15],预将书报家。相迎不道远,直至长风沙[16]。

【注释】

〔1〕长干行:《乐府诗集·杂曲歌辞》有《长干曲》,原为长江下游一带民歌。长干,《文选》左思《吴都赋》刘渊林注:"江东谓山冈间为干。建业(今南京)之南有山,其间平地,吏民居之,故号为干。中有大长干、小长干。"诗约作于开元十四年(726),时作者初过金陵。底本诗题有二首,其二,一作张潮诗,一作李益诗,故不录。

〔2〕剧:游戏。

〔3〕床:古代坐具。

〔4〕未尝:一作"尚不"。

〔5〕尘与灰:喻感情深厚,和合不分。

〔6〕抱柱信:《庄子·盗跖》载:"尾生与女子期于梁下,女子不来,水至不去,抱梁柱而死。"

〔7〕岂:一作"耻"。

〔8〕滟滪堆:原为瞿塘峡口突起于江中的大礁石。

〔9〕"五月"句:谓五月江水暴涨,滟滪堆为水淹没,船只不易辨识,行船极易触礁。

〔10〕声:一作"鸣"。

〔11〕迟:一作"旧"。行迹:指对方留下的足迹。

〔12〕绿:一作"苍"。

〔13〕来:一作"黄"。

〔14〕坐:因。

〔15〕早晚:何时。三巴:指巴郡、巴东、巴西,均在今四川省东部。

〔16〕长风沙:又名长风峡,在今安徽省安宁市长江边。陆游《入蜀记》说,从金陵(今南京)至长风沙有七百里路。

古朗月行[1]

小时不识月,呼作白玉盘。又疑瑶台镜,飞在青云端[2]。仙人垂两足,桂树何团团[3]。白兔捣药成,问言与谁餐[4]?蟾蜍蚀圆影[5],大明夜已残[6]。羿昔落九乌[7],天人清且安。阴精此沦惑[8],去去不足观。忧来其如何?凄怆摧心肝[9]。

【注释】

〔1〕古朗月行:乐府旧题有《朗月行》,属《杂曲歌辞》。此诗约作于天宝十二载(753)前后。

〔2〕瑶台:神话中西王母居处,在昆仑山。青:一作"白"。

〔3〕"仙人"二句:古代传说,月亮里有仙人和桂树,月初生时,先看

见仙人两只脚,月亮渐渐升起,就看见仙人全形,然后看见桂树。见《太平御览》卷四引虞喜《安天论》。团团,簇聚貌。何,一作"作"。

〔4〕"白兔"二句:乐府古辞《董逃行》:"教敕凡吏受言,采取神药若木端,白兔长跪捣药蝦蟆丸。奉上陛下一玉柈,服此药可得神仙。"

〔5〕"蟾蜍"句:《淮南子·说林》:"月照天下,蚀于詹诸。"高诱注:"詹诸,月中虾蟆,食月。"

〔6〕大明:月亮。

〔7〕"羿昔"句:尧时十日并出,草木焦枯。尧命后羿射落九日,只留一日,民乃得安。见《淮南子·本经》及《楚辞·天问》王逸注。乌,即三足乌,神话谓日中有三足乌,其羽赤色,代指太阳。

〔8〕阴精:月亮。张衡《灵宪》:"月者,阴精之宗。"沦惑:沉没,丧亡,指被蟾蜍吃掉。

〔9〕凄:一作"恻"。

上 之 回[1]

三十六离宫[2],楼台与天通。阁道步行月[3],美人愁烟空。恩疏宠不及,桃李伤春风。淫乐意何极?金舆向回中[4]。万乘出黄道[5],千旗扬彩虹。前军细柳北[6],后骑甘泉东[7]。岂问渭川老[8],宁邀襄野童[9]?但慕瑶池宴[10],归来乐未穷。

【注释】

〔1〕上之回:《汉鼓吹铙歌》十八曲之一。

〔2〕离宫:《后汉书·班固传》:"离宫别馆,三十六所。"李贤注:"《三辅黄图》曰:上林有建章、承光等十一宫,平乐、茧观等二十五馆,凡

三十六所。"

〔3〕阁道:即复道,高楼之间架空的通道。

〔4〕金舆:天子车驾。回中:汉宫名,故址在今陕西陇县西北。

〔5〕黄道:《汉书·天文志》:"日有中道……中道者黄道,一曰光道。"是古人想象中太阳绕地的轨道。

〔6〕细柳:汉文帝时,将军周亚夫屯军细柳(今陕西咸阳市西南),以军纪严明著称。事见《史记·绛侯周勃世家》。

〔7〕甘泉:汉宫名,故址在今陕西淳化西北甘泉山。

〔8〕渭川老:指吕尚,姜太公吕尚年老穷困,垂钓于渭水之滨。周文王出猎,遇之,与语,大悦,立为师。后佐武王兴周灭殷。事见《史记·齐太公世家》。

〔9〕襄野童:《庄子·徐无鬼》载,黄帝出访至人,至襄城之野,迷路。乃向一牧马童子问路,又问治国之道,小童以"除害马"为喻作答,被黄帝称为"天师"。

〔10〕但慕:一作"秋暮"。瑶池宴:瑶池是古代神话中神仙居住之地,传说西王母曾于此宴请远道而来的周穆王。事见《穆天子传》卷三。

独 不 见[1]

白马谁家子,黄龙边塞儿[2]。天山三丈雪,岂是远行时?春蕙忽秋草[3],莎鸡鸣曲池[4]。风催寒梭响,月入霜闺悲[5]。忆与君别年,种桃齐蛾眉。桃今百余尺,花落成枯枝。终然独不见,流泪空自知。

【注释】

〔1〕独不见:乐府旧题,属《杂曲歌辞》。

〔2〕黄龙:古城名,又作龙城,在今辽宁省朝阳市一带。此处泛指边塞地区。
〔3〕蕙:蕙兰,兰的一种,春日开花。
〔4〕莎鸡:即络纬,俗称纺织娘。
〔5〕催:一作"摧"。梭:一作"棱"。曲:一作"西"。霜闺:即秋闺。此指秋天深居闺中的女子。

白纻辞三首[1]

扬清歌[2],发皓齿,北方佳人东邻子[3]。且吟《白纻》停《绿水》[4],长袖拂面为君起。寒云夜卷霜海空,胡风吹天飘塞鸿,玉颜满堂乐未终。

【注释】

〔1〕白纻(zhù)辞:乐府旧题,属《舞曲歌辞》。诗作于初游江南的开元十四年(726)。
〔2〕歌:一作"音"。
〔3〕东邻子:宋玉《登徒子好色赋》:"天下之佳人莫若楚国,楚国之丽者莫若臣里,臣里之美者莫若臣东家之子。"后因以"东邻子"指美女。
〔4〕且:一作"旦"。绿水:舞曲名。

馆娃日落歌吹深[1],月寒江清夜沉沉。美人一笑千黄金[2],垂罗舞縠扬哀音[3]。郢中《白雪》且莫吟[4],《子夜吴歌》动君心[5]。动君心,冀君赏。愿作天池双鸳鸯,一朝飞去青云上。

【注释】

〔1〕馆娃:宫名,春秋时吴王夫差为西施所造,故址在今苏州西南灵岩山上。

〔2〕一笑千金:汉崔骃《七依》:"回顾百万,一笑千金。"

〔3〕縠:轻纱。

〔4〕郢中白雪:宋玉《对楚王问》:"客有歌于郢中者,其始曰《下里》《巴人》,国中属而和者数千人……其为《阳春》《白雪》,国中属而和者不过数十人……是其曲弥高,其和弥寡。"

〔5〕子夜吴歌:晋曲名,相传是晋女子子夜所作。

吴刀剪彩缝舞衣[1],明妆丽服夺春晖。扬眉转袖若雪飞,倾城独立世所稀[2]。《激楚》《结风》醉忘归[3],高堂月落烛已微,玉钗挂缨君莫违[4]。

【注释】

〔1〕吴刀:吴地出产的剪刀。彩:彩色丝织品。一作"绮"。

〔2〕倾城独立:用李延年歌意。

〔3〕激楚、结风:均为歌曲名。

〔4〕玉钗挂缨:《古文苑·宋玉〈讽赋〉》载,宋玉出行,夜间投宿,主人之女殷勤留客,引入兰房,"以其翡翠之钗,挂臣冠缨"。后用作男女狎昵的典故。

鸣 雁 行[1]

胡雁鸣,辞燕山[2],昨发委羽朝度关[3]。一一衔芦枝[4],南飞散落天地间,连行接翼往复还。客居烟波寄湘吴,凌霜触雪毛体枯,畏逢矰缴惊相呼[5]。闻弦虚坠良可吁[6],君更弹射何为乎?

【注释】

〔1〕鸣雁行:乐府旧题,属《杂曲歌辞》。

〔2〕燕山:在今河北平原北侧,绵延数百里,东抵海滨。

〔3〕委羽:《淮南子·墜形》高诱注:"委羽,山名也,在北极之阴,不见日也。"

〔4〕衔芦枝:古代有雁衔芦飞行以防矰弋的说法。

〔5〕矰(zēng)缴:猎取飞鸟的射具。矰,一种拴着丝绳用以射鸟的短箭。缴,系在箭上的丝绳。

〔6〕闻弦虚坠:《战国策·楚策四》:"更嬴与魏王处京台之下……有间,雁从东方来,更嬴以虚发而下之。"原有雁受箭伤失群,听到弦声而惊坠。后用来比喻受挫折者心有余悸。

妾薄命[1]

汉帝重阿娇[2],贮之黄金屋。咳唾落九天[3],随风生珠玉。宠极爱还歇,妒深情却疏。长门一步地,不肯暂回车[4]。雨落不上天,水覆难再收[5]。君情与妾意[6],各自东西流。昔日芙蓉花,今成断根草[7]。以色事他人,能得几时好?

【注释】

〔1〕妾薄命:乐府旧题,属《杂曲歌辞》。

〔2〕"汉帝"二句:《太平御览》卷八八引《汉武故事》:"若得阿娇作

妇,当作金屋贮之。"重,一作"宠"。

〔3〕"咳唾"二句:《庄子·秋水》:"子不见夫唾者乎?喷则大者如珠,小者如雾,杂而下者不可胜数也。"

〔4〕"宠极"四句:《乐府古题要解》卷下载:汉武帝陈皇后失宠,退居长门宫,愁闷悲思。以黄金百斤请司马相如作《长门赋》,帝见而伤之,复得亲幸。

〔5〕"水覆"句:《野客丛书》卷二八载:传说姜太公妻马氏,不堪其贫而去。及太公既贵,妻求再合。太公取一盆水倾于地,令前妻收之,不得,太公乃语曰:"若言离更合,覆水定难收。"难再,一作"重难"。

〔6〕君:指汉武帝。妾:指阿娇。

〔7〕芙蓉花:即荷花。断根草:喻指失宠。

幽州胡马客歌[1]

幽州胡马客,绿眼虎皮冠。笑拂两只箭,万人不可干。弯弓若转月,白雁落云端。双双掉鞭行[2],游猎向楼兰[3]。出门不顾后,报国死何难?天骄五单于[4],狼戾好凶残[5]。牛马散北海[6],割鲜若虎餐[7]。虽居燕支山[8],不道朔雪寒。妇女马上笑,颜如赪玉盘。翻飞射鸟兽,花月醉雕鞍。旄头四光芒[9],争战若蜂攒[10]。白刃洒赤血,流沙为之丹。名将古谁是?疲兵良可叹。何时天狼灭[11],父子得安闲?

【注释】

〔1〕幽州胡马客歌:《乐府诗集·横吹曲辞·梁鼓角横吹曲》旧题有《幽州马客吟》。幽州,辖地在今河北北部与北京市及辽宁西南一带。

115

〔2〕掉鞭:犹摇鞭。

〔3〕楼兰:汉西域国名,故地在今新疆若羌县一带。

〔4〕天骄:《汉书·匈奴传》:"胡者,天之骄子也。"五单于:《汉书·宣帝纪》:"(匈奴)诸王并自立,分为五单于,更相攻击。"

〔5〕狼戾:犹言贪戾。《汉书·严助传》:"今闽越王狼戾不仁。"师古注:"狼性贪戾,凡言狼戾者,谓贪而戾。"戾,凶暴。

〔6〕北海:在匈奴居地,即今贝加尔湖。

〔7〕鲜:新杀之禽畜。

〔8〕燕支山:在甘肃永昌县西、山丹县东南,绵延于祁连、龙首二山之间。

〔9〕旄头:星名,二十八宿之一。《汉书·天文志》:"昴曰旄头,胡星也。"此星为胡人之象征。

〔10〕攒(cuán):聚集。

〔11〕天狼:星名。《晋书·天文志上》:"狼一星在东井东南。狼为野将,主侵掠。"

卷　　四

门有车马客行[1]

门有车马宾[2],金鞍耀朱轮[3]。谓从丹霄落[4],乃是故乡亲。呼儿扫中堂,坐客论悲辛。对酒两不饮,停觞泪盈巾。叹我万里游,飘飘三十春。空谈帝王略[5],紫绶不挂身[6]。雄剑藏玉匣[7],阴符生素尘[8]。廓落无所合[9],流离湘水滨。借问宗党间,多为泉下人。生苦百战役,死托万鬼邻。北风扬胡沙,埋翳周与秦[10]。大运且如此[11],苍穹宁匪仁?恻怆竟何道,存亡任大钧[12]。

【注释】

〔1〕门有车马客行:乐府旧题,属《相和歌辞·瑟调曲》。

〔2〕宾:一作"客"。

〔3〕朱轮:显贵所乘之车,以朱红漆轮。

〔4〕丹霄:指朝廷。丹:一作"云"。

〔5〕帝王略:治国安邦之谋略。帝:一作"霸"。

〔6〕紫绶:古代高官配用紫色印绶。《汉书·百官公卿表上》:相国、丞相,皆秦官,金印紫绶。

〔7〕雄剑:同卷三《独漉篇》注〔4〕。

〔8〕阴符:指兵书。《战国策·秦策》:"(苏秦)乃夜发书,陈箧数十,得太公《阴符》之谋。"

〔9〕廓落:空寂貌。

〔10〕埋翳(yì):埋没。周与秦:指中原一带。王琦注:"此诗有'北风扬胡沙,埋翳周与秦'之句,当是天宝末年两京复陷之后所作。"

〔11〕大运:天运,命运。

〔12〕大钧:《文选》贾谊《鵩鸟赋》"大钧播物"李善注:"如淳曰:陶者作器于钧上,此以造化为大钧。应劭曰:阴阳造化,如钧之造器也。"

君子有所思行[1]

紫阁连终南[2],青冥天倪色[3]。凭崖望咸阳,宫阙罗北极[4]。万井惊画出[5],九衢如弦直。渭水银河清[6],横天流不息。朝野盛文物[7],衣冠何翕赩[8]!厩马散连山,军容威绝域[9]。伊皋运元化,卫霍输筋力[10]。歌钟乐未休[11],荣去老还逼。圆光过满缺,太阳移中昃[12]。不散东海金[13],何争西辉匿[14]?无作牛山悲[15],恻怆泪沾臆。

【注释】

〔1〕君子有所思行:乐府旧题,属《杂曲歌辞》。

〔2〕紫阁:终南山峰名。王琦注:"《陕西志》:紫阁峰,在西安府鄠(hù)县东南三十里,旭日射之,烂然而紫,其形上耸若楼阁然。"

〔3〕天倪:天边、天际。

〔4〕北极:星名,喻指朝廷。《晋书·天文志》:"中宫北极五星,钩陈

六星,皆在紫宫中。北极,北辰最尊者也。"

〔5〕万井:安旗等注:"唐长安城有东西大街十四条,南北大街十一条,纵横交错,将城市划为若干方整井字。诗言'万井',正实景也。"

〔6〕银河清:一作"清银河"。

〔7〕文物:指礼乐典章制度。

〔8〕衣冠:官绅。翕赩(xī xì):盛貌。

〔9〕"厩马"二句:《新唐书·兵志》:"天宝后,诸军战马动以万计……谓秦、汉以来,唐马最盛,天子又锐志武事,遂弱西北蕃。"

〔10〕伊皋:指商汤宰相伊尹和舜时名臣皋陶。卫霍:指西汉名将卫青、霍去病。

〔11〕未休:一作"休明"。

〔12〕圆光:圆月。昃(zè):日西斜。

〔13〕东海金:用疏广事,《汉书·疏广传》载,汉宣帝时,太子太傅疏广告老还乡,宣帝赐黄金二十斤,太子赠金五十斤。广既归乡,天天大摆筵席,请族人故旧饮酒作乐,以尽余年。疏广乃东海兰陵人,故云"东海金"。

〔14〕辉:一作"飞"。西辉,夕阳。

〔15〕牛山悲:用齐景公事。见卷一《古风》其二十三注释〔4〕。

东海有勇妇代关中有贤女[1]

梁山感杞妻,恸哭为之倾[2]。金石忽暂开,都由激深情[3]。东海有勇妇,何惭苏子卿[4]?学剑越处子[5],超腾若流星[6]。捐躯报夫仇,万死不顾生。白刃耀素雪,苍天感精诚。十步两躩跃[7],三呼一交兵[8]。斩首掉国门[9],蹴踏五藏行[10]。豁此伉俪愤,粲然大义明[11]。北海李使君[12],飞章奏天庭[13]。舍罪惊风俗,流芳播沧瀛[14]。名在列女籍[15],竹帛已光荣[16]。淳于免诏狱,汉主为缇萦[17]。津妾一棹歌,脱父于严刑[18]。十子若不肖,不如一女英。豫让斩空衣,有心竟无成[19]。要离杀庆忌,壮夫所素轻。妻子亦何辜,焚之买虚声[20]?岂如东海妇,事立独扬名!

【注释】

〔1〕东海有勇妇:《乐府诗集》卷五三《舞曲歌辞·鼙舞歌》收此篇。《鼙舞歌》汉曲有五篇,一曰《关东有贤女》,其辞已亡。见《乐府诗集》引《古今乐录》。

〔2〕"梁山"二句:刘向《列女传·贞顺》载,春秋齐大夫杞梁殖在齐袭莒时战死,其妻枕尸哭甚哀,过者莫不挥涕,十日而城为之崩。然曹植《精微篇》曰:"杞妻哭死夫,梁山为之倾。"此乃用曹植诗意。

〔3〕"金石"二句:《新序·杂事四》:"熊渠子见其诚心,而金石为之开,况人心乎!"此即用其意。

〔4〕苏子卿:汉苏武,字子卿。王琦注:"苏子卿无报仇杀人事。以此相拟,殊非伦类。按曹植《精微篇》:'关东有贤女,自字苏来卿。壮年报父仇,身没垂功名。'是知'苏子卿'乃'苏来卿'之误也。"

〔5〕"学剑"句:相传越国南林有一处女,曾应越王之聘,传授剑术。见《吴越春秋·勾践阴谋外传》。

〔6〕腾:一作"然"。

〔7〕躩(jué)跃:跳跃。

〔8〕交兵:交战。

〔9〕掉:悬挂之意。

〔10〕蹴(cù):踢。五藏:即五脏。

〔11〕豁:清雪。伉俪(kàng lì):夫妻。粲(càn)然:鲜明貌。

〔12〕"北海"句:李邕,曾为北海(治今山东益都县)太守,时称李

北海。

〔13〕飞章:因紧急事务而迅速呈上皇帝的报告。天庭:指朝廷。

〔14〕沧瀛:沧海。此指东方滨海地区。

〔15〕名:一作"志"。列女籍:指专门记载女子优良品行的书籍。汉刘向曾作《列女传》。

〔16〕竹帛:指史册。

〔17〕"淳于"二句:《史记·扁鹊仓公列传》载:汉文帝四年,齐太仓令淳于意因罪系长安狱,他的小女儿缇萦上书,"愿入身为官婢,以赎父刑罪",汉文帝悲怜其意,下诏废除肉刑。诏狱,奉诏令关押犯人的牢狱。

〔18〕"津妾"二句:津妾,名娟。赵简子南击楚,津吏醉,不能渡。简子怒,欲杀之。娟慷慨陈词,愿代父死,简子遂释其父。见《列女传·辩通》。

〔19〕"豫让"二句:《战国策·赵策一》载:晋智伯为赵襄子所杀,其旧属豫让想为智伯报仇,刺杀赵襄子,但两次行刺均未成功,被赵襄子擒获。豫让自知成功无望,请得赵襄子之衣而击之,以示报仇之意,然后伏剑自刎而死。

〔20〕"要离"四句:春秋时,吴公子光既杀王僚自立,又忧虑僚子庆忌未除,逃亡在卫。要离自愿前去谋刺庆忌。行前,他自请诛其妻子,焚弃于市,以骗取庆忌的信任。要离至卫,请庆忌率兵回吴,船行至江心,要离将庆忌刺死。至江陵,要离认识到自己不仁不义,十分后悔,因自断手足,伏剑而死。见《吴越春秋·阖闾内传》。所素:一作"素所"。

黄葛篇[1]

黄葛生洛溪[2],黄花自绵幂[3]。青烟蔓长条,缭绕几百尺。闺人费素手,采缉作絺绤[4]。缝为绝国衣[5],远寄日南客[6]。苍梧大火落[7],暑服莫轻掷。此物虽过时,是妾手中迹。

【注释】

〔1〕黄葛:苎麻的别称,其茎皮纤维可制夏布。

〔2〕洛溪:古代水名。古乐府《前溪歌》:"黄葛结蒙笼,生在洛溪边。"

〔3〕绵幂(mì):密集相互覆盖貌。

〔4〕采缉:采集纺织。绤绤(chī xì):细的葛布叫绤,粗的葛布叫绤。

〔5〕绝国:指极远之地。

〔6〕日南:地名。汉武帝时置日南郡,唐时所谓日南郡即骦(huān)州,在今越南境内。

〔7〕苍梧:汉武帝时置苍梧郡,治所在广信(今广西梧州市)。又唐梧州,天宝时改为苍梧郡。大火:星名,夏历六月大火星位于南方,七月则下而转向西方。大火落,指时已入秋。

白 马 篇[1]

龙马花雪毛[2],金鞍五陵豪[3]。秋霜切玉剑[4],落日明珠袍[5]。斗鸡事万乘,轩盖一何高[6]!弓摧南山虎[7],手接太行猱。酒后竞风采,三杯弄宝刀。杀人如剪草,剧孟同游遨[8]。发愤去函谷[9],从军向临洮[10]。叱咤经百战[11],匈奴尽奔逃。归来使酒气,未肯拜萧曹[12]。羞入原宪室[13],荒径隐蓬蒿。

【注释】

〔1〕白马篇:乐府旧题,属《杂曲歌辞》。

〔2〕龙马:《周礼·夏官·廋人》:"马八尺以上为龙。"

〔3〕五陵:汉高祖葬长陵,惠帝葬安陵,景帝葬阳陵,武帝葬茂陵,昭帝葬平陵,合称五陵,皆在长安周围。

〔4〕秋霜:形容剑的颜色。切玉:形容剑的锋利。《列子·汤问》载,西戎献锟铻之剑,"用之切玉如切泥焉"。

〔5〕明珠袍:镶珠的衣袍。

〔6〕万乘:指天子。古制,天子有兵车万乘。轩盖:车盖。

〔7〕"弓摧"句:用晋周处事。《晋书·周处传》载:南山白额猛虎为患,周处入山射杀之。

〔8〕剧孟:汉洛阳人,以任侠显名诸侯。吴楚反时,周亚夫得剧孟,谓"吴楚举大事而不求孟,吾知其无能为已矣"。事见《史记·游侠列传》。

〔9〕函谷:古关名,故址在今河南灵宝北。

〔10〕临洮(táo):古县名,在今甘肃定西市一带。

〔11〕叱咤(chì zhà):怒斥声。经百战:一作"万战场"。

〔12〕使酒气:因酒使气。萧曹:西汉名相萧何和曹参。拜:一作"下"。

〔13〕原宪:字子思,孔子的弟子。《庄子·让王》载,原宪家贫,子贡往见之,曰:"嘻!先生何病?"原宪应之曰:"宪闻之:无财谓之贫。学而不能行谓之病,今宪,贫也,非病也。"

凤笙篇[1]

仙人十五爱吹笙,学得昆丘彩凤鸣[2]。始闻炼气餐金液[3],复道朝天赴玉京[4]。玉京迢迢几千里,凤笙去去无穷已[5]。欲叹离声发绛唇,更嗟别调流纤指。此时惜别讵堪闻?此地相看未忍分。重吟真曲和清吹[6],却奏仙歌响绿云。绿云紫气向函关[7],访道应寻缑氏山[8]。莫学吹笙王子晋,一遇浮丘断不还。

【注释】

〔1〕凤笙篇:一作"凤吹笙曲",乐府旧题,属《清商曲辞》。诗题一作"凤笙篇送别"。

〔2〕"仙人"二句:《列仙传》卷上载,周灵王太子晋好吹笙,作凤凰鸣,道士浮丘公接以上嵩山。三十余年后,对人说:"告我家,七月七日待我于缑氏山颠。"至时果乘白鹤驻山头,数日而去。昆丘,昆仑山。

〔3〕炼气餐金液:道家的一种修炼服食之法。

〔4〕玉京:道书言天上有白玉京,为天帝所居。

〔5〕穷:一作"边"。

〔6〕清吹:清雅的管乐。

〔7〕紫气向函关:《艺文类聚》卷七八引《关令内传》载,老子西游,关令见有紫气东来,知有异人过此。至期乃斋戒,果见老子乘青牛过关。

〔8〕缑氏山:王子晋成仙之处,在今河南洛阳市偃师区南。王琦注:"此诗是送一道流应诏入京之作。"

怨歌行长安见内人出嫁,友人令予代为之[1]

十五入汉宫,花颜笑春红。君王选玉色,侍寝金屏中[2]。荐枕娇夕月[3],卷衣恋春风[4]。宁知赵飞燕,夺宠恨无穷[5]。沉忧能伤人,绿鬓成霜蓬。一朝不得意,世事徒为空。鹔鹴换美酒[6],舞衣罢雕龙[7]。寒苦不忍言,为君奏丝桐[8]。肠断弦亦绝,悲心夜忡忡[9]。

【注释】

〔1〕怨歌行:乐府旧题,属《相和歌辞》。内人:宫女。

〔2〕玉色:美女。金屏:一作"锦帏"。

〔3〕荐枕:侍寝。

〔4〕卷衣:亦侍寝之意。庾信《灯赋》:"卷衣秦后之床,送枕荆台之上。"春:一作"香"。

〔5〕"宁知"二句:《汉书·外戚传下》载,赵飞燕本为长安宫人,后为阳阿公主舞女。汉成帝见而幸之,召之入宫,为婕妤,终为皇后。

〔6〕"鹔鹴"句:《西京杂记》卷二载,司马相如初与卓文君还成都,家贫,曾用鹔鹴裘换酒喝。鹔鹴(sù shuāng),水鸟名,似雁,长颈绿毛。

〔7〕龙:一作"笼"。瞿蜕园、朱金城注:"疑龙当作栊,较合唐人习惯。"

〔8〕丝桐:指琴。丝为琴弦,桐为琴身。

〔9〕忡忡:忧盛貌。《诗·召南·草虫》:"未见君子,忧心忡忡。"

塞下曲六首〔1〕

其 一

五月天山雪〔2〕,无花只有寒。笛中闻《折柳》〔3〕,春色未曾看。晓战随金鼓〔4〕,宵眠抱玉鞍〔5〕。愿将腰下剑,直为斩楼兰〔6〕。

【注释】

〔1〕塞下曲:唐代的《塞上曲》《塞下曲》,出自汉乐府的《出塞曲》

《入塞曲》。这组诗作年不详,从诗中所写朝廷出兵情况推测,疑为天宝二年(743)作者在长安时作。

〔2〕天山:在今新疆境内。

〔3〕折柳:即《折杨柳》曲,属乐府《横吹曲辞》。

〔4〕金鼓:以金为饰的战鼓。

〔5〕玉鞍:以玉为饰的马鞍。

〔6〕直:只。斩楼兰:《汉书·西域传上》载,汉昭帝时,楼兰王叛,屡遮杀汉使。元凤四年,大将军霍光遣傅介子刺杀其王。楼兰,汉西域国名,故地在今新疆若羌县一带。

其 二

天兵下北荒[1],胡马欲南饮[2]。横戈从百战,直为衔恩甚[3]。握雪海上餐,拂沙陇头寝[4]。何当破月氏[5],然后方高枕。

【注释】

〔1〕天兵:指唐军。下北荒:向北方荒远之地进军。

〔2〕欲南饮:指胡人准备南侵。

〔3〕衔恩甚:受皇帝恩惠甚多。

〔4〕"握雪"二句:《后汉书·段颎传》载:段颎带兵同羌人打仗,"且斗且行,昼夜相攻,割肉、食雪四十余日,遂至河首积石山,出塞二千余里"。

〔5〕何当:何时。月氏(zhī):古部落名。

其 三

骏马似风飙[1],鸣鞭出渭桥[2]。弯弓辞汉月[3],插羽破天骄[4]。阵解星芒尽[5],营空海雾消[6]。功成画麟阁[7],独有霍嫖姚[8]。

【注释】

〔1〕似:一作"如"。飙:狂风。

〔2〕渭桥:即中渭桥,在唐长安西北渭水上。

〔3〕辞汉月:指离开京城。

〔4〕羽:指箭,箭杆上端有羽毛,叫箭翎,又叫箭羽。天骄:《汉书·匈奴传》:"胡者,天之骄子也。"

〔5〕阵解:解散阵列。星芒:指旄头星的光芒。旄头星为胡人之象征。星芒尽:指战争结束。杨素《出塞二首》其一:"兵寝星芒落,战解月轮空。"

〔6〕营空:指士兵离开边塞回到家乡。

〔7〕画麟阁:汉宣帝甘露三年,画功臣像于麒麟阁上。见《汉书·苏武传》。

〔8〕霍嫖姚:即霍去病,汉武帝时名将,曾作过嫖(票)姚校尉。按:画像于麒麟阁者为霍光,非霍去病。

其 四

白马黄金塞[1],云砂绕梦思。那堪愁苦节[2],远忆边城儿。萤飞秋窗满,月度霜闺迟[3]。摧残梧桐叶,萧飒沙棠枝[4]。无时独不见[5],流泪空自知。

【注释】

〔1〕黄金塞:似为边塞地名。

〔2〕愁苦节:指使人愁苦的秋天。

〔3〕霜闱:秋闱。
〔4〕萧飒:凋零衰落。沙棠:植物名,果实味似李子,木材可造船。
〔5〕无时:犹云时时。

其 五

塞虏乘秋下,天兵出汉家[1]。将军分虎竹[2],战士卧龙沙[3]。边月随弓影,胡霜拂剑花。玉关殊未入[4],少妇莫长嗟。

【注释】

〔1〕天兵:指唐军。
〔2〕虎竹:兵符。
〔3〕龙沙:即白龙堆,在今新疆罗布泊与甘肃敦煌玉门关之间。后泛指塞外沙漠之地。
〔4〕"玉关"句:《史记·大宛列传》载,汉武帝太初元年,命贰师将军李广利攻大宛,失利。李上书请求罢兵,汉武帝大怒,"使使遮玉门,曰:'军有敢入者辄斩之。'"玉关,玉门关。殊,尚,还。此指战斗仍在进行。

其 六

烽火动沙漠,连照甘泉云[1]。汉皇按剑起,还召李将军[2]。兵气天上合,鼓声陇底闻[3]。横行负勇气,一战静妖氛[4]。

【注释】

〔1〕甘泉:秦汉宫名,故址在今陕西淳化县西北甘泉山,离长安二百余里。

〔2〕李将军:指汉朝名将李广。

〔3〕兵气:指战争的气氛。陇底:山岗之下。

〔4〕横行:纵横驰骋。静妖氛:指消灭敌人,平定祸乱。静,一作"净"。

来日大难[1]

来日一身,携粮负薪。道长食尽[2],苦口焦唇。今日醉饱,乐过千春。仙人相存[3],诱我远学。海凌三山[4],陆憩五岳[5]。乘龙天飞,目瞻两角。授以神药[6],金丹满握。蟪蛄蒙恩[7],深愧短促。思填东海,强衔一木[8]。道重天地,轩师广成[9]。蝉翼九五[10],以求长生。下士大笑[11],如苍蝇声。

【注释】

〔1〕来日大难:王琦注:"《来日大难》,即古《善哉行》也,盖摘首句以命题耳。"《善哉行》,乐府旧题,属《相和歌辞》。来日,王琦注:"谓已来之日,犹往日也。"

〔2〕道长:一作"长鸣"。

〔3〕存:恤问也。

〔4〕三山:指传说中的东海三神山蓬莱、方丈、瀛洲。

〔5〕五岳:指南岳衡山、东岳泰山、西岳华山、北岳恒山、中岳嵩山。

〔6〕神:一作"仙"。

〔7〕蟪蛄:《庄子·逍遥游》:"蟪蛄不知春秋。"司马彪注:"蟪蛄,寒蝉也,一名蜓蟟,春生夏死,夏生秋死。"

〔8〕"思填"二句:用精卫填海典。《山海经·北山经》载,炎帝少女名女娃,游于东海,溺而不返,遂化为鸟,名曰精卫,常衔西山之木石,以填东海。

〔9〕"轩师"句:《庄子·在宥》载,黄帝立为天子十九年,闻广成子在崆峒之上,而往见之,问"至道之精",广成子不答。黄帝退,捐天下,筑特室,闲居三月,复往求长生之道,广成子曰:"必静必清,无劳女形,无摇女精,乃可以长生。"轩,黄帝名轩辕。

〔10〕九五:《易·乾》:"九五,飞龙在天,利见大人。"孔颖达疏:"言九五阳气盛至于天,故云飞龙在天……犹若圣人有龙德,飞腾而居天位。"后因以"九五"指帝位。此言视帝位如蝉翼之轻。

〔11〕下士:指世俗之人。《老子》:"上士闻道勤而行之,中士闻道若存若亡,下士闻道大笑之。"

塞 上 曲〔1〕

大汉无中策〔2〕,匈奴犯渭桥〔3〕。五原秋草绿〔4〕,胡马一何骄!命将征西极,横行阴山侧〔5〕。燕支落汉家,妇女无花色〔6〕。转战渡黄河,休兵乐事多。萧条清万里,瀚海寂无波〔7〕。

【注释】

〔1〕塞上曲:汉乐府旧题。此诗疑为天宝二年(743)所作,时作者在长安。

〔2〕"大汉"句:《汉书·匈奴传下》载,王莽伐匈奴,严尤谏曰:匈奴

自古为患,"周得中策,汉得下策,秦无策焉"。周宣王时,"其视戎狄之侵,譬犹蚊虻之螫,驱之而已,故天下称明,是为中策"。汉武帝大动干戈,兴兵伐远,"兵连祸结三十余年,中国罢耗,匈奴亦创艾,而天下称武,是为下策"。

〔3〕匈奴:此借指突厥。渭桥:指西渭桥,亦名便桥,在今陕西咸阳市西南渭水上。《新唐书·突厥传》载:武德九年(626)七月,突厥颉利可汗至渭水便桥北,太宗与其隔河而语,责以负约。颉利请和,引兵而退。

〔4〕五原:在今陕西定边县一带。

〔5〕阴山:今河套以北、大漠以南诸山的统称。

〔6〕"燕支"二句:《史记·匈奴列传》正义引《西河故事》云:"匈奴失祁连、焉支二山,乃歌曰:'亡我祁连山,使我六畜不蕃息;失我焉支山,使我妇女无颜色。'"燕支,山名,本匈奴地。

〔7〕瀚海:泛指西北大沙漠。

玉 阶 怨〔1〕

玉阶生白露〔2〕,夜久侵罗袜。却下水精帘,玲珑望秋月〔3〕。

【注释】

〔1〕玉阶怨:乐府旧题,属《相和歌辞·楚调曲》。内容多写宫女怨情。

〔2〕玉阶:宫中的石阶。

〔3〕却:还。下:放下。水精帘:用透明的珠子穿成的帘。精:一作"晶"。玲珑:明亮貌。

襄阳曲四首[1]

襄阳行乐处,歌舞《白铜鞮》[2]。江城回渌水[3],花月使人迷。

【注释】

〔1〕襄阳曲:即《襄阳乐》,乐府旧题,属《清商曲辞》。
〔2〕白铜鞮(dī):南朝齐梁时歌谣,曾流行于襄阳一带。
〔3〕渌水:清澈的水。

山公醉酒时,酩酊高阳下。头上白接䍦,倒著还骑马[1]。

【注释】

〔1〕"山公"四句:《世说新语·任诞》:"山季伦为荆州,时出酣畅,人为之歌曰:'山公时一醉,径造高阳池。日莫倒载归,茗艼无所知。复能乘骏马,倒著白接䍦。举手问葛强,何如并州儿?'高阳池在襄阳。"山公,山简。

岘山临汉江[1],水绿沙如雪[2]。上有堕泪碑[3],青苔久磨灭。

【注释】

〔1〕岘(xiàn)山:又名岘首山,在今湖北襄阳市东南。

〔2〕"水绿"句:一作"水色如霜雪"。

〔3〕堕泪碑:《晋书·羊祜传》载,晋羊祜镇守襄阳时,常登岘山,置酒赋诗。祜死后,襄阳百姓在岘山建碑立庙,每年祭祀。见碑者皆流泪,杜预因此称此碑为"堕泪碑"。

且醉习家池[1],莫看堕泪碑。山公欲上马,笑杀襄阳儿。

【注释】

〔1〕习家池:《世说新语·任诞》注引《襄阳记》载,汉侍中习郁于岘山南作鱼池,成为襄阳游览胜地。晋征南将军山简镇守襄阳时,常在此醉饮。

大 堤 曲[1]

汉水临襄阳[2],花开大堤暖。佳期大堤下[3],泪向南云满[4]。春风复无情[5],吹我梦魂散。不见眼中人,天长音信断。

【注释】

〔1〕大堤曲:南朝乐府旧题,属《清商曲辞》。大堤:王琦注引《一统志》、《湖广志》等载,大堤在襄阳府城外,东临汉江,西自万山,经檀溪、土门、白龙池、东津渡,绕城北老龙堤,复至万山之麓,周围四十余里。诗作于开元二十二年(734),时作者在襄阳一带漫游。

〔2〕临:一作"横"。

〔3〕佳期:指美好的春日。

〔4〕南云：陆机《思亲赋》："指南云以寄款，望归风而效诚。"后以"南云"作为思乡和怀亲之词。

〔5〕复无：一作"无复"。

宫中行乐词八首 奉诏作五言〔1〕

其 一

小小生金屋〔2〕，盈盈在紫微〔3〕。山花插宝髻，石竹绣罗衣〔4〕。每出深宫里〔5〕，常随步辇归〔6〕。只愁歌舞散〔7〕，化作彩云飞。

【注释】

〔1〕诗作于天宝二年（743），时作者在长安供奉翰林。题下《全唐诗》注云："奉诏作。明皇坐沉香亭，意有所感，欲得白为乐章。召入，而白已醉，左右以水颒面，稍解。援笔成文，宛丽精切。"

〔2〕小小：幼小时。金屋：《太平御览》引《汉武故事》："若得阿娇作妇，当作金屋贮之。"

〔3〕盈盈：美丽端正貌。紫微：指天子之宫。

〔4〕石竹：叶似竹而稍窄，夏季开花。六朝隋唐时多用作衣饰图案。

〔5〕出：一作"上"。

〔6〕步辇（niǎn）：皇帝在宫中乘坐的由人抬挽的车子。

〔7〕散：一作"罢"。

其 二

柳色黄金嫩,梨花白雪香。玉楼巢翡翠[1],珠殿锁鸳鸯[2]。选妓随雕辇[3],征歌出洞房[4]。宫中谁第一?飞燕在昭阳[5]。

【注释】

〔1〕玉楼:华美的楼阁。翡翠:鸟名。巢:一作"关"。

〔2〕珠:一作"金"。

〔3〕雕辇:有雕饰彩画之辇。

〔4〕洞房:深邃的内室。

〔5〕"飞燕"句:汉成帝时皇后赵飞燕居昭阳殿,贵倾后宫,后因以昭阳借指受宠后妃居住的宫殿。

其 三

卢橘为秦树[1],蒲桃出汉宫[2]。烟花宜落日,丝管醉春风。笛奏龙鸣水[3],箫吟凤下空[4]。君王多乐事,还与万方同[5]。

【注释】

〔1〕卢橘:即金橘,芸香科常绿灌木或小乔木,花白色,果圆形金黄色,有香味。古时多生长于蜀地,战国时秦灭巴蜀,置汉中郡。

〔2〕蒲桃:即葡萄,汉张骞通西域后始引入内地。

〔3〕"笛奏"句:马融《长笛赋》:"近世双笛从羌起,羌人伐竹未及

已。龙鸣水中不见己,截竹吹之声相似。"鸣:一作"吟"。

〔4〕"箫吟"句:春秋时萧史善吹箫,秦穆公女弄玉爱之,结为夫妻,每日教弄玉吹箫。数年后,声似凤鸣,有凤凰来止其屋,穆公为之作凤台,后夫妇皆成仙,随凤凰飞去。见《列仙传》卷上。吟:一作"鸣"。

〔5〕万方:四方,天下。此句一作"何必向回中"。

其 四

玉树春归日[1],金宫乐事多。后庭朝未入[2],轻辇夜相过。笑出花间语,娇来烛下歌[3]。莫教明月去,留著醉姮娥[4]。

【注释】

〔1〕树:一作"殿"。

〔2〕后庭:妃嫔所居之处。

〔3〕烛:一作"竹"。

〔4〕姮娥:一作"嫦娥",神话中的月中女神。相传为后羿之妻,羿求不死之药于西王母,嫦娥窃之以奔月。见《淮南子·览冥》。

其 五

绣户香风暖,纱窗曙色新。宫花争笑日[1],池草暗生春。绿树闻歌鸟,青楼见舞人[2]。昭阳桃李月,罗绮自相亲[3]。

【注释】

〔1〕争笑:指花盛开。王琦注引刘勰《新论》:"春葩含日似笑,秋叶泫露如泣。"

〔2〕青楼:豪门显贵家的闺阁。曹植《美女篇》:"青楼临大路,高门结重关。"

〔3〕自:一作"坐"。

其　六

今日明光里[1],还须结伴游。春风开紫殿[2],天乐下朱楼。艳舞全知巧,娇歌半欲羞。更怜花月夜,宫女笑藏钩[3]。

【注释】

〔1〕明光:汉宫殿名。

〔2〕紫殿:亦宫殿名,汉武帝造。

〔3〕藏钩:古代的一种游戏。相传汉昭帝母钩弋夫人少时手拳,入宫,汉武帝展其手,得一钩,后人乃作藏钩之戏。

其　七

寒雪梅中尽,春风柳上归。宫莺娇欲醉,檐燕语还飞。迟日明歌席[1],新花艳舞衣。晚来移彩仗[2],行乐好光辉[3]。

137

【注释】

〔1〕迟日:《诗·豳风·七月》:"春日迟迟。"指春天昼长,日行迟缓。
〔2〕彩仗:指宫中仪仗。
〔3〕好:一作"泥"。

其 八

水绿南薰殿[1],花红北阙楼[2]。莺歌闻太液,凤吹绕瀛洲[3]。素女鸣珠佩[4],天人弄彩球[5]。今朝风日好,宜入未央游[6]。

【注释】

〔1〕南薰殿:在唐兴庆宫内。殿北有瀛洲门,殿南为龙池。
〔2〕北阙:皇宫北面的门楼,为大臣等候朝见的地方。
〔3〕太液:汉建章宫有太液池,池中起三山,象瀛洲、方丈、蓬莱三神山。又唐大明宫有太液池,池中有蓬莱山。凤吹:指笙箫等细乐。
〔4〕素女:神女名。《史记·封禅书》:"太帝使素女鼓五十弦瑟,悲,帝禁不止,故破其瑟为二十五弦。"此喻宫女。
〔5〕天人:指绝色女子。弄彩球:唐代宫中的一种游戏。球以质轻而坚韧之木制成,中空,因外有绘饰,故称彩球。弄球者分为两队,以角胜负。男子骑马打球,女子多骑驴或步打。见《文献通考》卷一四七。
〔6〕风日好:风和日丽。未央:西汉宫殿名,此借指唐宫殿。

清平调词三首[1]

云想衣裳花想容,春风拂槛露华浓[2]。若非群玉山头见[3],会向瑶台月下逢[4]。

【注释】

〔1〕清平调:唐大曲名,《乐府诗集》编入《近代曲辞》,后用为词牌。此诗作于天宝二年(743)暮春李白供奉翰林时。题下《全唐诗》注:"天宝中,白供奉翰林。禁中初重木芍药,得四本,红、紫、浅红、通白者,移植于兴庆池东沉香亭。会花开,上乘照夜白,太真妃以步辇从。诏选梨园中弟子尤者,得乐一十六色。李龟年以歌擅一时,手捧檀板,押众乐前,欲歌之。上曰:'赏名花,对妃子,焉用旧乐词?'遂命龟年持金花笺,宣赐李白,立进《清平调》三章。白承诏,宿醒未解,因援笔赋之。龟年歌之,太真持颇梨七宝杯,酌西凉州蒲萄酒,笑领歌词,意甚厚。上因调玉笛以倚曲,每曲遍将换,则迟其声以媚之。太真饮罢,敛绣巾重拜。上自是顾李翰林尤异于他学士。"按:以上本事见唐李濬《松窗杂录》。

〔2〕槛:栏杆。

〔3〕群玉:山名,神话传说中西王母居住的地方。因山中多玉石,故名。见《穆天子传》。

〔4〕会:应。瑶台:西王母所居宫殿。

一枝红艳露凝香[1],云雨巫山枉断肠[2]。借问汉宫谁得似?可怜飞燕倚新妆[3]。

【注释】

〔1〕一枝红艳:指牡丹花(木芍药)而言。红,一作"浓"。

〔2〕云雨巫山:用宋玉《高唐赋》写楚王梦与巫山神女欢会事。

〔3〕可怜:可爱。飞燕:指赵飞燕。

名花倾国两相欢[1],长得君王带笑看。解释春风无限恨[2],沉香亭北倚阑干[3]。

【注释】

〔1〕名花:指牡丹花。倾国:指杨贵妃。

〔2〕解释:消除。

〔3〕沉香亭:亭名,在唐兴庆宫龙池东。故址在今西安市兴庆公园内。阑干:即栏杆。

鼓吹入朝曲[1]

金陵控海浦[2],渌水带吴京[3]。铙歌列骑吹[4],飒沓引公卿[5]。搥钟速严妆[6],伐鼓启重城[7]。天子凭玉几[8],剑履若云行[9]。日出照万户,簪裾烂明星[10]。朝罢沐浴闲,遨游阆风亭[11]。济济双阙下[12],欢娱乐恩荣。

【注释】

〔1〕鼓吹入朝曲:一作"入朝曲",乐府旧题,属《鼓吹曲辞》。

〔2〕控海浦:指控制长江出海口。

〔3〕带:环绕。吴京:指金陵。三国吴都在金陵,故称。

〔4〕铙歌:《乐府诗集》卷一六:"汉有《朱鹭》等二十二曲,列于鼓吹,谓之铙歌。"骑吹:乐于马上奏之者。

〔5〕飒沓:众盛貌。

〔6〕搥(chuí):同捶,敲击。严妆:即严装,整齐装束。

〔7〕伐:击。启:开。

〔8〕几(jī):一作"案"。

〔9〕剑履:佩剑穿履上殿,是皇帝赐予大臣的特殊礼遇。

〔10〕簪裾:显贵达官的服饰。

〔11〕沐浴:休假。阆(láng)风亭:《太平御览》卷一九四引《郡国志》:"润州覆舟山有阆风亭。"润州治所在今江苏镇江市。

〔12〕济济:众多貌。双阙:宫门前两旁的望楼。此泛指宫殿。

秦女休行 古词魏协律都尉左延年所作,今拟之〔1〕

西门秦氏女,秀色如琼花〔2〕。手挥白杨刀〔3〕,清昼杀仇家。罗袖洒赤血,英声凌紫霞〔4〕。直上西山去,关吏相邀遮〔5〕。婿为燕国王,身被诏狱加〔6〕。犯刑若履虎〔7〕,不畏落爪牙。素颈未及断,摧眉伏泥沙。金鸡忽放赦〔8〕,大辟得宽赊〔9〕。何惭聂政姊〔10〕,万古共惊嗟。

【注释】

〔1〕秦女休行:乐府旧题,属《杂曲歌辞》。《乐府解题》云:"左延年辞,大略言女休为燕王妇,为宗报仇,杀人都市,虽被囚系,终以赦宥,得宽刑戮也。"

〔2〕"西门"二句:左延年《秦氏女休行》:"始出上西门,遥望秦氏庐。秦氏有好女,自名为女休。"诗用其意。

〔3〕白杨刀:宝刀名。左延年诗云:"左执白杨刃,右据宛鲁矛。"刀,一作"刃"。

〔4〕声:一作"气"。

〔5〕邀遮:拦截。

〔6〕诏狱:奉诏令拘禁罪犯的监狱。左延年诗:"女休前置词,平生

为燕王妇,于今为诏狱囚。"

〔7〕履虎:即踩在虎身上。喻处境危险。

〔8〕"金鸡"句:指大赦。《封氏闻见记》卷四:"国有大赦,则命卫尉树金鸡于阙下。"

〔9〕大辟:死刑。宽赊(shē):宽大赦免。

〔10〕聂政姊:《战国策·韩策二》载:聂政为人报仇,刺杀韩国宰相韩傀,然后毁容自杀。韩国以其尸暴于市,悬千金,购问其姓名。政姊闻之,诣韩国,哭曰:"今死而无名……此为我故也!夫爱身不扬弟之名,吾不忍也!"乃抱尸而哭之曰:"此吾弟轵深井里聂政也。"亦自杀于尸下。

秦女卷衣[1]

天子居未央,妾侍卷衣裳[2]。顾无紫宫宠[3],敢拂黄金床?水至亦不去[4],熊来尚可当[5]。微身奉日月[6],飘若萤之光[7]。愿君采葑菲,无以下体妨[8]。

【注释】

〔1〕秦女卷衣:《乐府诗集·杂曲歌辞》有《秦王卷衣》。《乐府解题》曰:"《秦王卷衣》,言咸阳春景及宫阙之美,秦王卷衣以赠所欢也。"李白此诗,辞旨与之迥异,不详所本。

〔2〕未央:汉宫殿名。侍:一作"来"。

〔3〕紫宫:谓天子居处。

〔4〕"水至"句:《列女传·贞顺传》:"贞姜者,齐侯之女,楚昭王之夫人也。王出游,留夫人渐台之上而去。王闻江水大至,使使者迎夫人,忘持符。使者至,请夫人出。夫人曰:'王与宫人约令,召宫人必以符。今使者不持符,妾不敢从使者行。'……于是使者反取符,还则水大至。台崩,夫人流而死。"

〔5〕"熊来"句:汉元帝观斗兽,有熊逃出圈,攀槛欲上殿。左右皆惊走,唯冯婕妤上前,当熊而立,保护元帝。

〔6〕日月:喻指皇帝。奉:一作"捧"。

〔7〕之:一作"火"。

〔8〕"愿君"二句:《诗·邶风·谷风》:"采葑采菲,无以下体。"毛传:"葑,须也。菲,芴也。下体,根茎也。"郑笺:"此二菜者,蔓菁与蒠之类也,皆上下可食。然而其根有美时,有恶时,采之者不可以根恶时,并弃其叶。喻夫妇以礼义合,颜色相亲,亦不可以颜色衰,弃其相与之礼。"

东 武 吟〔1〕

好古笑流俗,素闻贤达风〔2〕。方希佐明主,长揖辞成功。白日在高天,回光烛微躬〔3〕。恭承凤凰诏,欻起云萝中〔4〕。清切紫霄回〔5〕,优游丹禁通〔6〕。君王赐颜色,声价凌烟虹。乘舆拥翠盖〔7〕,扈从金城东〔8〕。宝马丽绝景〔9〕,锦衣入新丰〔10〕。依岩望松雪〔11〕,对酒鸣丝桐。因学扬子云,献赋甘泉宫〔12〕。天书美片善〔13〕,清芬播无穷〔14〕。归来入咸阳〔15〕,谈笑皆王公〔16〕。一朝去金马〔17〕,飘落成飞蓬。宾客日疏散〔18〕,玉樽亦已空〔19〕。才力犹可倚〔20〕,不惭世上雄。闲作《东武吟》,曲尽情未终。书此谢知己,吾寻黄绮翁〔21〕。

【注释】

〔1〕东武吟:乐府旧题,属《相和歌辞》,诗题一作"出东门后书怀留

别翰林诸公",又作"还山留别金门知己"。

〔2〕流俗:流行的习俗。贤达:指有才德、声望的人士。

〔3〕烛:照耀。微躬:自谦之称。

〔4〕欻(xū):忽然。云萝中:犹草野间,指隐者居处。

〔5〕清切:指清贵而接近天子。紫霄:指帝王居处。霄:一作"垣"。

〔6〕丹禁:帝王宫禁。

〔7〕乘舆:皇帝的车驾。亦指皇帝。

〔8〕扈从:随从皇帝出行。金城:指长安。

〔9〕绝景:绝美之风景。

〔10〕新丰:古县名,故址在今陕西临潼东北新丰镇。唐温泉宫在此。

〔11〕依:一作"倚"。

〔12〕"因学"二句:《汉书·扬雄传》载,汉成帝时,扬雄从上至甘泉宫,还奏《甘泉赋》。甘泉宫,故址在今陕西淳化。

〔13〕天书:指诏书。片善:小善。

〔14〕清芬:喻好名声。

〔15〕咸阳:此借指长安。入:一作"向"。

〔16〕一本无此二句。

〔17〕金马:汉未央宫门名。汉代有以著名文士待诏金马门之制。此借指唐代翰林院。

〔18〕客:一作"友"。

〔19〕亦已空:一作"日成空"。

〔20〕倚:一作"恃"。

〔21〕"吾寻"句:一作"扁舟寻钓翁"。黄绮翁,指商山四皓。

邯郸才人嫁为厮养卒妇[1]

妾本丛台女[2],扬蛾入丹阙。自倚颜如花,宁知有凋歌？一辞玉阶下,去若朝云没[3]。每忆邯郸城,深宫梦秋月。君王不可见,惆怅至明发[4]。

【注释】

〔1〕邯郸才人嫁为厮养卒妇:乐府旧题,属《杂曲歌辞》。胡震亨曰:"谢朓有此诗。薪仆曰厮,炊仆曰养。朓盖设言其事,寓臣妾沦掷之感。"

〔2〕丛台:台名。战国时筑,在赵都邯郸城内。见《汉书·邹阳传》。

〔3〕朝云:用巫山神女的典故。

〔4〕明发:黎明。

出自蓟北门行[1]

房阵横北荒,胡星耀精芒[2]。羽书速惊电,烽火昼连光。虎竹救边急,戎车森已行。明主不安席,按剑心飞扬。推毂出猛将[3],连旗登战场。兵威冲绝幕[4],杀气凌穹苍[5]。列卒赤山下[6],开营紫塞傍[7]。孟冬风沙紧[8],旌旗飒凋伤。画角悲海月[9],征衣卷天霜。挥刃斩楼兰[10],弯弓射贤王[11]。单于一平荡,种落自奔亡[12]。收功报天子,行歌归咸阳[13]。

【注释】

〔1〕出自蓟北门行:乐府旧题,属《杂曲歌辞》。诗约作于天宝十一载(752),时作者北游蓟门。

〔2〕胡星:《汉书·天文志》:"昴曰髦头,胡星也。"

〔3〕推毂(gǔ):《史记·张释之冯唐列传》:"臣闻上古王者之遣将

也,跪而推毂,曰:'阃以内者,寡人制之;阃以外者,将军制之。'"毂,车轮的中心部位,代指车。

〔4〕绝幕:一作"绝漠",指极远的沙漠地带。

〔5〕穹苍:苍天。

〔6〕赤山:在辽东西北数千里,见《后汉书·乌桓传》。又,西域之火山(在今新疆),唐人又谓之"赤山"。卒:一作"阵"。

〔7〕紫塞:泛言边塞。崔豹《古今注》卷上:"秦筑长城,土色皆紫,汉塞亦然,故称紫塞焉。"

〔8〕冬:一作"秋"。

〔9〕画角:军中乐器,长五尺,形如竹筒,本细,末稍大,外有彩绘,故称画角。

〔10〕楼兰:汉西域国名,故地在今新疆若羌县一带。汉昭帝时,楼兰反叛,屡遮杀汉使。元凤四年,霍光遣傅介子刺杀其王。事见《汉书·西域传上》。

〔11〕贤王:匈奴贵族封号,有左贤王、右贤王,位仅在单于之下。见《汉书·匈奴传》。

〔12〕种落:王琦注:"种落谓其种类及部落也。"

〔13〕行歌:一作"歌舞"。

洛　阳　陌〔1〕

白玉谁家郎〔2〕,回车渡天津〔3〕。看花东陌上,惊动洛阳人。

【注释】

〔1〕洛阳陌:《乐府诗集·横吹曲辞》有《洛阳道》。

〔2〕白玉:形容貌美如玉。晋卫玠(jiè)貌美,乘白羊车于洛阳市上,

咸曰:"谁家璧人?"见《世说新语·容止》注引《卫玠别传》。

〔3〕天津:桥名。在洛阳西南洛水上。

北 上 行〔1〕

北上何所苦?北上缘太行〔2〕。磴道盘且峻,巉岩凌穹苍〔3〕。马足蹶侧石〔4〕,车轮摧高冈〔5〕。沙尘接幽州,烽火连朔方〔6〕。杀气毒剑戟〔7〕,严风裂衣裳。奔鲸夹黄河〔8〕,凿齿屯洛阳〔9〕。前行无归日,返顾思旧乡。惨戚冰雪里,悲号绝中肠〔10〕。尺布不掩体,皮肤剧枯桑〔11〕。汲水涧谷阻,采薪陇坂长〔12〕。猛虎又掉尾,磨牙皓秋霜〔13〕。草木不可餐,饥饮零露浆〔14〕。叹此北上苦,停骖为之伤〔15〕。何日王道平〔16〕,开颜睹天光。

【注释】

〔1〕北上行:即《苦寒行》,属《乐府诗集·相和歌辞》。曹操《苦寒行》首句云"北上太行山",故其后或谓之《北上行》。诗作于至德元载(756)初,时作者在梁园。

〔2〕缘太行:谓循太行山而行。

〔3〕磴(dèng)道:登山的石径。磴,石阶。盘:盘曲。巉岩:高峻的山岩。

〔4〕蹶:颠蹶。

〔5〕摧:摧折损坏。

〔6〕"沙尘"句:指安禄山反叛事。幽州,天宝时改为范阳郡,治所在今北京西南。天宝十四载,安禄山起兵范阳。朔方:指朔方节度,治灵州,在今宁夏灵武西南。安禄山尝遣其部将高秀岩寇振武军(属朔方节度),

147

故曰"烽火连朔方"。

〔7〕毒:作动词,毒染。

〔8〕鲸:喻指安禄山叛军。

〔9〕凿齿:古代传说中的恶兽,齿长三尺,其状如凿。此喻指安禄山叛军。屯:驻扎。

〔10〕惨戚:忧伤。绝:断绝。

〔11〕剧:更甚。

〔12〕陇坂:山的岗垅坡坂。

〔13〕掉尾:摆尾。皓:白。

〔14〕零露浆:露水。

〔15〕骖(cān):古时用四马驾车,夹车辕的两马称服,两侧的马称为骖。此处泛指车马。

〔16〕王道平:指平定安禄山叛乱。

短 歌 行[1]

白日何短短,百年苦易满。苍穹浩茫茫,万劫太极长[2]。麻姑垂两鬓[3],一半已成霜。天公见玉女,大笑亿千场[4]。吾欲揽六龙,回车挂扶桑[5]。北斗酌美酒[6],劝龙各一觞。富贵非所愿,为人驻颓光[7]。

【注释】

〔1〕短歌行:乐府旧题,属《相和歌辞》。

〔2〕劫:佛教名词,谓天地经历若干万年毁灭一次,再重新形成,自形成至毁灭谓之一劫。

〔3〕麻姑:《神仙传》卷三载,仙女麻姑说曾见东海三为桑田,前到蓬莱,又见海水浅于往日略半,将复为陆地。

〔4〕"天公"二句:《神异经·东荒经》:"东王公……恒与一玉女投壶,每投千二百矫……矫出而脱误不接者,天为之笑。"

〔5〕"吾欲"二句:语本《楚辞·九叹·远游》:"维六龙于扶桑。"六龙,神话中为太阳驾车的六条龙。扶桑:神话中木名,为日出之处。

〔6〕"北斗"句:《楚辞·九歌·东君》:"援北斗兮酌桂浆。"

〔7〕为:一作"与"。驻颓光:留住时间,使人不衰老。颓:一作"颜";一作"流"。

空 城 雀[1]

嗷嗷空城雀,身计何戚促!本与鹪鹩群[2],不随凤凰族。提携四黄口[3],饮乳未尝足。食君糠秕余,尝恐乌鸢逐[4]。耻涉太行险,羞营覆车粟[5]。天命有定端,守分绝所欲[6]。

【注释】

〔1〕空城雀:乐府旧题,属《杂曲歌辞》。

〔2〕鹪鹩(jiāo liáo):鸟名,似黄雀而小。

〔3〕黄口:雏鸟。

〔4〕鸢:鹰类猛禽。逐:一作"啄"。

〔5〕覆车粟:《艺文类聚》卷九十二引《益部耆旧传》曰:"杨宣为河内太守,行县,有群雀鸣桑树上,宣谓吏曰:'前有覆车粟,此雀相随,欲往食之。'行数里,果如其言。"

〔6〕分:名分,职分。

卷 五

发 白 马[1]

将军发白马,旌节度黄河。箫鼓聒川岳,沧溟涌涛波[2]。武安有振瓦[3],易水无寒歌[4]。铁骑若雪山,饮流涸滹沱[5]。扬兵猎月窟[6],转战略朝那[7]。倚剑登燕然[8],边烽列嵯峨。萧条万里外,耕作五原多[9]。一扫清大漠,包虎戢金戈[10]。

【注释】

〔1〕发白马:乐府旧题,属《杂曲歌辞》。白马,白马津。《元和郡县图志》河南道滑州白马县(今河南滑县):"黎阳津,一名白马津,在县北三十里鹿鸣城之西南隅。"

〔2〕涛:一作"洪"。

〔3〕"武安"句:《史记·廉颇蔺相如列传》载:秦伐韩,军于阏与,赵王令赵奢救之,"秦军军武安西,秦军鼓噪勒兵,武安屋瓦尽振"。武安,在今河北武安市。

〔4〕"易水"句:用荆轲事。《史记·刺客列传》载,战国时,燕太子丹遣荆轲入秦谋刺秦王,众皆白衣冠以送之。至易水上,高渐离击筑,荆轲和而歌曰:"风萧萧兮易水寒,壮士一去兮不复还!"

〔5〕滹沱（hū tuó）：河名，在河北省西南部，为子牙河的北源。

〔6〕月窟：月生之处，谓极西之地。

〔7〕略：取。朝那：《史记·匈奴列传》张守节《正义》："汉朝那（郁）故城在原州百泉县西七十里，属安定郡。"朝那故地在今宁夏固原市。

〔8〕燕然：山名，即今蒙古境内的杭爱山。《后汉书·和帝纪》载，永元元年，车骑将军窦宪"与北匈奴战于稽落山，大破之，追至私渠比鞮海。窦宪遂登燕然山，刻石勒功而还"。

〔9〕五原：郡名，即盐州，治所在今陕西定边县。

〔10〕"包虎"句：王琦注："《礼记》：'武王克殷反商，倒载干戈，包之以虎皮。'郑玄注：'包干戈以虎皮，明能以武服兵也。'"戢（jí），收藏兵器。

陌上桑[1]

美女渭桥东[2]，春还事蚕作。五马如飞龙[3]，青丝结金络。不知谁家子，调笑来相谑。妾本秦罗敷，玉颜艳名都。绿条映素手，采桑向城隅[4]。使君且不顾，况复论秋胡[5]。寒螀爱碧草[6]，鸣凤栖青梧。托心自有处，但怪傍人愚。徒令白日暮，高驾空踟蹰。

【注释】

〔1〕陌上桑：乐府旧题，属《相和歌辞》。

〔2〕渭桥东：一作"湘绮衣"。

〔3〕五马：汉代太守出行时乘坐五马之车，故以"五马"为太守的代称。汉乐府《陌上桑》有"使君从南来，五马立踟蹰"之句。飞龙：一作"花飞"。

〔4〕"妾本"四句：汉乐府《陌上桑》："秦氏有好女，自名为罗敷。罗

151

敷善蚕桑,采桑城南隅。"

〔5〕秋胡:《列女传·节义》载,鲁秋胡成婚五日即赴陈为官,五年后归家,在路上见一采桑妇,秋胡戏之,许之以金,被严词拒绝。至家,始知采桑妇乃其妻。秋胡大惭,其妻愤而投河自杀。

〔6〕螿(jiāng):蝉的一种。

枯鱼过河泣[1]

白龙改常服,偶被豫且制。谁使尔为鱼?徒劳诉天帝[2]。作书报鲸鲵,勿恃风涛势。涛落归泥沙,翻遭蝼蚁噬[3]。万乘慎出入,柏人以为诫[4]。

【注释】

〔1〕枯鱼过河泣:乐府旧题,属《杂曲歌辞》。

〔2〕"白龙"四句:《说苑·正谏》:"吴王欲从民饮酒,伍子胥谏曰:'不可。昔白龙下清泠之渊,化为鱼,渔者豫且射中其目。白龙上诉天帝,天帝曰:当是之时,若安置而形?白龙对曰:我下清泠之渊,化为鱼。天帝曰:鱼因人之所射也,若是豫且何罪?夫白龙,天帝贵畜也;豫且,宋国贱臣也。白龙不化,豫且不射。今弃万乘之位而从布衣之士饮酒,臣恐其有豫且之患矣。'王乃止。"

〔3〕"作书"四句:语本《韩诗外传》卷八:"夫吞舟之鱼,大矣,荡而失水,则为蝼蚁所制,失其辅也。"鲸鲵,大鱼。雄曰鲸,雌曰鲵。

〔4〕"柏人"句:《史记·张耳陈馀列传》载:高祖从平城过赵,赵王待以子婿礼,而高祖甚慢易之,赵相贯高怒。后高祖又过赵,贯高等于柏人县馆舍壁中布下伏兵欲杀之。高祖欲宿,心动,问曰:"县名为何?"对曰:"柏人。"高祖曰:"柏人者,迫于人也。"遂不宿而去。诫:一作"识"。

丁都护歌[1]

云阳上征去[2],两岸饶商贾[3]。吴牛喘月时[4],拖船一何苦!水浊不可饮,壶浆半成土。一唱《都护歌》[5],心摧泪如雨。万人凿盘石,无由达江浒[6]。君看石芒砀[7],掩泪悲千古。

【注释】

〔1〕丁都护歌:乐府旧题,属《清商曲辞·吴声歌曲》。都,一作"督"。诗作于天宝之际,时作者正在吴地漫游。

〔2〕云阳:唐润州丹阳县,旧名云阳,在今江苏丹阳。运河流经该城。上征:逆水行舟而上。

〔3〕饶:多。

〔4〕吴牛喘月:《世说新语·言语》:满奋答晋武帝曰:"臣犹吴牛,见月而喘。"刘孝标注:"今之水牛,唯生江淮间,故谓之吴牛也。南土多暑,而此牛畏热,见月疑是日,所以见月则喘。"此谓炎暑节令。

〔5〕都:一作"督"。

〔6〕凿:一作"系"。盘石:大石。江浒(hǔ):长江边。

〔7〕芒砀(dàng):形容盘石又多又大。芒,多貌。砀,大貌。

相逢行[1]

朝骑五花马[2],谒帝出银台[3]。秀色谁家子,云车珠箔开[4]。金鞭遥指点,玉勒近迟回[5]。夹毂相借问[6],疑从天上来[7]。蹙入青绮门,当歌共衔杯[8]。衔杯映歌扇,似月云中见。相见不得亲[9],不如不相见。相见情已深[10],未语可知心。胡为守空闺,孤眠愁锦衾?锦衾与罗帱,缠绵会有时。春风正澹荡[11],暮雨来何迟?愿因三青鸟[12],更报长相思。光景不待人,须臾发成丝。当年失行乐[13],老去徒伤悲。持此道密意,无令旷佳期[14]。

【注释】

〔1〕相逢行:乐府旧题,属《相和歌辞》。诗约作于天宝二年(743),时李白在长安。

〔2〕五花马:五花谓马之毛色。

〔3〕银台:唐大明宫有左右银台门,翰林院在右银台门内。

〔4〕云车:绘有云纹之车。车:一作"中"。珠箔(bó):珠帘。

〔5〕勒:马络头。迟回:徘徊不前。

〔6〕夹毂:形容两车相靠甚近。毂,车轮中央穿轴之处。

〔7〕疑:一作"知"。

〔8〕蹙:急迫。一作"邀"。以上二句一作"娇羞初解佩,语笑共衔杯"。

〔9〕得:一作"相"。

〔10〕情已:一作"已情"。

〔11〕澹荡:即荡漾。

〔12〕青鸟:神话中鸟名,西王母使者。

〔13〕当年:犹云少年或壮年。

〔14〕旷:荒废。一本"长相思"下无此六句。

千里思[1]

李陵没胡沙[2],苏武还汉家[3]。迢迢五原关[4],朔雪乱边花[5]。一去隔绝国[6],思归但长嗟。鸿雁向西北,因书报天涯[7]。

【注释】

〔1〕千里思:乐府旧题,属《杂曲歌辞》。

〔2〕李陵:《汉书·李陵传》载,汉武帝命贰师将军李广利击匈奴,李陵自请率部到兰干山南,以分单于兵。陵至浚稽山,被匈奴大军围困,兵败而降。

〔3〕苏武:《汉书·苏武传》载,苏武出使匈奴,被扣留,不屈,徙至北海上牧羊。武"杖汉节牧羊,卧起操持,节旄尽落"。后归汉。

〔4〕五原关:在唐盐州五原县(今陕西定边)境。

〔5〕"朔雪"句:一作"愁见雪如花"。

〔6〕绝国:绝远之国。

〔7〕因:一作"飞"。王琦注:"按《文选》有李少卿(陵)《答苏武书》……武得归,为书与陵,令归汉,陵作此书答之。此诗末联正用其事。又按《文苑英华》载唐人省试诗题,有'李都尉(陵)重阳日得苏属国(武归汉后为典属国)书'。"

树 中 草[1]

鸟衔野田草,误入枯桑里。客土植危根[2],逢春犹不死。草木虽无情,因依尚可生。如何同枝叶,各自有枯荣?

【注释】

〔1〕树中草:乐府旧题,属《杂曲歌辞》。

〔2〕客土:异地的土壤。危根:入地不深容易拔起的根。潘岳《杨仲武诔》:"如彼危根,当此冲飙。"

君 马 黄[1]

君马黄,我马白。马色虽不同,人心本无隔。共作游冶盘[2],双行洛阳陌。长剑既照曜,高冠何赩赫[3]。各有千金裘,俱为五侯客[4]。猛虎落陷阱,壮士时屈厄。相知在急难[5],独好亦何益[6]?

【注释】

〔1〕君马黄:《汉鼓吹铙歌》十八曲之一。

〔2〕盘:游乐。

〔3〕赩(xì)赫:《文选》潘岳《射雉赋》:"摘朱冠之赩赫。"徐爱注:"赩赫,赤色貌。"

〔4〕五侯:《汉书·元后传》载,河平二年,汉成帝同日封其舅王谭、王商等五人为侯,世称五侯。

〔5〕急难:《诗·小雅·常棣》:"兄弟急难。"毛传:"言兄弟之相救于急难。"

〔6〕亦:一作"知"。

拟 古

融融白玉辉,映我青蛾眉。宝镜似空水[1],落花如风吹。出门望帝子,荡漾不可期[2]。安得黄鹤羽,一报佳人知[3]?

【注释】

〔1〕"宝镜"句:庾信《咏镜诗》:"光如一片水。"
〔2〕"出门"二句:《文选》江淹《拟王征君养疾微》:"北渚有帝子,荡漾不可期。"吕延济注:"帝子,娥皇、女英。荡漾,言随波上下,不可与之结期。"
〔3〕"安得"二句:王琦注引江淹《去故乡赋》:"愿使黄鹤兮报佳人。"

折 杨 柳[1]

垂杨拂绿水,摇艳东风年[2]。花明玉关雪,叶暖金窗烟。美人结长想[3],对此心凄然[4]。攀条折春色,远寄龙庭前[5]。

【注释】

〔1〕折杨柳:乐府旧题,属《横吹曲辞》。
〔2〕摇艳:一作"艳裔"。年:时节。

〔3〕想:一作"恨"。

〔4〕对此:一作"相对"。

〔5〕龙庭:匈奴祭天、大会诸部之地。又称龙城。庭前:一作"沙边"。

少年子[1]

青云少年子[2],挟弹章台左[3]。鞍马四边开,突如流星过。金丸落飞鸟[4],夜入琼楼卧。夷齐是何人？独守西山饿[5]。

【注释】

〔1〕少年子:乐府旧题,属《杂曲歌辞》。

〔2〕青云:指显贵之家。

〔3〕章台:宫名,战国时秦王所建,以宫内有章台得名。故址在陕西西安西南。

〔4〕金丸:《西京杂记》卷四:"韩嫣好弹,常以金为丸。"

〔5〕"夷齐"二句:《史记·伯夷列传》载,殷商灭后,伯夷、叔齐耻食周粟,隐居首阳山,采薇而食,遂饿死。

紫骝马[1]

紫骝行且嘶,双翻碧玉蹄[2]。临流不肯渡,似惜锦障泥[3]。白雪关山远[4],黄云海戍迷[5]。挥鞭万里去,安得念春闺[6]?

【注释】

〔1〕紫骝(liú)马:乐府旧题,属《横吹曲辞》。紫骝,暗红色的马。

〔2〕碧玉蹄:沈佺期《骢马》:"四蹄碧玉片,双眼黄金瞳。"

〔3〕障泥:披在鞍旁以挡溅起的尘泥的马具。《晋书·王济传》:"济善解马性,尝乘一马,著连干障泥,前有水,终不肯渡。济云:'此必是惜障泥。'使人解去,便渡。"

〔4〕山:一作"城"。

〔5〕戍:一作"树"。

〔6〕安:一作"何"。念:一作"恋"。

少年行二首[1]

击筑饮美酒,剑歌易水湄[2]。经过燕太子[3],结托并州儿[4]。少年负壮气,奋烈自有时。因声鲁勾践[5],争博勿相欺。

【注释】

〔1〕少年行:乐府旧题,属《杂曲歌辞》。

〔2〕"击筑"二句:用荆轲、高渐离事,见《史记·刺客列传》《战国策·燕策三》。湄,水边。

〔3〕燕太子:《史记·刺客列传》载,荆轲到燕国后,"日与狗屠及高渐离饮于燕市,酒酣以往,高渐离击筑,荆轲和而歌于市中,相乐也,已而相泣,旁若无人"。

〔4〕并(bīng)州:古地名,相当今山西北部和内蒙古、河北的一部分。

并州儿以善骑射著称。

〔5〕声:一作"击"。鲁勾践:《史记·刺客列传》载:荆轲游于邯郸,鲁勾践与荆轲博,争道(在赌局上争赢路),鲁勾践怒而叱之,荆轲嘿而逃去。后鲁勾践闻荆轲刺秦王事,私曰:"嗟乎惜哉,其不讲于刺剑之术也!甚矣吾不知人也。曩者吾叱之,彼乃以我为非人也。"

五陵年少金市东[1],银鞍白马度春风。落花踏尽游何处?笑入胡姬酒肆中[2]。

【注释】

〔1〕五陵:汉高祖葬长陵、惠帝葬安陵、景帝葬阳陵、武帝葬茂陵、昭帝葬平陵,合称五陵,均在长安附近。金市:古洛阳三市之一,在今河南洛阳旧城西。一说指长安西市。

〔2〕胡姬:此指来自边地的异族少女。

白 鼻 騧[1]

银鞍白鼻騧,绿地障泥锦[2]。细雨春风花落时[3],挥鞭直就胡姬饮[4]。

【注释】

〔1〕白鼻騧(guā):乐府旧题,属《横吹曲辞》。騧,黑嘴的黄马。

〔2〕《西京杂记》卷二载:汉武帝得贰师天马,以绿地五色锦为蔽泥(即障泥)。

〔3〕"细雨"句:一作"春风细雨落花时"。

〔4〕直:一作"且"。

豫 章 行[1]

胡风吹代马[2],北拥鲁阳关[3]。吴兵照海雪,西讨何时还?半渡上辽津[4],黄云惨无颜。老母与子别,呼天野草间。白马绕旌旗[5],悲鸣相追攀。白杨秋月苦,早落豫章山[6]。本为休明人[7],斩虏素不闲[8]。岂惜战斗死,为君扫凶顽?精感石没羽[9],岂云惮险艰?楼船若鲸飞,波荡落星湾[10]。此曲不可奏,三军发成斑。

【注释】

〔1〕豫章行:乐府旧题,属《相和歌辞》。诗作于上元元年(760)秋,时作者在豫章(今江西南昌市)。

〔2〕"胡风"句:一作"燕人攒赤羽"。

〔3〕鲁阳关:古关名,故址在今河南鲁山县西南、南召县东北。

〔4〕上辽津:水名,在今江西永修县东。见《豫章古今记》。

〔5〕白马:一作"百鸟"。

〔6〕"白杨"二句:语本《古豫章行》:"白杨初生时,乃在豫章山。"

〔7〕休明:指美好清明的时代。

〔8〕闲:通"娴",熟习。

〔9〕石没羽:《汉书·李广传》载:李广任右北平太守时,一次出猎,"见草中石,以为虎而射之,中石没矢,视之石也。他日射之,终不能入矣"。羽,即用羽毛作箭翼的箭。

〔10〕落星湾:在今江西鄱阳湖西北,见王琦注引《一统志》。

沐浴子[1]

沐芳莫弹冠,浴兰莫振衣[2]。处世忌太洁,至人贵藏晖[3]。沧浪有钓叟[4],吾与尔同归。

【注释】

〔1〕沐浴子:乐府旧题,属《杂曲歌辞》。

〔2〕"沐芳"二句:语本《楚辞·渔父》:"新沐者必弹冠,新浴者必振衣。"

〔3〕藏晖:掩藏其光芒。至:一作"志"。

〔4〕"沧浪"句:《楚辞·渔父》:"渔父莞尔而笑,鼓枻而去。歌曰:'沧浪之水清兮,可以濯吾缨;沧浪之水浊兮,可以濯吾足。'遂去,不复与言。"

高句骊[1]

金花折风帽[2],白马小迟回[3]。翩翩舞广袖,似鸟海东来。

【注释】

〔1〕高句骊:即高丽。《旧唐书·东夷列传》:"高丽者,出自扶余之别种也。其国都于平壤城,即汉乐浪郡之故地。"《乐府诗集·杂曲歌辞》有《高句丽》。

〔2〕"金花"句:《北史·高丽列传》:"人皆头著折风,形如弁,士人加插二鸟羽。贵者其冠曰苏骨,多用紫罗为之,饰以金银。"
〔3〕迟回:徘徊貌。

静 夜 思[1]

床前看月光[2],疑是地上霜。举头望山月[3],低头思故乡。

【注释】

〔1〕静夜思:《乐府诗集》卷九〇列入《新乐府辞》。
〔2〕看:一作"明"。
〔3〕山:一作"明"。

渌 水 曲[1]

渌水明秋日[2],南湖采白𬞟[3]。荷花娇欲语,愁杀荡舟人。

【注释】

〔1〕渌水曲:乐府旧题,属《琴曲歌辞》。
〔2〕日:一作"月"。
〔3〕白𬞟(pín):水草名。叶四方,中拆如十字,夏开小白花。俗称田字草。

凤 凰 曲[1]

嬴女吹玉箫[2],吟弄天上春。青鸾不独去,更有携手人[3]。影灭彩云断,遗声落西秦[4]。

【注释】

〔1〕凤凰曲:犹《凤台曲》,见下一首注。
〔2〕嬴女:指秦穆公的女儿弄玉。秦,嬴姓,故称。
〔3〕此二句谓弄玉与萧史皆随鸾凤飞去。
〔4〕"影灭"二句:鲍照《代升天行》:"凤台无还驾,箫管有遗声。"

凤 台 曲[1]

尝闻秦帝女[2],传得凤凰声。是日逢仙子,当时别有情。人吹彩箫去,天借绿云迎。曲在身不返[3],空余弄玉名。

【注释】

〔1〕凤台曲:《乐府诗集》卷五一《清商曲辞》有梁武帝制《上云乐》七曲,其一曰《凤台曲》。
〔2〕秦帝女:指弄玉。
〔3〕曲:一作"心"。

从军行[1]

从军玉门道[2],逐虏金微山[3]。笛奏《梅花曲》[4],刀开明月环。鼓声鸣海上[5],兵气拥云间。愿斩单于首[6],长驱静铁关[7]。

【注释】

〔1〕从军行:乐府旧题,属《相和歌辞》。

〔2〕玉门:即玉门关。

〔3〕金微山:即今阿尔泰山。东汉窦宪曾遣耿夔等破北匈奴于此。

〔4〕梅花曲:即《梅花落》,乐府旧题,属《横吹曲辞》。

〔5〕海:瀚海,大漠。

〔6〕单于:匈奴称其王为单于。

〔7〕铁关:即铁门关。《新唐书·地理志》:"自焉耆西五十里过铁门关。"故址在今新疆焉耆西库尔勒附近。

秋 思[1]

春阳如昨日,碧树鸣黄鹂。芜然蕙草暮[2],飒尔凉风吹。天秋木叶下[3],月冷莎鸡悲[4]。坐愁群芳歇,白露凋华滋[5]。

【注释】

〔1〕秋思:乐府旧题,属《琴曲歌辞》,为《蔡氏五弄》之一。
〔2〕蕙草:香草名。
〔3〕"天秋"句:《楚辞·九歌·湘夫人》:"袅袅兮秋风,洞庭波兮木叶下。"
〔4〕莎鸡:虫名,即纺织娘,又名络纬、络丝娘。
〔5〕华滋:茂盛的枝叶。

春 思

燕草如碧丝[1],秦桑低绿枝。当君怀归日,是妾断肠时。春风不相识,何事入罗帏[2]?

【注释】

〔1〕燕:指今河北平原北侧。
〔2〕罗帏:罗帐。

秋 思

燕支黄叶落[1],妾望白登台[2]。海上碧云断[3],单于秋色来[4]。胡兵沙塞合[5],汉使玉关回。征客无归日,空悲蕙草摧。

【注释】

〔1〕燕支:山名,在今甘肃山丹东南。一作"阏氏"。

〔2〕白登台:在今山西大同市东白登山上,匈奴冒顿单于曾围汉高祖于此。白:一作"自"。

〔3〕海上:一作"月出"。

〔4〕单于:指唐单于都护府,治所在今内蒙古和林格尔西北。一作"蝉声"。

〔5〕沙塞:北方边塞多沙漠,故称。

子夜吴歌四首〔1〕

秦地罗敷女〔2〕,采桑绿水边。素手青条上,红妆白日鲜〔3〕。蚕饥妾欲去,五马莫留连〔4〕。

【注释】

〔1〕子夜吴歌:六朝乐府《吴声歌曲》中有《子夜歌》,相传为晋代一位名叫子夜的女子所创,因其产生于吴地,故称《子夜吴歌》。一作"子夜四时歌"。

〔2〕罗敷:汉乐府《陌上桑》:"秦氏有好女,自名为罗敷。"

〔3〕鲜:鲜艳明丽。

〔4〕"蚕饥"二句:语本梁武帝《子夜四时歌·夏歌》:"君住马已疲,妾去蚕欲饥。"五马,汉代太守出行时乘坐五马之车,故以"五马"为太守的代称。

其 二

镜湖三百里〔1〕,菡萏发荷花〔2〕。五月西施采〔3〕,人看隘若耶〔4〕。回舟不待月,归去越王家。

167

【注释】

〔1〕镜湖:在今浙江绍兴市东南。

〔2〕菡萏(hàn dàn):即荷之别称。

〔3〕西施:古代越国美女,后由勾践献于吴王夫差。

〔4〕隘:阻塞。若耶:溪名,在浙江绍兴市南,溪旁有洗纱石,相传西施曾浣纱于此。

其 三

长安一片月,万户捣衣声[1]。秋风吹不尽,总是玉关情[2]。何日平胡虏,良人罢远征[3]?

【注释】

〔1〕捣衣:妇女把织好的布帛,放在砧上,用杵捶击,使之软熟,以备裁缝衣服。

〔2〕玉关:玉门关。此泛指边塞。

〔3〕良人:古代妇女对丈夫的称呼。

其 四

明朝驿使发[1],一夜絮征袍。素手抽针冷,那堪把剪刀[2]。裁缝寄远道,几日到临洮[3]?

【注释】

〔1〕驿使:驿站传送文书及物件的人。

〔2〕素手:指妇女洁白的手。把:拿。

〔3〕临洮:唐洮州,天宝元年改为临洮郡,治所在今甘肃临潭。此泛指边地。

对 酒 行[1]

松子栖金华[2],安期入蓬海[3]。此人古之仙,羽化竟何在[4]?浮生速流电,倏忽变光彩。天地无凋换,容颜有迁改。对酒不肯饮,含情欲谁待[5]?

【注释】

〔1〕对酒行:乐府旧题,属《相和歌辞》。

〔2〕松子:即赤松子,传说中古代仙人。金华:山名,在今浙江金华市北。相传赤松子于此山得道,羽化升天。见《水经注》卷四〇、《元和郡县图志》卷二六。

〔3〕安期:安期生。传说中的古代仙人,居东海仙山。

〔4〕羽化:成仙。

〔5〕"对酒"二句:《文选》王粲《公宴诗》:"今日不极欢,含情欲谁待?"李善注:"含情,谓含其欢情而不畅之也。"

估 客 行[1]

海客乘天风[2],将船远行役。譬如云中鸟,一去无踪迹。

【注释】

〔1〕估客行:又作《估客乐》,乐府旧题,属《清商曲辞》。
〔2〕海客:指商人。

捣 衣 篇

闺里佳人年十余,颦蛾对影恨离居[1]。忽逢江上春归燕,衔得云中尺素书[2]。玉手开缄长叹息,狂夫犹戍交河北[3]。万里交河水北流,愿为双鸟泛中洲[4]。君边云拥青丝骑[5],妾处苔生红粉楼。楼上春风日将歇,谁能揽镜看愁发!晓吹员管随落花[6],夜捣戎衣向明月。明月高高刻漏长[7],真珠帘箔掩兰堂[8]。横垂宝幄同心结[9],半拂琼筵苏合香[10]。琼筵宝幄连枝锦[11],灯烛荧荧照孤寝[12]。有使凭将金剪刀[13],为君留下相思枕[14]。摘尽庭兰不见君,红巾拭泪生氤氲[15]。明年若更征边塞,愿作阳台一段云[16]。

【注释】

〔1〕颦(pín)蛾:皱眉。
〔2〕尺素书:书信。
〔3〕狂夫:指丈夫。狂:一作"征"。戍:防守。交河:汉车师前王庭交河城,唐西州交河县,在今新疆吐鲁番市西。其地有交河,分流绕城下。
〔4〕鸟:一作"燕"。中洲:水中陆地。

〔5〕君:指丈夫。云拥:形容众多。青丝骑:用青丝做缰绳的坐骑。

〔6〕员管:乐器名。员,同"圆"。

〔7〕刻漏:古滴水计时器。此指时间。

〔8〕兰堂:香气氤氲的堂室。

〔9〕宝幄:珍贵的帐幔。同心结:用锦带打成的连环回文样式的结子,用作男女相爱的象征。

〔10〕琼筵:珍美的筵席。苏合香:合众香料煎其汁而得之,是一种珍贵的香料。

〔11〕连枝:即连理枝,喻夫妇相爱。

〔12〕荧荧:明亮貌。

〔13〕使:谓信使,一作"便"。凭:倚仗。

〔14〕相思枕:王琦注引鲍令晖《代葛沙门妻郭小玉诗二首》:"临当欲去时,复留相思枕。"

〔15〕氤氲(yīn yūn):烟雾弥漫貌,此处形容泪眼模糊。

〔16〕阳台:宋玉《高唐赋》写楚王梦与巫山神女欢会,神女别时曰:"妾在巫山之阳,高丘之阻。旦为朝云,暮为行雨。朝朝暮暮,阳台之下。"

少年行[1]

君不见淮南少年游侠客,白日球猎夜拥掷。呼卢百万终不惜[2],报仇千里如咫尺。少年游侠好经过,浑身装束皆绮罗。兰蕙相随喧妓女,风光去处满笙歌。骄矜自言不可有,侠士堂中养来久。好鞍好马乞与人[3],十千五千旋沽酒[4]。赤心用尽为知己,黄金不惜栽桃李[5]。桃李栽来几度春,一回花落一回新。府县尽为门下客,王侯皆是平交人。男儿百年且乐命,何须徇书受贫病[6]？男儿百年且荣身,何须徇节甘风尘？衣冠半是征战士,穷儒浪作林泉民[7]。遮莫枝根长百丈[8],不如当代多还往。遮莫姻亲连帝城,不如当身自簪缨[9]。看取富贵眼前者,何用悠悠身后名？

【注释】

〔1〕少年行:乐府旧题,属《杂曲歌辞》。

〔2〕呼卢:古代博戏,又名樗蒲。《珊瑚钩诗话》:"樗蒲起自老子,今谓之呼卢,取纯色而胜之之义以名之耳。"

〔3〕乞:此处为给与之意。

〔4〕旋:张相《诗词曲语辞汇释》:"旋,犹漫也,犹云漫然为之或随意为之也。"

〔5〕栽桃李:喻指交友。

〔6〕徇:一作"读"。

〔7〕浪作:使作。

〔8〕遮莫:尽管,任凭。

〔9〕簪缨:古时达官贵人的冠饰,亦指仕宦。

长　歌　行[1]

桃李得日开[2],荣华照当年。东风动百物,草木尽欲言。枯枝无丑叶,涸水吐清泉。大力运天地,羲和无停鞭[3]。功名不早著,竹帛将何宣[4]？桃李务青春[5],谁能贳白日[6]？富贵与神仙,蹉跎成两失。金石犹销铄,风霜无久质。畏落日月后,强欢歌与酒[7]。秋霜不惜人,倏忽侵蒲柳[8]。

【注释】

〔1〕长歌行:乐府旧题,属《相和歌辞》。诗约作于开元二十五年(737),时作者在安陆。

〔2〕得:一作"待"。

〔3〕羲和:为太阳驾车的神。

〔4〕竹帛:指史册。

〔5〕务:须。青春:春天。

〔6〕贳(shì):借,一作"贯"。

〔7〕欢:一作"饮"。

〔8〕蒲柳:《世说新语·言语》:"顾悦与简文同年,而发早白。简文曰:'卿何以先白?'对曰:'蒲柳之姿,望秋而落;松柏之质,经霜弥茂。'"蒲与柳均早落叶,故用以喻人之早衰。

长 相 思[1]

日色欲尽花含烟,月明如素愁不眠[2]。赵瑟初停凤凰柱[3],蜀琴欲奏鸳鸯弦[4]。此曲有意无人传,愿随春风寄燕然[5],忆君迢迢隔青天。昔日横波目[6],今作流泪泉。不信妾肠断,归来看取明镜前[7]。

【注释】

〔1〕长相思:乐府旧题,属《杂曲歌辞》。

〔2〕欲:如,似,一作"已"。如:一作"欲"。素:白色的绢。

〔3〕赵瑟:相传战国时赵国人善鼓瑟,故称。凤凰柱:刻成凤凰形的

瑟柱。

〔4〕蜀琴:汉时蜀地人司马相如善琴,故称。

〔5〕燕然:山名,即今蒙古境内的杭爱山。

〔6〕日:一作"时"。横波目:形容眼睛明亮动人。

〔7〕取:助词,犹"着"。

美人在时花满堂,美人去后空余床[1]。床中绣被卷不寝[2],至今三载犹闻香[3]。香亦竟不灭,人亦竟不来。相思黄叶落[4],白露点青苔[5]。

【注释】

〔1〕空余:一作"余空"。

〔2〕卷不寝:一作"更不卷"。

〔3〕犹闻香:一作"闻余香"。

〔4〕落:一作"尽"。

〔5〕点:一作"湿"。此篇诗题一作《寄远》。

猛 虎 行[1]

朝作《猛虎行》,暮作《猛虎吟》。肠断非关陇头水[2],泪下不为雍门琴[3]。旌旗缤纷两河道[4],战鼓惊山欲倾倒[5]。秦人半作燕地囚,胡马翻衔洛阳草[6]。一输一失关下兵[7],朝降夕叛幽蓟城[8]。巨鳌未斩海水动,鱼龙奔走安得宁[9]?颇似楚汉时,翻覆无定止。朝过博浪沙,暮入淮阴市。张良未遇韩信贫,刘项存亡在两臣。暂到下邳受兵略,来投漂母作主人[10]。贤哲栖栖古如此,今时亦弃青云士[11]。有策不敢犯龙鳞[12],竄身南国避胡尘[13]。宝书玉剑挂高阁[14],金鞍骏马散故人。昨日方为宣城客,掣铃交通二千石[15]。有时六博快壮心[16],绕床三匝呼一掷[17]。楚人每道张旭奇,心藏风云世莫知[18]。三吴邦伯皆顾盼[19],四海雄侠两追随[20]。萧曹曾作沛中吏[21],攀龙附凤当有时[22]。溧阳酒楼三月春,杨花茫茫愁杀人[23]。胡雏绿眼吹玉笛[24],吴歌《白纻》飞梁尘[25]。丈夫相见且为乐[26],槌牛挝鼓会众宾[27]。我从此去钓东海[28],得鱼笑寄情相亲[29]。

【注释】

〔1〕猛虎行:一作"猛虎吟"。乐府旧题,属《相和歌辞·平调曲》。此诗作于至德元载(756)李白离宣城东赴剡中之时。

〔2〕"肠断"句:古乐府《陇头歌辞》:"陇头流水,鸣声幽咽。遥望秦川,心肝断绝。"陇头,即陇山,在陕西陇县,西北跨甘肃清水县。

〔3〕雍门琴:雍门子周以琴见孟尝君,陈说当时形势与孟尝君处境之危,然后为之鼓琴,孟尝君涕泪涟涟,曰:"先生之鼓琴,令文立若破国亡邑之人也。"见《说苑·善说》。

〔4〕两河道:指唐代的河北、河南两道。天宝十四载十一月,安禄山反于范阳,河北、河南诸郡相继陷落。

〔5〕倾:一作"颠"。

〔6〕秦人:指关中的百姓。燕:今河北平原北则,安禄山叛军的根据地在此。衔:马吃草。

〔7〕一输:指高仙芝、封常清之败。天宝十四载十二月,安禄山攻陷洛阳,封常清退至陕县,正遇高仙芝率部屯陕,二人商议决定退守潼关,途

中遭安史乱军追击,不战自溃,伤亡惨重。一失:指唐玄宗在战略上的重大失误。高仙芝、封常清虽经"一输",但已在潼关修完守备,叛军不得攻而退去。事后,宦官边令诚上奏玄宗,称封常清摇惑军心,高仙芝不战而退,玄宗一怒之下,杀了高、封二将。

〔8〕朝降夕叛:据《资治通鉴》载,天宝十四载十二月,常山(今河北正定)太守颜杲卿起兵抗击安禄山,河北诸郡纷纷响应,但不久常山失陷,原已反正的诸郡官吏又纷纷归降安禄山。幽蓟:幽州、蓟州,此泛指河北一带。

〔9〕巨鳌:喻指安禄山。鱼龙:喻指百姓。

〔10〕"朝过"六句:叙张良、韩信故事。张良事见《史记·留侯世家》,秦灭韩,张良以其先人五世相韩故,立志为韩报仇,乃尽散家财,求刺客。东见沧海君,得一力士,以铁锤击秦始皇于博浪沙,误中副车。后在下邳(pī)县一座桥上遇到黄石公,受《太公兵法》。韩信事见《史记·淮阴侯列传》,韩信家贫,尝钓于城下,有一漂母见其饥,哀怜而饭之。韩信封楚王后,"召所从食漂母,赐千金"。

〔11〕栖栖:惶惶不安貌。青云士:志向远大的人。

〔12〕犯龙鳞:喻触怒君主。《韩非子·说难》:"人主亦有逆鳞,说者能无婴人主之逆鳞,则几矣!"

〔13〕南国:南方。

〔14〕玉:一作"长"。

〔15〕宣城:今安徽宣城。掣铃:唐时官府多悬铃于外,出入则牵铃以通报。掣(chè),牵引,拉动。二千石:指州郡长官。

〔16〕六博:古代一种博戏,二人各拿六枚棋子相对而博。

〔17〕床:坐具。匝:周。掷:掷骰(tóu)。古樗蒲之戏,以掷骰决胜负,得采有卢、雉、犊、白等称。晋刘毅尝与他人共为樗蒲之戏,毅"掷得雉,大喜,褰衣绕床",事见《晋书》本传。

〔18〕心藏风云:谓怀藏不平凡的志向与才能。

〔19〕三吴:古称吴兴、吴郡、会稽为"三吴",其地在今江苏南部、浙江北部一带。邦伯:周代官名,此指地方长官。皆:一作"多"。

〔20〕两追随：一作"皆相推"。

〔21〕萧曹：指萧何、曹参。《史记·曹相国世家》："平阳侯曹参者，沛人也。秦时为沛狱掾，而萧何为主吏，居县为豪吏矣。"沛：秦县名，在江苏沛县东。

〔22〕攀龙附凤：指追随帝王建功立业。

〔23〕溧阳：即今江苏溧阳市。茫茫：一作"漠漠"。

〔24〕胡雏：胡童。雏：一作"人"。

〔25〕白纻：吴地歌曲名。飞梁尘：汉代虞公善雅歌，其音清哀，声振梁尘。见《艺文类聚》卷四三引《别录》。

〔26〕相见：一作"到处"。

〔27〕椎(chuí)牛：杀牛。挝(zhuā)：击。

〔28〕钓东海：《庄子·外物》载，任公子制大钩巨纶，以五十头犗牛为饵，投竿东海，终于钓到一条大鱼。

〔29〕情相亲：王琦曰："是诗当是天宝十五载之春，太白与张旭相遇于溧阳，而太白又将遨游东越，与旭宴别而作也。"

177

卷　六

襄　阳　歌[1]

落日欲没岘山西[2],倒着接䍦花下迷[3]。襄阳小儿齐拍手,拦街争唱《白铜鞮》[4]。傍人借问笑何事,笑杀山公醉似泥[5]。鸬鹚杓,鹦鹉杯[6]。百年三万六千日,一日须倾三百杯。遥看汉水鸭头绿[7],恰似葡萄初酦醅[8]。此江若变作春酒,垒麹便筑糟丘台[9]。千金骏马换小妾[10],笑坐雕鞍歌《落梅》[11]。车傍侧挂一壶酒,凤笙龙管行相催[12]。咸阳市中叹黄犬[13],何如月下倾金罍[14]？君不见晋朝羊公一片石[15],龟头剥落生莓苔[16]。泪亦不能为之堕,心亦不能为之哀[17]。清风朗月不用一钱买[18],玉山自倒非人推[19]。舒州杓,力士铛[20],李白与尔同死生。襄王云雨今安在[21]？江水东流猿夜声。

【注释】

　　[1] 襄阳歌:乐府旧题,属《杂歌谣辞》。襄阳,唐县名,今湖北襄阳市。

178

〔2〕岘山:一名岘首山,在今湖北襄阳市东南。诗作于开元二十二年(734),时作者正在襄汉一带漫游。

〔3〕倒着接䍦(lí):用山简事。《晋书·山简传》载,简为征南将军,镇襄阳,"每出嬉游,多之池上,置酒辄醉,名之曰高阳池。时有童儿歌曰:'山公出何许?往至高阳池。日夕倒载归,茗艼无所知。时时能骑马,倒着白接䍦……"接䍦,帽名。茗艼,即酩酊。

〔4〕白铜鞮(dī):襄阳童谣,源于齐、梁,原名《白铜蹄》。

〔5〕山公:即山简。一作"山翁。"

〔6〕鸬鹚构(lú cí sháo):形如鸬鹚颈的长柄酒构。鹦鹉杯:用鹦鹉螺制成的酒杯。

〔7〕鸭头绿:当时染色业的术语,指一种像鸭头上的绿毛一般的颜色。

〔8〕酦醅(pōu pēi):重酿而没有滤过的酒。

〔9〕垒:堆积。麹(qū):俗称酒母,即酿酒时所用的发酵糖化剂。糟丘台:酒糟堆成的山丘高台。纣沉湎于酒,以糟为丘。见《论衡·语增》。

〔10〕"千金"句:《独异志》卷中:"后魏曹彰,性倜傥,偶逢骏马,爱之,其主所惜也。彰曰:'予有美妾可换,惟君所选。'马主因指一妓,彰遂换之。"小:一作"少"。

〔11〕笑:一作"醉"。落梅:即《梅花落》,乐府《横吹曲》名。

〔12〕凤笙:笙形似凤,古人常称为凤笙。龙管:指笛,相传笛声如龙鸣,故称笛为龙管。

〔13〕"咸阳"句:用秦相李斯被杀事。《史记·李斯列传》:"二世二年七月,具斯五刑,论腰斩咸阳市。斯出狱,与其中子俱执,顾谓其中子曰:'吾欲与若复牵黄犬,俱出上蔡东门,逐狡兔,岂可得乎?'遂父子相哭,而夷三族。"

〔14〕罍(léi):酒器。

〔15〕羊公:指羊祜。一片石:指堕泪碑。

〔16〕龟:古时碑石下的石刻动物,形状似龟,名叫赑屃(bì xì)。头:一作"龙"。

〔17〕一本此下有"谁能忧彼身后事,金凫银鸭葬死灰"二句。

〔18〕朗:一作"明"。

〔19〕"玉山"句:《世说新语·容止》:"嵇叔夜之为人也,岩岩若孤松之独立;其醉也,傀俄若玉山之将崩。"

〔20〕舒州杓:舒州(今安徽潜山市一带)出产的杓。唐时舒州以产酒器著名。力士铛(chēng):一种温酒的器具,唐代豫章(今江西南昌一带)所产。

〔21〕襄王云雨:用宋玉《高唐赋》楚王与巫山神女典。

南 都 行[1]

南都信佳丽,武阙横西关[2]。白水真人居[3],万商罗鄽阓[4]。高楼对紫陌,甲第连青山[5]。此地多英豪,邈然不可攀。陶朱与五羖[6],名播天壤间。丽华秀玉色[7],汉女娇朱颜[8]。清歌遏流云[9],艳舞有余闲。遨游盛宛洛[10],冠盖随风还。走马红阳城[11],呼鹰白河湾[12]。谁识卧龙客,长吟愁鬓斑[13]?

【注释】

〔1〕南都:南阳旧称。南阳为汉光武帝刘秀故里,他即位之后,建都洛阳,以南阳为别都,谓之南都。

〔2〕武阙:山名。《文选》张衡《南都赋》:"尔其地势,则武阙关其西,桐柏揭其东。"李善注:"武阙山为关,而在西弘农界也。"

〔3〕白水真人:东汉光武帝刘秀生于南阳白水乡,谶称白水真人。

〔4〕鄽(chán):市宅。阓(huán):市垣。

〔5〕甲第:头等宅第。

〔6〕陶朱：陶朱公，春秋时越国大夫范蠡的别号。《史记·越王勾践世家》："范蠡……乃归相印，尽散其财，以分与知友乡党，而怀其重宝，间行以去，止于陶，以为此天下之中，交易有无之路通，为生可以致富矣。于是自谓陶朱公……居无何，则致赀累巨万。"五羖(gǔ)：即百里奚，春秋时秦国大夫。原为虞大夫，虞亡时被晋俘虏，作为陪嫁之臣送入秦国。后出走到楚，为楚人所执，又被秦穆公以五张黑公羊皮赎回，用为大夫，称为五羖大夫。范蠡与百里奚均为南阳人。

〔7〕丽华：指阴丽华，东汉光武帝之妻。光武微时闻其美，叹曰："娶妻当得阴丽华。"事见《后汉书·光烈阴皇后纪》。

〔8〕汉女：《文选·江赋》李善注引《韩诗内传》载，郑交甫于汉皋台下遇二神女，神女解佩珠与交甫。去十步，佩珠与二神女皆不见。

〔9〕"清歌"句：《列子·汤问》载，秦青"抚节悲歌，声振林木，响遏行云"。

〔10〕"遨游"句：《文选·古诗十九首》："驱车策驽马，游戏宛与洛。"李周翰注："宛，南阳也；洛，洛阳也。"

〔11〕红阳：《汉书·地理志》载，南阳郡有红阳，侯国。故城在今河南舞阳县西北。

〔12〕白河：即淯(yù)水。《明一统志》："淯水在(南阳)府城东三里，俗名白河。"

〔13〕"谁识"二句：用诸葛亮事。诸葛亮隐居襄阳隆中时，"躬耕陇亩，好为《梁甫吟》"。

江上吟〔1〕

木兰之枻沙棠舟〔2〕，玉箫金管坐两头。美酒樽中置千斛〔3〕，载妓随波任去留。仙人有待乘黄鹤〔4〕，海客无心随白鸥〔5〕。屈平词赋悬日月〔6〕，楚王台榭空山丘[7]。兴酣落笔摇五岳[8],诗成笑傲凌沧洲[9]。功名富贵若长在,汉水亦应西北流。

【注释】

〔1〕诗作于开元二十二年(734),时作者在江夏。

〔2〕木兰:树名,落叶乔木,又名杜兰,可造船。枻(yì):短桨。沙棠:木名。《山海经·西山经》:"昆仑之丘……有木焉,其状如棠,黄华赤实,其味如李而无核,名曰沙棠,可以御水,食之使人不溺。"此处形容船的名贵。

〔3〕斛(hú):古代量器名,十斗为一斛。

〔4〕"仙人"句:传说中有骑鹤仙人。

〔5〕"海客"句:《世说新语·言语》:"澄以石虎为海鸥鸟。"刘孝标注引《庄子》:"海上之人好鸥者,每旦之海上,从鸥游,鸥之至者数百而不止。其父曰:'吾闻鸥鸟从汝游,取来玩之。'明日之海上,鸥舞而不下。"

〔6〕"屈平"句:《史记·屈原贾生列传》:"屈平之作《离骚》……虽与日月争光可也。"

〔7〕台榭(xiè):台上有屋称榭。空:只。

〔8〕五岳:东岳泰山,西岳华山,南岳衡山,北岳恒山,中岳嵩山。

〔9〕凌:凌驾之意。沧洲:泛指江海之地。

侍从宜春苑奉诏赋龙池柳色初青听新莺百啭歌[1]

东风已绿瀛洲草[2],紫殿红楼觉春好。池南柳色半青青,萦烟袅娜拂绮城。垂丝百尺挂雕楹,上有好鸟相和鸣,间关早得春风情。春风卷入碧云去,千门万户皆春声。是时君王在镐京[3]，五云垂晖耀紫清[4]。仗出金宫随日转，天回玉辇绕花行。始向蓬莱看舞鹤[5]，还过苣若听新莺[6]。新莺飞绕上林苑[7]，愿入《箫韶》杂凤笙[8]。

【注释】

〔1〕宜春苑：亦称宜春北苑，在东宫内宜春宫之北。龙池：在兴庆宫内。

〔2〕瀛洲：兴庆宫北有瀛洲门，在跃龙门内。

〔3〕镐京：西周建都镐京，此代指长安。

〔4〕五云：五色祥云。紫清：王琦注："似谓紫微清都之所，天帝之所居也。"此指皇宫。

〔5〕蓬莱：指蓬莱池。唐大明宫蓬莱殿北有太液池，又称蓬莱池，池中有蓬莱山。

〔6〕苣（chǎi）若：汉殿名，在未央宫中。

〔7〕上林苑：秦时旧苑，汉武帝增而广之，地跨长安区、鄠邑区、咸阳、周至县、蓝田县五区县境。

〔8〕箫韶：舜乐名，《书·益稷》："《箫韶》九成，凤凰来仪。"

玉 壶 吟[1]

烈士击玉壶，壮心惜暮年[2]。三杯拂剑舞秋月，忽然高咏涕泗涟[3]。凤凰初下紫泥诏[4]，谒帝称觞登御筵[5]。揄扬九重万乘主[6]，谑浪赤墀青琐贤[7]。朝天数换飞龙马[8]，敕赐珊瑚白玉鞭[9]。世人不识东方朔,大隐金门是谪仙[10]。西施宜笑复宜嚬,丑女效之徒累身。君王虽爱蛾眉好,无奈宫中妒杀人[11]。

【注释】

〔1〕此诗作于天宝二年(743)秋,其时李白正供奉翰林。

〔2〕"烈士"二句:《世说新语·豪爽》:"王处仲每酒后辄咏:'老骥伏枥,志在千里。烈士暮年,壮心不已。'以如意打唾壶,壶口尽缺。"

〔3〕涕:眼泪。泗:鼻涕。涟:不断流淌。

〔4〕"凤凰"句:言奉诏入宫。凤凰,即凤凰诏,皇帝诏书。诏书缄封加玺用紫泥,又称紫泥诏。紫泥,一种紫色的泥,封诏书用。

〔5〕称觞:举杯祝酒。

〔6〕揄扬:赞扬。九重:指皇帝居住的地方。

〔7〕谑浪:犹戏谑。赤墀(chí):宫殿前的台阶涂成赤色,称赤墀。青琐:宫中门户刻连琐文而以青涂之曰青琐。

〔8〕朝天:朝见皇帝。飞龙马:宫廷中飞龙厩养的好马。

〔9〕珊瑚白玉鞭:以珊瑚、白玉镶嵌的鞭。

〔10〕"世人"二句:《史记·滑稽列传》载东方朔酒酣时歌曰:"陆沉于俗,避世金马门。"后世谓隐于朝廷为大隐。大隐,谓隐于朝市。谪仙,谪居凡间的仙人。

〔11〕蛾眉:指美女,此以自喻。宫中:指宫中妃嫔。《离骚》:"众女嫉余之蛾眉兮,谣诼谓余以善淫。"

豳歌行上新平长史兄粲[1]

豳谷稍稍振庭柯[2],泾水浩浩扬湍波[3]。哀鸿酸嘶暮声急,愁云苍惨寒气多。忆昨去家此为客,荷花初红柳条碧。中宵出饮三百杯,明朝归揖二千石[4]。宁知流寓变光辉,胡霜萧飒绕客衣。寒灰寂寞凭谁暖,落叶飘扬何处归?吾兄行乐穷曛旭[5],满堂有美颜如玉。赵女长歌入彩云,燕姬醉舞娇红烛。狐裘兽炭酌流霞[6],壮士悲吟宁见嗟?前荣后枯相翻覆,何惜余光及棣华[7]?

【注释】

〔1〕豳(bīn):古国名,周之祖先公刘所立。后汉于此置新平郡,西魏置豳州,后世因之。开元十三年,改豳为邠(bīn),天宝元年改为新平郡,乾元元年复为邠州。长史:州郡之上佐。诗作于开元十八年(730)初入长安期间,时作者由长安往游邠州。

〔2〕豳谷:即古豳地。王琦注:"何大复《雍大记》:豳谷在邠州东北三十里故三水县,公刘立国处。"稍稍:当作梢梢。《文选》谢朓《酬王晋安》"梢梢枝早劲",吕向注:"梢梢,树枝劲强无叶之貌。"

〔3〕泾水:源出今宁夏六盘山,东南流经甘肃,至陕西高陵入渭水。

〔4〕中宵:夜半。二千石:指州郡长官。

〔5〕曛:日入。旭:日出。

〔6〕兽炭:制成兽形之炭。流霞:指酒。

〔7〕余光:喻他人恩泽。《史记·樗里子甘茂列传》:"甘茂之亡秦奔齐,逢苏代,代为齐使于秦,甘茂曰:'臣得罪于秦,惧而遁逃,无所容迹。臣闻贫人女与富人女会绩,贫人女曰:我无以买烛,而子之烛光幸有余,子可分我余光,无损子明而得一斯便焉。今臣困而君方使秦而当路矣,茂之妻子在焉,愿君以余光振之。'"棣华:喻兄弟。《诗·小雅·常棣》:"常棣之华,鄂不韡韡。凡今之人,莫如兄弟。"

西岳云台歌送丹丘子[1]

西岳峥嵘何壮哉[2]！黄河如丝天际来。黄河万里触山动，盘涡毂转秦地雷[3]。荣光休气纷五彩[4]，千年一清圣人在[5]。巨灵咆哮擘两山[6]，洪波喷流射东海[7]。三峰却立如欲摧[8]，翠崖丹谷高掌开[9]。白帝金精运元气[10]，石作莲花云作台[11]。云台阁道连窈冥[12]，中有不死丹丘生。明星玉女备洒扫[13]，麻姑搔背指爪轻[14]。我皇手把天地户[15]，丹丘谈天与天语。九重出入生光辉[16]，东求蓬莱复西归。玉浆傥惠故人饮[17]，骑二茅龙上天飞[18]。

【注释】

〔1〕西岳：华山，在今陕西华阴市南。云台：华山的东北峰，四面峭壁高耸如台，故称。丹丘子：即李白好友元丹丘。诗约作于天宝二年（743），时作者在长安供奉翰林。

〔2〕峥嵘：高峻貌。

〔3〕盘涡（wō）：水的漩涡。毂转：如车轮之转动。

〔4〕荣光休气：五色瑞气。

〔5〕"千年"句：晋王嘉《拾遗记》："黄河千年一清，至圣之君以为大瑞。"

〔6〕"巨灵"句：《太平御览》卷三九引薛综注《西京赋》曰："华山对河东首阳山，黄河流于二山之间。古语云：本一山当河，河水过之而曲行。河神巨灵，以手擘开其上，以足蹈离其下，中分为两，以通河流。今睹手迹

于华岳上,足迹在首阳山下,俱存焉。"

〔7〕流:一作"箭"。

〔8〕三峰:华山有三峰:西为莲花峰,南为落雁峰,东为朝阳峰。却立:退避。摧:倾倒。

〔9〕高掌:指巨灵之掌。

〔10〕白帝:传说中的西方之神。金精:华山在西方,属白帝所辖。古谓西方五行属金,故称白帝为金之精。元气:古人认为天地未分前,宇宙间充满的混一之气。

〔11〕石作莲花:华山四周山峰形如莲瓣,中间三峰特出,状如莲心。云作台:即指云台峰。西岳三峰之基座为云台峰,故云。

〔12〕阁道:栈道。窈冥:深远难见貌,指天。

〔13〕明星玉女:传说中仙女。《山海经·西山经》"太华之山"郭璞注:"上有明星玉女,持玉浆,得上服之,即成仙。"

〔14〕麻姑搔背:《神仙传》卷三载,仙人王远与麻姑降于蔡经家,麻姑手爪似鸟,蔡经见之,心中念曰:"若背大痒时,得此爪以爬背,当佳也。"

〔15〕我皇:指唐玄宗。天地户:天地的门户。《汉武帝内传》:王母命侍女法安婴歌《元灵之曲》曰:"天地虽廓寥,我把天地户。"

〔16〕九重:天。传说天有九重。

〔17〕傥:同"倘",假使。惠:以物分人为惠。

〔18〕茅龙:茅狗所化的龙。《列仙传》卷下载:汉中关下有一卜师名呼子先,寿百余岁。后有仙人携两茅狗来,子先与一酒家老妇骑之,化为龙,飞上华阴山成了仙人。

元丹丘歌[1]

元丹丘,爱神仙。朝饮颍川之清流[2],暮还嵩岑之紫烟,三十六峰长周旋[3]。长周旋,蹑星虹[4]。身骑飞

187

龙耳生风,横河跨海与天通,我知尔游心无穷。

【注释】

〔1〕元丹丘:李白的好友,曾隐居嵩山学仙。

〔2〕颍川:即颍水,今颍河源出河南登封市嵩山西南,东南流至安徽寿县正阳关入淮河。

〔3〕三十六峰:《河南通志》载,少室山,颍水之源出焉,其山有三十六峰。

〔4〕蹑:追赶。星虹:流星。

扶风豪士歌[1]

洛阳三月飞胡沙,洛阳城中人怨嗟。天津流水波赤血[2],白骨相撑如乱麻[3]。我亦东奔向吴国,浮云四塞道路赊[4]。东方日出啼早鸦,城门人开扫落花。梧桐杨柳拂金井[5],来醉扶风豪士家。扶风豪士天下奇,意气相倾山可移[6]。作人不倚将军势[7],饮酒岂顾尚书期[8]?雕盘绮食会众客,吴歌赵舞香风吹。原尝春陵六国时[9],开心写意君所知。堂中各有三千士,明日报恩知是谁?抚长剑,一扬眉[10],清水白石何离离[11]!脱吾帽,向君笑;饮君酒,为君吟。张良未逐赤松去,桥边黄石知我心[12]。

【注释】

〔1〕此诗作于天宝十五载(756)三月,时李白正避乱东吴,此诗当作

于溧阳。扶风:唐郡名,天宝元年改岐州为扶风郡,治所在今陕西凤翔。

〔2〕天津:桥名,在洛阳西南洛水上。

〔3〕"白骨"句:陈琳《饮马长城窟行》:"君独不见长城下,死人骸骨相撑拄。"

〔4〕赊:远。

〔5〕金井:雕饰华美的井栏。

〔6〕"意气"句:鲍照《代雉朝飞》:"握君手,执杯酒,意气相倾死何有?"江总《杂曲三首》:"泰山言应可转移。"

〔7〕"作人"句:汉辛延年《羽林郎》:"昔有霍家奴,姓冯名子都。依倚将军势,调笑酒家胡。"

〔8〕"饮酒"句:《汉书·陈遵传》载,陈遵嗜酒好客,每宴宾客,便关大门,把客人车子上的辖(车轴上的键)抛到井里,有急事也无法走。一次,一刺史入朝奏事,路过拜访,正遇陈遵饮酒,强留不放。刺史十分着急,只得待陈遵醉后,叩见陈母,说自己已与尚书约好了时间,不能耽搁。陈母于是让他从后阁门出去。

〔9〕原尝春陵:即战国四公子:赵平原君赵胜,齐孟尝君田文,楚春申君黄歇,魏信陵君无忌,均好招揽宾客,各有食客三千人。六国时:即指战国时。

〔10〕"抚长剑"二句:江晖《雨雪曲》:"恐君不见信,抚剑一扬眉。"

〔11〕"清水"句:用古乐府《艳歌行》"语卿且勿眄,水清石自见"之意。离离,清晰貌。

〔12〕"张良"二句:《史记·留侯世家》:"愿弃人间事,欲从赤松子游耳。"赤松子,古代仙人。《史记·留侯世家》又载黄石公曾在下邳桥上向张良传授《太公兵法》。

同族弟金城尉叔卿烛照山水壁画歌[1]

高堂粉壁图蓬瀛,烛前一见沧洲清[2]。洪波汹涌山峥嵘,皎若丹丘隔海望赤城[3]。光中乍喜岚气灭[4],谓逢山阴晴后雪[5]。回溪碧流寂无喧,又如秦人月下窥花源[6]。了然不觉清心魂,只将叠嶂鸣秋猿。与君对此欢未歇,放歌行吟达明发[7]。却顾海客扬云帆,便欲因之向溟渤[8]。

【注释】

〔1〕金城:地名,本名始平,中宗景龙四年改名金城,即今陕西兴平市。叔卿:字万,工部侍郎李适子,天宝六载卒。见《全唐诗人名考证》。

〔2〕蓬瀛:蓬莱、瀛洲二山的合称,传说为东海中的仙山。沧洲:泛指隐士居处。

〔3〕丹丘:传说中的神仙之地,昼夜长明。赤城:山名,在今浙江天台县北,传说山中有神仙洞府,为道教"十大洞天"之一。

〔4〕岚:山林中的雾气。

〔5〕"谓逢"句:《水经注》:"越起灵台于山上,又作三层楼以望云物,川土明秀,亦为胜地。故王逸少云:'从山阴道上,犹如镜中行也。'"

〔6〕"又如"句:用陶渊明《桃花源记》的故事。花源,即桃花源。

〔7〕明发:黎明。

〔8〕溟渤:大海。

白毫子歌[1]

淮南小山白毫子,乃在淮南小山里[2]。夜卧松下云[3],朝餐石中髓[4]。小山连绵向江开,碧峰巉岩绿水回。余配白毫子,独酌流霞杯[5]。拂花弄琴坐青苔,绿萝树下春风来。南窗萧飒松声起,凭崖一听清心耳。

可得见,未得亲。八公携手五云去[6],空余桂树愁杀人[7]。

【注释】

〔1〕白毫子:安旗等注:"白毫子,或为隐居安陆寿山之逸人。"

〔2〕"淮南"二句:王琦注:"上句之淮南小山,本《楚辞序》以赞美白毫子之才;下句之淮南小山,则指白毫子隐居之地而言。白毫子盖当时逸人,严沧浪以为太白呼八公为白毫子,非矣。"

〔3〕云:一作"雪"。

〔4〕石中髓:《太平广记》卷九:"神山五百年辄开,其中石髓出,得而服之,寿与天相毕。"

〔5〕配:作伴。流霞:仙酒,每饮一杯,数月不饥。

〔6〕八公:《神仙传》卷六《淮南王》载,汉淮南王刘安招致天下方术之士,于是有八公者,诣门求见。王师事之,八公授王仙术,同日升天而去。五云:指五云车,仙人所乘。

〔7〕桂树:《楚辞·招隐士》:"桂树丛生兮山之幽。"

梁 园 吟[1]

我浮黄河去京阙[2],挂席欲进波连山[3]。天长水阔厌远涉,访古始及平台间[4]。平台为客忧思多,对酒遂作《梁园歌》。却忆蓬池阮公咏,因吟渌水扬洪波[5]。洪波浩荡迷旧国,路远西归安可得[6]?人生达命岂暇愁[7]?且饮美酒登高楼。平头奴子摇大扇[8],五月不热疑清秋。玉盘杨梅为君设,吴盐如花皎白雪[9]。持盐把酒但饮之,莫学夷齐事高洁[10]。昔人豪贵信陵君[11],今人耕种信陵坟。荒城虚照碧山月,古木尽入苍梧云[12]。梁王宫阙今安在?枚马先归不相待[13]。舞影歌声散渌池[14],空余汴水东流海[15]。沉吟此事泪满衣,黄金买醉未能归。连呼五白行六博[16],分曹赌酒酣驰晖[17]。歌且谣,意方远。东山高卧时起来,欲济苍生未应晚[18]。

【注释】

〔1〕梁园:一名梁苑,汉梁孝王刘武筑,故址在今河南商丘市东南。诗约作于开元二十一年(733)夏,时作者离开长安,浮舟黄河抵梁园平台一带。

〔2〕河:一作"云"。京阙:都城,指长安。

〔3〕挂席:张帆。

〔4〕平台:故址在今河南商丘市东北,相传为春秋时宋平公所筑。

〔5〕"却忆"二句:阮籍《咏怀》其十六:"徘徊蓬池上,还顾望大梁。渌水扬洪波,旷野莽茫茫。"蓬池,传说在今开封市西南的尉氏县。

〔6〕旧国:指长安。西归:西归长安。

〔7〕达命:通达天命。

〔8〕平头奴子:戴平头巾的奴仆。平头,巾名。

〔9〕吴盐:吴地生产的盐,其白似雪。

〔10〕夷齐:伯夷、叔齐,《史记·伯夷列传》载,殷商灭亡后,伯夷、叔齐耻食周粟,隐居首阳山,采薇而食。此句一作"何用孤高比云月"。

〔11〕信陵君:战国时魏公子无忌,善养士,致食客三千,以窃符救赵而闻名。

〔12〕苍梧云:《艺文类聚》卷一引《归藏》:"有白云出自苍梧,入于大梁。"

〔13〕梁王:指梁孝王。枚马:枚乘和司马相如,二人都曾做过梁孝王

的门客。

〔14〕渌池:清澈的水池。

〔15〕汴水:即通济渠东段。自板渚(今河南荥阳北)引黄河水东行汴水故道,至今河南开封市别汴水折而东南流,经今杞县、睢县、宁陵,至商丘东南行蕲水故道,又经夏邑、永城、安徽宿州、灵璧、泗县、江苏泗洪,至盱眙对岸注入淮河。隋开通济渠,因自今荥阳至开封一段河道就是原来的汴水,故唐人统称通济渠东段全流为汴水或汴河。

〔16〕五白:古博戏有五木,其制用五子,上黑下白,掷得五子皆黑,称卢,最贵;其次五子皆白,称白。掷时欲得胜采,故连呼五白。六博:古博戏名。两人相博,用十二棋,每人六棋,六黑六白,故名。

〔17〕分曹:分为两方。驰晖:飞驰的日光。

〔18〕"东山"二句:用谢安事,谢安隐居东山,朝命屡降而不起,时人语曰:"安石不肯出,将如苍生何?"见《世说新语·排调》。

鸣皋歌送岑征君 时梁园三尺雪,在清泠池作[1]

若有人兮思鸣皋[2],阻积雪兮心烦劳[3]。洪河凌兢不可以径度[4],冰龙鳞兮难容舠[5]。邈仙山之峻极兮,闻天籁之嘈嘈[6]。霜崖缟皓以合沓兮,若长风扇海涌沧溟之波涛[7]。玄猿绿罴,舔䗖䗖崟[8];危柯振石,骇胆栗魄[9],群呼而相号。峰峥嵘以路绝[10],挂星辰于岩嵌[11]。送君之归兮,动鸣皋之新作[12]。交鼓吹兮弹丝[13],觞清泠之池阁[14]。君不行兮何待?若返顾之黄鹄[15]。扫梁园之群英[16],振《大雅》于东洛[17]。巾征轩兮历阻折[18],寻幽居兮越岖嵚[19]。盘白石兮坐素月[20],琴松风兮寂万壑[21]。望不见兮心氛氲,萝冥冥兮霏纷纷[22]。水横洞以下渌[23]，波小声而上闻。虎啸谷而生风，龙藏溪而吐云[24]。冥鹤清唳，饥鼯嚬呻[25]。块独处此幽默兮，愀空山而愁人[26]。鸡聚族以争食[27]，凤孤飞而无邻。蝘蜓嘲龙[28]，鱼目混珍[29]。嫫母衣锦，西施负薪[30]。若使巢由桎梏于轩冕兮[31]，亦奚异于夔龙鳖蛰于风尘[32]。哭何苦而救楚[33]？笑何夸而却秦[34]？吾诚不能学二子沽名矫节以耀世兮[35]，固将弃天地而遗身。白鸥兮飞来，长与君兮相亲[36]。

【注释】

〔1〕鸣皋(gāo)：山名，在唐河南府陆浑县，今河南嵩县东北。岑征君：岑勋，李白友人，因曾被朝廷征聘，故称征君。清泠池：在宋州宋城县（今河南商丘南）东北二里。诗约作于天宝四载(745)冬，时作者正在梁宋一带漫游。

〔2〕若有人：指岑征君。屈原《九歌·山鬼》："若有人兮山之阿。"

〔3〕烦劳：烦忧。张衡《四愁诗》："何为怀忧心烦劳。"

〔4〕洪河：大河。凌兢：寒冷而令人战栗。径度：直接渡过。

〔5〕冰龙鳞：形容冰棱参差有锯齿似龙之鳞。舠(dāo)：小船，形如刀。

〔6〕邈：远。天籁：自然界的声响。嘈嘈：状声音的嘈杂。

〔7〕霜崖：带雪的山崖。缟皓：洁白色。合沓：重叠。沧溟：大海。

〔8〕玄猿：雄猿色黑。绿罴：绿毛的熊罴。舚舕(tiǎn tàn)：吐舌貌。嵚岌(yín jí)：山高的样子。

〔9〕危：高险。柯：树木的枝干。骇胆栗魄：使人胆战心惊。

〔10〕峥嵘：形容山峰高大险峻。

〔11〕嶅(áo)：多小石的山。

〔12〕新作:即指此诗。

〔13〕交:混合,交混。鼓吹:打击乐器和吹奏乐器。弹丝:弹丝弦乐器。

〔14〕觞:酒器名,此处用作动词,指宴饮。清泠之池阁:即清泠池上的楼阁。

〔15〕"若反顾"句:《文选》苏武《诗四首》之二:"黄鹄一远别,千里顾徘徊。"

〔16〕扫:此为超过之意。群英:指当年梁孝王的宾客,如枚乘、司马相如等。

〔17〕大雅:即《诗经》中的《大雅》,共三十一篇,大多是西周王室贵族的作品,李白常以之代指古典诗歌的优良传统。东洛:洛阳。

〔18〕巾征轩:用布把车子蒙住。征轩,远行的车。历阻折:经历险阻曲折。

〔19〕寻幽居:寻找幽静之居处。巘崿(yǎn è):山崖。

〔20〕盘白石:盘坐在白石之上。

〔21〕琴松风:以琴弹出《风入松》曲调。

〔22〕氛氲:烦乱貌。同"纷纭"。冥冥:晦暗貌。霰:雪珠。

〔23〕横洞:横流穿越。渌:水色清澈。

〔24〕"虎啸"二句:东方朔《七谏·谬谏》:"虎啸而谷风至兮,龙举而景云往。"《三国志·魏书·管辂传》裴松之注引《管辂别传》:"龙者阳精,以潜为阴,幽灵上通,和气感神,二物相扶,故能兴云。夫虎者阴精,而居于阳,依木长啸,动于巽林,二气相感,故能运风。"

〔25〕冥:一作"寡"。清唳:鹤鸣。鹤鸣凄清响亮,故称清唳。鼯(wú):鼠类,状如蝙蝠,能飞。

〔26〕块:一作"魂"。幽:晦暗。默:沉寂。愀(qiǎo):忧愁貌。

〔27〕聚族:集合。

〔28〕蝘蜓(yǎn tíng):即壁虎。扬雄《解嘲》:"执蝘蜓而嘲龟龙。"

〔29〕"鱼目"句:《文选》张协《杂诗》:"鱼目笑明月。"李善注引《洛书》:"秦失金镜,鱼目入珠。"

〔30〕嫫母:古代丑女,为黄帝妃。西施:春秋时越国美女。本为苎萝山鬻薪之女。

〔31〕巢由:巢父、许由,唐尧时的两个隐士。桎梏(zhì gù):束缚人手足的刑具,此处指受羁束。轩冕(miǎn):古代官吏所乘的车和所戴的冠,此指仕宦。

〔32〕夔(kuí)龙:虞舜的两个贤臣。蹩躠(bié xiè):匍匐而行貌。

〔33〕"哭何苦"句:用申包胥事。《左传》定公四年载,春秋时吴楚交兵,吴国军队入楚都,楚大夫申包胥为救楚而至秦乞兵,秦初不允,申包胥在秦国的朝廷哀哭了七天,秦师乃出。

〔34〕"笑何夸"句:用鲁仲连劝齐相不帝秦的故事。鲁仲连建功而不受赏历来传为佳话。左思《咏史》:"吾慕鲁仲连,谈笑却秦军。"

〔35〕沽名:沽取美名。矫节:故意作态表明自己有节操。耀世:炫耀于世。

〔36〕"白鸥"二句:指隐居江湖,与白鸥为友。

鸣皋歌奉饯从翁清归五崖山居河南府陆浑县有鸣皋山

忆昨鸣皋梦里还,手弄素月清潭间。觉时枕席非碧山,侧身西望阻秦关。麒麟阁上春还早,著书却忆伊阳好[1]。青松来风吹古道[2],绿萝飞花覆烟草。我家仙翁爱清真[3],才雄草圣凌古人[4],欲卧鸣皋绝世尘。鸣皋微茫在何处?五崖峡水横樵路[5]。身披翠云裘,袖拂紫烟去。去时应过嵩少间[6],相思为折三花树[7]。

【注释】

〔1〕伊阳:县名,唐先天元年割陆浑县置。在今河南嵩县西南。《太平寰宇记》卷五:"鸣皋山在(河南府伊阳)县东三十三里。"

〔2〕古:一作"石"。

〔3〕翁:一作"公"。

〔4〕草圣:后汉张芝善草书,有"草圣"之称。事见《后汉书·张奂传》。凌:超越。

〔5〕峡:一作"溪"。

〔6〕嵩少:嵩高山与少室山(属嵩山)。《元和郡县图志》河南道河南府告成县:"嵩高山,在县西北三十三里。少室山,在县西北五十里。"

〔7〕三花树:王琦注:"三花树即贝多树也。《齐民要术》:《嵩山记》曰:嵩寺中忽有思惟树,即贝多也。昔有人坐贝多树下思惟,因以名焉。汉道士从外国来,将子于西山脚下种,极高大,今有四树,一年三花。"

劳劳亭歌 在江宁县南十五里,古送别之所,一名临沧观[1]

金陵劳劳送客堂,蔓草离离生道旁[2]。古情不尽东流水,此地悲风愁白杨[3]。我乘素舸同康乐[4],朗咏清川飞夜霜。昔闻牛渚吟五章,今来何谢袁家郎[5]?苦竹寒声动秋月[6],独宿空帘归梦长。

【注释】

〔1〕劳劳亭:在今南京市西南,三国时吴筑。江宁:唐县名,今南京市。诗约作于天宝八载(749)秋,时作者在金陵。

〔2〕离离:草茂盛貌。

〔3〕"此地"句:语本《古诗十九首》:"白杨多悲风,萧萧愁杀人。"

〔4〕舸:大船。康乐:谢灵运,袭封康乐公,世称谢康乐。谢灵运《东阳溪中赠答诗》:"可怜谁家郎,缘流乘素舸。"

〔5〕"昔闻"二句:用袁宏事。《晋书·文苑传》载,袁宏有逸才,少孤贫,以运租为生。时谢尚镇守牛渚,秋夜泛舟江上,听到袁宏在运租船上吟诵其《咏史诗》,大加赞赏,即邀宏过舟谈论,直到天亮。从此袁宏声誉日隆。今来,即如今。何谢,意谓不逊色。

〔6〕苦竹:竹的一种,因其笋味苦而得名。

横江词六首[1]

其 一

人道横江好[2],侬道横江恶[3]。一风三日吹倒山[4],白浪高于瓦官阁[5]。

【注释】

〔1〕横江:即横江浦,在今安徽和县东南。诗作于开元十四年(726),时作者在东南一带漫游。

〔2〕道:一作"言"。

〔3〕侬:吴地人自称。

〔4〕三日:一作"一月"。此句一作"猛风吹倒天门山"。

〔5〕瓦官阁:即瓦官寺,故址在今南京市。王琦注引《江南通志》:"升元阁在江宁城外,一名瓦官阁,即瓦官寺也。阁乃梁朝所建,高二百四十尺,南唐时犹存。今在城之西南角。"

其 二

海潮南去过寻阳[1],牛渚由来险马当[2]。横江欲渡风波恶,一水牵愁万里长。

【注释】
〔1〕寻阳:今江西九江市。寻又作"浔",古时相传海潮入长江,可至浔阳。因横江浦在浔阳东北,故曰"南去"。
〔2〕牛渚:山名,在今安徽当涂县西北。马当:山名,在江西彭泽县东北,横枕大江,历来是江防要地。

其 三

横江西望阻西秦[1],汉水东连扬子津[2]。白浪如山那可渡?狂风愁杀峭帆人[3]。

【注释】
〔1〕西秦:今陕西。
〔2〕扬子津:在今江苏扬州市南,古时长江的重要渡口。汉:一作"楚"。连:一作"流"。
〔3〕峭帆人:指船夫。

其 四

海神来过恶风回,浪打天门石壁开[1]。浙江八月何如此[2]? 涛似连山喷雪来。

【注释】

〔1〕天门:山名,在安徽当涂县西南,两山夹江对峙,东为博望山,西为梁山,有似门户,故总称天门山。

〔2〕浙江:指浙江的一段钱塘江,每年农历八月钱塘江潮最为猛烈。

其 五

横江馆前津吏迎[1],向余东指海云生。郎今欲渡缘何事? 如此风波不可行。

【注释】

〔1〕横江馆:在横江浦对岸采石矶上,又称采石驿。津吏:《新唐书·百官志》:"上津置尉一人,掌舟梁之事。"

其 六

月晕天风雾不开[1],海鲸东蹙百川回[2]。惊波一起三山动[3],公无渡河归去来[4]。

【注释】

〔1〕月晕:环绕月亮四周的光气,旧谓月晕主风。月:一作"日"。

〔2〕"海鲸"句:语本木华《海赋》:"鱼则横海之鲸,突扤孤游……噏波则洪涟踧踖,吹涝则百川倒流。"蹙(cù),迫。

〔3〕三山:在今江苏南京市西南,有三山相连,故名。

〔4〕公无渡河:古乐府《箜篌引》:"公无渡河,公竟渡河。堕河而死,当奈公何!"

金陵城西楼月下吟[1]

金陵夜寂凉风发,独上高楼望吴越[2]。白云映水摇空城,白露垂珠滴秋月。月下沉吟久不归,古来相接眼中稀[3]。解道澄江净如练,令人长忆谢玄晖[4]。

【注释】

〔1〕金陵:即今江苏南京市。诗约作于开元十四年(726),时作者初游金陵。

〔2〕吴越:指今江苏南部和浙江北部一带。

〔3〕相接:指精神相通。眼中:指当今之世。

〔4〕解道:即解悟、领会之意。谢玄晖:谢朓,字玄晖,南朝齐代诗人。其《晚登三山还望京邑》有"余霞散成绮,澄江静如练"之句,静,唐人或写作"净"。

东山吟 去江宁城三十五里,晋谢安携妓之所[1]

携妓东土山,怅然悲谢安[2]。我妓今朝如花月,他妓古坟荒草寒。白鸡梦后三百岁[3],洒酒浇君同所欢。醺来自作青海舞[4],秋风吹落紫绮冠。彼亦一时,此亦一时,浩浩洪流之咏何必奇[5]?

【注释】

〔1〕东山吟:一作"醉过谢安东山"。

〔2〕"携妓"句:《世说新语·识鉴》载,谢安隐居东山时,畜妓,携以游玩。东土山,一作"东山去"。

〔3〕白鸡梦:指谢安之死。《晋书·谢安传》:"(安)因怅然谓所亲曰:'昔桓温在时,吾常惧不全,忽梦乘温舆行十六里,见一白鸡而止。乘温舆者,代其位也。十六里止,今十六年矣。白鸡主酉,今太岁在酉,吾病殆不起乎?'乃上疏逊位……寻薨。"

〔4〕青海舞:安旗等注:"青海舞,即青海波舞。魏颢《李翰林集序》:'间携昭阳、金陵之妓,迹类谢康乐,世号为李东山……饮数斗,醉则奴丹砂抚(当作舞)青海波。'"

〔5〕浩浩洪流之咏:《世说新语·雅量》:"桓公伏甲设馔,广延朝士,因此欲诛谢安、王坦之。王甚遽,问谢曰:'当作何计?'谢神意不变,谓文度曰:'晋祚存亡,在此一行。'相与俱前。王之恐状,转见于色。谢之宽容,愈表于貌。望阶趋席,方作洛生咏,讽'浩浩洪流'。桓惮其旷远,乃趣解兵。"

僧 伽 歌[1]

真僧法号号僧伽,有时与我论三车[2]。问言诵咒几千遍,口道恒河沙复沙[3]。此僧本住南天竺[4],为法头陀来此国[5]。戒得长天秋月明[6],心如世上青莲色[7]。意清净,貌稜稜[8]。亦不减,亦不增[9]。瓶里千年舍利骨[10],手中万岁胡孙藤[11]。嗟予落泊江淮久[12],罕遇真僧说空有[13]。一言忏尽波罗夷,再礼浑除犯轻垢[14]。

【注释】

〔1〕僧伽:《太平广记》卷九六引《纪闻录》:"僧伽大师,西域人也,俗姓何氏。唐龙朔初,来游北土,隶名于楚州龙兴寺。后于泗州临淮县信义坊乞地施标,将建伽蓝。于其标下掘得古香积寺铭记并金像一躯,上有普照王佛字,遂建寺焉。唐景龙二年,中宗皇帝遣使迎师,入内道场,尊为国师。寻出居荐福寺……至景龙四年三月二日于长安荐福寺端坐而终。"后人或疑此诗非李白所作;或以为诗中之僧伽乃与《太平广记》所载不同的另一胡僧。

〔2〕三车:指牛、羊、鹿三车,佛教用以喻大、中、小三乘。见《妙法莲华经》卷三。

〔3〕恒河沙:恒河在印度,沙言其多。《金刚经》:"是诸恒河所有沙数,佛世界如是,宁为多不?"

〔4〕天竺(zhú):古印度别称,其中分为五天竺:中天竺、东天竺、南天竺、西天竺、北天竺。

〔5〕头陀(tuó):佛教名词,意译"抖擞"(谓行此法,即能抖擞烦恼)。佛教苦行之一。共有十二项修行规定,称"头陀行"。

〔6〕"戒得"句:王琦注:"陈永阳王《解讲疏》:戒与秋月齐明,禅与春池共洁。"

〔7〕青莲:花名,梵语优钵罗之译名。佛家以青莲花喻佛眼。

〔8〕稜(léng)稜:威严方正貌。

〔9〕"亦不减"二句:王琦注:"《心经》:是诸法空相,不生不灭,不垢不净,不减不增。"

〔10〕舍利骨:通常指释迦牟尼的遗体火化后结成的珠状物。一作"铁柱骨。"

〔11〕胡孙藤:杨齐贤注:"胡孙藤,乃藤杖,手所执者。"

〔12〕淮:一作"湖。"

〔13〕空有:王琦注:《后汉书·西域传》:"清心释累之训,空有兼遣之

宗。"章怀太子注:"不执着为空,执着为有,兼遣谓不空不有,虚实两忘也。"

〔14〕波罗夷、轻垢:王琦注:"波罗夷者,华言弃,谓犯此罪者,永弃佛法边外。《法苑珠林》云:波罗夷者,此云极重罪是也。轻垢罪者,比重减轻一等,凡玷汙净行之类皆是。据《梵网经》,重戒有十,犯者得波罗夷罪;轻戒有四十八,犯者为轻垢罪。"

白云歌送刘十六归山

楚山秦山皆白云,白云处处长随君。长随君,君入楚山里,云亦随君渡湘水〔1〕。湘水上,女萝衣〔2〕,白云堪卧君早归〔3〕。

【注释】

〔1〕湘水:即今湘江。诗作于天宝三载(744),时作者居翰林。

〔2〕女萝衣:屈原《九歌·山鬼》:"若有人兮山之阿,被薜荔兮带女萝。"后以女萝衣指隐士的服饰。

〔3〕本诗一作《白云歌送友人》:"楚山秦山皆白云,白云处处长随君。君今还入楚山里,云亦随君渡湘水。水上女萝衣白云,早卧早行君早起。"

金陵歌送别范宣

石头巉岩如虎踞〔1〕,凌波欲过沧江去。钟山龙盘走势来[2],秀色横分历阳树[3]。四十余帝三百秋[4],功名事迹随东流。白马小儿谁家子[5],泰清之岁来关囚[6]。金陵昔时何壮哉!席卷英豪天下来。冠盖散为烟雾尽,金舆玉座成寒灰。扣剑悲吟空咄嗟,梁陈白骨乱如麻。天子龙沉景阳井[7],谁歌《玉树后庭花》[8]?此地伤心不能道,目下离离长春草。送尔长江万里心,他年来访南山老[9]。

【注释】

〔1〕石头:山名,即今南京清凉山。《大清一统志·江宁府》:"石头山,《建康志》:在上元县西二里,北缘大江,南抵秦淮口……诸葛亮尝驻此以观形势,谓之石头虎踞是也。"

〔2〕钟山:即紫金山,在南京市区东。诸葛亮使至建业,叹曰:"钟山龙蟠,石头虎踞,帝王之宅也。"(《诸葛忠武书》卷九)

〔3〕历阳:县名,即今安徽和县,与金陵隔江相望。

〔4〕"四十"句:萧士赟注:"按史书曰,吴大帝建都金陵,后历晋、宋、齐、梁、陈,凡六代,共三十八主。此言四十余帝者,并其间推尊者而总言之也。三百秋者,自吴大帝黄武元年壬寅岁至陈祯明三年己酉,共三百三十二年。吴亡后歇三十六年,总三百六十七年,诗人造辞遣意,举成数而言耳。"

〔5〕白马小儿:指侯景,梁代叛将。《梁书·侯景传》:"普通中,童谣曰:'青丝白马寿阳来。'后景果乘白马,兵皆青衣。"

〔6〕"泰清"句:《梁书·武帝纪》载,太清二年秋八月戊戌,侯景举兵反。萧士赟注:"泰清,梁武帝年号。时遭侯景之难,囚于台城,以所求不供,忧愤寝疾,崩于净居殿,乃泰清三年五月丙辰也。"关囚,指囚武帝于台城。一作"吹唇虎啸凤皇楼。"

〔7〕天子:指陈代亡国之君陈叔宝。《陈书·后主纪》:"后主闻(隋)兵至,从宫人十余出后堂景阳殿,将自投于井,袁宪侍侧,苦谏不从,

后阁舍人夏侯公韵又以身蔽井,后主与争久之,方得入焉。及夜,为隋军所执。"

〔8〕玉树后庭花:相传为陈后主陈叔宝所作,其词轻艳,被称为亡国之音。

〔9〕南山老:指商山四皓。商山为终南山支脉,故曰"南山老"。老,一作"皓"。

笑 歌 行[1]

笑矣乎,笑矣乎!君不见曲如钩,古人知尔封公侯。君不见直如弦,古人知尔死道边[2]。张仪所以只掉三寸舌[3],苏秦所以不垦二顷田[4]。笑矣乎,笑矣乎!君不见沧浪老人歌一曲,还道沧浪濯吾足[5]。平生不解谋此身[6],虚作《离骚》遣人读。笑矣乎,笑矣乎!赵有豫让楚屈平,卖身买得千年名。巢由洗耳有何益[7]?夷齐饿死终无成[8]。君爱身后名,我爱眼前酒。饮酒眼前乐,虚名何处有[9]?男儿穷通当有时,曲腰向君君不知。猛虎不看机上肉,洪炉不铸囊中锥。笑矣乎,笑矣乎!宁武子[10],朱买臣[11],叩角行歌背负薪。今日逢君君不识,岂得不如佯狂人?

【注释】

〔1〕《全唐诗》注:"以下二首,苏轼云是伪作。"安旗等曰:"《笑歌行》《悲歌行》二诗,各家均以为伪。其所据者,惟'凡近'、'粗劣'、'言无伦次、情多反覆'而已。是诚不足以断此为伪作。"

〔2〕"君不见"四句:《后汉书·五行志一》:"顺帝之末,京都童谣曰:'直如弦,死道边;曲如钩,反封侯。'"

〔3〕张仪:战国时谋士。掉:摇。掉三寸舌:谓逞其辩才。

〔4〕二顷田:《史记·苏秦列传》:"使我有洛阳负郭田二顷,吾岂能佩六国相印乎?"

〔5〕"君不见"二句:《楚辞·渔父》:"渔父莞尔而笑,鼓枻而去,歌曰:'沧浪之水清兮,可以濯吾缨;沧浪之水浊兮,可以濯吾足。'遂去,不复与言。"

〔6〕谋此身:指屈原只知报国,不知自保。

〔7〕巢由:巢父、许由,尧时的隐士。洗耳:皇甫谧《高士传》卷上:"尧又召为九州长,由不欲闻之,洗耳于颍水滨。"

〔8〕夷、齐:伯夷、叔齐,传说二人耻食周粟,饿死于首阳山。

〔9〕"君爱"四句:用张翰事。《世说新语·任诞》载,张翰纵酒任诞,自称"使我有身后名,不如即时一杯酒"。

〔10〕宁武子:即宁戚。齐桓公郊迎客,宁戚饭牛车下,望见桓公而悲,击牛角而疾商歌。桓公闻之,抚其仆之手曰:"异哉,歌者非常人也。"命后车载之而归,后任之为卿。见《吕氏春秋·举难》《淮南子·道应》。

〔11〕朱买臣:《汉书·朱买臣传》载,西汉吴人朱买臣,家贫,妻求去,后朱入朝为官,官至中大夫,迁会稽太守。

悲　歌　行[1]

悲来乎,悲来乎!主人有酒且莫斟,听我一曲悲来吟。悲来不吟还不笑,天下无人知我心。君有数斗酒,我有三尺琴。琴鸣酒乐两相得,一杯不啻千钧金。悲来乎,悲来乎!天虽长,地虽久,金玉满堂应不守[2]。富贵百年能几何,死生一度人皆有。孤猿坐啼坟上月,且须一尽杯中酒。悲来乎,悲来乎!凤鸟不至河无图[3],微子去之箕子奴[4]。汉帝不忆李将军[5],楚王放却屈大夫[6]。悲来乎,悲来乎!秦家李斯早追悔[7],虚名拨向身之外。范子何曾爱五湖[8],功成名遂身自退。剑是一夫用,书能知姓名[9]。惠施不肯干万乘[10],卜式未必穷一经[11]。还须黑头取方伯[12],莫谩白首为儒生[13]。

【注释】

〔1〕悲歌行:乐府旧题,属《杂曲歌辞》。

〔2〕"金玉"句:语本《老子》:"金玉满堂,莫之能守。"

〔3〕"凤鸟"句:《论语·子罕》:"凤鸟不至,河不出图,吾已矣夫!"

〔4〕微子:殷纣王庶兄,名启,因数谏纣王,不听,乃去国。事见《史记·宋微子世家》。箕子:殷纣王诸父,封于箕,故称箕子。纣暴虐,箕子谏之不听,乃披发佯狂为奴。事见《史记·殷本纪》。

〔5〕李将军:李广,身经大小七十余战而未封侯,故云"汉帝不忆"。

〔6〕屈大夫:屈原,为楚三闾大夫,后被流放。

〔7〕李斯:秦相,后被腰斩于咸阳市。

〔8〕范子:范蠡,《国语·越语下》载,范蠡佐越王勾践灭吴后,乃辞别越王,"乘轻舟以浮于五湖,莫知其所终极"。

〔9〕"剑是"二句:《史记·项羽本纪》:"项籍少时,学书不成,去;学剑,又不成。项梁怒之。籍曰:'书,足以记名姓而已;剑,一人敌,不足学,学万人敌。'"

〔10〕惠施:战国宋人,仕于魏。魏惠王意欲以魏国相让,惠施不肯受。事见《吕氏春秋·不屈》。

〔11〕卜式:卜式以牧羊致富,屡以家财助边,汉武帝召之为中郎。卜式不愿为郎,帝曰:"吾有羊在上林中,欲令子牧之。"岁余,羊肥而繁盛,帝

善之,迁缑氏令,累官至御史大夫。见《汉书·卜式传》。

〔12〕方伯:古一方诸侯之长。后称地方长官为方伯。

〔13〕谩:徒然。

卷 七

秋浦歌十七首[1]

其 一

秋浦长似秋,萧条使人愁。客愁不可度,行上东大楼[2]。正西望长安,下见江水流。寄言向江水,汝意忆侬不[3]?遥传一掬泪[4],为我达扬州。

【注释】

〔1〕秋浦:县名,唐时先属宣州,后改属池州,其地有秋浦湖。在今安徽池州市西。诗作于天宝十三载(754),时作者在池州。

〔2〕大楼:山名,在池州市南。《读史方舆纪要》:"大楼山,孤撑碧落,若空中楼阁然。"

〔3〕侬:吴语称我为侬。不:同"否",疑问词。

〔4〕一掬(jū):犹一捧。《小尔雅·广量》:"一手之盛谓之溢,两手谓之掬。"

其 二

秋浦猿夜愁,黄山堪白头[1]。清溪非陇水,翻作断肠流[2]。欲去不得去,薄游成久游[3]。何年是归日?雨泪下孤舟[4]。

【注释】
〔1〕黄山:在池州府城(今安徽贵池)南九十里。
〔2〕清溪:在池州府城北。陇水:古乐府《陇头歌辞》:"陇头流水,鸣声幽咽。遥望秦川,心肝断绝。"
〔3〕薄游:短暂的游历。
〔4〕雨泪:落泪。

其 三

秋浦锦驼鸟[1],人间天上稀。山鸡羞渌水[2],不敢照毛衣。

【注释】
〔1〕锦驼鸟:秋浦出产的一种鸟,形似吐绶鸡,羽毛很美。
〔2〕山鸡:《博物志》卷四:"山鸡有美毛,自爱其色毛,终日映水,目眩则溺死。"

其 四

两鬓入秋浦,一朝飒已衰[1]。猿声催白发,长短尽成丝。

【注释】

〔1〕飒:衰貌。

其　五

秋浦多白猿,超腾若飞雪[1]。牵引条上儿[2],饮弄水中月。

【注释】

〔1〕超腾:跳跃。
〔2〕条:树枝。儿:指幼猿。

其　六

愁作秋浦客,强看秋浦花[1]。山川如剡县[2],风日似长沙[3]。

【注释】

〔1〕强:勉强。
〔2〕剡(shàn)县:在今浙江嵊州市。
〔3〕风日:犹风物。长沙:唐县名,在今湖南长沙市。《明一统志》载,秋浦在(池州)府城西南八十里,长八十余里,阔三十里,四时景物,宛如潇湘、洞庭。潇湘、洞庭,唐时属潭州。唐潭州治所在今湖南长沙市。

其　七

醉上山公马[1]，寒歌宁戚牛。空吟白石烂[2]，泪满黑貂裘[3]。

【注释】

〔1〕山公：山简，《晋书·山简传》载，山简出镇襄阳，唯酒是耽。

〔2〕白石烂：宁戚叩牛角而歌曰："南山矸，白石烂，生不逢尧与舜禅。短布单衣适至骬，从昏饭牛薄夜半，长夜曼曼何时旦？"见《汉书·邹阳传》注引应劭说。

〔3〕黑貂裘：用苏秦事。《战国策·秦策一》："苏秦始将连横说秦惠王……书十上而说不行。黑貂之裘敝，黄金百斤尽。资用乏绝，去秦而归。"

其　八

秋浦千重岭，水车岭最奇[1]。天倾欲堕石，水拂寄生枝[2]。

【注释】

〔1〕水车岭：在今安徽池州市西南，山势陡峻，旁临深渊。

〔2〕寄生枝：有寄生植物的树枝。

其　九

江祖一片石[1]，青天扫画屏。题诗留万古，绿字锦苔生。

【注释】
　　〔1〕江祖:山名,在安徽池州市西南。上有一石突出水际,高数丈。传说石上有仙人足迹,称江祖石。

其　十

千千石楠树,万万女贞林〔1〕。山山白鹭满,涧涧白猿吟。君莫向秋浦,猿声碎客心。

【注释】
　　〔1〕石楠、女贞:均为常绿灌木。

其十一

逻人横鸟道〔1〕,江祖出鱼梁〔2〕。水急客舟疾,山花拂面香。

【注释】
　　〔1〕逻人:疑为秋浦山岭名。鸟道:高山峻岭上人迹罕至,只有鸟能飞过之处。
　　〔2〕鱼梁:水中为捕鱼而筑的堤。

其十二

水如一匹练[1],此地即平天[2]。耐可乘明月[3],看花上酒船。

【注释】

〔1〕练:白色的熟绢。

〔2〕平天:湖名。《池州府志》卷七:"平天湖,在城西南十里。本清溪之水,由江祖潭、上洛岭以下,潴而为湖。"

〔3〕耐可:犹"愿得"。

其十三

渌水净素月[1],月明白鹭飞。郎听采菱女[2],一道夜歌归[3]。

【注释】

〔1〕渌水:清澈的水。

〔2〕采菱女:罗愿《尔雅翼》:"吴楚之风俗,当菱熟时,士女相与采之。故有采菱之歌以相和,为繁华流荡之极。"

〔3〕一道:同路。

其十四

炉火照天地,红星乱紫烟[1]。赧郎明月夜[2],歌曲动寒川。

【注释】

〔1〕"炉火"二句:秋浦为唐时铜、银产地,此写冶炼景况。
〔2〕赧(nǎn)郎:指矿工。赧,原意是因羞惭而脸红,此处形容因炉火映而脸红。

其十五

白发三千丈,缘愁似个长[1]。不知明镜里,何处得秋霜[2]?

【注释】

〔1〕缘:因。个:这样,这般。
〔2〕秋霜:指白发。

其十六

秋浦田舍翁[1],采鱼水中宿。妻子张白鹇[2],结罝映深竹[3]。

【注释】

〔1〕田舍翁:农家老翁。
〔2〕张:张网捕鸟兽。白鹇(xián):水鸟名,出江南,雉类,白色,背有细黑纹。
〔3〕罝(jū):捕鸟兽的网。

其十七

桃陂一步地[1],了了语声闻[2]。暗与山僧别[3],低头礼白云[4]。

【注释】

〔1〕桃陂(bēi):"陂"原作"波",一作"陂"。王琦注:"集内有《清溪玉镜潭诗》,谓潭在秋浦桃胡陂下。然则'桃波'其'桃陂'之讹欤?"据此改。
〔2〕了了:清楚明了之意。
〔3〕暗:默默无言。
〔4〕礼:礼拜。

当涂赵炎少府粉图山水歌[1]

峨眉高出西极天[2],罗浮直与南溟连[3]。名工绎思挥彩笔[4],驱山走海置眼前。满堂空翠如可扫[5],赤城霞气苍梧烟[6]。洞庭潇湘意渺绵[7],三江七泽情洄沿[8]。惊涛汹涌向何处,孤舟一去迷归年。征帆不动亦不旋,飘如随风落天边。心摇目断兴难尽,几时可到三山巅[9]?西峰峥嵘喷流泉,横石蹙水波潺湲[10]。东崖合沓蔽轻雾,深林杂树空芊绵[11]。此中冥昧失昼夜,隐几寂听无鸣蝉[12]。长松之下列羽客[13],对座不语南昌仙[14]。南昌仙人赵夫子,妙年历落青云士[15]。

讼庭无事罗众宾[16],杳然如在丹青里[17]。五色粉图安足珍?真山可以全吾身[18]。若待功成拂衣去,武陵桃花笑杀人[19]。

【注释】

〔1〕当涂:即今安徽当涂县。粉图:图画。粉为绘画所用颜料。少府:县尉的别称。诗作于天宝十四载(755),时作者正在皖南一带漫游。

〔2〕峨眉:山名,在今四川峨眉山市南,主峰高三千多米,为四川第一名山。

〔3〕罗浮:山名,在广东博罗县西北,罗山之西有浮山,传说为蓬莱仙山之一阜,浮海来与罗山相并,故称。南溟:南海。

〔4〕绎思:指画家创作时的构思。工,一作"公"。

〔5〕空翠:指青翠的山色。

〔6〕赤城:山名,在浙江天台县北。土皆赤色,状似云霞。苍梧烟:《艺文类聚》卷一引《归藏》:"有白云出自苍梧,入于大梁。"

〔7〕洞庭:湖名,在今湖南岳阳市西南。潇湘:湘水源出今广西灵川县东海洋山西麓,至湖南永州市零陵区与潇水会合,合称潇湘。渺绵:遥远貌。

〔8〕三江七泽:形容河流湖泊之多。洄沿:回旋荡漾貌。

〔9〕三山:指传说中的东海三神山:蓬莱、方丈、瀛洲。

〔10〕蹙(cù):迫近。潺湲:流水声。

〔11〕合沓:高峻、重叠貌。芊绵:草木茂盛、蔓衍丛生之状。

〔12〕冥昧:昏暗。隐几:倚着几案。

〔13〕羽客:道士的别称。

〔14〕南昌仙:西汉末年,梅福为南昌县尉,后弃官,得道成仙。事见《汉书·梅福传》。此借指赵炎。

〔15〕历落:犹磊落,襟怀坦白。青云士:高尚之士。

〔16〕讼庭:诉讼的公堂,指赵炎的衙署。罗:聚集。

〔17〕杳然:幽深貌。丹青:图画。

〔18〕山:一作"仙"。

〔19〕武陵桃花:武陵郡桃花源,晋陶渊明《桃花源记》所描绘的理想国图景。

永王东巡歌十首[1]

其 一

永王正月东出师[2],天子遥分龙虎旗[3]。楼船一举风波静[4],江汉翻为雁鹜池[5]。

【注释】

〔1〕《全唐诗》注:"永王璘,明皇子也。天宝十四年,安禄山反,诏璘领山南、岭南、黔中、江南四道节度使。十一月(按:《旧唐书·玄宗诸子传》作'九月'),璘至江陵,募士得数万,遂有窥江左意。十二月,引舟师东巡。"李白即于此时应召入永王幕,此组诗当作于此时期。诗题原作"十一首",其九(祖龙浮海不成桥)篇,历代学者辨为伪作,今删去不录,诗题改作"十首"。

〔2〕正月:指至德二载(757)正月。

〔3〕龙虎旗:绘有龙虎的旗帜。此句指李璘获得皇帝重用,让他统率大军,专管一方。

〔4〕楼船:船上有楼的战船。

〔5〕"江汉"句:《汉书·严助传》:"陛下以四海为境,九州为家,八薮为囿,江汉为池。"雁鹜池,养禽鸟的池塘,相传汉梁孝王曾在梁苑建雁鹜池。

其　二

三川北虏乱如麻[1],四海南奔似永嘉[2]。但用东山谢安石,为君谈笑静胡沙[3]。

【注释】

〔1〕三川:秦郡名,在今河南荥阳、洛阳一带,因有黄河、洛水、伊水而得名。北虏:指安禄山叛军。

〔2〕永嘉:晋怀帝年号。永嘉五年,前汉刘曜陷洛阳,中原的贵族官僚,相率南迁避乱。见《晋书·孝怀帝纪》及《王导传》。

〔3〕"但用"二句:谢安,字安石,尝高卧东山不起,一旦出仕即立奇功,在淝水之战中运筹帷幄,大败苻坚军。见《晋书·谢安传》。谈笑,表示从容不迫。胡沙,犹胡尘。

其　三

雷鼓嘈嘈喧武昌[1],云旗猎猎过寻阳[2]。秋毫不犯三吴悦[3],春日遥看五色光[4]。

【注释】

〔1〕雷鼓:《荀子·解蔽》:"雷鼓在侧而耳不闻。"王琦引杨倞注:"雷鼓,大鼓声如雷者。"嘈嘈:声音嘈杂。武昌:唐鄂州属县,今湖北鄂州市。

〔2〕云旗:形容军旗之高,直上云霄。猎猎:风吹旗帜发出的声音。寻阳:今江西省九江市。

〔3〕秋毫:喻细微之物。秋毫不犯:形容军纪严明。三吴:吴兴、吴

郡、会稽,即今江苏南部、浙江北部一带。

〔4〕五色光:《南史·王僧辩传》:"贼望官军上有五色云。"此谓永王出兵顺应天意,故有五色祥云放光。

其 四

龙盘虎踞帝王州[1],帝子金陵访古丘[2]。春风试暖昭阳殿[3],明月还过鸤鹊楼[4]。

【注释】

〔1〕"龙盘"句:《太平御览》卷一五六引晋张勃《吴录》:"刘备曾使诸葛亮至京,因睹秣陵山阜,叹曰:'钟山龙盘,石头虎踞,此帝王之宅。'"
〔2〕帝子:指李璘。
〔3〕昭阳殿:南朝时宫殿,故址在今江苏南京市。
〔4〕鸤鹊楼:南朝宫中楼观名,故址在今南京市。

其 五

二帝巡游俱未回[1],五陵松柏使人哀[2]。诸侯不救河南地[3],更喜贤王远道来[4]。

【注释】

〔1〕二帝:指唐玄宗、肃宗。巡游:当时玄宗避乱入蜀,肃宗即位于灵武,俱未回长安。
〔2〕五陵:指唐高祖、太宗、高宗、中宗、睿宗五个皇帝的陵墓。
〔3〕诸侯:指诸州军政长官。河南地:指洛阳一带。
〔4〕贤王:指李璘。

其 六

丹阳北固是吴关[1],画出楼台云水间。千岩烽火连沧海,两岸旌旗绕碧山。

【注释】

〔1〕丹阳:唐郡名,即润州,治丹徒,即今江苏镇江市。北固:山名,在今江苏镇江市北。王琦注引《南徐州记》:"城西北有别岭,斜入江,三面临水,高数十丈,号曰北固。"

其 七

王出三江按五湖[1],楼船跨海次扬都[2]。战舰森森罗虎士[3],征帆一一引龙驹[4]。

【注释】

〔1〕三江:泛指江南众多水道。江,一作"山。"按:巡行。五湖:泛指太湖流域的湖泊。

〔2〕次:停留。扬都:指扬州。

〔3〕罗:排列。虎士:有勇力的武士。

〔4〕征帆:此处指战船。龙驹:骏马。

其 八

长风挂席势难回[1],海动山倾古月摧[2]。君看帝子浮江日,何似龙骧出峡来[3]。

【注释】

〔1〕挂席:张帆。

〔2〕古月:"胡"字的隐语,指安禄山叛军。

〔3〕龙骧:指晋将军王濬。《晋书·武帝纪》:"十一月,大举伐吴,遣龙骧将军王濬、广武将军唐彬率巴蜀之卒,浮江而下。"

其 九

帝宠贤王入楚关[1],扫清江汉始应还。初从云梦开朱邸[2],更取金陵作小山[3]。

【注释】

〔1〕帝:指唐玄宗。宠:信任。楚关:楚地。

〔2〕云梦:云梦泽,大致包括今湖南益阳、湘阴以北,湖北江陵、安陆以南,武汉市以西地区。朱邸(dǐ):古代诸侯王的宅邸,因大门漆成朱色,故称。

〔3〕作:建造。小山:指西汉淮南王刘安在宫苑内安置门客的处所,此处代指永王府第。更:一作"直"。

其 十

试借君王玉马鞭[1],指挥戎虏坐琼筵[2]。南风一扫胡尘静,西入长安到日边[3]。

223

【注释】

〔1〕玉马鞭:喻指挥之权。
〔2〕戎房:指安史叛军。琼筵:精美的筵席。
〔3〕南风:永王军在南方,故以南风为喻。日边:指皇帝身边。

上皇西巡南京歌十首〔1〕

其 一

胡尘轻拂建章台〔2〕,圣主西巡蜀道来。剑壁门高五千尺,石为楼阁九天开〔3〕。

【注释】

〔1〕王琦注:"天宝十五载六月,安禄山兵破潼关,帝出幸蜀。七月庚辰,帝次蜀郡。八月癸巳,皇太子即皇帝位于灵武……(至德二载)十二月丙午,上皇天帝至自蜀郡,戊午大赦,以蜀郡为南京。"上皇:指唐玄宗,太子李亨在灵武即位后,尊玄宗为上皇天帝。南京:指成都,至德二载十二月,以蜀郡(治成都)为南京,凤翔为西京,长安为中京。此诗当作于至德二载(757)岁末。
〔2〕建章台:汉长安有建章宫,宫中有建章台,又称神明台。
〔3〕"剑壁"二句:晋张载《剑阁铭》:"惟蜀之门,作固作镇。是曰剑阁,壁立千仞。"《老学庵笔记》卷七云:"剑门关皆石,无寸土。"

其 二

九天开出一成都〔1〕,万户千门入画图。草树云山如锦绣,秦川得及此间无[2]?

【注释】

〔1〕成都:天宝十五载改蜀郡为成都府。

〔2〕秦川:《通鉴》胡三省注:"秦地四塞以为固,渭水贯其中,渭川左右,沃壤千里,世谓之秦川。"此指长安一带。

其 三

华阳春树似新丰[1],行入新都若旧宫。柳色未饶秦地绿,花光不减上阳红[2]。

【注释】

〔1〕华阳:古地区名,因在华山之阳得名。相当今陕西秦岭以南、四川和云南、贵州一带。此指蜀地。似:一作"号"。

〔2〕上阳:上阳宫,在洛阳。阳:一作"林"。

其 四

谁道君王行路难?六龙西幸万人欢[1]。地转锦江成渭水[2],天回玉垒作长安[3]。

【注释】

〔1〕六龙:神话中为太阳驾车的六条龙。借指天子车驾。

〔2〕锦江:左思《蜀都赋》:"贝锦斐成,濯色江波。"刘逵注引谯周《益州志》曰:"成都织锦,既成,濯于江水,其文分明,胜于初成。他水濯

之,不如江水也。"

〔3〕玉垒:山名,在今四川都江堰市。

其　五

万国同风共一时[1],锦江何谢曲江池[2]?石镜更明天上月[3],后宫亲得照蛾眉[4]。

【注释】

〔1〕同风:风俗相同。《汉书·终军传》:"今天下为一,万里同风。"

〔2〕谢:逊,不如。曲江池:在陕西西安市东南。秦为宜春宫,汉为宜春苑,有河水,水流曲折,故称。

〔3〕"石镜"句:扬雄《蜀王本纪》载,相传武都山精化为女子,蜀王娶以为妻,不久即死。蜀王葬之,以石作镜一枚,表其墓。

〔4〕亲:一作"新"。

其　六

濯锦清江万里流[1],云帆龙舸下扬州[2]。北地虽夸上林苑[3],南京还有散花楼[4]。

【注释】

〔1〕濯锦清江:即锦江。

〔2〕龙舸:船头及两旁画龙的大船。

〔3〕上林苑:秦时旧苑,汉代广之,故址在今陕西西安市。

〔4〕散花楼:在成都摩诃池上,为隋代蜀王杨秀所建。

其　七

锦水东流绕锦城[1],星桥北挂象天星[2]。四海此中朝圣主,峨眉山上列仙庭。

【注释】

〔1〕锦城:成都的别称。

〔2〕星桥:即七星桥,《华阳国志·蜀志》载,战国时代李冰在蜀江造七桥,上应北斗七星。

其　八

秦开蜀道置金牛[1],汉水元通星汉流[2]。天子一行遗圣迹,锦城长作帝王州。

【注释】

〔1〕"秦开"句:《华阳国志·蜀志》载,秦惠王欲伐蜀而不识道路,于是造了五只石牛,置金于石牛尾下,扬言石牛能屙金。蜀王信以为真,派五丁力士拖石牛回蜀,蜀道乃通。

〔2〕"汉水"句:王琦注:"'汉水元通星汉流'者,言其所出高远,如从星汉而来,即'水从银汉落'及'黄河之水天上来'意也。"

其　九

水渌天青不起尘,风光和暖胜三秦[1]。万国烟花随玉辇[2],西来添作锦江春。

【注释】

〔1〕渌:一作"绿"。三秦:项羽破秦入关,三分关中之地:以秦降将章邯为雍王,领咸阳以西之地;司马欣为塞王,领咸阳以东至费河之地;董翳为翟王,领上郡之地,合称三秦。

〔2〕烟花:指春天花开繁茂如烟的景象。

其 十

剑阁重关蜀北门[1],上皇归马若云屯[2]。少帝长安开紫极[3],双悬日月照乾坤[4]。

【注释】

〔1〕剑阁重关:晋张载《剑阁铭》:"惟蜀之门,作固作镇。是曰剑阁,壁立千仞。"

〔2〕云屯:形容马多。庾信《哀江南赋》:"梯冲乱舞,冀马云屯。"

〔3〕少帝:指唐肃宗李亨。紫极:谓帝王宫殿。《文选》潘岳《西征赋》:"厌紫极之闲敞。"李善注:"紫极,星名,王者为宫以象之。"

〔4〕双悬日月:指肃宗与玄宗均在长安。

峨眉山月歌[1]

峨眉山月半轮秋,影入平羌江水流[2]。夜发清溪向三峡[3],思君不见下渝州[4]。

【注释】

〔1〕峨眉山:在今四川峨眉山市南,主峰高三千多米。

〔2〕平羌江:即青衣江。源出四川芦山县,流至乐山市入岷江。

〔3〕清溪:即清溪驿,在今四川犍为县。三峡:即瞿塘峡、巫峡、西陵峡。

〔4〕渝州:治所在今重庆市。

峨眉山月歌送蜀僧晏入中京[1]

我在巴东三峡时[2],西看明月忆峨眉。月出峨眉照沧海,与人万里长相随。黄鹤楼前月华白,此中忽见峨眉客[3]。峨眉山月还送君,风吹西到长安陌。长安大道横九天,峨眉山月照秦川[4]。黄金师子乘高座[5],白玉麈尾谈重玄[6]。我似浮云滞吴越[7],君逢圣主游丹阙[8]。一振高名满帝都,归时还弄峨眉月。

【注释】

〔1〕中京:唐肃宗至德二载(757)十二月,西京长安改名中京,《通鉴》卷二二〇胡三省注:"以长安在洛阳、凤翔、蜀郡、太原之中,故为中京。"诗作于乾元二年(759),时作者遇赦还至江夏。

〔2〕巴东:即归州,天宝元年改巴东郡,乾元元年复为归州,治所在今湖北秭归县。峡:一作"月"。

〔3〕月华:月光。峨眉客:指蜀僧晏。

〔4〕秦川:指长安周围的渭河平原。

〔5〕"黄金"句:《大智度论》卷七:"佛为人中师子,佛所坐处,若床

若地,皆名师子座。又如师子,四足兽中独步无畏,能伏一切,佛亦如是。"

〔6〕麈(zhǔ)尾:用麈(兽名)尾做成的拂尘。重玄:即《老子》"玄之又玄"之意,此指老庄哲学。《世说新语·容止》:"王夷甫容貌整丽,妙于谈玄,恒捉白玉柄麈尾,与手都无分别。"

〔7〕滞吴越:留滞于长江中下游地区。

〔8〕丹阙:指皇帝所居之地。

赤壁歌送别[1]

二龙争战决雌雄[2],赤壁楼船扫地空。烈火张天照云海,周瑜于此破曹公[3]。君去沧江望澄碧[4],鲸鲵唐突留余迹[5]。——书来报故人[6],我欲因之壮心魄。

【注释】

〔1〕赤壁:山名,东汉建安十三年,孙权与刘备联军败曹操于此。在今湖北嘉鱼县。

〔2〕二龙:指孙权、刘备与曹操,即赤壁之战的双方。

〔3〕"烈火"二句:建安十三年(208),曹操率兵二十余万南下,孙权和刘备联兵五万,共同抵抗。曹兵进到赤壁,孙、刘联军利用曹军远来疲惫、疾疫流行、不习水战等弱点,用火攻击败曹操水师,孙权大将周瑜和刘备水陆并进,大破曹兵。事见《三国志·吴书·周瑜传》。

〔4〕望:一作"弄"。

〔5〕鲸鲵:喻指赤壁之战的双方。唐突:冲突,争斗。

〔6〕故人:诗人自谓。

江 夏 行[1]

忆昔娇小姿,春心亦自持[2]。为言嫁夫婿,得免长相思。谁知嫁商贾,令人却愁苦。自从为夫妻,何曾在乡土?去年下扬州,相送黄鹤楼。眼看帆去远,心逐江水流。只言期一载,谁谓历三秋。使妾肠欲断,恨君情悠悠。东家西舍同时发,北去南来不逾月。未知行李游何方[3],作个音书能断绝[4]。适来往南浦[5],欲问西江船[6]。正见当垆女[7],红妆二八年。一种为人妻[8],独自多悲悽。对镜便垂泪,逢人只欲啼。不如轻薄儿,旦暮长追随。悔作商人妇,青春长别离。如今正好同欢乐,君去容华谁得知[9]?

【注释】

〔1〕江夏:唐天宝至德间改鄂州为江夏郡,治所在江夏县,即今湖北武汉市。

〔2〕持:犹言控制。

〔3〕行李:行人,此指外出的丈夫。《左传·襄公八年》:"亦不使一介行李,告于寡君。"杜预注:"行李,行人也。"

〔4〕作个:怎么。能:只是。

〔5〕适来:刚才。南浦:在今武汉市武昌南。古亦用作送别之地的泛称。

〔6〕西江:指今江苏南京以西到江西九江一带的长江。

〔7〕当垆女:在酒店卖酒的女子。

〔8〕一种:一样。

〔9〕容华:年轻美丽的容貌。

怀仙歌

一鹤东飞过沧海[1],放心散漫知何在[2]?仙人浩歌望我来,应攀玉树长相待[3]。尧舜之事不足惊,自余嚣嚣直可轻[4]。巨鳌莫载三山去[5],我欲蓬莱顶上行。

【注释】

〔1〕一鹤:古有仙人骑鹤飞行的传说。沧海:《海内十洲记》:"沧海岛在北海中,地方三千里,去岸二十一万里,海四面绕岛,各广五千里,水皆苍色,仙人谓之沧海也。"

〔2〕放心散漫:任情适性。

〔3〕浩歌:大声歌唱。玉树:仙境中的树木。

〔4〕嚣(xiāo)嚣:纷扰貌。

〔5〕"巨鳌"句:《列子·汤问》载,大海中有五座仙山,常随波漂流。群仙患之,天帝乃命巨鳌举首戴之,五山乃峙而不动。载:一作"戴"。

玉真仙人词[1]

玉真之仙人,时往太华峰[2]。清晨鸣天鼓[3],飙欻腾双龙[4]。弄电不辍手[5],行云本无踪。几时入少室[6],王母应相逢[7]。

【注释】

〔1〕玉真仙人:即玉真公主,睿宗第十女。《金石录》卷二七《唐玉真公主墓志》:"公主法号无上,真字玄玄,天宝中更赐号曰持盈。"

〔2〕太华:即西岳华山。

〔3〕鸣天鼓:道家养生之法。《云笈七签》卷四五引《九真高上宝书神明经》曰:"叩齿之法,左相叩名曰打天钟,右相叩名曰槌天磬,中央上下相叩名曰鸣天鼓。"

〔4〕飙欻(biāo chuā):疾风。

〔5〕弄电:《太平御览》卷一三引《汉武内传》:"西王母曰:'东方朔为太山仙官,太仙使至方丈,助三天司命,朔但务山水游戏,擅弄雷电,激波扬风,风雨失时。'"

〔6〕少室:少室山,在河南省登封市北,主峰玉寨山为嵩山最高峰。

〔7〕王母:西王母。传说凡女子登仙得道者,皆隶属于西王母。

清溪行[1]

清溪清我心,水色异诸水。借问新安江,见底何如此[2]?人行明镜中,鸟度屏风里[3]。向晚猩猩啼[4],空悲远游子。

【注释】

〔1〕诗题:一作"宣州清溪"。诗作于天宝十三载(754),时作者在池州。清溪:水名,在今安徽池州市北。

〔2〕新安江:浙江上游的一支,源出皖南休宁、祁门两县境,东南流至浙江建德市梅城入浙江。见底:沈约有《新安江水至清浅见底》诗。

〔3〕屏风:喻重叠的山峦。
〔4〕向晚:傍晚。

酬殷明佐见赠五云裘歌〔1〕

我吟谢朓诗上语,朔风飒飒吹飞雨〔2〕。谢朓已没青山空〔3〕,后来继之有殷公。粉图珍裘五云色,晔如晴天散彩虹〔4〕。文章彪炳光陆离〔5〕,应是素娥玉女之所为〔6〕。轻如松花落金粉,浓似锦苔含碧滋。远山积翠横海岛,残霞飞丹映江草。凝毫采掇花露容〔7〕,几年功成夺天造。故人赠我我不违〔8〕,着令山水含清晖。顿惊谢康乐,诗兴生我衣。襟前林壑敛暝色,袖上云霞收夕霏〔9〕。群仙长叹惊此物,千崖万岭相萦郁。身骑白鹿行飘飖,手翳紫芝笑披拂〔10〕。相如不足夸鹔鹴〔11〕,王恭鹤氅安可方?瑶台雪花数千点,片片吹落春风香。为君持此凌苍苍〔12〕,上朝三十六玉皇〔13〕。下窥夫子不可及,矫手相思空断肠〔14〕。

【注释】

〔1〕殷明佐:即殷佐明。尝官仓部郎中。见《元和姓纂四校记》卷四。五云裘:杨齐贤注:"五云裘者,五色绚烂如云,故以五云名之。"
〔2〕"朔风"句:谢朓《观朝雨》:"朔风吹飞雨,萧条江上来。"
〔3〕青山:在安徽当涂东南三十里,谢朓曾在这里筑室居住。
〔4〕晔(yè):光。
〔5〕文章:错杂的色彩或花纹。彪炳:文采焕发。陆离:参差。

〔6〕素娥:嫦娥。玉女:仙女。
〔7〕露:一作"雾"。
〔8〕违:拒绝。
〔9〕"襟前"二句:谢灵运《石壁精舍还湖中作》:"昏旦变气候,山水含清晖……林壑敛暝色,云霞收夕霏。"
〔10〕"身骑"二句:曹植《飞龙篇》:"忽逢二童,颜色鲜好。乘彼白鹿,手翳芝草。"翳(yì):障蔽。
〔11〕"相如"句:《西京杂记》卷二载,司马相如初与卓文君还成都,家贫,曾用鹔鹴裘换酒。鹔鹴(sù shuāng),水鸟名,似雁,长颈绿毛,其羽毛可制裘。
〔12〕苍苍:指天空。
〔13〕三十六玉皇:萧士赟注:"道家所谓三十六天帝也。"
〔14〕矫手:举手。手:一作"首"。

临 路 歌[1]

大鹏飞兮振八裔[2],中天摧兮力不济[3]。余风激兮万世,游扶桑兮挂左袂[4]。后人得之传此[5],仲尼亡兮谁为出涕[6]?

【注释】

〔1〕诗作于宝应元年(762)十一月,时李白贫病交加,正居住在安徽当涂县其族叔李阳冰家。临路歌:李华《故翰林学士李君墓志并序》:"年六十有二不偶,赋《临终歌》而卒。"当即本篇。"路"当作"终",形近而误。
〔2〕大鹏:李白自喻。《庄子·逍遥游》:"北冥有鱼,其名为鲲。鲲之大,不知其几千里也。化而为鸟,其名为鹏。鹏之背,不知其几千里也。怒而飞,其翼若垂天之云。"八裔:八方。

〔３〕中天:半空中。摧:摧折,伤损。
〔４〕扶桑:神木,传说日出其下,见《淮南子·天文》。左袂(mèi):左袖。意谓左袖太长,挂在扶桑树上。喻自己的理想不能实现。语本严忌《哀时命》:"左袪(袖)挂于榑桑(即扶桑)。"
〔５〕此:指大鹏摧折。
〔６〕"仲尼"句:孔子以鲁人西狩获麟而出涕,伤麟出非其时而见害,事见《公羊传·哀公十四年》。

古　意

君为女萝草,妾作兔丝花[1]。轻条不自引,为逐春风斜。百丈托远松,缠绵成一家。谁言会面易[2],各在青山崖。女萝发馨香,兔丝断人肠。枝枝相纠结,叶叶竞飘扬。生子不知根,因谁共芬芳？中巢双翡翠[3],上宿紫鸳鸯。若识二草心,海潮亦可量。

【注释】

〔１〕女萝、兔丝:均为寄生植物,由于兔丝蔓有时缠绕在女萝上,故古人常用兔丝、女萝喻指男女爱情。
〔２〕面:一作"合"。
〔３〕翡翠:鸟名。

山鹧鸪词[1]

苦竹岭头秋月辉[2],苦竹南枝鹧鸪飞。嫁得燕山胡雁婿^[3],欲衔我向雁门归^[4]。山鸡翟雉来相劝^[5],南禽多被北禽欺。紫塞严霜如剑戟^[6],苍梧欲巢难背违^[7]。我心誓死不能去,哀鸣惊叫泪沾衣。

【注释】

〔1〕山鹧鸪:当时流行于南方的新曲名。鹧鸪,鸟名,形似鸡而小,喜居南方。

〔2〕苦竹岭:山名,在池州。《江南通志》称李白曾读书于此。

〔3〕燕山:山名,在今河北省东北部。

〔4〕雁门:山名,关名,在今山西阳高县北。

〔5〕山鸡:即环颈雉,俗称野鸡。翟(dí)雉:即长尾雉。《博物志》卷四:"鸐雉长尾,雨雪,惜其尾,栖高树杪,不敢下食,往往饿死。"

〔6〕紫塞:泛言边塞。崔豹《古今注》卷上:"秦筑长城,土色皆紫,汉塞亦然,故称紫塞焉。"

〔7〕苍梧:山名,又名九疑,在今湖南宁远县南。背违:离开。

历阳壮士勤将军名思齐歌并序^[1]

历阳壮士勤将军,神力出于百夫。则天太后召见,奇之,授游击将军^[2],赐锦袍玉带,朝野荣之。后拜横南将军^[3]。大臣慕义,结十友,即燕公张说、馆陶公郭元振为首,余壮之,遂作诗。

太古历阳郡,化为洪川在^[4]。江山犹郁盘^[5],龙虎秘光彩。蓄泄数千载,风云何霮䨪^[6]!特生勤将军,神力百夫倍。

【注释】

〔1〕历阳：隋历阳郡，唐置和州，天宝元年改为历阳郡，乾元元年复旧。治所在历阳(今安徽和县)。勤思齐：曾任夔州、归州镇将，开元九年前因故免职，张说《举陈光乘等表》称其"忠壮而异材"。

〔2〕游击将军：武散官，从五品下，见《新唐书·百官志》。

〔3〕横南将军：瞿蜕园、朱金城注："横南将军之称非唐代所有，恐出道听途说。"

〔4〕"太古"二句：《淮南子·俶真》："历阳之都，一夕反而为湖。"高诱注："历阳，淮南国之县名，今属江都。昔有老妪，常行仁义，有二诸生过之，谓曰：'此国当没为湖。'谓妪视东城门阃有血，便走上北山，勿顾也。自此妪便往视门阃。阍者问之，妪对曰如是。其暮，门吏故杀鸡，血涂门阃，明旦老妪早往视门，见血，便上北山，国没为湖。与门吏言其事，适一宿耳，一夕旦而为湖也。"事又见《述异记》卷上。

〔5〕郁盘：屈曲延伸貌。

〔6〕霍䨴(dàn duì)：云浓重貌。

草书歌行

少年上人号怀素[1]，草书天下称独步。墨池飞出北溟鱼[2]，笔锋杀尽中山兔[3]。八月九月天气凉，酒徒词客满高堂。笺麻素绢排数箱[4]，宣州石砚墨色光。吾师醉后倚绳床[5]，须臾扫尽数千张。飘风骤雨惊飒飒，落花飞雪何茫茫！起来向壁不停手，一行数字大如斗。怳怳如闻神鬼惊，时时只见龙蛇走。左盘右蹙如惊电，状同楚汉相攻战。湖南七郡凡几家[6]，家家屏障书题遍。王逸少[7]，张伯英[8]，古来几许浪得名[9]。张颠老死不足数[10]，我师此义不师古。古来万事贵天生，何必要公孙大娘浑脱舞[11]。

【注释】

〔1〕上人：对僧人的敬称。怀素：字藏真，俗姓钱，以善"狂草"著名。

〔2〕墨池：相传为王羲之的洗砚池，在会稽（今浙江绍兴）。此借指怀素洗砚处。北溟鱼：即鲲。《庄子·逍遥游》："北冥有鱼，其名为鲲。"

〔3〕中山兔：中山之兔毫，为笔精妙。《太平寰宇记》："溧水县……中山又名独山，在县东南十里，不与群山连接。古老相传，中山有白兔，世称为笔最精。"中山，在今江苏溧水。

〔4〕笺麻素绢：王琦注："笺、麻，皆纸也。以五色染成，或砑光，或金银泥。画花样者为笺纸，其以麻为之为麻纸。唐时诏书用黄麻、白麻是也。绢、素，皆缯名。缯中至下者谓之绢，绢之精白者谓之素。"

〔5〕绳床：一种坐具，又称交椅。

〔6〕湖南七郡：王琦注："七郡谓长沙郡、衡阳郡、桂阳郡、零陵郡、连山郡、江华郡、邵阳郡。此七郡皆在洞庭湖之南，故曰湖南。"

〔7〕王逸少：晋书法家王羲之，字逸少。

〔8〕张伯英：东汉书法家张芝，字伯英。

〔9〕浪：徒然。

〔10〕张颠：指唐书法家张旭。

〔11〕"何必"句：杜甫《观公孙大娘弟子舞剑器行序》："开元三载，余尚童稚，记于郾城，观公孙氏舞剑器浑脱，浏漓顿挫，独出冠时……昔者吴人张旭善草书帖，数尝于邺县见公孙大娘舞西河剑器，自此草书长进，豪荡感激。"浑脱，唐时舞名。

和卢侍御通塘曲

君夸通塘好，通塘胜耶溪[1]。通塘在何处？远在寻阳西。青萝袅袅挂烟树,白鹇处处聚沙堤。石门中断平湖出,百丈金潭照云日[2]。何处沧浪垂钓翁,鼓棹渔歌趣非一。相逢不相识,出没绕通塘。浦边清水明素足,别有浣纱吴女郎。行尽绿潭潭转幽,疑是武陵春碧流。秦人鸡犬桃花里,将比通塘渠见羞[3]。通塘不忍别,十去九迟回[4]。偶逢佳境心已醉,忽有一鸟从天来。月出青山送行子,四边苦竹秋声起[5]。长吟《白雪》望星河[6],双垂两足扬素波[7]。梁鸿德耀会稽日[8],宁知此中乐事多?

【注释】

〔1〕耶溪:若耶溪,在今浙江绍兴市南。

〔2〕金潭:潭水清澈,下有金沙,故称金潭。

〔3〕"行尽"四句:用陶潜《桃花源记》典。渠:彼,他。

〔4〕迟回:徘徊不忍去貌。

〔5〕苦竹:竹之一种,因其笋味苦而得名。

〔6〕白雪:古歌曲名。宋玉《对楚王问》:"客有歌于郢中者,其始曰《下里》《巴人》,国中属而和者数千人……其为《阳春》《白雪》,国中属而和者不过数十人。"此指卢侍御的《通塘曲》。

〔7〕双垂两足:传说月亮中有仙子,月初生时只见仙人两足,月圆后才能见仙人全形。塘水中可见初月之倒影,故云。素波:指月光。

〔8〕"梁鸿"句:《后汉书·梁鸿传》载,梁鸿为扶风平陵人,有志隐居。同县孟氏女孟光(字德耀)状肥丑而黑,后嫁梁鸿,夫妻恩爱。

卷　八

赠孟浩然[1]

吾爱孟夫子[2],风流天下闻。红颜弃轩冕[3],白首卧松云[4]。醉月频中圣[5],迷花不事君[6]。高山安可仰[7]?徒此挹清芬[8]。

【注释】

〔1〕开元二十七年(739),李白游襄阳,访孟浩然,本诗即作于此时。孟浩然(689—740),襄州襄阳(今属湖北)人,唐代著名诗人。

〔2〕夫子:古代对男子的敬称。

〔3〕红颜:指年青时代。轩冕:大夫的车服,代指官爵。江总《自叙》:"轩冕傥来之一物,岂是预要乎?"

〔4〕卧松云:即隐居山林。

〔5〕醉月:月下醉酒。圣:指清酒。汉末曹操禁酒,人称清酒为圣人,浊酒为贤人。见《三国志·魏书·徐邈传》。

〔6〕迷花:迷恋花木,指隐居生活。

〔7〕"高山"句:《诗·小雅·车舝》:"高山仰止,景行行止。"

〔8〕挹(yī):作揖,拱手为礼。清芬:清美芬芳,喻高尚的节操。

赠从兄襄阳少府皓[1]

结发未识事[2],所交尽豪雄。却秦不受赏,击晋宁为功[3]?小节岂足言,退耕春陵东[4]。归来无产业,生事如转蓬[5]。一朝乌裘敝,百镒黄金空[6]。弹剑徒激昂[7],出门悲路穷[8]。吾兄青云士[9],然诺闻诸公[10]。所以陈片言[11],片言贵情通。棣华倘不接[12],甘与秋草同。

【注释】

〔1〕此诗约作开元二十七年(739),时作者由吴越一带漫游后回到安陆。

〔2〕结发:指初成年。古代男子,二十岁束发而冠。

〔3〕"却秦"二句:用鲁仲连却秦救赵事。却秦,使秦退兵。击晋:一作"救赵"。宁为功,岂以此为功。一本此下有"托身白刃里,杀人红尘中。当朝揖高义,举世钦英风"四句。

〔4〕春陵:在今湖北枣阳市。

〔5〕生事:生计。转蓬:随风飘转的蓬草。喻身世飘零。

〔6〕"一朝"二句:用苏秦事。《战国策·秦策一》:"苏秦始将连横说秦惠王……书十上而说不行。黑貂之裘敝,黄金百斤尽。资用乏绝,去秦而归。"

〔7〕弹剑:用冯谖与孟尝君的故事,见《战国策·齐策四》。

〔8〕路穷:《世说新语·栖逸》注引《魏氏春秋》:"阮籍常率意独驾,不由径路,车迹所穷,辄恸哭而反。"

〔9〕青云士:品格高尚的人。

〔10〕然诺:应许,许诺。闻诸公:因重然诺而为诸公所知。

〔11〕陈片言:陈述简短的话。

〔12〕棣(dì)华:喻兄弟。《诗·小雅·常棣》:"常棣之华,鄂不铧铧。凡今之人,莫如兄弟。"傥:同"倘",倘使。

淮海对雪赠傅霭[1]

朔雪落吴天,从风渡溟渤。海树成阳春[2],江沙皓明月[3]。兴从剡溪起[4],思绕梁园发[5]。寄君郢中歌[6],曲罢心断绝[7]。

【注释】

〔1〕诗题:一作"淮南对雪赠孟浩然"。淮海:《书·禹贡》:"淮海惟扬州。"

〔2〕成阳春:指树上着雪,似花盛开。

〔3〕"江沙"句:一本此下有"飘飘四荒外,想象千花发。瑶草生阶墀,玉尘散庭阙"四句。

〔4〕"兴从"句:用王子猷雪夜访戴事。《世说新语·任诞》:"王子猷居山阴,夜大雪,眠觉开室,命酌酒。四望皎然,因起傍偟,咏左思《招隐诗》。忽忆戴安道。时戴在剡,即便夜乘小船就之。经宿方至,造门不前而返。人问其故,王曰:'吾本乘兴而行,兴尽而返,何必见戴?'"

〔5〕梁园:即梁苑。谢惠连有《雪赋》,写梁孝王于梁园置酒赏雪事。

〔6〕郢中歌:谓《阳春》《白雪》。借指此首"对雪"之作。

〔7〕一本此四句作"剡溪兴空在,郢路歌未歇。寄君《梁父吟》,曲尽心断绝"。

赠徐安宜[1]

白田见楚老[2],歌咏徐安宜。制锦不择地,操刀良在兹[3]。清风动百里,惠化闻京师[4]。浮人若云归[5],耕种满郊岐。川光净麦陇,日色明桑枝。讼息但长啸,宾来或解颐[6]。青橙拂户牖[7],白水流园池。游子滞安邑[8],怀恩未忍辞。翳君树桃李[9],岁晚托深期。

【注释】

〔1〕安宜:唐县名,在今江苏宝应县。

〔2〕白田:安宜地名。《江南通志》:"白田渡,在宝应县南门外。"

〔3〕"制锦"二句:《左传·襄公三十一年》载,尹何年少,子皮欲使出任邑大夫,子产以为不可,曰:"犹未能操刀而使割也,其伤实多……子有美锦,不使人学制焉。大官大邑,身之所庇也,而使学者制焉,其为美锦,不亦多乎?"杜预注:"制,裁也。"

〔4〕百里:谓一县之地。惠化:惠政。

〔5〕浮人:流亡外地的人。

〔6〕解颐:使人开颜欢悦。《汉书·匡衡传》:"匡说《诗》,解人颐。"

〔7〕橙:一作"槐"。

〔8〕游子:诗人自谓。安邑:即指安宜。

〔9〕翳:惟。树桃李:《韩诗外传》卷七:"夫春树桃李,夏得阴其下,秋得食其实。"

赠任城卢主簿潜[1]

海鸟知天风,窜身鲁门东。临觞不能饮,矫翼思凌空。钟鼓不为乐,烟霜谁与同[2]?归飞未忍去,流泪谢鸳鸿[3]。

【注释】

〔1〕任城:唐县名,在今山东济宁市。

〔2〕"海鸟"六句:《庄子·达生》载,昔有鸟止于鲁郊,鲁君悦之,飨以太牢,奏以韶乐。此鸟反而忧悲,不思饮食,三日而死。

〔3〕鸳鸿:喻朝官班列,此指任城诸友。

早秋赠裴十七仲堪[1]

远海动风色,吹愁落天涯。南星变大火[2],热气余丹霞。光景不可回,六龙转天车[3]。荆人泣美玉[4],鲁叟悲匏瓜[5]。功业若梦里,抚琴发长嗟。裴生信英迈,屈起多才华[6]。历抵海岱豪,结交鲁朱家[7]。复携两少妾,艳色惊荷葩[8]。双歌入青云,但惜白日斜。穷溟出宝贝[9],大泽饶龙蛇[10]。明主傥见收,烟霄路非赊[11]。时命若不会,归应炼丹砂[12]。

【注释】

〔1〕此诗约作于开元二十八年(740),时李白寓居于山东。

〔2〕"南星"句:王琦注:"南星,南方之星也。大火,心星也。初昏之时,大火见南方,于时为夏。若转而西流,则为秋矣。"

〔3〕六龙:神话中为太阳驾车的六条龙。

〔4〕"荆人"句:用卞和抱璞哭于荆山下,后剖璞得玉的故事,事见《韩非子·和氏》。

〔5〕"鲁叟"句:《论语·阳货》:"吾岂匏瓜也哉!焉能系而不食?"喻不为世所用。

〔6〕屈起:勃起。屈,通"倔",一作"崛"。

〔7〕海岱:指古青州之地。朱家:汉初鲁人,以"任侠"闻名,多藏匿豪士和亡命,势力很大。事见《史记·游侠列传》。

〔8〕姜:一作"女"。葩(pā):花。

〔9〕穷溟:《文选》木华《海赋》:"翔天沼,戏穷溟。"李善注:"《庄子》曰:'穷发之北,有溟海者,天池也。'"

〔10〕"大泽"句:语本《左传·襄公二十一年》:"深山大泽,实生龙蛇。"

〔11〕烟霄:犹青云。赊:远。

〔12〕"时命"二句:一作"知飞万里道,勿使岁寒嗟"。

赠范金乡二首[1]

君子枉清盼[2],不知东走迷[3]。离家未几月,络纬鸣中闺[4]。桃李君不言,攀花愿成蹊[5]。那能吐芳信,惠好相招携[6]。我有结绿珍[7],久藏浊水泥。时人弃此物,乃与燕石齐[8]。摭拭欲赠之,申眉路无梯[9]。

辽东惭白豕[10],楚客羞山鸡[11]。徒有献芹心[12],终流泣玉啼[13]。只应自索漠[14],留舌示山妻[15]。

【注释】

〔1〕金乡:唐县名,在今山东金乡县。

〔2〕清盼:谓友人之关照。

〔3〕东走:《淮南子·说山》:"狂者东走,逐者亦东走,东走则同,所以东走则异。"

〔4〕络纬:昆虫名,俗称纺织娘。

〔5〕"桃李"二句:《史记·李将军列传赞》有古谚"桃李不言,下自成蹊"之句。

〔6〕那:犹"又""更"。芳信:芳言,佳音。惠好:友爱,友情。

〔7〕结绿:宝石名。《史记·范雎蔡泽列传》:"周有砥砨,宋有结绿,梁有县藜,楚有和朴,此四宝者,土之所生,良工之所失也。"

〔8〕燕石:宋之愚人得燕石,归而藏之,以为宝,其实与瓦片差不多。石,一作"珉(mín)"。

〔9〕摭:拾。申眉:伸眉,扬眉。

〔10〕"辽东"句:朱浮《为幽州牧与彭宠书》:"往时辽东有豕,生子白头,异而献之。行至河东,见群豕皆白,怀惭而还。"

〔11〕"楚客"句:楚人有担山鸡者,说是凤凰,路人信以为真,以二千金买之,欲献于楚王,后山鸡死,此人抱憾不已。王闻之,厚赐之。

〔12〕献芹心:《列子·杨朱》:"昔人有美戎菽,甘枲茎、芹萍子者,对乡豪称之。乡豪取而尝之,蜇于口,惨于腹。众哂而怨之,其人大惭。"后用"献芹"为自谦所献菲薄、不足当意之辞。

〔13〕"终流"句:用卞和事。

〔14〕索漠:枯寂无生气貌。

〔15〕"留舌"句:《史记·张仪列传》载,楚人疑张仪盗璧,"共执张仪,掠笞数百,不服,醳(释)之。其妻曰:'嘻!子毋读书游说,安得此辱乎?'张仪谓其妻曰:'视吾舌尚在不?'其妻笑曰:'舌在也。'仪曰:

247

'足矣。'"

范宰不买名^[1],弦歌对前楹^[2]。为邦默自化^[3],日觉冰壶清^[4]。百里鸡犬静,千庐机杼鸣。浮人少荡析^[5],爱客多逢迎。游子睹嘉政,因之听颂声。

【注释】

〔1〕买名:沽名钓誉。

〔2〕弦歌:指礼乐教化。

〔3〕为:治理。自化:《老子》:"我无为而民自化。"

〔4〕冰壶清:鲍照《代白头吟》:"清如玉壶冰。"比喻品德清白。

〔5〕浮人:流亡在外之人。荡析:离散。《书·盘庚》:"今我民用荡析离居。"

赠瑕丘王少府[1]

皎皎鸾凤姿,飘飘神仙气。梅生亦何事?来作南昌尉^[2]。清风佐鸣琴^[3],寂寞道为贵。一见过所闻,操持难与群。毫挥鲁邑讼,目送瀛洲云^[4]。我隐屠钓下,尔当玉石分^[5]。无由接高论,空此仰清芬。

【注释】

〔1〕瑕丘:唐县名,在今山东济宁市兖州区。少府:县尉的别称。

〔2〕"梅生"二句:西汉末,梅福为南昌县尉,后弃官,得道成仙。事见《汉书·梅福传》。

〔3〕鸣琴:《吕氏春秋·察贤》:"宓子贱治单父,弹鸣琴,身不下堂而

单父治。"

〔4〕瀛洲:海上三神山之一。

〔5〕玉石分:谓显出非同于凡石的似玉美才。

东鲁见狄博通[1]

去年别我向何处?有人传道游江东。谓言挂席度沧海,却来应是无长风[2]。

【注释】

〔1〕东鲁:指今山东曲阜一带。狄博通:并州太原人,狄仁杰之曾孙。事见《新唐书·宰相世系表四下》。

〔2〕"却来"句:瞿蜕园、朱金城注:"唐人语,却来即返回之意。谓本谓渡海,而今复回,当是无长风之故。"

见京兆韦参军量移东阳二首[1]

潮水还归海,流人却到吴[2]。相逢问愁苦,泪尽日南珠[3]。

【注释】

〔1〕参军:府尹佐吏。量移:《日知录》卷三二:"唐朝人得罪,贬窜远方,遇赦改近地,谓之量移。"东阳:唐县名,在今浙江东阳市。

〔2〕流人:有罪被流放的人。

〔3〕"泪尽"句:用鲛人泣珠事。《博物志》卷二:"南海外有鲛人,水居如鱼,不废织绩,其眼能泣珠。"日南,汉郡名,其地在今越南南部。

闻说金华渡[1],东连五百滩[2]。全胜若耶好[3],莫道此行难。猿啸千溪合,松风五月寒。他年一携手,摇艇入新安[4]。

【注释】

〔1〕金华:唐县名,在今浙江金华。

〔2〕五百滩:王琦注引《一统志》:"五百滩在金华府城西五里,滩之最大者,俗传舟行挽牵,五百人方可渡。"

〔3〕若耶:溪名,在今浙江绍兴市南。

〔4〕新安:新安江,浙江上游的一支,源出皖南休宁、祁门两县境,东南流至浙江建德市梅城入浙江。

赠丹阳横山周处士惟长[1]

周子横山隐,开门临城隅。连峰入户牖,胜概凌方壶[2]。时柱《白纻词》[3],放歌丹阳湖[4]。水色傲溟渤,川光秀菰蒲[5]。当其得意时,心与天壤俱。闲云随舒卷,安识身有无?抱石耻献玉[6],沉泉笑探珠[7]。羽化如可作[8],相携上清都[9]。

【注释】

〔1〕横山:又名横望山,在安徽当涂县北六十里。四望皆横,故名横山。其南有丹阳湖。

〔２〕方壶:方丈,海中三神山之一。

〔３〕白纻词:《明一统志·太平府》:"白纻山,在府城东五里,本名楚山,晋桓温携妓游山奏乐,好为《白纻歌》,因名山。"

〔４〕丹阳湖:在今安徽当涂县东南,周围三百余里。

〔５〕菰:即菰菜,俗称茭白。

〔６〕"抱石"句:用卞和事,见《韩非子·和氏》。

〔７〕探珠:《庄子·列御寇》:"夫千金之珠,必在九重之渊,而骊龙颔下。"

〔８〕羽化:谓成仙,即"变化飞升"之意。

〔９〕清都:天帝所居的宫阙,也指帝王所居的都城。

玉真公主别馆苦雨赠卫尉张卿二首[1]

秋坐金张馆[2],繁阴昼不开。空烟迷雨色,萧飒望中来。翳翳昏垫苦[3],沉沉忧恨催。清秋何以慰?白酒盈吾杯。吟咏思管乐[4],此人已成灰。独酌聊自勉,谁贵经纶才?弹剑谢公子,无鱼良可哀[5]。

【注释】

〔１〕诗题安旗等注:"别馆在终南山楼观。卫尉张卿,即右相张说次子张垍,尚宁亲公主,拜驸马都尉,为玉真侄婿。"

〔２〕秋:一作"愁"。金张:《汉书·盖宽饶传》:"下无金、张之托。"注:"金,金日䃅也。张,张安世也。"金、张汉时并为显官。金、张馆,借指玉真公主别馆。

〔３〕翳翳:昏暗貌。昏垫:《书·益稷》:"下民昏垫。"《文选》谢灵运《游南亭》:"久痗昏垫苦。"张铣注:"昏雾垫溺也,言病此霖雨之苦也。"

〔4〕管乐:管仲与乐毅。

〔5〕"弹剑"二句:用孟尝君食客冯谖故事,见《史记·孟尝君列传》。谢:以辞相告。公子:此处借指张卿。

苦雨思白日,浮云何由卷?稷契和天人^[1],阴阳乃骄蹇^[2]。秋霖剧倒井,昏雾横绝巘^[3]。欲往咫尺途,遂成山川限。漅漅奔溜闻^[4],浩浩惊波转。泥沙塞中途,牛马不可辨^[5]。饥从漂母食^[6],闲缀羽陵简^[7]。园家逢秋蔬,藜藿不满眼^[8]。蟏蛸结思幽^[9],蟋蟀伤褊浅^[10]。厨灶无青烟,刀机生绿藓。投箸解鹔鹴,换酒醉北堂^[11]。丹徒布衣者,慷慨未可量。何时黄金盘,一斛荐槟榔^[12]?功成拂衣去,摇曳沧洲傍^[13]。

【注释】

〔1〕稷契:稷即后稷,周之始祖,舜时为农官,教民耕种。契乃商之始祖,舜时为司徒,掌教化。后以"稷契"为贤臣的典范。和天人:调和天道与人事。

〔2〕乃:一作"仍。"骄蹇:不顺貌。

〔3〕剧:甚于。倒井:傅玄《雨诗》:"霖雨如倒井。"巘(yǎn):山峰。

〔4〕漅(cōng)漅:水流之声。闻:一作"泻"。

〔5〕"牛马"句:《庄子·秋水》:"秋水时至,百川灌河,泾流之大,两涘渚崖之间,不辨牛马。"

〔6〕"饥从"句:用韩信与漂母的故事,见《史记》本传。

〔7〕"闲缀"句:安旗等注:"缀,谓连结字句以成文章……羽陵简,代指所作诗文。《穆天子传》:'天子东游,次于雀梁,(曝)蠹书于羽陵。'"

〔8〕藜藿(lí huò):《汉书·司马迁传》颜师古注:"藜,草似蓬也。藿,豆叶也。"

〔9〕蟏蛸(xiāo shāo):小蜘蛛。

〔10〕裖(biǎn)浅:困窘之意。

〔11〕"投箸"二句:用司马相如以鹔鹴裘换酒喝的故事,见《西京杂记》卷二。

〔12〕"丹徒"四句:《南史·刘穆之传》载,诸葛长民有异谋,穆之厚为之备。长民谓所亲曰:"贫贱常思富贵,富贵必践危机,今日思为丹徒布衣,不可得也。"穆之少时家贫,诞节,嗜酒食,不修拘捡。好往妻兄家乞食,多见辱,不以为耻……后有庆会,属令勿来,穆之犹往,食毕求槟榔。江氏兄弟戏之曰:"槟榔消食,君乃常饥,何忽须此?"……及穆之为丹阳尹,将召妻兄弟,妻泣而稽颡以致谢。穆之曰:"本不匿怨,无所致忧。"及至醉饱,穆之乃令厨人以金盘贮槟榔一斛以进之。

〔13〕沧洲:泛指隐士居处。

赠韦秘书子春[1]

谷口郑子真,躬耕在岩石。高名动京师,天下皆藉藉[2]。斯人竟不起,云卧从所适。苟无济代心[3],独善亦何益。惟君家世者,偃息逢休明[4]。谈天信浩荡[5],说剑纷纵横[6]。谢公不徒然,起来为苍生[7]。秘书何寂寂[8],无乃羁豪英!且复归碧山,安能恋金阙。旧宅樵渔地,蓬蒿已应没。却顾女几峰[9],胡颜见云月[10]?徒为风尘苦,一官已白发。气同万里合,访我来琼都[11]。披云睹青天[12],扪虱话良图[13]。留侯将绮里[14],出处未云殊。终与安社稷,功成去五湖[15]。

【注释】

〔1〕安旗等注:"本年(至德元载)十二月作于庐山屏风叠隐居处。韦子春,曾官秘书省著作郎,故称。韦为永王璘谋主之一。永王领四道节度使出镇江陵后,韦奉命来庐山说李白入幕。此诗当是白应聘后赠韦之作。"

〔2〕"谷口"四句:《汉书·王贡两龚鲍传》载,郑子真隐居云阳谷口,大将军王凤以礼聘之,不应,以清高著称于时。蔼蔼,众口喧腾貌。

〔3〕济代:即济世。

〔4〕"惟君"二句:瞿蜕园、朱金城注:"此二句指韦氏在唐高宗、武后朝,思谦、承庆、嗣立等相继为相。"偃息,安卧。

〔5〕谈天:《史记·孟子荀卿列传》载,战国时邹衍善辩,所言天地广大,五德始终,多为天事。其弟奭亦有名,故齐人称"谈天衍,雕龙奭"。

〔6〕说剑:《庄子》有《说剑》篇。瞿蜕园、朱金城注:"《庄子·说剑》之意,即战国策士纵横之言,故云'说剑纷纵横'。"

〔7〕"谢公"二句:谢安隐居东山,时人语曰:"安石不肯出,将如苍生何?"见《世说新语·排调》。

〔8〕寂寂:寂寞不得志。

〔9〕女几峰:王琦注引《一统志》:"女几山在河南宜阳县西九十里。"

〔10〕胡颜:犹云有何颜面。

〔11〕琼都:郭沫若《李白与杜甫》:"'琼都'就是庐山。《郡国志》:'庐山叠嶂九层,崇岩万仞。《山海经》所谓三天子嶂,亦曰天子都也。'"

〔12〕"披云"句:晋卫伯玉命子弟去拜见乐广,曰:"此人,人之水镜也,见之若披云雾睹青天。"见《世说新语·赏誉》。

〔13〕扪虱:《晋书·苻坚载记》载,王猛隐居华山,"桓温入关,猛被褐而诣之,一面谈当世之事,扪虱而言,旁若无人"。

〔14〕留侯:张良佐刘邦建立汉朝,封留侯。将:与。绮里:绮里季,"商山四皓"之一,此代指"四皓"。

〔15〕"功成"句:用范蠡功成后乘轻舟浮于五湖的典故。

赠韦侍御黄裳二首[1]

太华生长松,亭亭凌霜雪[2]。天与百尺高,岂为微飙折[3]?桃李卖阳艳[4],路人行且迷。春光扫地尽[5],碧叶成黄泥。愿君学长松,慎勿作桃李。受屈不改心[6],然后知君子。

【注释】

〔1〕诗约作于天宝十一载(752),时作者在北方。韦黄裳:据《旧唐书·肃宗纪》、《王铁传》及《唐御史台精舍题名考》卷三载,韦于天宝九年为万年尉,后为殿中侍御史,乾元时为苏州刺史、浙西节度使。唐殿中侍御史,众呼为侍御。

〔2〕太华:西岳华山。亭亭:直立不阿貌。

〔3〕微飙:小旋风。

〔4〕卖阳艳:卖弄春日花盛开的艳丽之色。

〔5〕扫:一作"拂"。

〔6〕受屈:受到挫折与打击。

见君乘骢马[1],知上太山道[2]。此地果摧轮[3],全身以为宝。我如丰年玉[4],弃置秋田草。但勖冰壶心[5],无为叹衰老。

【注释】

〔1〕乘骢马:指为御史。东汉桓典为侍御史,执法严正,不避权贵,常乘骢马,京师畏惮。

〔2〕山:一作"行"。

〔3〕摧轮:摧折车轮。曹操《苦寒行》:"北上太行山,艰哉何巍巍。羊肠坂诘屈,车轮为之摧。"

〔4〕丰年玉:《世说新语·赏誉》:"世称庾文康为丰年玉,稚恭为荒年谷。"

〔5〕勖(xù):勉励。冰壶:鲍照《代白头吟》:"清如玉壶冰。"比喻品德清白。

赠薛校书[1]

我有吴越曲[2],无人知此音。姑苏成蔓草[3],麋鹿空悲吟[4]。未夸观涛作[5],空郁钓鳌心[6]。举手谢东海,虚行归故林[7]。

【注释】

〔1〕诗约作于天宝三载(744),时李白即将离开长安。

〔2〕越:一作"趋"。《古今注》卷下:"《吴趋曲》,吴人以歌其地也。"

〔3〕"姑苏"句:春秋时,伍子胥被吴王逼迫自杀。临死前,仰天叹曰:"吾今日死,吴宫为墟,庭生蔓草。"事见《吴越春秋·夫差内传》。姑苏,台名,吴王夫差所建,故址在今苏州市西南。

〔4〕"麋鹿"句:《史记·淮南衡山列传》载,伍子胥谏吴王,不从,叹曰:"臣今见麋鹿游姑苏之台也。"

〔5〕观涛作:指枚乘《七发》。《七发》:"将以八月之望,与诸侯远方交游兄弟,并往观涛乎广陵之曲江。"

〔6〕钓鳌:《列子·汤问》:"龙伯之国有大人,举足不盈数步而暨五山之所,一钓而连六鳌……"又,宋赵令畤《侯鲭录》六:"李白开元中谒宰相,封一板,上题曰:'海上钓鳌客李白。'"

〔7〕谢:辞别。虚行:谓行而无功。

赠何七判官昌浩

有时忽惆怅,匡坐至夜分〔1〕。平明空啸咤〔2〕,思欲解世纷〔3〕。心随长风去,吹散万里云。羞作济南生,九十诵古文〔4〕。不然拂剑起,沙漠收奇勋。老死阡陌间,何因扬清芬〔5〕？夫子今管乐〔6〕,英才冠三军〔7〕。终与同出处,岂将沮溺群〔8〕？

【注释】

〔1〕匡坐:正坐。夜分:半夜。
〔2〕平明:黎明。啸咤(zhà):大声呼喊。
〔3〕解世纷:排解世间的纷争。
〔4〕济南生:《汉书·儒林传》:"伏生,济南人也。故为秦博士。孝文时,求能治《尚书》者,天下亡有。闻伏生治之,欲召。时伏生年九十余,老不能行,于是诏太常,使掌故朝错(即晁错)往受之。"古文:指用古文字写的经书。
〔5〕阡陌:田间的路,南北为阡,东西为陌。清芬:美名。
〔6〕管乐:管仲、乐毅。
〔7〕冠三军:居于三军之首。
〔8〕出处:进退,引申指行动。沮溺:即长沮、桀溺,春秋时隐士,曾嘲讽孔子终日栖栖遑遑、奔走于列国之间的积极用世精神。见《论语·微子》。南朝梁朱异《还东田宅赠朋离》:"虽有遨游美,终非沮溺群。"

读诸葛武侯传书怀赠长安崔少府叔封昆季[1]

汉道昔云季,群雄方战争[2]。霸图各未立,割据资豪英[3]。赤伏起颓运[4],卧龙得孔明[5]。当其南阳时,陇亩躬自耕[6]。鱼水三顾合[7],风云四海生[8]。武侯立岷蜀,壮志吞咸京[9]。何人先见许,但有崔州平[10]。余亦草间人,颇怀拯物情[11]。晚途值子玉[12],华发同衰荣[13]。托意在经济[14],结交为弟兄。无令管与鲍[15],千载独知名。

【注释】

〔1〕诸葛武侯传:当指《三国志·蜀书·诸葛亮传》。诸葛亮晚年被封为武乡侯,故称诸葛武侯。叔封:同州刺史崔子源子;其弟忬,千牛将军。见《新唐书·宰相世系表二下》。昆季:兄弟。诗约作于初入长安的开元十八年(730)。

〔2〕季:末。指东汉末年。群雄:指袁绍、袁术、曹操、孙坚、刘备等人。

〔3〕资:凭借。

〔4〕"赤伏"句:赤伏符,传说是光武帝刘秀称帝前所受的符命。见《后汉书·光武帝纪》。

〔5〕卧龙:《蜀书·诸葛亮传》及裴注说,东汉末年,诸葛亮在襄阳隆中隐居,徐庶、司马徽荐之于刘备,称亮为"卧龙"。亮字孔明。

〔6〕"当其"二句:诸葛亮《出师表》:"臣本布衣,躬耕于南阳。"诸葛亮隐居的南阳隆中山,在今湖北襄阳市古城西。

〔7〕鱼水:《蜀书·诸葛亮传》:"先主解之曰:'孤之有孔明,犹鱼之有水也。'"三顾:汉末刘备三次往隆中访聘诸葛亮,见《蜀书·诸葛亮传》。

〔8〕"风云"句:喻诸葛亮辅佐刘备建立功业。

〔9〕岷蜀:蜀中有岷山、岷江,故称岷蜀。咸京:指秦汉时之京城咸阳、长安一带。

〔10〕"何人"二句:《蜀书·诸葛亮传》:"亮躬耕陇亩,好为《梁父吟》。身长八尺,每自比于管仲、乐毅,时人莫之许也,惟博陵崔州平、颍川徐庶元直与亮友善,谓为信然。"见许,赏识。

〔11〕草间人:指隐居草野之人。拯物情:拯世之意。

〔12〕晚途:晚年。值:遇到。子玉:指东汉崔瑗,东汉名儒,官至济北相。此以崔瑗喻指崔叔封。

〔13〕华发:花白的头发。衰荣:偏义复词,指衰老。

〔14〕托意:寄托志向。经济:经世济民。

〔15〕管与鲍:管仲与鲍叔。鲍叔,春秋时齐国人,管仲少时,常与鲍叔游,"鲍叔知其贤",后荐管仲为相,佐齐桓公称霸。管仲曰:"生我者父母,知我者鲍子也。"见《史记·管晏列传》。

赠郭将军[1]

将军少年出武威[2],入掌银台护紫微[3]。平明拂剑朝天去,薄暮垂鞭醉酒归。爱子临风吹玉笛,美人向月舞罗衣。畴昔雄豪如梦里,相逢且欲醉春晖[4]。

【注释】

〔1〕诗约作于天宝三载(744),时李白在长安。

〔2〕武威:即凉州,天宝元年改名武威郡,治所在今甘肃武威。少年出武威:一作"豪荡有天威"。

〔3〕银台：《唐六典》卷七载，大明宫紫宸殿之"东曰左银台门，西曰右银台门"。此指唐宫。紫微：谓帝王所居。入：一作"昔"。

〔4〕"畴昔"二句：一作"今日相逢俱失路，何年灞上弄春晖"。

驾去温泉宫后赠杨山人[1]

少年落魄楚汉间，风尘萧瑟多苦颜[2]。自言管葛竟谁许[3]？长吁莫错还闭关[4]。一朝君王垂拂拭[5]，剖心输丹雪胸臆[6]。忽蒙白日回景光[7]，直上青云生羽翼。幸陪鸾辇出鸿都，身骑飞龙天马驹[8]。王公大人借颜色，金章紫绶来相趋[9]。当时结交何纷纷，片言道合唯有君。待吾尽节报明主，然后相携卧白云[10]。

【注释】

〔1〕温泉宫：天宝六载改名华清宫，在今陕西临潼南骊山上。诗作于天宝二年（743）冬，时作者正供奉翰林。

〔2〕楚汉间：指今湖北汉水流域一带。萧瑟：形容境遇凄凉。

〔3〕管葛：管仲和诸葛亮。许：认可。

〔4〕莫错：烦乱。闭关：闭门。

〔5〕垂拂拭：喻加以赏拔。

〔6〕输：送。丹：指赤心。雪：洗涤，使呈露。

〔7〕白日：喻皇帝。景光：日光。

〔8〕鸾辇：皇帝的车驾。鸿都：东汉宫廷有鸿都门，其内置学及书库，文学之士多集中于此。此借指翰林院。飞龙：唐禁中马厩名。天马驹：骏马。《史记·大宛列传》载，初，汉武帝得乌孙马，名曰天马，后得大宛汗血马，又更名乌孙马为西极，名大宛马为天马。唐制，翰林学士初入

260

院,赐中厩马一匹,谓之"长借马"。其时李白供奉翰林,故得骑飞龙厩马。

〔9〕借颜色:犹言给面子。金章:金印。汉制,丞相、太尉、列侯、将军,皆金印紫绶。见《汉书·百官公卿表》。此以金章紫绶指朝廷大官。

〔10〕卧白云:指隐居山林。

温泉侍从归逢故人

汉帝长杨苑[1],夸胡羽猎归[2]。子云叨侍从,献赋有光辉[3]。激赏摇天笔[4],承恩赐御衣。逢君奏明主,他日共翻飞。

【注释】

〔1〕长杨苑:汉宫苑名,故址在今陕西周至县东南。

〔2〕夸胡:《汉书·扬雄传》:"上将大夸胡人以多禽兽,秋,命右扶风发民入南山……张罗罔罝罦,捕熊罴豪猪虎豹狖玃狐菟麋鹿,载以槛车,输长杨射熊馆。"

〔3〕"子云"二句:《汉书·扬雄传》载,汉成帝幸长杨宫,令胡客大校猎,扬雄献《长杨赋》。

〔4〕激赏:极其赞赏。天笔:御笔。

赠裴十四[1]

朝见裴叔则,朗如行玉山[2]。黄河落天走东海,万里写

261

入胸怀间[3]。身骑白鼋不敢度[4],金高南山买君顾[5]。徘徊六合无相知[6],飘若浮云且西去。

【注释】

〔1〕此诗约作于开元十四年(726),时李白正在江南一带漫游。

〔2〕"朝见"二句:《世说新语·容止》:"裴令公有俊容仪,脱冠冕,粗服乱头皆好,时人以为玉人。见者曰:'见裴叔则如玉山上行,光映照人。'"

〔3〕写:通"泻",倾泻。

〔4〕白鼋(yuán):屈原《九歌·河伯》:"乘白鼋兮逐文鱼,与女游兮河之渚。"鼋,大鳖。

〔5〕"金高"句:郁贤皓注:"金高:极言价高。南山:指终南山。买君顾:《列女传》卷五《楚成郑瞀传》:'郑瞀者,郑女之嬴媵,楚成王之夫人也。初,成王登台,临后宫,宫人皆倾观,子瞀直行不顾,徐步不变。王曰:"行者顾。"子瞀不顾,王曰:"顾,吾以女为夫人。"子瞀复不顾。王曰:"顾,吾又与女千金而封若父兄。"子瞀遂一顾。'"此借用郑子瞀事,意谓隐南山的目的是希望得到君王的垂顾。

〔6〕六合:即天地四方。

赠崔侍御[1]

黄河三尺鲤,本在孟津居[2]。点额不成龙,归来伴凡鱼[3]。故人东海客,一见借吹嘘[4]。风涛傥相因[5],更欲凌昆墟[6]。

【注释】

〔1〕崔侍御:即崔成甫。

〔2〕三:一作"二"。孟津:古黄河津渡名,在今河南洛阳市。

〔3〕"点额"二句:《水经注·河水》:"鳣,鲔也,出巩穴,三月则上渡龙门,得渡为龙矣,否则点额而还。"后比喻科举落第或仕途失意。

〔4〕吹嘘:替人说好话,宣扬。

〔5〕因:一作"见"。

〔6〕昆墟:《水经注·河水》:"昆仑墟在西北……其高万一千里,河水出其东北陬。"一本此下有"何当赤车使,再往召相如"二句。

述德兼陈情上哥舒大夫[1]

天为国家孕英才,森森矛戟拥灵台[2]。浩荡深谋喷江海,纵横逸气走风雷。丈夫立身有如此,一呼三军皆披靡。卫青谩作大将军[3],白起真成一竖子[4]。

【注释】

〔1〕哥舒大夫:指哥舒翰,天宝六载为陇右节度使。八载,破吐蕃石堡城,加摄御史大夫。两《唐书》有传。

〔2〕"森森"句:《晋书·裴楷传》载,裴楷有知人之鉴,见到钟会,"如观武库森森,但见矛戟在前"。灵台,指心。《庄子·庚桑楚》:"不可内于灵台。"郭象注:"灵台,心也。"

〔3〕卫青:汉武帝时名将,官大将军。谩作:虚为。

〔4〕白起:战国时名将,事秦昭王。《史记·平原君虞卿列传》:"毛遂按剑而前曰:'……白起,小竖子耳。'"竖子:对人的蔑称,犹"小子"。

雪谗诗赠友人

嗟余沉迷，猖獗已久[1]。五十知非，古人常有[2]。立言补过，庶存不朽[3]。包荒匿瑕[4]，蓄此烦丑[5]。《月出》致讥[6]，贻愧皓首[7]。感悟遂晚，事往日迁。白璧何辜？青蝇屡前[8]。群轻折轴，下沉黄泉。众毛飞骨，上凌青天[9]。萋斐暗成，贝锦粲然[10]。泥沙聚埃，珠玉不鲜。洪焰烁山，发自纤烟[11]。沧波荡日，起于微涓[12]。交乱四国[13]，播于八埏[14]。拾尘掇蜂[15]，疑圣猜贤。哀哉悲夫，谁察予之贞坚！彼妇人之猖狂，不如鹊之强强。彼妇人之淫昏，不如鹑之奔奔[16]。坦荡君子[17]，无悦谗言[18]。擢发续罪[19]，罪乃孔多[20]。倾海流恶，恶无以过[21]。人生实难[22]，逢此织罗[23]。积毁销金[24]，沉忧作歌。天未丧文，其如予何[25]！妲己灭纣[26]，褒女惑周[27]。天维荡覆，职此之由[28]。汉祖吕氏，食其在傍[29]。秦皇太后，毒亦淫荒[30]。蟪蛛作昏[31]，遂掩太阳。万乘尚尔[32]，匹夫何伤！辞殚意穷[33]，心切理直。如或妄谈，昊天是殛[34]。子野善听[35]，离娄至明[36]。神靡遁响，鬼无逃形。不我遐弃[37]，庶昭忠诚[38]。

【注释】

〔1〕"嗟余"二句：语本丘迟《与陈伯之书》："沉迷猖獗，以至于此。"

狙獗(jué),颠踬。

〔2〕"五十"二句:《淮南子·原道》:"蘧伯玉,年五十而有四十九年非。"

〔3〕"立言"二句:《左传·襄公二十四年》:"太上有立德,其次有立功,其次有立言。虽久不废,此之谓不朽。"立言,著书立说。

〔4〕包荒:《易·泰》:"包荒用冯河。"孔疏:"包含荒秽之物。"匿瑕:《左传·宣公十五年》:"瑾瑜匿瑕。"杜预注:"匿,亦藏也,虽美玉之质,亦或居藏瑕秽。"

〔5〕烦丑:丑恶。

〔6〕月出:《诗·陈风》篇名,相传是讥刺好色的诗。

〔7〕贻(yí):遗留。皓首:白头,指老年。

〔8〕"白璧"二句:王绮注:"《埤雅》:'青蝇粪尤能败物,虽玉犹不免,所谓蝇粪点玉是也。'盖青蝇善乱色,故诗人以刺谗。"

〔9〕"群轻"四句:《汉书·中山靖王胜传》:"丛轻折轴,羽翮飞肉。"颜师古注:"言积载轻物,物多至令车轴毁折。而鸟之所以能飞翔者,以羽翮扇扬之故也。"

〔10〕"萋斐"二句:《诗·小雅·巷伯》:"萋兮斐兮,成是贝锦。彼谮人者,亦已大甚。"萋斐,形容谗言编造巧妙。

〔11〕洪焰:大火。纤:细,小。

〔12〕涓:细流。

〔13〕交乱:扰乱。四国:犹四方。《诗·小雅·青蝇》:"营营青蝇,止于棘。谗人罔极,交乱四国。"

〔14〕八埏(yán):犹八方。

〔15〕拾尘:《孔子家语·在厄》载,孔子厄于陈、蔡,从者七日不食,子贡谋得米一石,"颜回、仲由炊之于坏屋之下,有埃墨堕饭中,颜回取而食之。子贡自井望见之,不悦,以为窃食也",以告孔子。孔子召颜回问之,颜如实以告,始释其疑。"孔子曰:'然乎!吾亦食之。'颜回出,孔子顾谓二三子曰:'吾之信回也,非待今日也。'二三子由此乃服之"。掇蜂:《琴操》卷上载,尹伯奇母死,其父更娶后妻,生伯邦,"乃潜伯奇于吉甫(伯奇

265

父名)曰:'伯奇见妾有美色,然有欲心。'吉甫曰:'伯奇为人慈仁,岂有此也?'妻曰:'试置妾空房中,君登楼而察之。'后妻知伯奇仁孝,乃取毒蜂缘衣领,伯奇前持之。于是吉甫大怒,放伯奇于野"。后来真相大白,"吉甫乃收伯奇……射杀后妻"。陆机《君子行》:"掇蜂灭天道,拾尘惑孔颜。"

〔16〕"彼妇人"四句:《诗·鄘风·鹑之奔奔》:"鹑之奔奔,鹊之强强。"奔奔、强强:鹑与鹊双宿双飞貌。古谓诗乃刺卫宣姜"鹑鹊之不若也"。

〔17〕"坦荡"句:《论语·述而》:"君子坦荡荡。"坦荡:一作"皎皎"。

〔18〕簧言:《诗·小雅·巧言》:"巧言如簧。"指动听而不实之言。

〔19〕"擢发"句:《史记·范雎蔡泽列传》:"擢贾之发以续贾之罪,尚未足。"续,即数也,一作"赎"。

〔20〕孔:甚。

〔21〕"倾海"二句:祖君彦《为李密檄洛州文》:"罄南山之竹,书罪未穷;决东海之波,流恶难尽。"

〔22〕"人生"句:《左传·成公二年》:"人生实难,其有不获死乎!"

〔23〕织罗:即罗织,陷人于罪之意。

〔24〕"积毁"句:谓众口所毁,虽金石犹可使之销熔。《史记·张仪列传》:"臣闻之:积羽沉舟,群轻折轴,众口铄金,积毁销骨。"

〔25〕"天未"二句:《论语·子罕》载,孔子被困于匡时曾说:"天之未丧斯文也,匡人其如予何?"

〔26〕妲己:殷纣王的宠妃。纣因宠爱妲己而荒废国政,"周武王于是遂率诸侯伐纣……斩妲头,县(悬)之白旗,杀妲己"。见《史记·殷本纪》。

〔27〕褒女:即褒姒,《史记·周本纪》载幽王嬖爱褒姒,后立为后。"褒姒不好笑,幽王欲其笑万方,故不笑。幽王为烽燧大鼓,有寇至则举烽火。诸侯悉至,至而无寇,褒姒乃大笑。幽王说之,为数举烽火……申侯怒,与缯、西夷犬戎攻幽王。幽王举烽火征兵,兵莫至。遂杀幽王骊山下,虏褒姒,尽取周赂而去。"

〔28〕天维:天之纪纲。职:主。

〔29〕"汉祖"二句:《史记·吕太后本纪》:"太后称制……以辟阳侯

审食其为左丞相。左丞相不治事,令监宫中,如郎中令。食其故得幸太后,常用事,公卿皆因而决事。"

〔30〕毒:嫪毒(lào ǎi),战国时秦人。秦始皇母太后荒淫,与毒私通,生二子。始皇九年,杀毒。夷三族,又杀太后所生二子,迁太后于雍。事见《史记·吕不韦列传》。

〔31〕螮蝀(dì dōng):即虹。作昏:古人认为虹乃阴阳交会而生,是天地的淫气,故云。

〔32〕万乘:指帝王。尚尔:尚且如此。

〔33〕殚:尽。

〔34〕昊天:即天。殛:诛杀。

〔35〕子野:春秋晋乐师师旷,字子野,善辨音以断吉凶福祸。

〔36〕离娄:《孟子·离娄》:"离娄之明。"赵岐注:"离娄者,古之明目者,盖以为黄帝之时人也。黄帝亡其玄珠,使离朱索之。离朱即离娄也,能视于百步之外,见秋毫之末。"

〔37〕遐弃:远弃。《诗·周南·汝坟》:"既见君子,不我遐弃。"

〔38〕庶昭:或许可以表明。

赠参寥子[1]

白鹤飞天书[2],南荆访高士[3]。五云在岘山[4],果得参寥子。肮脏辞故园,昂藏入君门[5]。天子分玉帛[6],百官接话言[7]。毫墨时洒落[8],探玄有奇作[9]。著论穷天人[10],千春秘麟阁[11]。长揖不受官,拂衣归林峦。余亦去金马[12],藤萝同所攀。相思在何处?桂树青云端[13]。

267

【注释】

〔1〕参寥子:当时一位隐士的号,其姓名不详。

〔2〕"白鹤"句:言征辟贤士的天书飞来。

〔3〕南荆:楚地,指今湖北襄阳一带。

〔4〕五云:五色云。《太平御览》卷八引京房《易飞候》:"视四方常有大云五色,其下贤人隐也。"岘(xiàn)山:一名岘首山,在今湖北襄阳市东南。

〔5〕肮脏:刚直不屈貌。昂藏:气概不凡貌。

〔6〕玉帛:玉器和束帛。

〔7〕话言:《诗·大雅·抑》:"其维哲人,告之话言。"毛传:"话言,古之善言也。"

〔8〕"毫墨"句:语本鲍照《蜀四贤咏》:"陵令无人事,毫墨时洒落。"

〔9〕探玄:探讨道家妙理。

〔10〕穷天人:谓穷究天道人事之相互关系。司马迁《报任安书》:"亦欲以究天人之际,通古今之变,成一家之言。"

〔11〕麟阁:麒麟阁的省称。麒麟阁为汉宫中阁名,是宫中藏秘书、处贤士之所。唐人常借以指秘书省或翰林院。

〔12〕金马:汉宫门名。

〔13〕桂树:《楚辞·招隐士》:"桂树丛生兮山之幽。"又,吴均《山中杂诗》:"山中自有宅,桂树笼青云。"

赠饶阳张司户燧[1]

朝饮苍梧泉,夕栖碧海烟[2]。宁知鸾凤意,远托椅桐前[3]?慕蔺岂曩古[4]?攀嵇是当年[5]。愧非黄石老,安识子房贤[6]?功业嗟落日,容华弃徂川[7]。一语已道意,三山期著鞭[8]。蹉跎人间世,寥落壶中天[9]。

独见游物祖[10],探元穷化先[11]。何当共携手,相与排冥筌[12]?

【注释】

〔1〕饶阳:即深州,天宝元年改为饶阳郡,治所在今河北衡水市。司户:郡守佐吏。

〔2〕苍梧、碧海:代指南方与北方。

〔3〕"宁知"二句:陆云《赠郑曼季诗·高冈》:"瞻彼高冈,有猗其桐。"《诗·大雅·卷阿》郑笺:"凤皇之性,非梧桐不栖,非竹实不食。"

〔4〕慕蔺:《史记·司马相如列传》:"相如既学,慕蔺相如之为人,更名相如。"

〔5〕攀嵇:颜延之《五君咏》:"交吕既鸿轩,攀嵇亦凤举。"嵇,嵇康。

〔6〕"愧非"二句:《史记·留侯世家》载,黄石公曾在下邳桥上向张良传授《太公兵法》。子房:张良字子房,此喻指张司户。

〔7〕徂川:犹逝川。

〔8〕三山:指传说中的东海三神山:蓬莱、方丈、瀛洲。

〔9〕壶中天:道家所说的仙境。《神仙传》卷九载,壶会卖药于汝南,常悬一壶,夜则跳入壶中,中有"楼观五色,重门阁道"。

〔10〕物祖:万物之祖。《庄子·山木》:"浮游乎万物之祖,物物而不物于物。"

〔11〕探元:即探玄。化先:万物化成之先。颜延之《应诏观北湖田收》:"开冬眷徂物,残悴盈化先。"

〔12〕排冥筌:《文选》江淹《许征君询》:"一时排冥筌,泠然空中赏。"李善注:"筌,捕鱼之器。言鱼之在筌,犹人之处尘俗,今既排而去之,超在埃尘之外,故泠然涉空,得中而留也。"

赠清漳明府侄聿[1]

我李百万叶,柯条布中州[2]。天开青云器[3],日为苍

269

生忧。小邑且割鸡,大刀伫烹牛[4]。雷声动四境,惠与清漳流[5]。弦歌咏《唐尧》[6],脱落隐簪组[7]。心和得天真,风俗犹太古[8]。牛羊散阡陌,夜寝不扃户[9]。问此何以然,贤人宰吾土[10]。举邑树桃李[11],垂阴亦流芬。河堤绕渌水,桑柘连青云[12]。赵女不冶容,提笼昼成群[13]。缲丝鸣机杼,百里声相闻[14]。讼息鸟下阶[15],高卧披道帙[16]。蒲鞭挂檐枝,示耻无扑抶[17]。琴清月当户,人寂风入室。长啸无一言,陶然上皇逸[18]。白玉壶冰水,壶中见底清。清光洞毫发,皎洁照群情[19]。赵北美嘉政,燕南播高名[20]。过客览行谣[21],因之诵德声。

【注释】

〔1〕清漳:唐县名,在今河北广平县东北。明府:县令。

〔2〕叶:世。柯条:枝条。

〔3〕青云器:高远之材。颜延之《五君咏》:"仲容青云器。"

〔4〕"小邑"二句:子游为武城县令,孔子至武城,闻弦歌之声,笑道:"割鸡焉用牛刀?"见《论语·阳货》。

〔5〕雷声:《白氏六帖》引《论衡》:"雷震百里,制以万国,故雷声为诸侯之政教。"清漳流:源出山西平定县大黾谷,在河北、河南两省边境与浊漳合流,统称漳河。

〔6〕弦歌:指礼乐教化。唐尧:琴曲名。

〔7〕脱落:犹脱略,不受拘束之意。簪组:指官吏的服饰。隐簪组,即吏隐之意。

〔8〕天真:指未受礼俗影响的天性。太古:指唐尧以前的远古时期。

〔9〕阡陌:田间小路。扃(jiōng)户:闭户。

〔10〕宰:治理。

〔11〕举邑:全县。

〔12〕柘(zhè):又名黄桑,叶可饲蚕。

〔13〕赵女:清漳县先秦时属赵国。相传赵地出美女。冶容:女子妖冶其容。笼:竹篮,用以盛桑叶。

〔14〕缲(qiāo)丝:抽理蚕丝。百里:指一县之境。

〔15〕讼息:指政治清明,百姓没有争讼。鸟下阶:谢灵运《斋中读书》:"虚馆绝诤讼,空庭来鸟雀。"

〔16〕披:翻阅。道帙:道书。

〔17〕"蒲鞭"二句:东汉刘宽温仁多恕,历典三郡,吏人有过,但以蒲鞭罚之,示辱而已,终不加苦。见《后汉书》本传。

〔18〕陶然:和乐貌。上皇:指伏羲氏。古人想象伏羲氏之世社会安定,生活闲适。

〔19〕"白玉"四句:郁贤皓注:"四句以白玉壶中水清澈见底喻李政治清明,洞察一切。"

〔20〕赵北、燕南:指清漳一带,清漳在古赵国北部,古燕国之南。

〔21〕行谣:道路之歌。

赠临洺县令皓弟 时被讼停官〔1〕

陶令去彭泽,茫然太古心〔2〕。大音自成曲,但奏无弦琴〔3〕。钓水路非远,连鳌意何深?终期龙伯国,与尔相招寻〔4〕。

【注释】

〔1〕临洺:唐县名,在今河北邯郸市。

〔2〕"陶令"二句:《宋书·陶潜传》载,陶潜任彭泽令,八十余日即解印绶去职。

〔3〕"大音"二句:《晋书·陶潜传》:"性不解音,而畜素琴一张,弦徽不具,每朋酒之会,则抚而和之,曰:'但识琴中趣,何劳弦上声!'"《老子》:"大音希声。"

〔4〕"钓水"四句:用龙伯国大人钓鳌事,见《列子·汤问》。

赠郭季鹰

河东郭有道[1],于世若浮云。盛德无我位,清光独映君。耻将鸡并食,长与凤为群。一击九千仞[2],相期凌紫氛[3]。

【注释】

〔1〕郭有道:即郭泰。郭泰卒,四方之士千余人前来会葬,蔡邕为之撰碑文,既而曰:"吾为碑铭多矣,皆有惭德,唯郭有道无愧色耳。"

〔2〕"一击"句:宋玉《对楚王问》:"凤凰上击九千里,绝云霓,负苍天,翱翔乎杳冥之上。"

〔3〕"相期"句:刘桢《赠从弟》其三:"凤凰集南岳,徘徊孤竹根。于心有不厌,奋翅凌紫氛。"

邺中赠王大劝入高凤石门山幽居[1]

一身竟无托,远与孤蓬征[2]。千里失所依,复将落叶并[3]。中途偶良朋,问我将何行。欲献济时策[4],此心谁见明?君王制六合[5],海塞无交兵。壮士伏草间,沉忧乱纵横。飘飘不得意,昨发南都城[6]。紫燕枥上嘶[7],青萍匣中鸣[8]。投躯寄天下,长啸寻豪英。耻学琅邪人[9],龙蟠事躬耕[10]。富贵吾自取,建功及春荣。我愿执尔手,尔方达我情。相知同一己,岂唯弟与兄？抱子弄白云,琴歌发清声。临别意难尽,各希存令名[11]。

【注释】

〔1〕邺(yè):古都邑名,在今河北临漳县西南,曹操封魏王,定都于此。唐时于其地置邺县,属相州。天宝元年,改相州为邺郡,治安阳(今河南安阳)。高凤,后汉隐士,《后汉书》有传。

〔2〕孤蓬:《文选》鲍照《芜城赋》:"孤蓬自振。"吕向注:"孤蓬,草也,无根而随风飘转者。"

〔3〕"复将"句:又与落叶相遇,意谓又值秋季。

〔4〕济时:匡时济世。

〔5〕六合:天地四方。

〔6〕南都:即南阳。

〔7〕紫燕:骏马名。上:一作"下"。

〔8〕青萍:宝剑名。《抱朴子·博喻》:"青萍、豪曹,剡锋之精绝也。"

〔9〕琅邪人:指诸葛亮。他本琅琊(在今山东诸城市一带)人,后徙居南阳。

〔10〕龙蟠:龙盘曲而伏。诸葛亮曾被称为"卧龙"。

〔11〕令名:美名。

赠华州王司士[1]

淮水不绝波澜高[2],盛德未泯生英髦[3]。知君先负庙堂器[4],今日还须赠宝刀[5]。

【注释】

〔1〕华州:唐时治郑县,在今陕西渭南市。司士:即司士参军事,州刺史之佐吏。

〔2〕"淮水"句:《晋书·王导传》:"初,导渡淮,使郭璞筮之。卦成,璞曰:'吉,无不利。淮水绝,王氏灭。'其后子孙繁衍,竟如璞言。"

〔3〕英髦(máo):《尔雅·释言》:"髦,选也。髦,俊也。"郭璞注:"士中之俊,如毛中之髦。"

〔4〕庙堂器:指王佐之才。

〔5〕赠宝刀:魏文帝时,徐州刺史吕虔有佩刀,"工相之,以为必登三公,可服此刀"。虔以别驾王祥"有公辅之量",赠以佩刀。后祥历官司空、太尉,位终太保。见《晋书·王祥传》。

赠卢征君昆弟

明主访贤逸,云泉今已空[1]。二卢竟不起,万乘高其风。河上喜相得[2],壶中趣每同[3]。沧洲即此地,观化游无穷[4]。木落海水清,鳌背睹方蓬[5]。与君弄倒影[6],携手凌星虹。

【注释】

〔1〕"明主"二句:瞿蜕园、朱金城注:"此二句即王维诗'圣代无隐者,英灵尽来归'之意。"

〔2〕"河上"句:河上公为传说中的仙人,莫知其姓名,汉文帝时结草为庵于河滨,因号河上公。文帝读《老子》,常以疑问请教。见《神仙传》

卷八。

〔3〕壶中趣：《神仙传》卷九载，壶公卖药于汝南，常悬一壶，夜则跳入壶中，中有"楼观五色，重门阁道"。

〔4〕观化：《庄子·至乐》："吾与子观化而化及我，我又何恶焉？"

〔5〕"木落"句：一作"水落海上清"。"鳌背"句：《列子·汤问》载，大海中有五座仙山，常随波漂流，群仙患之，天帝乃命巨鳌举首戴之，五山乃峙而不动。

〔6〕倒景：道家指天上最高处。见《汉书·郊祀志》。

赠新平少年[1]

韩信在淮阴，少年相欺凌。屈体若无骨，壮心有所凭[2]。一遭龙颜君[3]，啸咤从此兴。千金答漂母[4]，万古共嗟称。而我竟何为？寒苦坐相仍。长风入短袂，内手如怀冰。故友不相恤，新交宁见矜[5]？摧残槛中虎，羁绁韝上鹰[6]。何时腾风云，搏击申所能？

【注释】

〔1〕新平：唐邠州，天宝元年改为新平郡，治新平县（今陕西彬州市）。

〔2〕"韩信"四句：写韩信忍受胯下之辱的故事。

〔3〕龙颜君：《汉书·高帝纪》谓高祖"隆准而龙颜"。

〔4〕"千金"句：韩信家贫，有一漂母哀而饭之，后报以千金。

〔5〕矜：怜悯，同情。

〔6〕羁绁（xiè）：马缰绳，此处为束缚之意。韝（gōu）上鹰：《文选》鲍照《东武吟》："昔如韝上鹰。"刘良注："韝，以皮蔽手而臂鹰也。"

赠崔侍御

长剑一杯酒,男儿方寸心。洛阳因剧孟[1],托宿话胸襟。但仰山岳秀,不知江海深。长安复携手,再顾重千金。君乃輶轩佐[2],余叨翰墨林。高风摧秀木[3],虚弹落惊禽[4]。不取回舟兴[5],而来命驾寻。扶摇应借力[6],桃李愿成阴[7]。笑吐张仪舌[8],愁为庄舄吟[9]。谁怜明月夜,肠断听秋砧[10]!

【注释】

〔1〕剧孟:汉洛阳人,以任侠显名诸侯。

〔2〕輶(yóu)轩:使者所乘之轻车。一作"轩辕"。王琦注:"按太白作《崔公泽畔吟诗序》有'中佐宪车'之语,是崔尝以事为使副,故曰'君乃輶轩佐',作'轩辕'者非是。"

〔3〕"高风"句:《文选》李康《运命论》:"木秀于林,风必摧之。"刘良注:"木高出于林上者,故风吹而先折也。"

〔4〕"虚弹"句:《战国策·楚策四》:"更羸与魏王处京台之下……有间,雁从东方来,更羸以虚发而下之。"雁受箭伤失群,听到弦声而惊坠。

〔5〕回舟兴:化用王子猷雪夜访戴之事。

〔6〕扶摇:盘旋而上的暴风。《庄子·逍遥游》:"鹏之徙于南冥也,水击三千里,抟扶摇而上者九万里。"

〔7〕"桃李"句:古谚有"桃李不言,下自成蹊"之句。见《史记·李将军列传赞》。

〔8〕张仪舌:《史记·张仪列传》载,楚人疑张仪盗璧,掠笞数百,事后张仪谓其妻曰:"视吾舌尚在不?"其妻笑曰:"舌在也。"仪曰:"足矣。"

〔9〕"愁为"句：越人庄舄在楚国官至执珪，不忘故国，病中吟唱越国的歌曲寄托乡思。事见《史记·张仪列传》。

〔10〕砧：捣衣石。

走笔赠独孤驸马[1]

都尉朝天跃马归[2]，香风吹人花乱飞。银鞍紫鞚照云日[3]，左顾右盼生光辉[4]。是时仆在金门里，待诏公车谒天子[5]。长揖蒙垂国士恩[6]，壮心剖出酬知己。一别蹉跎朝市间，青云之交不可攀。傥其公子重回顾，何必侯嬴长抱关？[7]

【注释】

〔1〕独孤驸马：当为独孤明。《新唐书·诸帝公主传》载，玄宗女信成公主，下嫁独孤明。

〔2〕都尉：指驸马都尉。魏晋以后，尚公主者皆拜此官。见《初学记》卷十。

〔3〕鞚(kòng)：有嚼口的马络头。

〔4〕左顾右盼：曹植《与吴质书》："左顾右盼，谓若无人。"

〔5〕公车：汉官署名。待诏公车，指己为翰林待诏。

〔6〕国士：旧称一国杰出的人才。《战国策·赵策一》："知伯以国士遇臣，臣故国士报之。"

〔7〕"傥其"二句：用战国信陵君的门客侯嬴的故事，见《史记·魏公子列传》。

赠嵩山焦炼师[1]并序

嵩山有神人焦炼师者,不知何许妇人也。又云生于齐梁时,其年貌可称五六十。常胎息绝谷[2],居少室庐[3],游行若飞,倏忽万里。世或传其入东海,登蓬莱,竟莫能测其往也。余访道少室,尽登三十六峰,闻风有寄,洒翰遥赠。

二室凌青天[4],三花含紫烟[5]。中有蓬海客,宛疑麻姑仙[6]。道在喧莫染,迹高想已绵。时餐金鹅蕊[7],屡读《青苔篇》[8]。八极恣游憩,九垓长周旋[9]。下瓢酌颍水[10],舞鹤来伊川[11]。还归东山上,独拂秋霞眠。萝月挂朝镜,松风鸣夜弦。潜光隐嵩岳,炼魄栖云幄。霓裳何飘飖[12],凤吹转绵邈。愿同西王母,下顾东方朔[13]。紫书傥可传[14],铭骨誓相学。

【注释】

〔1〕焦炼师:《唐六典》卷四:"道士修行有三号……其德高思精,谓之炼师。"

〔2〕胎息:道家、道教的一种修炼方法。《抱朴子·释滞》:"得胎息者,能不以鼻口嘘吸,如在胞胎之中。"绝谷:犹辟谷,古代道家的养身延年之术。

〔3〕少室:少室山,在河南登封市北,主峰玉寨山为嵩山最高峰。

〔4〕二室:指太室山、少室山,总称嵩山。

〔5〕三花:即三花树。

〔6〕麻姑:古代仙女。

〔7〕金鹅蕊:王琦注:"杨升庵曰:金鹅蕊,桂也。《艺文类聚》:《临海记》曰:郡东南有白石山,高三百余丈,望之如雪。山上有湖,古老相传云:金鹅所集,八桂所植。"一作"金鹅药"。

〔8〕青苔篇:道书。王琦注引陈子昂《潘尊师碑颂》:"道逢真人升玄子,授以宝书青苔纸。"

〔9〕八极:八方极远之地。九垓(gāi):九天之上。

〔10〕"下瓢"句:用许由洗耳事。

〔11〕"舞鹤"句:用王子乔事。周灵王太子晋好吹笙,作凤凰鸣,道士浮丘公接以上嵩山。三十余年后,对人说:"告我家,七月七日待我于缑氏山巅。"至时果乘白鹤驻山头,数日而去。后人立祠于缑氏山与嵩山。事见《列仙传》卷上。

〔12〕裳:一作"衣"。

〔13〕"愿同"二句:《博物志》卷八载,七月七日之夜,西王母降于汉宫,与汉武帝共食仙桃。"时东方朔窃从殿南厢朱鸟牖中窥母,母顾之,谓帝曰:'此窥牖小儿,尝三来盗吾此桃。'帝乃大怪之"。

〔14〕紫书:道书。王琦注:"《真诰》:道有青要紫书,金根众文。《云笈七签》:紫书,紫笔缮文也。"

口号赠杨征君 此公时被征[1]

陶令辞彭泽[2],梁鸿入会稽[3]。我寻《高士传》[4],君与古人齐。云卧留丹壑,天书降紫泥[5]。不知杨伯起,早晚向关西[6]。

【注释】

〔1〕诗题:王琦注:"萧本作《口号赠征君鸿》……盖以为即卢鸿矣,

未详是否。"卢鸿,字浩然,隐于嵩山,玄宗开元六年(718)应诏入东都,拜谏议大夫,坚辞,乃听还山,后广聚生徒五百人。

〔2〕"陶令"句:《宋书·陶潜传》载,陶潜任彭泽令,在官八十余日,"郡遣督邮至,县吏白,应束带见之。潜叹曰:'我不能为五斗米折腰向乡里小人。'即日解印绶去职,赋《归去来》"。

〔3〕"梁鸿"句:后汉梁鸿,家贫而尚节介,博览无所不通,与妻孟光共入霸陵山中,以耕织为业。后东出关,过京师,与妻居齐鲁间,后又去鲁入吴。事见《后汉书·梁鸿传》。

〔4〕高士传:《隋书·经籍志》:"《高士传》六卷,皇甫谧撰。"又:"《高士传》二卷,虞槃佐撰。"

〔5〕紫泥:皇帝诏书封袋用紫泥封口,泥上盖印,故称紫泥诏或紫泥书。

〔6〕"不知"二句:杨震字伯起,弘农华阴人。博学,时称"关西孔子杨伯起"。汉安帝时,官至太尉,刚正直谏,免官,饮鸩而卒。顺帝即位,下诏昭雪,以礼改葬。《后汉书》有传。

上 李 邕〔1〕

大鹏一日同风起,抟摇直上九万里〔2〕。假令风歇时下来,犹能簸却沧溟水〔3〕。时人见我恒殊调〔4〕,见余大言皆冷笑。宣父犹能畏后生〔5〕,丈夫未可轻年少〔6〕。

【注释】

〔1〕诗作于天宝四载(745),时作者在齐鲁一带漫游。李邕:历仕武后、中宗、玄宗朝,以能文爱士名重天下,官北海太守,世称李北海。

〔2〕"大鹏"二句:《庄子·逍遥游》:"鹏之徙于南冥也,水击三千里,抟扶摇而上者九万里。"

〔3〕假令:假使。簸却:激扬。沧溟:大海。
〔4〕恒:常。殊调:格调特殊。
〔5〕宣父:即孔子,唐太宗贞观十一年诏尊孔子为宣父。畏后生:《论语·子罕》:"后生可畏,焉知来者之不如今也。"
〔6〕丈夫:男子的通称。

赠张公洲革处士[1]

列子居郑圃,不将众庶分[2]。革侯遁南浦[3],常恐楚人闻。抱瓮灌秋蔬,心闲游天云。每将瓜田叟,耕种汉水滨。时登张公洲,入兽不乱群[4]。井无桔槔事[5],门绝刺绣文[6]。长揖二千石[7],远辞百里君[8]。斯为真隐者,吾党慕清芬。

【注释】

〔1〕张公洲:在今武汉市武昌南二十里。为晋隐士张公灌园处,故名。

〔2〕"列子"二句:《列子·天瑞》:"子列子居郑圃四十年,人无识者。国君卿大夫视之,犹众庶也。"将,与。

〔3〕南浦:王琦注:"即张公洲,以在城之南,故曰南浦。"

〔4〕"入兽"句:《庄子·山木》:"入兽不乱群,入鸟不乱行,鸟兽不恶,而况人乎?"

〔5〕"井无"句:《庄子·天地》载,子贡过汉阴,见一老人凿隧入井,抱水瓮取水浇园,用力多而功效少。子贡问为何不用机械抽水,老人说:"有机械者必有机事,有机事者必有机心……吾非不知,羞而不为也。"

〔6〕刺绣文:《史记·货殖列传》:"工不如商,刺绣文不如倚市门。"此言家中不用刺绣品。

〔7〕长揖:古代同辈人的相见之礼,拱手自上而至极下,不拜。二千石:谓州郡长官。

〔8〕百里君:谓县令。

卷　九

秋日炼药院镊白发赠元六兄林宗[1]

木落识岁秋,瓶冰知天寒[2]。桂枝日已绿,拂雪凌云端[3]。弱龄接光景[4],矫翼攀鸿鸾。投分三十载[5],荣枯同所欢。长吁望青云,镊白坐相看[6]。秋颜入晓镜,壮发凋危冠[7]。穷与鲍生贾[8],饥从漂母餐[9]。时来极天人[10],道在岂吟叹?乐毅方适赵[11],苏秦初说韩[12]。卷舒固在我[13],何事空摧残。

【注释】

〔1〕镊:拔除,夹取。元林宗:当是元丹丘。

〔2〕"木落"二句:《淮南子·说山》:"见一叶落而知岁之将暮,睹瓶中之冰而知天下之寒。"

〔3〕桂枝:《晋书·郤诜传》:"累迁雍州刺史,武帝于东堂会送,问诜曰:'卿自以为何如?'诜对曰:'臣举贤良对策,为天下第一,犹桂林之一枝,昆山之片玉。'"此二句喻指元林宗才华出众。

〔4〕弱龄:谓少年。

〔5〕投分:志趣相合。

〔6〕白:指白发。

〔7〕壮发:《汉书·外戚传下》:"额上有壮发,类孝元皇帝。"颜师古注:"壮发,当额前侵下而生,今俗呼为圭头者是也。"危冠:高冠。

〔8〕鲍生:即鲍叔牙。此处用管仲与鲍叔交游的故事。

〔9〕漂母:韩信曾得漂母的救济而存活。

〔10〕时:指建功立业的机会。极天人:谓致身青云。

〔11〕乐毅:战国时燕将。

〔12〕苏秦:战国时东周洛阳人,曾游说六国共同抗秦。苏秦先说燕,次说赵,三说韩,事见《史记·苏秦列传》。王琦注:"今引乐毅适赵、苏秦说韩二事,皆言功业未成就之意。"

〔13〕卷舒:指隐居和用世。《论语·卫灵公》:"邦有道则仕,邦无道则可卷而怀之。"

书情赠蔡舍人雄[1]

尝高谢太傅[2],携妓东山门[3]。楚舞醉碧云,吴歌断清猿。暂因苍生起,谈笑安黎元[4]。余亦爱此人,丹霄冀飞翻[5]。遭逢圣明主,敢进兴亡言[6]。白璧竟何辜,青蝇遂成冤[7]。一朝去京国,十载客梁园[8]。猛犬吠九关,杀人愤精魂[9]。皇穹雪冤枉,白日开昏氛[10]。太阶得夔龙,桃李满中原[11]。倒海索明月,凌山采芳荪[12]。愧无横草功[13],虚负雨露恩[14]。迹谢云台阁,心随天马辕[15]。夫子王佐才[16],而今复谁论?层飙振六翮,不日思腾骞[17]。我纵五湖棹,烟涛恣崩奔[18]。梦钓子陵湍,英风缅犹存[19]。徒希客星隐[20],弱植不足援[21]。千里一回首,万里一长歌。黄鹤不复来,清风愁奈何!舟浮潇湘月,山倒洞庭波。投汨笑古人[22],临濠得天和[23]。闲时田亩中,搔背牧鸡鹅。别离解相访,应在武陵多[24]。

【注释】

〔1〕此诗作于天宝十二载(753),时作者滞留于梁园一带。舍人:官名。唐中书省有中书舍人、起居舍人、通事舍人,东宫有中舍人、太子舍人、通事舍人。

〔2〕谢太傅:谢安。安卒赠太傅,故称。高:钦佩推崇。此句一作"尝闻谢安石"。

〔3〕"携妓"句:谢安隐居东山时,喜携妓游玩。

〔4〕"暂因"句:谢安屡征不出,时人或曰:"安石不肯出,将如苍生何?""谈笑"句:淝水之战时谢安任征讨大都督,指挥谢玄等大败苻坚军。黎元,即百姓。

〔5〕丹霄:天空。冀:希望。

〔6〕兴亡言:指有关国家治乱兴亡的意见。一本此下有"蛾眉积谗妒,鱼目嗤玙璠"二句。

〔7〕"白璧"二句:陈子昂《宴胡楚真禁所》:"青蝇一相点,白璧遂成冤。"此以白璧遭污喻己之被谗遭毁。竟何辜,一作"本无瑕"。

〔8〕京国:长安。梁园:在今河南商丘东南。此泛指梁地。

〔9〕猛犬:喻把持政权的奸臣。《楚辞·九辩》:"岂不郁陶而思君兮,君之门以九重。猛犬狺狺而迎吠兮,关梁闭而不通。"九关:犹九门,九重,喻朝廷。《楚辞·招魂》:"虎豹九关,啄害下人些。"愤精魂:使人愤懑。

〔10〕皇穹:指天。昏氛:一作"氛昏",指晦暗恶浊之气。

〔11〕太阶:一作"泰阶",即三台,星座名,喻人间三公之位,即相位。夔龙:传说为舜时的两个贤臣。桃李:喻指人才。

〔12〕明月:明月珠。凌:度越。荪:香草名。此处明月、芳荪均喻指人才。

〔13〕横草功:微小的功劳。《汉书·终军传》:"军自请曰:'军无横

草之功,得列宿卫,食禄五年。'"颜师古注:"言行草中,使草偃卧,故云横草也。"

〔14〕雨露恩:指皇帝对臣下、百姓的恩惠似雨露滋润万物一样。

〔15〕谢:辞别。云台:汉代有台曰云台,此代指朝廷。天马:指皇帝车驾所用的马。

〔16〕夫子:指蔡雄。

〔17〕层飙:高风。六翮(hé):有力的翅膀。《古诗十九首》:"昔我同门友,高举振六翮。"腾骞(qiān):飞腾。

〔18〕五湖棹(zhào):用范蠡事。崩奔:趋赴。

〔19〕子陵:东汉初隐士严光的字。湍:急流。缅:遥远。风:一作"氛"。

〔20〕徒:一作"彼"。希:仰慕。客星:指严子陵。

〔21〕弱植:软弱而不能树立。《左传·襄公三十年》:"其君弱植。"孔颖达疏:"《周礼》谓草木为植物。植为树立,君志弱,不树立也。"

〔22〕汨:汨罗江,在今湖南平江县、汨罗市境内。屈原自沉于此。

〔23〕临濠:《庄子·秋水》:"庄子与惠子游于濠梁之上,庄子曰:'鲦鱼出游从容,是鱼之乐也。'"天和:自然的祥和之气。《庄子·知北游》:"若正汝形,一汝视,天和将至。"

〔24〕解:懂得。武陵:指桃花源。

忆襄阳旧游赠马少府巨[1]

昔为大堤客[2],曾上山公楼[3]。开窗碧嶂满[4],拂镜沧江流。高冠佩雄剑,长揖韩荆州[5]。此地别夫子[6],今来思旧游。朱颜君未老,白发我先秋[7]。壮志恐蹉跎,功名若云浮。归心结远梦,落日悬春愁。空思羊叔子,堕泪岘山头〔8〕。

【注释】

〔1〕诗约作于天宝四载(745),时作者游梁宋和东鲁,途经济阴(今山东菏泽市)。襄阳:唐襄州,天宝元年改为襄阳郡,治所在襄阳县(今湖北襄阳市)。少府:县尉的别称。

〔2〕大堤:在襄阳城外,东临汉江,西自万山,周围四十余里。

〔3〕山公楼:山简遗迹。西晋时山简曾为襄阳太守。

〔4〕碧嶂(zhàng):青山。

〔5〕韩荆州:韩朝宗,开元二十二年为荆州大都督府长史兼判襄州刺史,李白在襄阳拜见过他。

〔6〕夫子:指马巨。

〔7〕秋:指衰老。

〔8〕"空思"二句:晋羊祜镇守襄阳时,常登岘山,置酒赋诗。祜死后,其部属在岘山建碑立庙,每年祭祀。见碑皆流泪,杜预因称此碑为"堕泪碑"。事见《晋书·羊祜传》。叔子,羊祜字。此二句一作"何时共携手,更醉岘山头"。

对雪献从兄虞城宰〔1〕

昨夜梁园里〔2〕,弟寒兄不知。庭前看玉树〔3〕,肠断忆连枝〔4〕。

【注释】

〔1〕虞城:唐县名,在今河南虞城县。

〔2〕梁园:汉梁孝王在睢阳所建的园林。故址在今河南商丘东南。

287

里:一作"雪"。

〔3〕玉树:指雪中之树。

〔4〕连枝:喻兄弟。

访道安陵遇盖寰为余造真箓临别留赠〔1〕

清水见白石〔2〕,仙人识青童〔3〕。安陵盖夫子,十岁与天通。悬河与微言〔4〕,谈论安可穷?能令二千石,抚背惊神聪。挥毫赠新诗,高价掩山东〔5〕。至今平原客〔6〕,感激慕清风。学道北海仙,传书蕊珠宫〔7〕。丹田了玉阙〔8〕,白日思云空。为我草真箓,天人惭妙工。七元洞豁落〔9〕,八角辉星虹〔10〕。三灾荡璇玑〔11〕,蛟龙翼微躬。举手谢天地,虚无齐始终〔12〕。黄金满高堂,答荷难克充〔13〕。下笑世上士,沉魂北罗酆〔14〕。昔日万乘坟,今成一科蓬〔15〕。赠言若可重,实此轻华嵩〔16〕。

【注释】

〔1〕安陵:唐县名,在今河北吴桥县北。真箓(lù):道教秘文。《隋书·经籍志》记受道之法云:"初受《五千文箓》,次受《三洞箓》,次受《洞玄箓》,次受《上清箓》。箓皆素书,纪诸天曹官属佐吏之名有多少,又有诸符,错在其间。文章诡怪,世所不识。"

〔2〕"清水"句:语本《乐府诗集·相和歌辞·艳歌行》:"语卿且勿眄,水清石自见。"

〔3〕青童:仙童。

〔4〕悬河:《世说新语·赏誉》:"郭子玄语议如悬河写水,注而不竭。"微言:精微要妙之言。

〔5〕山东:华山以东地区。

〔6〕平原客:平原郡中宾客。安陵唐时属德州平原郡。

〔7〕北海仙:王琦注:"北海仙,谓北海高天师如贵。"蕊珠宫:此借指道观。

〔8〕丹田:道教指脐下男子精室、女子子宫所在部位。玉阙:《黄庭内景经》:"肺部之宫似华盖,下有童子坐玉阙。"《云笈七签》卷十一梁丘子注:"玉阙者,肾中白气,上与肺连也。"

〔9〕"七元"句:王琦注:"《云笈七签》:《太微黄书》八卷,素诀乃含于九天元母,结文空胎,历岁数劫,以成自然之章。太皇中岁,成《洞真金真玉光八景飞经》……青真小童名之为《豁落七元》。"

〔10〕"八角"句:《隋书·经籍志》:"(元始天尊)所说之经……天地不坏,则蕴而莫传,劫运若开,其文自见。凡八字,尽道体之奥,谓之天书。字方一丈,八角垂芒,光辉照耀,惊心眩目,虽诸天仙,不能省视。"

〔11〕三灾:佛教谓劫末所起的三种灾害。刀兵、疾疫、饥馑为小三灾,火、风、水为大三灾。璇玑:古时测天文的器皿。

〔12〕始终:即生死。

〔13〕答荷(hè):报答。克:能。充:足够。

〔14〕罗酆(fēng):道教所谓鬼王都城所在。《真诰·阐幽微》:"罗酆山在北方癸地,山高二千六百里,周回三万里。其山下有洞天,在山之中,周回一万五千里,其上其下并有鬼神宫室。山上有六宫,洞中有六宫,辄周回千里,是为六天鬼神之宫也。"

〔15〕科蓬:土块,指小坟。

〔16〕华嵩:华山、嵩山。此谓赠言重于华、嵩。

赠崔郎中宗之[1]

胡雁拂海翼,翱翔鸣素秋。惊云辞沙朔[2],飘荡迷河洲。有如飞蓬人[3],去逐万里游。登高望浮云,仿佛如旧丘[4]。日从海旁没,水向天边流。长啸倚孤剑,目极心悠悠[5]。岁晏归去来,富贵安可求[6]?仲尼七十说,历聘莫见收[7]。鲁连逃千金,珪组岂可酬[8]?时哉苟不会,草木为我俦[9]。希君同携手,长往南山幽。

【注释】

〔1〕《全唐诗》题下注:"时谪官金陵",他本无。《旧唐书·李白传》称"侍御史崔宗之谪官金陵,与白诗酒唱和",《全唐诗》编者因据之而加注。或谓《旧唐书》所言不足信,说见郁贤皓《李白诗中崔侍御考辨》。

〔2〕沙朔:北方沙漠之地。

〔3〕飞蓬人:飘泊之人,诗人自谓。

〔4〕旧丘:《文选》鲍照《结客少年场行》:"去乡三十载,复得还旧丘。"李善注:"《广雅》曰:'丘,居也。'"

〔5〕心悠悠:《诗·郑风·子衿》:"悠悠我心。"悠悠,思之长也。

〔6〕"富贵"句:《论语·述而》:"子曰:'富而可求也,虽执鞭之士,吾亦为之;如不可求,从吾所好。'"

〔7〕"仲尼"二句:《淮南子·泰族》:"孔子欲行王道,东西南北,七十说而无所偶。"聘,问。

〔8〕"鲁连"二句:用鲁仲连笑而不受千金之报的故事。珪(guī)组,指官爵。

〔9〕不会:指没有机会。俦(chóu):伴侣。

赠崔咨议[1]

骁骥本天马[2],素非伏枥驹[3]。长嘶向清风,倏忽凌九区^[4]。何言西北至,却走东南隅^[5]。世道有翻覆,前期难预图。希君一翦拂^[6],犹可骋中衢^[7]。

【注释】

〔1〕咨议:《新唐书·百官志》:"王府官……咨议参军事一人,正五品上,掌讦谋议事。"

〔2〕䮼(lù)騩:骏马名。天马:汉武帝称乌孙马或大宛汗血马为天马。

〔3〕伏枥驹:凡马。枥(lì):马槽。

〔4〕倏(shū)忽:转眼之间。九区:九州。

〔5〕"何言"二句:庾肩吾《爱妾换马》:"渥水出腾驹,湘川实应图。来从西北道,去逐东南隅。"

〔6〕翦拂:修剪洗拭。《文选》刘峻《广绝交论》:"至于顾盼增其倍价,翦拂使其长鸣。"

〔7〕中衢(qú):即中道,道路的中央。

赠升州王使君忠臣^[1]

六代帝王国,三吴佳丽城^[2]。贤人当重寄^[3],天子借高名。巨海一边静,长江万里清。应须救赵策,未肯弃侯嬴^[4]。

【注释】

〔1〕升州:唐乾元元年(758),改江宁郡置,上元二年废。治所在上元(今南京市)。

〔2〕六代:指孙吴、东晋、宋、齐、梁、陈六个以上元为都的朝代。三

吴:指吴郡、吴兴、会稽。

〔3〕重寄:犹云重任。

〔4〕"应须"二句:用信陵君用侯嬴策解邯郸之围事。此处诗人自比侯嬴,希望找到建立功业的机会。

赠别从甥高五[1]

鱼目高泰山,不如一玙璠[2]。贤甥即明月[3],声价动天门。能成吾宅相,不减魏阳元[4]。自顾寡筹略,功名安所存?五木思一掷[5],如绳系穷猿。枥中骏马空,堂上醉人喧。黄金久已罄,为报故交恩。闻君陇西行,使我惊心魂。与尔共飘飖,雪天各飞翻。江水流或卷,此心难具论。贫家羞好客[6],语拙觉辞繁。三朝空错莫[7],对饭却惭冤[8]。自笑我非夫[9],生事多契阔[10]。蓄积万古愤,向谁得开豁[11]?天地一浮云,此身乃毫末[12]。忽见无端倪[13],太虚可包括[14]。去去何足道,临岐空复愁。肝胆不楚越[15],山河亦衾帱[16]。云龙若相从[17],明主会见收。成功解相访[18],溪水桃花流[19]。

【注释】

〔1〕高五:高镇,李白又有《醉后赠从甥高镇》诗。

〔2〕鱼目:鱼目似珠可以假乱真。高泰山:言堆积之多。玙璠(yú fán):美玉。

〔3〕明月:明月珠。

〔4〕"能成"二句:《晋书·魏舒传》:"魏舒字阳元,任城樊人也。少孤,为外家宁氏所养。宁氏起宅,相宅者云:'当出贵甥。'外祖母以魏氏甥小而慧,意谓应之。舒曰:'当为外氏成此宅相。'"

〔5〕五木:古代博具。程大昌《演繁露》:"古惟斫木为子,一具凡五子,故名五木。后世转而用石用玉用象用骨,故《列子》之谓投琼,律文谓之出玖。"

〔6〕家:一作"居"。

〔7〕三朝:三天。错莫:心绪繁乱。

〔8〕饭:一作"饮"。

〔9〕非夫:犹云非丈夫。《左传·宣公十二年》:"且成师以出,闻敌强而退,非夫也。"

〔10〕契(qiè)阔:劳苦,勤苦。

〔11〕开豁:倾诉,抒发。

〔12〕毫末:言细微之极。《庄子·秋水》:"号物之数谓之万,人处一焉。……此其比万物也,不似毫末之在于马体乎?"

〔13〕端倪:边际。《庄子·大宗师》:"反覆终始,不知端倪。"

〔14〕太虚:天空。

〔15〕楚越:语本《庄子·德充符》:"自其异者视之,肝胆楚越也;自其同者视之,万物皆一也。"

〔16〕衾帱:被子与床帐。

〔17〕云龙:指君臣遇合。《易·乾》:"云从龙,风从虎,圣人作而万物睹。"

〔18〕解:一作"若"。

〔19〕溪:一作"绿"。此句用《桃花源记》典。

赠裴司马[1]

翡翠黄金缕,绣成歌舞衣。若无云间月[2],谁可比光辉?秀色一如此,多为众女讥。君恩移昔爱,失宠秋风归[3]。愁苦不窥邻[4],泣上流黄机[5]。天寒素手冷,夜长烛复微。十日不满匹,鬓蓬乱若丝。犹是可怜人,容华世中稀。向君发皓齿[6],顾我莫相违。

【注释】

〔1〕司马:此指州刺史之佐吏。

〔2〕云间月:古乐府《白头吟》:"皑如山上雪,皎若云间月。"

〔3〕秋风归:用班婕妤事。汉成帝时,班婕妤失宠,供养于长信宫,乃作《怨诗》咏扇曰:"常恐秋节至,凉风夺炎热。"见《玉台新咏》卷一。

〔4〕窥邻:谓女子求偶。宋玉《登徒子好色赋》:"臣里之美者,莫若臣东家之子……然此女登墙窥臣三年,至今未许也。"

〔5〕流黄:褐黄色之绢。

〔6〕发皓齿:指开口唱歌。皓,洁白。

叙旧赠江阳宰陆调[1]

太伯让天下,仲雍扬波涛[2]。清风荡万古,迹与星辰高[3]。开吴食东溟[4],陆氏世英髦[5]。多君秉古节,岳立冠人曹[6]。风流少年时,京洛事游遨[7]。腰间延陵剑[8],玉带明珠袍。我昔斗鸡徒,连延五陵豪[9]。邀遮相组织,呵吓来煎熬[10]。君开万丛人,鞍马皆辟易[11]。告急清宪台,脱余北门厄[12]。间宰江阳邑,剪棘树兰芳[13]。城门何肃穆[14],五月飞秋霜[15]。好鸟集珍木,高才列华堂。时从府中归,丝管俨成行[16]。

但苦隔远道,无由共衔觞[17]。江北荷花开,江南杨梅熟[18]。挂席候海色[19],乘风下长川[20]。多酤新丰醁[21],满载剡溪船[22]。中途不遇人,直到尔门前。大笑同一醉,取乐平生年[23]。

【注释】

〔1〕江阳:唐县名,在今江苏扬州市。陆调:字牧臣,广德二年官袁州别驾。见李华《平原公遗德颂》。

〔2〕"太伯"二句:周太王有三子,长曰太伯,次曰仲雍,少曰季历。季历贤,有圣子曰昌。太王欲立季历,以及于昌,于是太伯、仲雍乃奔荆蛮,断发文身,示不可用。季历立,传位于昌,是为周文王。事见《史记·吴太伯世家》。陆机《吴趋行》:"泰伯导仁风,仲雍扬其波。"

〔3〕迹:指太伯、仲雍让贤的行为与德行。

〔4〕开吴:指太伯、仲雍创立吴国。东溟:东海,此指东方吴地。

〔5〕陆氏:陆姓为江东大族之一。英髦:英俊杰出。

〔6〕多:赞许。古节:古人高尚的节操。岳立:像山岳一样耸立。人曹:人群。

〔7〕京洛:指首都长安和东都洛阳。事:从事。

〔8〕延陵剑:用吴公子季札(号延陵季子)典。春秋时,季札出使过徐君,心许返回时将宝剑相赠。返回时,徐君已死,季札将剑挂于徐君墓树上。见《史记·吴太伯世家》。

〔9〕五陵:汉高祖葬长陵,惠帝葬安陵,景帝葬阳陵,武帝葬茂陵,昭帝葬平陵,合称五陵,均在长安周围。汉唐时此地多豪侠少年。

〔10〕邀遮:拦路。呵吓:呵斥和恐吓。煎熬:围攻,折磨。

〔11〕君:指陆调。辟易:因惊恐而后退。

〔12〕清宪台:御史台,掌监察。北门:似指长安北门。

〔13〕间:最近。宰:为县令。棘:喻小人。兰芳:喻君子。

〔14〕肃穆:严肃静谧。

〔15〕"五月"句:谓陆调治邑十分威严。

〔16〕丝管:弦乐器和管乐器。俨(yǎn):俨然,庄严貌。

〔17〕衔觞:衔杯,喝酒。

〔18〕江北:江阳县在长江以北。江南:李白此时在江南。

〔19〕挂席:张帆。谢灵运《游赤石进帆海》:"扬帆采石华,挂席拾海月。"李善注引《临海志》曰:"海月大如镜,白色。扬帆、挂席,其义一也。"

〔20〕长川:指长江。

〔21〕酤:买酒。醁(lù):美酒。

〔22〕剡溪船:用王子猷雪夜访戴的典故。

〔23〕本诗一本作:"太伯让天下,仲雍扬波涛。清风荡万古,迹与星辰高。开吴食东溟,陆氏世英髦。夫子特峻秀,岳立冠人曹。风流少年时,京洛事游遨。骖骊红阳燕,玉剑明珠袍。一诺许他人,千金双错刀。满堂青云士,望美期丹霄。我昔北门厄,摧如一枝蒿。有虎挟鸡徒,连延五陵豪。邀遮来组织,呵吓相煎熬。君披万人丛,脱我如羈牢。此耻竟未刷,且食绥山桃。非天雨文章,所祖托风骚。苍蓬老壮发,长策未逢遭。别君几何时,君无相思否?鸣琴坐高楼,渌水净窗牖。政成闻雅颂,人吏皆拱手。投刃有余地,回车摄江阳。错杂非易理,先威挫豪强。城门何肃穆,五月飞秋霜。好鸟集珍木,高才列华堂。时从府中归,丝管俨成行。但苦隔远道,无由共衔觞。江北荷花开,江南杨梅鲜。挂席拾海月,乘风下长川。多沽新丰醁,满载剡溪船。中途不遇人,直到尔门前。大笑同一醉,取乐平生年。"

赠从孙义兴宰铭[1]

天子思茂宰[2],天枝得英才[3]。朗然清秋月,独出映吴台[4]。落笔生绮绣,操刀振风雷[5]。蠖屈虽百里,鹏骞望三台[6]。退食无外事[7],琴堂向山开[8]。绿水

296

寂以闲,白云有时来。河阳富奇藻,彭泽纵名杯[9]。所恨不见之,犹如仰昭回[10]。元恶昔滔天,疲人散幽草。惊川无恬鳞,举邑罕遗老[11]。誓雪会稽耻[12],将奔宛陵道[13]。亚相素所重[14],投刃应《桑林》[15]。独坐伤激扬[16],神融一开襟。弦歌欣再理[17],和乐醉人心。蠹政除害马[18],倾巢有归禽。壶浆候君来,聚舞共讴吟。农夫弃蓑笠,蚕女堕缨簪[19]。欢笑相拜贺,则知惠爱深[20]。历职吾所闻,称贤尔为最。化洽一邦上,名驰三江外[21]。峻节贯云霄,通方堪远大[22]。能文变风俗,好客留轩盖[23]。他日一来游,因之严光濑[24]。

【注释】

〔1〕义兴:唐县名,属常州,在今江苏宜兴。

〔2〕茂宰:良宰。

〔3〕天枝:指帝室之胄。

〔4〕吴台:即姑苏台,在今江苏苏州市,春秋时吴王夫差所筑。

〔5〕操刀:指治邑,《左传·襄公三十一年》载,尹何年少,子皮欲使出任邑大夫,子产以为不可,曰:"犹未能操刀而使割也,其伤实多。"

〔6〕蠖(huò)屈:《易·系辞下》:"尺蠖之屈,以求信也。"后以蠖屈喻人之不得志。百里:指一县之地。鹏骞(qiān):鹏飞。三台:指三公之高位。

〔7〕退食:退朝而进食,谓下班。

〔8〕琴堂:《吕氏春秋·察贤》:"宓子贱治单父,弹鸣琴,身不下堂而单父治。"后以琴堂指府县官员治理公事的地方。

〔9〕河阳:指晋人潘岳,曾为河阳令,善辞藻。奇藻:文词出众。彭泽:指陶渊明,曾为彭泽令。

〔10〕昭回:谓星辰光耀回转。《诗·大雅·云汉》:"倬彼云汉,昭回于天。"

〔11〕元恶:元凶。王琦注:"'元恶滔天'二联指上元中宋州刺史刘展举兵为乱,连陷扬、润、升、苏、湖……诸州,凡三月始平……常州与苏、湖、扬、润四州地界相接,其乱离不遑安处,概可知矣。"

〔12〕会稽耻:指春秋时越王勾践为吴王夫差所败,困于会稽之事。此处借指刘展之乱。

〔13〕宛陵:唐宣州宣城县,即汉之宛陵县地。

〔14〕亚相:御史大夫。此指李峘,乾元初,峘兼御史大夫,持节都统淮南、江南、江西节度宜慰观察处置等使。

〔15〕"投刃"句:《庄子·养生主》:"庖丁为文惠君解牛,手之所触,肩之所倚,足之所履,膝之所踦,砉然响然,奏刀𬴃然,莫不中音。合于《桑林》之舞,乃中《经首》之会。"《桑林》,汤乐名。句指李铭治民得法,游刃有余。

〔16〕独坐:《后汉书·宣秉传》:"光武特诏御史中丞与司隶校尉、尚书令会同并专席而坐,故京师号曰:'三独坐。'"激扬:激浊扬清。

〔17〕"弦歌"句:谓李铭复为县令,兴礼乐教化。子游为武城宰,孔子过,闻弦歌之声。见《论语·阳货》。

〔18〕除害马:《庄子·徐无鬼》:"夫为天下者,亦奚以异乎牧马者哉?亦去其害马者而已矣!"

〔19〕缨簪:妇人所佩饰物。

〔20〕"欢笑"句:太白原注:"亚相李公重之以能政,中丞李公免罢以移官。"王琦曰:"盖铭以刘展称兵,避难奔走失官,因二公而复职者也。"中丞李公,李丹,上元二年为苏州刺史兼御史中丞。参见《全唐诗人名考证》。

〔21〕三江:安旗等注:"三江,谓松江、钱塘江、浦阳江。此指李铭移官后所在之地区。"

〔22〕通方:通达治道。

〔23〕轩盖:指车驾。

〔24〕严光濑：东汉隐士严光垂钓之处。

草创大还赠柳官迪[1]

天地为橐籥[2]，周流行太易[3]。造化合元符[4]，交媾腾精魄[5]。自然成妙用，孰知其指的[6]？罗络四季间，绵微无一隙。日月更出没，双光岂云只[7]？姹女乘河车，黄金充辕轭[8]。执枢相管辖，摧伏伤羽翮[9]。朱鸟张炎威，白虎守本宅。相煎成苦老，消烁凝津液[10]。仿佛明窗尘，死灰同至寂。捣冶入赤色，十二周律历。赫然称大还，与道本无隔[11]。白日可抚弄，清都在咫尺[12]。北酆落死名[13]，南斗上生籍[14]。抑予是何者？身在方士格[15]。才术信纵横，世途自轻掷。吾求仙弃俗，君晓损胜益。不向金阙游[16]，思为玉皇客[17]。鸾车速风电，龙骑无鞭策[18]。一举上九天，相携同所适。

【注释】

〔1〕大还：即还丹，一种仙丹，服一刀圭即白日升天。见《抱朴子·金丹》。此处似指内丹。

〔2〕橐籥（tuó yuè）：冶炼时用以鼓风的器具。《老子》："天地之间，其犹橐籥乎？虚而不屈，动而愈出。"

〔3〕周流：指阴阳之气周转流行。《易·系辞下》："变动不居，周流六虚。"太易：指天地形成前的混沌状态。《列子·天瑞》："夫有形者生于无形，则天地安从生？故曰：有太易，有太初，有太始，有太素。太易者，未

299

见气也。"

〔4〕"造化"句:《文选》陆倕《新刻漏铭序》:"入神之制,与造化合符。"吕延济注:"造化,谓阴阳也。符,同也。"元符:大符应,天降祥瑞的征兆。

〔5〕交媾(gòu):指阴阳二气交相感应。精魄:精灵之气。

〔6〕指的:指自然变化的意旨。

〔7〕"罗络"四句:安旗等注:"《周易参同契》卷上:'坎戊月精,离己日光。日月为易,刚柔相当。土王四季,罗络始终……天地构其精,日月相撺持……蟾蜍与兔魄,日月气双明。'四句由此化出,谓四时运行,日月出没,皆自然之所为。"

〔8〕"姹女"二句:安旗等注:"姹女,汞也,炼丹所用药物。《周易参同契》卷下:'河上姹女,灵而最神。得火则飞,不见埃尘。'阴真君《金液还丹歌》:'北方正气名河车。'道家谓药物与河车相合,始能成丹,故曰'乘'。黄金,道家以为服之可以成仙。《抱朴子·黄白》:'《铜柱经》曰:丹沙可为金,河车可作银。立则可成,成则为真,子得其道,可以仙身。'充辕轭,盖因上句之字面而设言。二句言炼丹之事。"

〔9〕"执枢"句:王琦注引《龙虎经》:"神室有所象,鸡子为形容。五岳峙潜洞,际会为枢辖。"摧伏:谓炼丹要恰到好处,不然则有所损伤,隐伏不见。

〔10〕"朱鸟"四句:仍言炼丹之事。杨齐贤注:"朱鸟属火,为心;白虎属金,为肺。津液者,华池(口腔)神水也。"萧士赟注:"老者,炼丹火候之老嫩,悉铅汞相制伏之道耳。"

〔11〕"仿佛"六句:《周易参同契》卷上:"岁月将欲讫,毁性伤寿年。形体为灰土,状若明窗尘。捣冶并合之,驰入赤色门。固塞其际会,务令致完坚。炎火张于下,昼夜声正勤。始文使可修,终竟武乃陈。候视加谨慎,审察调寒温。周旋十二节,节尽更亲观。气索命将绝,休死亡魄魂。色转更为紫,赫然成还丹。"六句本此,仍言炼丹之事。

〔12〕清都:天帝的居处。

〔13〕北酆:即罗酆山。

〔14〕"南斗"句:《搜神记》卷三:"南斗注生,北斗注死。"

〔15〕方士:有方术之士,道士。

〔16〕金阙:宫阙,指朝廷。

〔17〕玉皇:道教中地位最高、职权最大的神,又称玉帝或玉皇大帝。

〔18〕鸾车、龙骑:均谓仙人所乘。

赠崔司户文昆季[1]

双珠出海底,俱是连城珍[2]。明月两特达[3],余辉傍照人。英声振名都,高价动殊邻[4]。岂伊箕山故[5],特以风期亲[6]。惟昔不自媒,担簦西入秦[7]。攀龙九天上,忝列岁星臣[8]。布衣侍丹墀,密勿草丝纶[9]。才微惠渥重,谗巧生缁磷[10]。一去已十年[11],今来复盈旬。清霜入晓鬓,白露生衣巾。侧见绿水亭,开门列华茵[12]。千金散义士,四座无凡宾。欲折月中桂,持为寒者薪[13]。路旁已窃笑,天路将何因[14]?垂恩傥丘山,报德有微身。

【注释】

〔1〕司户:司户参军,州郡之佐吏。昆季:兄弟。

〔2〕双珠:喻崔氏兄弟。连城珍:价值连城的珍宝。

〔3〕明月:明月珠。特达:出类拔萃。此句语本郭璞《游仙诗》:"珪璋虽特达,明月难暗投。"

〔4〕殊邻:指外地。

〔5〕箕山:在河南登封东南,相传尧欲让天下于许由,许由便逃到箕

山之下、颍水之阳隐居。

〔6〕风期：风度。

〔7〕自媒：自荐。簦(dēng)：长柄笠，即后世之雨伞。入秦：指到长安供奉翰林。

〔8〕岁星臣：指天子侍臣。用汉东方朔事。

〔9〕丹墀：漆成朱色的殿前石阶。密勿：勤勉。丝纶：指皇帝的诏书。《礼记·缁衣》："王言如丝，其出如纶；王言如纶，其出如綍。"

〔10〕惠渥：恩泽。缁磷：指璞玉表面的缺点。《论语·阳货》："不曰坚乎？磨而不磷。不曰白乎？涅而不缁。"

〔11〕去：指离开朝廷。

〔12〕茵：垫子、褥子的通称。

〔13〕月中桂：传说月中有桂树。持：一作"特"。

〔14〕天路：入朝之路。曹植《与吴季重书》："天路高邈，良久无缘。"

赠溧阳宋少府陟〔1〕

李斯未相秦，且逐东门兔〔2〕。宋玉事襄王，能为《高唐赋》〔3〕。尝闻《绿水曲》〔4〕，忽此相逢遇。扫洒青天开，豁然披云雾〔5〕。葳蕤紫鸾鸟，巢在昆山树〔6〕。惊风西北吹，飞落南溟去〔7〕。早怀经济策，特受龙颜顾〔8〕。白玉栖青蝇〔9〕，君臣忽行路〔10〕。人生感分义，贵欲呈丹素〔11〕。何日清中原〔12〕，相期廓天步〔13〕。

【注释】

〔1〕诗作于至德元载(756)，时作者避乱至溧阳。溧阳：唐县名，属宣州，在今江苏溧阳。少府：县尉。

〔2〕"李斯"二句:《史记·李斯列传》:"斯出狱,与其中子俱执。顾谓其中子曰:'吾欲与若复牵黄犬,俱出上蔡东门,逐狡兔,岂可得乎?'遂父子相哭,而夷三族。"

〔3〕"宋玉"二句:宋玉,楚顷襄王时曾任大夫,作有《高唐赋》等。

〔4〕绿水曲:古代乐曲名。此借指宋陟的诗作。

〔5〕"扫洒"二句:《世说新语·赏誉》载,晋卫伯玉命子弟去拜见乐广,曰:"此人,人之水镜也,见之若披云雾,睹青天。"

〔6〕葳蕤(wēi ruí):草木茂盛貌。此处借以描写紫鸾羽毛纷披之状。昆山:昆仑山的简称。古代传说鸾凤栖息在昆仑山的树林里。

〔7〕南溟:南海。

〔8〕经济策:治国安民的方略。龙颜:皇帝的容颜。代指皇帝。

〔9〕"白玉"句:《埤雅·释虫》:"青蝇粪尤能败物,虽玉犹不免,所谓蝇粪点玉也。"王绮注:"盖青蝇善乱色,故诗人以刺谗。"

〔10〕行路:不相识的陌路人。

〔11〕分(fèn)义:义气和情分。丹素:赤诚之心。

〔12〕清中原:指平定安史之乱。

〔13〕廓:开拓。天步:犹言国运。沈约《法王寺碑》:"因斯而运斗枢,自兹而廓天步。"

戏赠郑溧阳[1]

陶令日日醉,不知五柳春[2]。素琴本无弦[3],漉酒用葛巾[4]。清风北窗下,自谓羲皇人[5]。何时到栗里[6],一见平生亲。

【注释】

〔1〕郑溧阳:李白《溧阳濑水贞义女碑铭》:"邑宰荥阳郑公名晏。"

〔2〕陶令:陶渊明,曾为彭泽令。五柳:陶渊明宅边有五柳树,因自号"五柳先生"。

〔3〕"素琴"句:《晋书·陶潜传》:"性不解音,而蓄素琴一张,弦徽不具,每朋酒之会,则抚而和之,曰:'但识琴中趣,何劳弦上声!'"

〔4〕"漉酒"句:《宋书·陶潜传》:"郡将候潜,值其酒熟,取头上葛巾漉酒,毕,还复着之。"

〔5〕"清风"二句:陶渊明《与子俨等疏》:"尝言五六月中,北窗下卧,遇凉风暂至,自谓是羲皇上人。"羲皇,传说中上古时代的伏羲氏。

〔6〕栗里:在今江西九江市,晋时陶渊明曾迁居于此。

赠僧崖公

昔在朗陵东[1],学禅白眉空[2]。大地了镜彻[3],回旋寄轮风[4]。揽彼造化力,持为我神通[5]。晚谒太山君[6],亲见日没云。中夜卧山月[7],拂衣逃人群。授余金仙道[8],旷劫未始闻[9]。冥机发天光[10],独朗谢垢氛[11]。虚舟不系物[12],观化游江濆[13]。江濆遇同声,道崖乃僧英。说法动海岳,游方化公卿[14]。手秉玉麈尾[15],如登白楼亭。微言注百川[16],亹亹信可听[17]。一风鼓群有[18],万籁各自鸣[19]。启闭八窗牖,托宿挈雷霆。自言历天台,搏壁蹑翠屏[20]。凌兢石桥去[21],恍惚入青冥。昔往今来归,绝景无不经。何日更携手,乘杯向蓬瀛[22]?

【注释】

〔1〕朗陵:蔡州朗山县(今河南确山西南)。《元和郡县图志》:"朗陵山,在县西北三十里。"

〔2〕白眉空:王琦注:"白眉空疑是当时释子之名,犹禅宗所称南泉愿、临济元、赵州谂之类。"

〔3〕了:分明。镜彻:《楞严经》卷一〇:"观诸世间大地山河,如镜鉴明,来无所粘,过无踪迹。"

〔4〕轮风:即风轮。《法苑珠林》卷二:"依《华严经》云:'三千大千世界,以无量因缘乃成。且如大地依水轮,水轮依风轮,风轮依空轮,空轮无所依。然众生业感世界安住,故《智度论》云:三千大千世界皆依风轮为基。'"

〔5〕神通:《维摩诘经·香积佛品》:"维摩诘即入三昧,以神通力示诸大众。"

〔6〕太山君:即泰山之神。

〔7〕"中夜"句:一作"夜卧雪上月"。

〔8〕金仙:佛的别称,见《金光明经》。

〔9〕旷劫:《隋书·经籍志》:"天地之外,四维上下,更有天地,亦无终极。然皆有成有败。一成一败,谓之一劫。"《楞严经》:"我旷劫来心得无碍。"旷,久远。

〔10〕冥机:玄奥之机。天光:自然之光。

〔11〕垢氛:污浊的环境。

〔12〕虚舟:《庄子·列御寇》:"巧者劳而智者忧,无能者无所求,饱食而遨游,泛若不系之舟,虚而遨游者也。"

〔13〕江溃(fén):江边。

〔14〕游方:僧人周游四方。

〔15〕玉麈尾:玉柄麈尾。《晋书·王衍传》:"妙善玄言,唯谈《老》《庄》为事。每捉玉柄麈尾,与手同色。"麈尾,拂尘,用麈的尾毛制成。

〔16〕白楼亭:故址在今浙江绍兴。东晋时,孙绰等人常在此清谈赏景。见《世说新语·赏誉》。微言:精微要妙之言。

〔17〕亹(wěi)亹:动听。《晋书·谢安传》:"弱冠诣王蒙,清言良久,既去,蒙子修曰:'向客何如大人?'蒙曰:'此客亹亹,为来逼人。'"

〔18〕群有:指万物。

〔19〕万籁:自然界的各种声音。

〔20〕"搏壁"句:《文选》孙绰《游天台山赋》:"践莓苔之滑石,搏壁立之翠屏。"李善注:"翠屏,石桥之上石壁之名也。"

〔21〕凌兢:恐惧貌。石桥:在天台山北峰。其道甚窄,下临绝涧。

〔22〕乘杯:慧皎《高僧传》载,南朝宋时有一僧,神力卓异,常乘木杯渡水。蓬瀛:传说中东海中的神山。

游溧阳北湖亭望瓦屋山怀古赠同旅[1]

朝登北湖亭,遥望瓦屋山。天清白露下,始觉秋风还。游子托主人,仰观眉睫间。目色送飞鸿,邈然不可攀。长吁相劝勉,何事来吴关[2]。闻有贞义女,振穷溧水湾[3]。清光了在眼,白日如披颜。高坟五六墩[4],崒兀栖猛虎[5]。遗迹翳九泉,芳名动千古。子胥昔乞食,此女倾壶浆。运开展宿愤,入楚鞭平王[6]。凛冽天地间,闻名若怀霜。壮夫或未达,十步九太行[7]。与君拂衣去[8],万里同翱翔。

【注释】

〔1〕瓦屋山:在溧阳西北八十里。赠同旅:一作"赠孟浩然"。

〔2〕"游子"六句:王琦注:"'游子'数句言游客仰观主人辞色,见其仰视飞鸟,意不在宾客,故长吁相劝,何事来至此地。'目色送飞鸿'是暗用卫灵公仰视蜚雁,色不在孔子事。"

〔3〕"闻有"二句:《越绝书》卷一:"子胥遂行。至溧阳界中,见一女子,击絮于濑水之中。子胥曰:'岂可得托食乎?'女子曰:'诺。'即发箪饭,清其壶浆而食之。子胥食已而去,谓女子曰:'掩尔壶浆,毋令之露。'女子曰:'诺。'子胥行五步,还顾,女子自纵于濑水之中而死。"溧水:又名濑水,在溧阳西北。

〔4〕墩(dūn):土堆。

〔5〕崒(zú)兀:高耸貌。猛虎:王琦注:"谓坟势崒兀有若猛虎,是写遥望中拟似之景耳……据此诗,贞义女之坟唐时尚存,当在瓦屋山下,今则不可考矣。"

〔6〕鞭平王:《史记·伍子胥列传》:"及吴兵入郢,伍子胥求昭王。既不得,乃掘楚平王墓,出其尸,鞭之三百然后已。"

〔7〕"十步"句:喻世路之艰。

〔8〕拂衣去:指归隐。《后汉书·杨彪传》:"孔融鲁国男子,明日便当拂衣而去,不复朝矣。"

醉后赠从甥高镇[1]

马上相逢揖马鞭[2],客中相见客中怜。欲邀击筑悲歌饮[3],正值倾家无酒钱。江东风光不借人,枉杀落花空自春[4]。黄金逐手快意尽[5],昨日破产今朝贫。丈夫何事空啸傲?不如烧却头上巾[6]。君为进士不得进,我被秋霜生旅鬓[7]。时清不及英豪人[8],三尺童儿唾廉蔺[9]。匣中盘剑装鲙鱼[10],闲在腰间未用渠[11]。且将换酒与君醉,醉归托宿吴专诸[12]。

【注释】

〔1〕诗约作于天宝七载(748)暮春,时作者在金陵。

〔2〕揖马鞭:持马鞭行拱手之礼。

〔3〕击筑悲歌:《史记·刺客列传》:"荆轲嗜酒,日与狗屠及高渐离饮于燕市。酒酣以往,高渐离击筑,荆轲和而歌于市中,相乐也,已而相泣,旁若无人者。"

〔4〕不借人:不待人。借,等待。枉:徒然。

〔5〕逐手:随手。

〔6〕头上巾:指儒巾。

〔7〕秋霜:喻白发。

〔8〕时清:时代清平。及:恩及。

〔9〕廉蔺:廉颇和蔺相如,战国时赵国的著名将相。

〔10〕鲳(cuò)鱼:即鲨鱼,皮可制刀剑的鞘,此处即指剑鞘。

〔11〕渠:它,指剑。

〔12〕托宿:寄宿。专诸:春秋时吴人,因为公子光刺杀吴王僚而闻名。此处专诸似指李白一位具有侠士风度的友人。

赠秋浦柳少府[1]

秋浦旧萧索,公庭人吏稀。因君树桃李[2],此地忽芳菲。摇笔望白云,开帘当翠微[3]。时来引山月,纵酒酣清辉。而我爱夫子,淹留未忍归[4]。

【注释】

〔1〕秋浦:唐县名,在今安徽池州市。少府:县尉。柳少府,柳圆。李白又有《赠柳圆》诗。

〔2〕树桃李:潘岳曾任河阳令,于县遍种桃李。
〔3〕翠微:淡青的山色。
〔4〕淹留:久留。

赠崔秋浦三首[1]

吾爱崔秋浦,宛然陶令风[2]。门前五杨柳[3],井上二梧桐。山鸟下听事[4],檐花落酒中。怀君未忍去,惆怅意无穷。

【注释】

〔1〕诗作于天宝十三载(754),时作者在秋浦。
〔2〕陶令:陶渊明,曾为彭泽令。
〔3〕五杨柳:陶渊明宅边有五柳树,因自号"五柳先生"。
〔4〕听事:中庭。《资治通鉴·齐纪》:"夜,进卧舆于郡听事。"胡三省注:"中庭曰听事,言受事察讼于是也。"

崔令学陶令,北窗常昼眠[1]。抱琴时弄月,取意任无弦。见客但倾酒,为官不爱钱。东皋多种黍,劝尔早耕田[2]。

【注释】

〔1〕"北窗"句:陶渊明《与子俨等疏》:"尝言五六月中,北窗下卧,遇凉风暂至,自谓是羲皇上人。"
〔2〕以上二句一作"东皋春事起,种黍早归田"。

河阳花作县[1],秋浦玉为人[2]。地逐名贤好,风随惠化春。水从天汉落[3],山逼画屏新。应念金门客[4],投沙吊楚臣[5]。

【注释】

〔1〕"河阳"句:用潘岳事。

〔2〕玉为人:《晋书·卫玠传》:"总角乘羊车入市,见者皆以为玉人,观之者倾都。"

〔3〕水:指九华山的瀑布。

〔4〕金门客:诗人自谓,因其曾待诏翰林,故云。金门,汉未央宫门名。

〔5〕投沙:弃之长沙,指贾谊贬长沙事。吊楚臣:即吊屈原。

望九华山赠青阳韦仲堪[1]

昔在九江上[2],遥望九华峰。天河挂绿水,秀出九芙蓉。我欲一挥手,谁人可相从?君为东道主[3],于此卧云松[4]。

【注释】

〔1〕诗作于天宝十三载(754),时李白在池州一带漫游。九华山:在今安徽青阳县南。《太平御览》卷四六引《九华山录》:"此山奇秀,高出云表,峰峦异状,其数有九,故号九子山焉。李白因游九子,睹其山秀异,遂更号曰九华。"青阳:唐县名,今属安徽。

〔2〕九江:《汉书·地理志》"寻阳"下引《禹贡》:"九江在南,皆东合为大江。"汉寻阳在今湖北黄梅一带。

〔3〕东道主:指居停主人。
〔4〕卧云松:指隐居。

卷　十

赠王判官时余归隐居庐山屏风叠[1]

昔别黄鹤楼,蹉跎淮海秋[2]。俱飘零落叶,各散洞庭流[3]。中年不相见,蹭蹬游吴越[4]。何处我思君？天台绿萝月[5]。会稽风月好,却绕剡溪回[6]。云山海上出,人物镜中来[7]。一度浙江北,十年醉楚台[8]。荆门倒屈宋[9],梁苑倾邹枚[10]。苦笑我夸诞[11],知音安在哉？大盗割鸿沟[12],如风扫秋叶。吾非济代人[13],且隐屏风叠。中夜天中望[14],忆君思见君。明朝拂衣去,永与海鸥群[15]。

【注释】

〔1〕此诗作于天宝十五载(756),当时安史叛军已占领了洛阳以北广大地区。屏风叠:庐山自五老峰以下,九叠如屏,故名。

〔2〕黄鹤楼:故址在今湖北武汉市武昌。蹉跎:虚度光阴。淮海:指今江苏省扬州一带。

〔3〕"各散"句:如洞庭湖的支流一样各奔东西。

〔4〕蹭蹬(cèng dèng):失意潦倒。

〔5〕天台:山名,在今浙江天台县北。绿萝:即女萝、松萝,皆地衣类

植物。

〔6〕会稽:今浙江绍兴市。剡溪:在今浙江嵊州市南。

〔7〕镜中:形容水流清澈如镜。

〔8〕楚台:古代楚国境内的台榭。

〔9〕荆门:山名,在今湖北宜都市西北长江南岸。此指荆州一带,即楚郢都之地。

〔10〕梁苑:汉梁孝王在睢阳所建的园林,故址在今河南商丘东南。邹枚:西汉辞赋家邹阳、枚乘,均曾为梁孝王宾客。倾:倒,压倒。

〔11〕苦:一作"若"。夸诞:浮夸放诞。

〔12〕大盗:指安禄山。鸿沟:古运河名,故道自河南荥阳北引黄河水,曲折东流至淮阳入颍水。秦末刘邦、项羽曾划鸿沟为界,西为汉,东为楚。

〔13〕济代:济世,因避唐太宗李世民讳改"世"为"代"。

〔14〕中夜:夜半。

〔15〕与海鸥群:指隐居。

在水军宴赠幕府诸侍御〔1〕

月化五白龙〔2〕,翻飞凌九天。胡沙惊北海,电扫洛阳川〔3〕。虏箭雨宫阙,皇舆成播迁〔4〕。英王受庙略,秉钺清南边〔5〕。云旗卷海雪〔6〕,金戟罗江烟。聚散百万人,弛张在一贤〔7〕。霜台降群彦〔8〕,水国奉戎旃〔9〕。绣服开宴语,天人借楼船〔10〕。如登黄金台〔11〕,遥谒紫霞仙〔12〕。卷身编蓬下,冥机四十年〔13〕。宁知草间人,腰下有龙泉〔14〕?浮云在一决〔15〕,誓欲清幽燕〔16〕。愿与四座公,静谈《金匮》篇〔17〕。齐心戴朝恩〔18〕,不惜微躯捐。所冀旄头灭[19],功成追鲁连[20]。

【注释】

〔1〕此诗当作于至德二载(757)正月,时作者在永王李璘幕府。水军:指永王李璘的水师。幕府:指将帅的府署。侍御:此泛指侍从永王的官员。

〔2〕"月化"句:《十六国春秋·后燕录》载,慕容熙建始元年正月,"太史丞梁延年梦月化为五白龙,梦中占之曰:'月,臣也;龙,君也。月化为龙,当有臣为君者。'"此指安禄山叛乱。

〔3〕胡沙:喻指胡兵。北海:泛指北方。电:闪电,形容安史叛军行动迅速。

〔4〕皇舆:皇帝所乘的车。播迁:流离迁徙,指玄宗逃往蜀中。

〔5〕英王:指永王李璘。庙略:朝廷的战略谋划。秉钺:指执掌兵权。钺(yuè),大斧。清:肃清。

〔6〕海雪:海中的浪涛。

〔7〕聚散:聚集和散开,指指挥、调度。弛张:弓弦的一松一紧,亦治理、调度之意。一贤:指李璘。

〔8〕霜台:指御史台。群彦:众贤。指诸侍御。

〔9〕水国:江南多水,故称。戎旃(zhān):军旗。

〔10〕绣服:《汉书·百官公卿表》:"侍御史有绣衣直指,出讨奸猾,治大狱。"此指永王幕府侍御。天人:有非常才能的人,此指李璘。楼船:战船。

〔11〕黄金台:燕昭王为招贤纳士而筑。

〔12〕紫霞仙:天上的仙人。

〔13〕卷身:屈身。编蓬:编蓬草为户,此指简陋的房屋。冥机:即息机,隐居不问世事。

〔14〕宁知:岂知。草间人:草野之人,作者自谓。龙泉:宝剑名。相传为春秋时楚王请欧冶子、干将所造三剑之一,详见《越绝书》。

〔15〕"浮云"句:《庄子·说剑》:"天子之剑……上决浮云,下绝地

纪。此剑一用,匡诸侯,天下服矣。"

〔16〕幽燕:今北京市及河北省北部地区,当时是安禄山的根据地。

〔17〕金匮篇:兵书名,相传为吕尚所作。

〔18〕戴:尊奉。

〔19〕旄头:即昴宿,古人认为是胡星,其明预兆战乱。此指安禄山叛军。

〔20〕鲁连:鲁仲连,为人排难解纷,功成身退,不受赏赐。

赠武十七谔并序

门人武谔,深于义者也。质木沉悍,慕要离之风[1]潜钓川海,不数数于世间事[2]。闻中原作难,西来访余。余爱子伯禽在鲁,许将冒胡兵以致之。酒酣感激,援笔而赠。

马如一匹练,明日过吴门[3]。乃是要离客,西来欲报恩。笑开燕匕首,拂拭竟无言。狄犬吠清洛[4],天津成塞垣[5]。爱子隔东鲁,空悲断肠猿[6]。林回弃白璧[7],千里阻同奔。君为我致之,轻赍涉淮源[8]。精诚合天道,不愧远游魂[9]。

【注释】

〔1〕要离:古侠士名。

〔2〕川:一作"江"。数数:即汲汲,心情急切貌。

〔3〕"马如"二句:《太平御览》卷八一八引《韩诗外传》载,孔子与颜回登鲁东山,颜回望见吴县阊门外一匹练,孔子说是白马,后人称马为一

315

匹。吴门,古吴县(今苏州市)城门。

〔4〕狄:古时称北方民族。此指安禄山。

〔5〕天津:指天津桥,在唐东都洛阳皇城正南洛水上。

〔6〕断肠猿:《世说新语·黜免》:"桓公入蜀,至三峡中。部伍中有得猿子者,其母缘岸哀号,行百余里不去,遂跳上船,至便即绝。破视其腹中,肠皆寸寸断。公闻之怒,命黜其人。"

〔7〕林回:《庄子·山木》:"林回弃千金之璧,负赤子而趋。或曰:'为其布欤?赤子之布寡矣;为其累欤?赤子之累多矣。弃千金之璧,负赤子而趋,何也?'林回曰:'彼以利合,此以天属也。'"陆德明《音义》:"林回,司马云:'殷之逃民之姓名。'"

〔8〕轻赍(jī):轻装。淮源:淮水之源,此指淮水。

〔9〕远游:一作"邓攸"。《晋书·邓攸传》载,攸没于石勒,后以牛马负妻子而逃。又遇贼盗其牛马,攸因担其儿及侄步走。度不能两全,乃谓其妻曰:"吾弟早亡,惟有一息,理不可绝,止应自弃我儿耳。幸而得存,我后当有子。"妻泣而从之。攸弃子之后,妻不复孕。时人为之语曰:"天道无知,使邓伯道(攸字伯道)无儿。"

赠闾丘宿松[1]

阮籍为太守,乘驴上东平。剖竹十日间,一朝风化清[2]。偶来拂衣去,谁测主人情?夫子理宿松,浮云知古城。扫地物莽然,秋来百草生。飞鸟还旧巢,迁人返躬耕[3]。何惭宓子贱[4],不减陶渊明[5]。吾知千载后,却掩二贤名。

【注释】

〔1〕闾丘:复姓。宿松:唐县名,在今安徽宿松县。

〔2〕"阮籍"四句:《晋书·阮籍传》:"及文帝辅政,籍尝从容言于帝曰:'籍平生曾游东平,乐其风土。'帝大悦,即拜东平相。籍乘驴到郡,坏府舍屏障,使内外相望,法令清简,旬日而还。"太守,晋时郡置太守,国置相,两者职位相当,故诗中称籍为太守。剖竹,即分符,《史记·孝文本纪》:"初与郡国守相为铜虎符、竹使符。"铜虎符与竹使符都是汉代的符信,每符由郡国守相与朝廷各持其半。后因以分符喻指出任州郡长官。

〔3〕迁人:流亡在外的人。

〔4〕宓(fú)子贱:《吕氏春秋·察贤》:"宓子贱治单父,弹鸣琴,身不下堂而单父治。"

〔5〕陶渊明:《宋书·陶潜传》载,陶潜任彭泽令,在官八十余日,因不能承受奉迎官长之苦而解印绶去职,赋《归去来兮辞》。

狱中上崔相涣[1]

胡马渡洛水,血流征战场。千门闭秋景,万姓危朝霜。贤相燮元气[2],再欣海县康[3]。台庭有夔龙[4],列宿粲成行[5]。羽翼三元圣,发辉两太阳[6]。应念覆盆下[7],雪泣拜天光[8]。

【注释】

〔1〕此诗作于至德二载(757)。时太白坐永王璘事,系寻阳狱。崔涣:《旧唐书·崔涣传》载,天宝十五载(756)七月,崔涣拜黄门侍郎、同中书门下平章事,十一月,"诏涣充江淮宣谕选补使,以收遗逸"。至德二载八月,罢知政事,除左散骑常侍兼余杭太守、江东采访防御使。

317

〔2〕贤相:指崔涣。燮(xiè):调和。《书·周官》:"论道经邦,燮理阴阳。"

〔3〕海县:犹云海内。

〔4〕台庭:宰相之庭。夔龙:相传为虞舜的二位贤臣。一为乐官,一为谏官。

〔5〕列宿:二十八宿,此喻指朝廷的众贤才。

〔6〕三元圣:王琦注:"元圣,大圣也……三元圣,谓玄宗、肃宗、广平王也。两太阳,亦谓玄宗、肃宗也。"广平王即肃宗子李俶(后来的代宗)。

〔7〕覆盆:盆戴于头顶,无法看天。比喻蒙不白之冤,无由申诉。司马迁《报任安书》:"仆以为戴盆何以望天。"

〔8〕雪泣:拭泪。天光:日光。

中丞宋公以吴兵三千赴河南军次寻阳脱余之囚参谋幕府因赠之[1]

独坐清天下[2],专征出海隅[3]。九江皆渡虎[4],三郡尽还珠[5]。组练明秋浦[6],楼船入郢都[7]。风高初选将[8],月满欲平胡[9]。杀气横千里,军声动九区[10]。白猿惭剑术[11],黄石借兵符[12]。戎虏行当剪,鲸鲵立可诛[13]。自怜非剧孟[14],何以佐良图?

【注释】

〔1〕至德二载(757)秋,在御史中丞宋若思和宰相崔涣的营救下,李白被释出狱,并留宋军中参赞军务,此诗即作于此时。中丞宋公:即宋若思。天宝十五载六月为御史中丞,至德二载任江南西道采访使、宣城太守。河南:指河南道。包括今河南、山东省的大部及安徽、江苏省的一部

分。次:停留。

〔2〕独坐:《后汉书·宣秉传》:"建武元年,拜御史中丞。光武特诏御史中丞与司隶校尉、尚书令会同并专席而坐,故京师号曰'三独坐'。"后以"独坐"为御史中丞别名。这里指宋若思。

〔3〕专征:经特许得自行出兵征伐。《竹书纪年·帝辛三十三年》:"王锡命西伯,得专征伐。"海隅(yú):沿海地区。

〔4〕"九江"句:《后汉书·宋均传》:"迁九江太守。郡多虎暴,数为民患,常募设槛阱,而犹多伤害。均到,下记属县曰:'……今为民害,咎在残吏,而劳勤张捕,非忧恤之本也。其务退奸贪,思进忠善,可一去槛阱,除削课制。'其后传言虎相与东游度江。"

〔5〕三郡:泛指宋若思所到之处。还珠:《后汉书·孟尝传》:"迁合浦太守。郡不产谷食而海出珠宝……先时宰守并多贪秽,诡人采求,不知纪极,珠遂渐徙于交趾郡界……尝到官,革易前弊,求民病利。曾未逾岁,去珠复还。"

〔6〕组练:组甲和被练的简称,古代军士所穿的两种甲衣。明:照耀。

〔7〕郢都:先秦时楚国的都城,在今湖北江陵。

〔8〕初选将:开始命将出征。

〔9〕月满:指月圆之时。平胡:指平定安史叛军。

〔10〕九区:即九州,泛指广大地域。

〔11〕"白猿"句:《文选》卷五左思《吴都赋》:"其上则猿父哀吟。"注引《吴越春秋》曰:"越有处女,出于南林之中……处女将北见于越王,道逢老翁,自称袁公……于是袁公即跳于林,竹槁折堕地,处女即接末……袁公即飞上树,化为白猿,遂引去。"

〔12〕"黄石"句:《史记·留侯世家》载,张良在下邳圯上遇一老人,授之以兵法,此人即黄石公。兵符,即兵法。

〔13〕行:将。鲸鲵:喻指安史叛军。

〔14〕剧孟:汉初游侠。

流夜郎赠辛判官[1]

昔在长安醉花柳[2],五侯七贵同杯酒[3]。气岸遥凌豪士前,风流肯落他人后[4]?夫子红颜我少年,章台走马著金鞭[5]。文章献纳麒麟殿[6],歌舞淹留玳瑁筵[7]。与君自谓长如此,宁知草动风尘起[8]。函谷忽惊胡马来[9],秦宫桃李向明开[10]。我愁远谪夜郎去,何日金鸡放赦回[11]?

【注释】

〔1〕此诗作于乾元元年(758)流放夜郎途中。

〔2〕花柳:指游赏之地。

〔3〕五侯:河平二年,汉成帝同日封其舅王谭等五人为侯,世称五侯。见《汉书·元后传》。七贵:指汉时吕、霍、上官等七家贵族。五侯七贵,泛指当时的权贵。

〔4〕气岸:傲岸不羁的气概。肯:岂肯。

〔5〕夫子:指辛判官。章台走马:《汉书·张敞传》:"敞无威仪,时罢朝会,过走马章台街。"

〔6〕麒麟殿:西汉长安城未央宫中殿名,为皇帝藏书之处。此借指唐长安宫殿。

〔7〕淹留:久留。玳瑁筵:珍美的筵席。

〔8〕草动风尘起:指安史之乱爆发。

〔9〕函谷:关名,古关在今河南灵宝市南。

〔10〕明:指太阳。一作"胡"。

〔11〕金鸡放赦:《封氏闻见记》卷四:"国有大赦,则命卫尉树金鸡于

阙下。"

赠刘都使[1]

东平刘公幹[2],南国秀余芳。一鸣即朱绂[3],五十佩银章[4]。饮冰事戎幕[5],衣锦华水乡[6]。铜官几万人[7],诤讼清玉堂。吐言贵珠玉,落笔回风霜[8]。而我谢明主,衔哀投夜郎。归家酒债多,门客粲成行[9]。高谈满四座,一日倾千觞。所求竟无绪,裘马欲摧藏[10]。主人若不顾,明发钓沧浪[11]。

【注释】

〔1〕都使:王琦注:"当是兼衔,若都水监使者之类耳。"唐都水监置使者二人,正五品上。此诗作于乾元元年(758)。

〔2〕刘公幹:三国魏刘桢,字公幹,东平人,建安七子之一。曹操"辟为丞相掾属"。

〔3〕朱绂:指红色官服。唐制,四品服深绯,五品服浅绯。

〔4〕银章:银印。《汉书·百官公卿表》:"凡吏秩比二千石以上,皆银印青绶。"

〔5〕饮冰:比喻忧心。《庄子·人间世》:"今吾朝受命而夕饮冰,我其内热与?"

〔6〕衣锦:《史记·项羽本纪》:"(项羽)曰:'富贵不归故乡,如衣绣夜行,谁知之者!'"

〔7〕铜官:唐铜官冶,在今安徽铜陵市。

〔8〕风霜:《西京杂记》卷三:"淮南王安著《鸿烈》二十一篇……自云字中皆挟风霜。"

〔9〕"归家"二句:王琦注:"孔融诗:'归家酒债多,门客粲成行。'"
〔10〕无绪:无端绪。摧藏:悲伤。
〔11〕主人:指刘都使。明发:犹明晨。

赠常侍御

安石在东山,无心济天下[1]。一起振横流[2],功成复潇洒。大贤有卷舒[3],季叶轻风雅[4]。匡复属何人,君为知音者。传闻武安将,气振长平瓦[5]。燕赵期洗清,周秦保宗社[6]。登朝若有言,为访南迁贾[7]。

【注释】

〔1〕"安石"二句:《世说新语·排调》载,晋谢安隐居东山,朝命屡降而不动,时人有"安石(谢安字)不肯出,将如苍生何"之语。
〔2〕横流:指乱世。《文选》傅亮《为宋公修张良庙教》:"夷项定汉,大拯横流。"
〔3〕卷舒:隐居与出仕。
〔4〕季叶:季世、末世。
〔5〕"传闻"二句:《史记·廉颇蔺相如列传》载,秦伐韩,军于阏与,赵王令赵奢救之,"秦军军武安西,秦军鼓噪勒兵,武安屋瓦尽振"。武安,即今河北武安市。武安将,此喻指郭子仪、李光弼等唐军将领。
〔6〕"燕赵"二句:王琦注:"燕赵皆为禄山所据,故期其洗清。周地谓洛阳,在唐为东京。秦地谓长安,在唐为西京。宗庙社稷在焉,故欲其保护。"
〔7〕南迁贾:指贾谊,贾谊遭权贵谗毁,被汉文帝贬为长沙王太傅。事见《史记·屈原贾生列传》。

322

赠易秀才[1]

少年解长剑,投赠即分离[2]。何不断犀象[3]?精光暗往时[4]。蹉跎君自惜,窜逐我因谁[5]?地远虞翻老[6],秋深宋玉悲[7]。空摧芳桂色[8],不屈古松姿。感激平生意[9],劳歌寄此辞[10]。

【注释】

〔1〕此诗作于乾元元年(758)流放夜郎途中。
〔2〕"少年"二句:言与易秀才订交甚早。投赠,赠送。
〔3〕断犀象:斩断犀牛与象,言剑之锋利。曹植《七启》:"步光之剑,华藻繁缛……陆断犀象。"
〔4〕精光:指宝剑的光芒。
〔5〕蹉跎:虚度光阴。窜逐:指流放夜郎。
〔6〕虞翻:字仲翔,会稽余姚人,吴时官至骑都尉。性疏直,数有酒失,远谪交州而卒。《三国志·吴书》有传。
〔7〕"秋深"句:宋玉《九辩》:"悲哉,秋之为气也。"
〔8〕芳桂:桂花。
〔9〕感激:因有所感而内心激动。
〔10〕劳歌:忧伤,惜别之歌。

经乱离后天恩流夜郎忆旧游书怀赠江夏韦太守良宰[1]

天上白玉京[2],十二楼五城[3]。仙人抚我顶,结发受长生[4]。误逐世间乐,颇穷理乱情[5]。九十六圣君,浮云挂空名[6]。天地赌一掷[7],未能忘战争。试涉霸王略[8],将期轩冕荣[9]。时命乃大谬,弃之海上行[10]。学剑翻自哂[11],为文竟何成?剑非万人敌[12],文窃四海声[13]。儿戏不足道[14],《五噫》出西京[15]。临当欲去时,慷慨泪沾缨[16]。叹君倜傥才,标举冠群英[17]。开筵引祖帐,慰此远徂征[18]。鞍马若浮云,送余骠骑亭[19]。歌钟不尽意,白日落昆明[20]。十月到幽州,戈鋋若罗星[21]。君王弃北海,扫地借长鲸[22]。呼吸走百川,燕然可摧倾[23]。心知不得语,却欲栖蓬瀛[24]。弯弧惧天狼,挟矢不敢张[25]。揽涕黄金台[26],呼天哭昭王。无人贵骏骨[27],绿耳空腾骧[28]。乐毅倘再生[29],于今亦奔亡。蹉跎不得意,驱马过贵乡[30]。逢君听弦歌[31],肃穆坐华堂。百里独太古,陶然卧羲皇[32]。征乐昌乐馆[33],开筵列壶觞。贤豪间青娥,对烛俨成行[34]。醉舞纷绮席,清歌绕飞梁[35]。欢娱未终朝,秩满归咸阳[36]。祖道拥万人,供帐遥相望[37]。一别隔千里,荣枯异炎凉[38]。炎凉几度改,九土中横溃[39]。汉甲连胡兵[40],沙尘暗云海。草木摇杀气,星辰无光彩。白骨成丘山,苍生竟何罪[41]?函关壮帝居[42],国命悬哥舒[43]。长戟三十万,开门纳凶渠[44]。公卿奴犬羊,忠谠醢与菹[45]。二圣出游豫,两京遂丘墟[46]。帝子许专征,秉旄控强楚[47]。节制非桓文[48],军师拥熊虎[49]。人心失去就,贼势腾风雨[50]。惟君固房陵[51],诚节冠终古[52]。仆卧香炉顶[53],餐霞漱瑶泉。门开九江转,枕下五湖连[54]。半夜水军来,寻阳满旌旃[55]。空名适自误,迫胁上楼船[56]。徒赐五百金,弃之若浮烟[57]。辞官不受赏,翻谪夜郎天[58]。夜郎万里道[59],西上令人老。扫荡六合清,仍为负霜草[60]。日月无偏照,何由诉苍昊[61]?良牧称神明,深仁恤交道[62]。一忝青云客[63],三登黄鹤楼。顾惭祢处士,虚对鹦鹉洲[64]。樊山霸气尽[65],寥落天地秋。江带峨眉雪,川横三峡流[66]。万舸此中来[67],连帆过扬州。送此万里目,旷然散我愁。纱窗倚天开,水树绿如发。窥日畏衔山[68],促酒喜得月。吴娃与越艳,窈窕夸铅红[69]。呼来上云梯,含笑出帘栊[70]。对客小垂手[71],罗衣舞春风。宾跪请休息[72],主人情未极。览君荆山作,江鲍堪动色[73]。清水出芙蓉,天然去雕饰[74]。逸兴横素襟,无时不招寻[75]。朱门拥虎士,列戟何森森[76]!剪凿竹石开,萦流涨清深[77]。登楼坐水阁,吐论多英音[78]。片辞贵白璧[79],一诺轻黄金[80]。谓我不愧君,青鸟明丹心[81]。五色云间鹊[82],飞鸣天上来。传闻赦书至[83],却放夜郎回。暖气变寒谷,炎烟生死灰[84]。君登凤池去[85],勿弃贾生才[86]。桀犬尚吠尧[87],匈奴笑千秋[88]。中夜四五叹,常为大国忧[89]。旌旆夹两山[90],黄河当中流。连鸡不得进,饮马空夷犹[91]。安得羿善射,一箭落旄头[92]?

【注释】

〔1〕此诗作于乾元二年(759),时诗人在江夏。乱离:指因战乱而流离失所。天恩:皇帝的恩惠。江夏:即鄂州,治所在今武汉市武昌。韦良宰:时为鄂州刺史,参见李白《鄂州刺史韦公德政碑》。

〔2〕白玉京:传说中的天上仙境。

〔3〕十二楼五城:传说在昆仑,为神仙之所居。《汉书·郊祀志》:"方士有言,黄帝时为五城十二楼。"颜师古注引应劭曰:"昆仑玄圃,五城十二楼,仙人之所常居。"

〔4〕结发:犹束发,指年轻时。受长生:接受道教的长生不老之术。

〔5〕逐:追求。穷:穷究。理乱情:指国家治乱的道理。

〔6〕九十六圣君:自秦始皇至唐玄宗凡九十六个皇帝。挂空名:徒留空名。

〔7〕赌一掷:孤注一掷,以求一胜。

〔8〕涉:接触。霸王略:成王成霸的谋略。

〔9〕期:期望。轩冕:大夫以上官员的车服。此指贵显。

〔10〕时命:命运。之:指霸王之略。海上行:《论语·公冶长》:"子曰:道不行,乘桴浮于海。"

〔11〕翻:反。自哂(shěn):自我嘲笑。

〔12〕"剑非"句:《史记·项羽本纪》载,项羽少年时学书、学剑俱不成,他的叔父项梁责备他,羽答曰:"书,足以记名姓而已。剑,一人敌,不足学;学万人敌。"

〔13〕窃:窃取,自谦之词。

〔14〕儿戏:谦指自己的作品。

〔15〕五噫:《后汉书·梁鸿传》:"(鸿)过京师,作《五噫之歌》曰:'陟彼北芒兮,噫!顾览帝京兮,噫!宫室崔嵬兮,噫!人之劬劳兮,噫!辽辽未央兮,噫!'"

〔16〕缨:帽带。

〔17〕君:指韦良宰。倜傥:卓越豪迈。标举:高超。

〔18〕祖帐:饯别时所设的帐幕。徂(cú):往。

〔19〕浮云:喻送行人数众多。骠骑亭:在长安郊外。

〔20〕歌钟:古乐器名,此指送别时奏乐。昆明:池名,在长安西南,原为汉武帝开凿。

〔21〕幽州:治所在今北京市西南。戈鋋(chán):皆兵器名。罗星:形容兵器之多,如群星罗列。

〔22〕君王:指玄宗。北海:指北方之地。扫地:意谓一干二净,全部。借:借给。长鲸:喻指安禄山。天宝元年,唐玄宗以安禄山为平卢节度使。三载(744),加范阳节度使。经略威武、清夷、静塞、恒阳、北平、高阳、唐兴、横海、平卢、卢龙十一军,及榆关守捉、安东都护府,兵凡十三万余,皆归其所统;幽、蓟、妫、檀、易、恒、定、漠、沧、营、平十一州之地,皆归其所治。故云"弃北海""扫地"。

〔23〕走:移动。燕然:山名,即今蒙古杭爱山。二句极言其气焰之盛。

〔24〕蓬瀛:借指隐居之地。

〔25〕弧:木弓。天狼:星名,此处喻指安禄山。《楚辞·九歌·东君》:"举长矢兮射天狼。"张:开弓。

〔26〕黄金台:战国时燕昭王所筑。

〔27〕骏骨:《战国策·燕策一》载,燕昭王招贤,郭隗说:"臣闻古之君人,有以千金求千里马者,三年不能得。涓人言于君曰:'请求之。'君遣之,三月得千里马,马已死,买其首五百金,反以报君。君大怒曰:'所求者生马,安事死马而捐五百金?'涓人对曰:'死马且买之五百金,况生马乎?天下必以王为能市马,马今至矣。'于是不能期年,千里之马至者三。今王诚欲致士,先从隗始;隗且见事,况贤于隗者乎?岂远千里哉?"

〔28〕绿耳:古骏马名。腾骧(xiāng):奔跃。

〔29〕乐毅:战国名将,由魏至燕,被昭王用为亚卿,尝率军破齐,下七十城。后昭王死,惠王受齐人离间,疑忌乐毅,使人代之为将。于是乐毅奔赵。事见《史记》本传。

〔30〕贵乡:唐县名,在今河北大名县东北。

〔31〕弦歌:子游为武城宰,孔子过武城闻弦歌之声,见《论语·

阳货》。

〔32〕百里:指一县所辖之地。太古:远古。陶然:和乐安闲貌。羲皇:伏羲氏,古人认为伏羲氏时代的人无忧无虑,生活安逸。

〔33〕征乐:招人奏乐。昌乐:唐县名,在今河南南乐县。馆:客舍。

〔34〕青娥:指歌舞女伎。俨(yǎn):整齐貌。

〔35〕"清歌"句:《列子·汤问》:"韩娥东之齐,匮粮,过雍门,鬻歌假食。既去,而余音绕梁欐,三日不绝。"

〔36〕未终朝:不到一个早晨,极言时间的短暂。秩(zhì)满:任期已满。

〔37〕祖道:设宴送行。供帐:饯行时所设的帐幕。

〔38〕荣枯:草木的繁茂和衰萎。炎凉:暑寒。

〔39〕九土:九州之土,指全国。横溃:河道决口,喻指天下大乱。

〔40〕汉甲:指唐军。连:接触。

〔41〕苍生:百姓。

〔42〕函关:函谷关。壮:言函谷关地势险要,使长安显得气势雄壮。帝居:指长安。

〔43〕哥舒:哥舒翰。洛阳被安禄山占领后,玄宗命哥舒翰领兵二十万镇守潼关,保卫京师。

〔44〕长戟:古代兵器,此指唐军。凶渠:罪魁祸首,指安禄山。据史书记载,哥舒翰在玄宗的催逼下,不得已引兵东出潼关,与贼战,大败。收散卒复守潼关,被其部下执以降贼。

〔45〕"公卿"句:指潼关失守后,长安旋即沦陷,来不及逃跑的大臣,似犬羊一般为叛军所驱赶宰杀。奴:一作"如"。忠谠(dǎng):正直敢言之臣。醢(hǎi)与菹(zū):即菹醢,剁成肉酱。

〔46〕二圣:指唐玄宗和唐肃宗。游豫:游乐。讳言出逃。丘墟:废墟。

〔47〕帝子:指永王李璘。许专征:指皇帝给予李璘的自专征伐的权力。秉旄节:持旄节。强楚:时玄宗以李璘为四道节度使,镇江陵(古楚都所在之地)。

〔48〕非桓文：言不能像齐桓公、晋文公那样指挥、控制军队。齐桓公、晋文公是春秋时期两个善于用兵的霸主。

〔49〕军师：部队。熊虎：喻勇猛的士兵。

〔50〕腾风雨：状贼势之盛。

〔51〕固：坚守。房陵：郡名，治所在今湖北房县。当时韦良宰为房陵太守。

〔52〕诚节：忠诚的节操。终古：自古以来。

〔53〕香炉：庐山峰名。

〔54〕九江：旧谓长江流至汉浔阳境内派分为九。五湖：泛指庐山一带的湖泊。

〔55〕旌旄：指军旗。二句指李璘引兵东巡，沿江而下。

〔56〕空名：虚名。楼船：指李璘的水军战船。

〔57〕浮烟：喻不值得重视之物。

〔58〕翻谪：反而贬谪。

〔59〕万里道：极言其远。

〔60〕六合：天地四方。负霜草：比喻含冤不白。

〔61〕苍昊：苍天。

〔62〕良牧：指江夏太守韦良宰。恤：顾念。交道：指朋友。

〔63〕忝(tiǎn)：辱，有愧于，谦词。

〔64〕祢处士：后汉名士祢衡。鹦鹉洲：在今湖北武汉市西南长江中，因当年祢衡在此作《鹦鹉赋》而得名。

〔65〕樊山：在今湖北鄂州市北。霸气：三国时孙权曾在此建立霸业，故云。

〔66〕峨眉雪：相传峨眉山积雪，需至夏日才能溶化流入岷江，经三峡而下。

〔67〕舸：大船。

〔68〕日衔山：指日落。

〔69〕吴娃、越艳：指吴越美女。窈窕：娇美貌。铅红：铅粉和胭脂。

〔70〕云梯：指黄鹤楼上的扶梯。帘栊：此指帘子。

〔71〕小垂手:古代舞蹈中的一种姿势,有大垂手、小垂手之称,"或如惊鸿,或如飞燕"。见《乐府杂录》。

〔72〕宾跪:古人席地而坐,坐时两膝着地,臀着于踝;引身而起伸直腰股即为跪。

〔73〕荆山:在今湖北武当山东南、汉水西岸。江鲍:指六朝诗人江淹、鲍照。堪:能。动色:情动见于脸色。

〔74〕雕饰:雕琢修饰。

〔75〕横:充满。素襟:平素的怀抱。招寻:邀请。

〔76〕列戟:古代显贵之家门前列戟,木制无刃,以为仪仗。森森:森严威武。

〔77〕萦流:萦回的流水。

〔78〕英音:独到的见解。

〔79〕片辞:一两句话。

〔80〕"一诺"句:《史记·季布乐布列传》:"楚人谚曰:'得黄金百斤,不如得季布一诺。'"

〔81〕青鸟:传说是西王母的使者。阮籍《咏怀诗》:"谁言不可见,青鸟明我心。"

〔82〕云间鹊:高飞入云的喜鹊。

〔83〕赦书:乾元二年二月,唐朝廷发布大赦令,见《唐大诏令集》卷八四。

〔84〕"暖气"句:《艺文类聚》卷九引刘向《别录》:"邹衍在燕,燕有谷,地美而寒,不生五谷。邹子居之,吹律而温气至,而谷生。"其地在今北京市密云西南,亦名燕谷山、寒谷。生死灰:谓死灰复燃。

〔85〕凤池:即凤凰池,指中书省。《晋书·荀勖传》:"久之,以勖守尚书令。勖久在中书,专管机事。及失之,甚罔罔怅恨。或有贺之者,勖曰:'夺我凤皇池,诸君贺我邪!'"

〔86〕勿:一作"忽"。贾生:贾谊,此为诗人自喻。

〔87〕桀犬吠尧:喻安禄山部将史思明继续作乱。

〔88〕"匈奴"句:典出《汉书·车千秋传》,汉武帝时车千秋素无才

能,仅凭一言博得皇帝的宠信,旬月之间即升为宰相。后来匈奴单于知道了这件事,就说:"汉置丞相非用贤也。"

〔89〕大国:指唐朝。

〔90〕两山:指黄河两边的太华、首阳两山。

〔91〕连鸡:缚在一起的鸡,喻各地节度使互相牵制,不能很好地配合作战。夷犹:犹豫。

〔92〕羿:后羿,古代部族领袖,以善射闻名。旄头:星名,二十八宿之一。《汉书·天文志》:"昴曰旄头,胡星也。"落旄头,喻平定史思明叛军。

江夏使君叔席上赠史郎中[1]

凤凰丹禁里,衔出紫泥书[2]。昔放三湘去,今还万死余[3]。仙郎久为别[4],客舍问何如[5]?涸辙思流水[6],浮云失旧居。多惭华省贵[7],不以逐臣疏。复如竹林下[8],而陪芳宴初。希君生羽翼,一化北溟鱼。

【注释】

〔1〕诗作于乾元二年(759),时作者遇赦来到江夏。江夏:唐天宝至德间改鄂州为江夏郡。史郎中:史钦。李白有《与史郎中钦听黄鹤楼上吹笛》诗。

〔2〕紫泥,封诏书用的一种紫色的泥。

〔3〕三湘:指湘水流域一带。二句指己流夜郎遇赦得还。

〔4〕仙郎:唐代称尚书省各部郎中、员外郎为仙郎。

〔5〕问何如:瞿蜕园、朱金城注:"问何如为六朝风俗,即相见时问讯之寒喧语也。"

〔6〕涸辙:即涸辙鱼,干涸的车辙里的小鱼,比喻处于困境而待援助

331

的人。事出《庄子·外物》。

〔7〕华省:唐人每称尚书省为华省。华省贵:谓史郎中。郎中为尚书省属官。

〔8〕竹林:《晋书·阮咸传》:"咸任达不拘,与叔父籍为竹林之游。"

博平郑太守自庐山千里相寻入江夏北市门见访却之武陵立马赠别[1]

大梁贵公子[2],气盖苍梧云[3]。若无三千客,谁道信陵君?救赵复存魏[4],英威天下闻。邯郸能屈节,访博从毛薛[5]。夷门得隐沦,而与侯生亲。仍要鼓刀者,乃是袖锤人[6]。好士不尽心,何能保其身?多君重然诺,意气遥相托。五马入市门[7],金鞍照城郭。都忘虎竹贵[8],且与荷衣乐[9]。去去桃花源,何时见归轩?相思无终极,肠断朗江猿[10]。

【注释】

〔1〕博平:郡名,即博州,治所在今山东聊城东北。武陵:郡名,即朗州,治所在今湖南常德市。

〔2〕大梁:战国魏都,在今河南开封市。贵公子:指信陵君,其门下有食客数千人。

〔3〕苍梧云:《艺文类聚》卷一引《归藏》:"有白云出自苍梧,入于大梁。"

〔4〕救赵:《史记·魏公子列传》载,秦昭王进兵包围赵都邯郸,魏王派兵前去救援,却只是观望,后信陵君盗得军符前往救赵,才解赵之围。存魏:魏安釐(xī)王三十年,秦兵东伐魏,魏以信陵君为将,破秦兵于河外,

乘胜逐秦兵至函谷关,秦兵不敢出。

〔5〕"邯郸"二句:公子在赵,闻赵有处士毛公藏于博徒,薛公藏于卖浆家,乃间步往,从两人游,甚欢。后秦伐魏,魏王遣使至赵请公子归魏,公子不从。毛、薛二人说公子,公子遂归魏,率兵破秦。事见《史记·魏公子列传》。

〔6〕"夷门"四句:据《史记·魏公子列传》载,信陵君得夷门守关者侯嬴和屠夫朱亥二人,十分信任他们,后二人均为其立功。

〔7〕五马:汉代太守出行时乘坐五马之车,故以"五马"为太守的代称。市门:市肆之门,即江夏北市门。

〔8〕虎竹:《汉书·文帝纪》:"(二年)九月,初与郡守为铜虎符、竹使符。"

〔9〕荷衣:隐者所服。《楚辞·九歌·少司命》:"荷衣兮蕙带。"

〔10〕朗江:即朗溪。《方舆胜览》卷三〇:"朗水在(常德府)武陵县,其水西南自辰、锦州入郡界,经郡城入大江,谓之朗江。"

江上赠窦长史

汉求季布鲁朱家〔1〕,楚逐伍胥去章华〔2〕。万里南迁夜郎国,三年归及长风沙〔3〕。闻道青云贵公子,锦帆游戏西江水〔4〕。人疑天上坐楼船,水净霞明两重绮。相约相期何太深,棹歌摇艇月中寻。不同珠履三千客,别欲论交一片心。

【注释】

〔1〕季布:楚人,为项羽部下名将,多次困窘刘邦。刘邦灭项羽,以千金求捕季布,布潜藏于鲁朱家处。朱家劝汝阴侯夏侯婴说服刘邦赦季

布,封为郎中。朱家:汉初鲁人,以"任侠"闻名,多藏匿豪士和亡命,在关东地区势力很大。事见《史记·游侠列传》。

〔2〕伍胥:伍子胥,春秋时吴国大夫,楚大夫伍奢次子。楚平王七年(前522),伍奢被杀,他去楚奔吴。章华:楚台名,此代指楚国。

〔3〕长风沙:地名,在今安徽安庆市东长江边。

〔4〕西江:指今安徽境内之长江。

赠 王 汉 阳[1]

天落白玉棺,王乔辞叶县[2]。一去未千年,汉阳复相见。犹乘飞凫舄[3],尚识仙人面。鬓发何青青,童颜皎如练。吾曾弄海水,清浅嗟三变。果惬麻姑言,时光速流电[4]。与君数杯酒,可以穷欢宴。白云归去来[5],何事坐交战[6]?

【注释】

〔1〕汉阳:唐县名,在今湖北武汉市汉阳。

〔2〕"天落"二句:《后汉书·王乔传》:"后天下玉棺于堂前,吏人推排,终不动摇。乔曰:'天帝独召我耶!'乃沐浴服饰,寝其中,盖便立覆。宿昔葬于城东,土自成坟,其夕,县中牛皆流汗喘乏,而人无知者。"落白:一作"上堕"。

〔3〕飞凫舄(fú xì):《后汉书·方术传》载,王乔为叶县令,有神术,每月朔望,自县诣台朝。"临至,辄有双凫从东南飞来。于是候凫至,举罗张之,但得一只舄焉。乃诏尚方诊视,则四年中所赐尚书官属履也。"

〔4〕"吾曾"四句:化用麻姑的传说。《神仙传》载,仙女麻姑说曾见东海三为桑田,前到蓬莱,又见海水浅于往日略半,将复为陆地。

〔5〕归去来:用陶渊明《归去来兮辞》意。
〔6〕交战:《韩非子·喻老》:"子夏见曾子,曾子曰:'何肥也?'对曰:'战胜,故肥也。'曾子曰:'何谓也?'子夏曰:'吾入见先王之义则荣之,出见富贵之乐又荣之,两者战于胸中,未知胜负,故臞(瘦)。今先王之义胜,故肥。'"

赠汉阳辅录事二首[1]

闻君罢官意,我抱汉川湄[2]。借问久疏索[3],何如听讼时?天清江月白,心静海鸥知[4]。应念投沙客,空余吊屈悲[5]。

【注释】
〔1〕汉阳:唐沔州汉阳郡,治所在汉阳县(今武汉市汉阳区)。辅录事:辅翼,见李白《泛沔州城南郎官湖》序。录事,唐州刺史佐吏有录事参军事。
〔2〕抱汉川湄:犹言患病。
〔3〕疏索:冷落。
〔4〕"心静"句:《列子·黄帝》载海上有好鸥者,每日鸥与之游。其父命取鸥来玩之,鸥舞而不下。见前卷一《古风》其四十二注。
〔5〕投沙客:指贾谊,谓弃置长沙也。吊屈:贾谊过湘江,作《吊屈原赋》。

鹦鹉洲横汉阳渡,水引寒烟没江树。南浦登楼不见君[1],君今罢官在何处?汉口双鱼白锦鳞,令传尺素报情人[2]。其中字数无多少,只是相思秋复春。

【注释】

〔1〕南浦：古水名，在今武汉市南。古时常用作送别之地的泛称。江淹《别赋》："送君南浦，伤如之何！"

〔2〕汉口：胡三省《通鉴注》："汉口，汉水入江之口，其地在鄂州汉阳县东大别山下。"双鱼、尺素：皆指书信。

江夏赠韦南陵冰[1]

胡骄马惊沙尘起[2]，胡雏饮马天津水[3]。君为张掖近酒泉[4]，我窜三巴九千里[5]。天地再新法令宽，夜郎迁客带霜寒[6]。西忆故人不可见，东风吹梦到长安。宁期此地忽相遇[7]，惊喜茫如堕烟雾。玉箫金管喧四筵，苦心不得申长句[8]。昨日绣衣倾绿樽[9]，病如桃李竟何言[10]！昔骑天子大宛马，今乘款段诸侯门[11]。赖遇南平豁方寸[12]，复兼夫子持清论[13]。有似山开万里云，四望青天解人闷。人闷还心闷，苦辛长苦辛。愁来饮酒二千石[14]，寒灰重暖生阳春[15]。山公醉后能骑马[16]，别是风流贤主人。头陀云月多僧气[17]，山水何曾称人意？不然鸣箛按鼓戏沧流[18]，呼取江南女儿歌棹讴[19]。我且为君捶碎黄鹤楼，君亦为吾倒却鹦鹉洲。赤壁争雄如梦里[20]，且须歌舞宽离忧。

【注释】

〔1〕此诗作于乾元二年(759)流放夜郎遇赦还至江夏时。南陵:唐县名,在今安徽南陵县。韦冰:韦渠牟之父,尝官著作郎兼苏州司马,大历八年卒。见岑仲勉《唐集质疑》、陶敏《全唐诗人名考证》。

〔2〕胡骄:此指安史叛军。

〔3〕胡雏:对胡人的蔑称,晋王衍曾称石勒为胡雏,见《晋书·石勒载记》。此借指安禄山。天津水:天津桥下之水。天津桥在洛阳南洛水上。

〔4〕张掖:唐郡名,治所在今甘肃张掖市。酒泉:唐郡名,治所在今甘肃酒泉市。

〔5〕窜:流放。三巴:东汉末益州牧刘璋置巴郡、巴东、巴西三郡,合称三巴,在今四川省东部。李白流夜郎,至三巴而遇赦。

〔6〕天地再新:指至德二年(757)两京收复,形势变好。迁客:作者自指。

〔7〕宁期:岂料。

〔8〕长句:唐代以七言古诗为长句,此指作诗。

〔9〕昨:犹"昔"。绣衣:《汉书·百官公卿表上》:"侍御史有绣衣直指,出讨奸猾,治大狱。武帝所制,不常置。"颜师古注:"衣以绣者,尊宠之也。"绿樽:酒杯。

〔10〕病如桃李:《史记·李将军列传》记古谚曰:"桃李不言,下自成蹊。"

〔11〕大宛马:古代西域大宛国所产的名马。款段:行动迟缓的马。

〔12〕南平:指李白族弟南平太守李之遥。豁方寸:敞开胸襟。

〔13〕夫子:对韦冰的尊称。

〔14〕二千石:指州郡长官。

〔15〕"寒灰"句:《史记·韩长孺列传》载,汉景帝时,韩长孺犯法下狱,狱吏田甲辱之,长孺曰:"死灰独不复然乎?"田甲曰:"然即溺之。"不久,长孺起复为梁内史,田甲亡走。

〔16〕"山公"句:用山简耽酒典。

〔17〕头陀:佛寺名,故址在今湖北武汉市黄鹤山。
〔18〕然:一作"能"。笳(jiā):古管乐器名。按:击。
〔19〕棹讴:即棹歌、船歌、渔歌。
〔20〕赤壁争雄:指孙权与刘备联军大败曹操的赤壁之战。见本书《赤壁歌送别》注。

赠卢司户[1]

秋色无远近,出门尽寒山。白云遥相识,待我苍梧间[2]。借问卢耽鹤[3],西飞几岁还?

【注释】

〔1〕诗作于乾元二年(759)秋,时李白在零陵(永州)。卢司户:卢象,时贬永州司户参军。

〔2〕"白云"二句:《艺文类聚》卷一引《归藏》:"有白云出自苍梧,入于大梁。"

〔3〕卢耽鹤:《水经注·耒水》引邓德明《南康记》曰:"昔有卢耽,仕州为治中。少栖仙术,善解云飞。每夕辄凌虚归家,晓则还州。尝于元会至朝,不及朝列,化为白鹤,至阙前回翔欲下,威仪以石掷之,得一只履。耽惊还就列,内外左右莫不骇异。"

赠从弟南平太守之遥二首[1]

少年不得意,落魄无安居[2]。愿随任公子,欲钓吞舟鱼[3]。常时饮酒逐风景[4],壮心遂与功名疏。兰生谷底人不锄[5],云在高山空卷舒。汉家天子驰驷马,赤车蜀道迎相如[6]。天门九重谒圣人,龙颜一解四海春[7]。彤庭左右呼万岁,拜贺明主收沉沦[8]。翰林秉笔回英盼[9],麟阁峥嵘谁可见[10]?承恩初入银台门[11],著书独在金銮殿[12]。龙驹雕镫白玉鞍[13],象床绮席黄金盘[14]。当时笑我微贱者,却来请谒为交欢。一朝谢病游江海,畴昔相知几人在[15]?前门长揖后门关,今日结交明日改。爱君山岳心不移[16],随君云雾迷所为。梦得池塘生春草,使我长价登楼诗[17]。别后遥传临海作,可见羊何共和之[18]。

【注释】

〔1〕此诗作于乾元二年(759)流放夜郎途中遇赦还至江夏时。南平:唐郡名,即渝州,治所在今重庆。

〔2〕落魄:穷困失意。

〔3〕任公子:《庄子·外物》载,任公子制大钓巨纶,以五十头犗牛为饵,投竿东海,终于钓到一条大鱼。

〔4〕逐风景:探寻好风景。

〔5〕"兰生"句:三国时刘备欲杀狂士张裕,曰:"芳兰生门,不得不锄。"见《三国志·蜀书·周群传》。

〔6〕汉家天子:指汉武帝。驷马:四匹马驾的车子。相如:汉代辞赋家司马相如。

〔7〕天门:宫门。九重:形容宫殿的深邃。圣人:指唐玄宗。龙颜一解:指皇帝开颜而笑。

〔8〕彤庭:汉时皇宫以朱色漆中庭,称彤庭。收:录用。沉沦:沦落不遇的人。

〔9〕翰林:指翰林院,唐官署名。秉笔:指自己供奉翰林时为皇帝草

拟文词。英盼:指皇帝的注目。

〔10〕麟阁:汉长安未央宫中藏书之处,此处借指翰林院。

〔11〕银台门:唐长安大明宫内的门名,翰林院在右银台门内。初入银台门:一作"侍从甘泉宫"。

〔12〕金銮殿:大明宫中殿名,在翰林院东北。

〔13〕龙驹:良马。

〔14〕象床:以象牙为饰的床。

〔15〕谢病:托病辞官。畴昔:往昔。

〔16〕君:指李之遥。山岳心不移:言友情牢固,犹如山岳。

〔17〕"梦得"二句:谢灵运在永嘉西堂思诗,竟日不就,忽梦见惠连,便得"池塘生春草"之句,自称"此语有神助,非我语也"。见钟嵘《诗品》卷中引《谢氏家录》。长价:增长声价。登楼诗:即谢灵运《登池上楼》诗("池塘生春草"见于此诗)。此以谢惠连喻之遥,而以灵运自喻。

〔18〕临海作:指谢灵运《登临海峤初发强中作与从弟惠连可见羊何共和之》诗。羊,羊璿之。何,何长瑜。二人均为谢灵运、谢惠连之友。

东平与南平,今古两步兵〔1〕。素心爱美酒,不是顾专城〔2〕。谪官桃源去〔3〕,寻花几处行?秦人如旧识〔4〕,出户笑相迎。

【注释】

〔1〕东平:郡、国名,治所在今山东东平县。晋阮籍曾为东平相。步兵:阮籍曾为步兵校尉。

〔2〕专城:州郡长官。古乐府《陌上桑》:"三十侍中郎,四十专城居。"

〔3〕桃源:桃花源。

〔4〕秦人:即桃花源中人。陶渊明《桃花源记》:"自云先世避秦时乱,率妻子邑人来此绝境。"

赠潘侍御论钱少阳[1]

绣衣柱史何昂藏[2],铁冠白笔横秋霜[3]。三军论事多引纳,阶前虎士罗干将[4]。虽无二十五老者[5],且有一翁钱少阳。眉如松雪齐四皓,调笑可以安储皇[6]。君能礼此最下士,九州拭目瞻清光。

【注释】

〔1〕侍御:唐人称殿中侍御史与监察御史为侍御。

〔2〕绣衣:指御史。柱史:即柱下史,周秦官名,后世称侍御史。昂藏(cáng):气宇不凡貌。

〔3〕铁冠:即法冠,以铁为柱,置于冠上,执法者服之。白笔:古时御史簪白笔。《太平御览》卷二二七引《魏志》曰:"帝尝大会殿中,御史簪白笔,侧阶而坐。上问左右:'此为何官何主?'左右不对,辛毗曰:'谓御史。旧持簪笔以奏不法,今者直备官,但珥笔耳。'"

〔4〕干将:宝剑名。

〔5〕二十五老者:《说苑·尊贤》:"介子推行年十五而相荆,仲尼闻之,使人往视,还曰:'廊下有二十五俊士,堂上有二十五老人。'仲尼曰:'合二十五人之智,智于汤武;并二十五人之力,力于彭祖,以治天下,其固免矣乎!'"

〔6〕"眉如"二句:秦末四位须发皆白的老人,隐居于商山,人称"商山四皓"。汉高祖素慕其贤名,征之不得。吕后用张良计,卑辞安车迎四人至,与太子同见汉高祖,太子地位由此得以巩固。事见《史记·留侯世家》。储皇:太子。

赠柳圆

竹实满秋浦,凤来何苦饥[1]?还同月下鹊,三绕未安枝[2]。夫子即琼树,倾柯拂羽仪[3]。怀君恋明德,归去日相思。

【注释】

〔1〕"竹实"二句:《韩诗外传》卷八:"凤乃止帝东国,集帝梧桐,食帝竹实,没身不去。"

〔2〕"还同"二句:曹操《短歌行》:"月明星稀,乌鹊南飞。绕树三匝,何枝可依?"

〔3〕琼树:《世说新语·赏誉》载,王戎称美王衍"神姿高彻,如瑶林琼树,自然是风尘外物"。倾柯:谢灵运《拟魏太子邺中集诗八首·平原侯植》:"倾柯引弱枝,攀条摘蕙草。"羽仪:羽翮,高飞之鸟。

流夜郎半道承恩放还兼欣克复之美书怀示息秀才[1]

黄口为人罗[2],白龙乃鱼服[3]。得罪岂怨天?以愚陷网目[4]。鲸鲵未翦灭,豺狼屡翻覆[5]。悲作楚地囚[6],何由秦庭哭[7]?遭逢二明主,前后两迁逐[8]。去国愁夜郎,投身窜荒谷。半道雪屯蒙[9],旷如鸟出笼。遥欣克复美,光武安可同[10]?天子巡剑阁,储皇守扶风[11]。扬袂正北辰[12],开襟揽群雄。胡兵出月窟[13],雷破关之东[14]。左扫因右拂,旋收洛阳宫。回舆入咸京,席卷六合通[15]。叱咤开帝业[16],手成天地功。大驾还长安,两日忽再中[17]。一朝让宝位,剑玺传无穷[18]。愧无秋毫力,谁念矍铄翁[19]?弋者何所慕?高飞仰冥鸿[20]。弃剑学丹砂,临炉双玉童[21]。寄言息夫子,岁晚陟方蓬[22]。

【注释】

〔1〕克复:指收复两京。此诗作于乾元二年(759)。

〔2〕黄口:指雏鸟。《孔子家语》:"孔子见罗雀者,所得皆黄口小雀,问之曰:'大雀独不得何也?'罗者曰:'大雀善惊而难得,黄口贪食而易得。'"

〔3〕"白龙"句:张衡《东京赋》:"白龙鱼服,见困豫且。"《说苑·正谏》:"吴王欲从民饮酒,伍子胥谏曰:'不可。昔白龙下清泠之渊,化为鱼,渔者豫且射中其目。'"

〔4〕目:网孔。

〔5〕鲸鲵:喻安史叛军。翻覆:指史思明降而复叛。狼:一作"虎"。

〔6〕楚地囚:《左传·成公九年》载,晋侯观于军府,见郑人所献楚囚钟仪,召而问之,仪自云"伶人",晋侯"使与之琴,操南音"。

〔7〕秦庭哭:楚昭王十年,吴军伐楚,入郢。昭王出奔,楚大夫申包胥求救于秦,哭于秦庭七日七夜,秦乃出兵救楚,击败吴军。事见《左传·定公五年》。由:一作"日"。

〔8〕二明主:指玄宗、肃宗。两迁逐:指天宝初被谗去朝和此次流放夜郎。

〔9〕屯蒙:王琦注:"屯蒙者,艰难蒙晦之义。"雪屯蒙,指流放途中遇赦。

〔10〕光武:指汉光武帝刘秀。

〔11〕巡剑阁:指玄宗幸蜀。储皇:指肃宗。扶风:即凤翔郡。至德二载二月,肃宗幸凤翔。及两京收复,始还长安。

〔12〕北辰:《论语·为政》:"为政以德,譬如北辰,居其所而众星共之。"

〔13〕胡兵:指回纥。月窟:古人认为月归宿于西方,故称极西之地为月窟。

〔14〕关:函谷关。此句谓唐军大破叛军于关东。

〔15〕回舆:指肃宗自凤翔回到长安。六合通:指各地叛军均被击败。

〔16〕业:一作"宇"。

〔17〕大驾:指玄宗车驾。两日:指玄宗、肃宗。

〔18〕剑玺:喻帝位。汉时传国之宝有秦王子婴所献白玉玺、高帝斩白蛇剑。

〔19〕矍铄翁:《后汉书·马援传》载,马援六十二岁时,请求率军征五溪蛮,天子以其老,不许。马援披甲上马,顾盼自雄,天子笑曰:"矍铄哉,是翁也!"遂许其率军出征。

〔20〕"弋者"二句:《法言·问明》:"鸿飞冥冥,弋人何慕焉?"弋者,射鸟者。

〔21〕学丹砂:学道炼丹。玉童:仙童。

〔22〕方蓬:指海上仙山方丈、蓬莱。

赠张相镐二首 时逃难在宿松山作[1]

神器难窃弄[2],天狼窥紫宸[3]。六龙迁白日[4],四海暗胡尘。昊穹降元宰,君子方经纶[5]。澹然养浩气[6],歘起持大钧[7]。秀骨象山岳,英谋合鬼神。佐汉解鸿门,生唐为后身[8]。拥旄秉金钺[9],伐鼓乘朱

344

轮[10]。虎将如雷霆,总戎向东巡[11]。诸侯拜马首[12],猛士骑鲸鳞[13]。泽被鱼鸟悦[14],令行草木春[15]。圣智不失时,建功及良辰[16]。丑虏安足纪[17]?可贻帼与巾[18]。倒泻溟海珠,尽为入幕珍[19]。冯异献赤伏[20],邓生欻来臻[21]。庶同昆阳举[22],再睹汉仪新[23]。昔为管将鲍[24],中奔吴隔秦[25]。一生欲报主,百代期荣亲。其事竟不就,哀哉难重陈。卧病宿松山[26],苍茫空四邻。风云激壮志,枯槁惊常伦[27]。闻君自天来[28],目张气益振。亚夫得剧孟[29],敌国空无人[30]。扪虱对桓公,愿得论悲辛[31]。大块方噫气[32],何辞鼓青蘋[33]?斯言倘不合,归老汉江滨[34]。

【注释】

〔1〕张镐:博州(今山东聊城)人,肃宗至德二载(757)五月为相。八月,兼河南节度使,持节都统淮南等道诸军事。此诗即作于是月之后,时作者正卧病于宿松山(在今安徽宿松县)。

〔2〕神器:《文选》张衡《东京赋》:"巨猾闲衅,窃弄神器。"薛综注:"神器,帝位也。"

〔3〕天狼:屈原《九歌·东君》:"举长矢兮射天狼。"王逸注:"天狼,星名,以喻贪残。"此喻安禄山。紫宸:天子之居。

〔4〕六龙:《初学记》卷一引《淮南子》注:"日乘车驾以六龙。"

〔5〕昊穹:天空。元宰:谓宰相,指张镐。经纶:指筹划治理国家大事。

〔6〕澹然:恬淡貌。浩气:浩然之气。

〔7〕欻(xū):忽然。大钧:指重任。

〔8〕"佐汉"二句:谓张镐能像张良那样解除高祖的鸿门之厄(见《史

345

记·项羽本纪》),他生在唐代正是张良的后身。

〔9〕拥旄:持旄节。唐节度使"赐双族双节"。金钺:古时大将军出征,特赐黄钺,以铜为之,黄金涂刃及柄。

〔10〕伐鼓:击鼓。朱轮:古贵显者所乘之车。

〔11〕总戎:犹云主帅。指张镐。

〔12〕诸侯:指各地州郡长官。

〔13〕骑鲸鳞:语本扬雄《羽猎赋》:"乘巨鳞,骑京鱼。"

〔14〕泽:恩泽。被:加,及。

〔15〕令:军令。

〔16〕圣智:大智。及:趁。

〔17〕安足纪:何足道。

〔18〕帼与巾:妇女的首饰和头巾。《资治通鉴·魏纪》:"司马懿与诸葛亮相守百余日,亮数挑战,懿不出,亮乃遗懿巾帼妇人之服。"

〔19〕溟海珠:喻有才能的人。幕:指张镐的幕府。

〔20〕冯异:东汉开国元勋,曾劝刘秀即帝位。见《后汉书》本传。赤伏:即赤伏符,一种预言帝王受命的谶语。按:献赤伏符者乃是强华,此将冯异劝刘秀即位与强华献赤符事合而为一,以喻当时群臣拥唐肃宗即位。

〔21〕邓生:邓禹,幼与刘秀相善,刘秀起兵讨王莽,邓禹"杖策北渡,追及于邺。光武见之甚欢"。见《后汉书·邓禹传》。

〔22〕庶:庶几,差不多。昆阳举:指昆阳之战,汉更始元年,刘秀尝大破王莽军于昆阳,见《后汉书·光武帝纪》。昆阳:汉县名,即今河南叶县。

〔23〕再睹汉仪:《光武帝纪》:"更始将北都洛阳,以光武行司隶校尉,使前整修宫府……及见司隶僚属,皆欢喜不自胜,老吏或垂涕曰:'不图今日复见汉官威仪!'"此借指唐室之再造。

〔24〕管将鲍:管仲与鲍叔牙,二人为莫逆之交。

〔25〕中:中年。

〔26〕宿松:唐县名,在今安徽宿松县。宿松山:一作"古松滋"。

〔27〕枯槁:贫困憔悴。常伦:此处指亲友。

〔28〕自天来:指从皇帝身边来。

〔29〕"亚夫"句:汉将周亚夫得剧孟,时人谓其"若得一敌国"。

〔30〕敌:一作"七"。空:一作"定"。

〔31〕"扪虱"句:《晋书·王猛传》:"桓温入关,猛被褐而诣之,一面谈当世之事,扪虱而言,旁若无人。"

〔32〕"大块"句:《庄子·齐物论》:"大块噫气,其名为风。"成玄英疏:"大块者,造物之名,亦自然之称也。"噫(yī)气:气壅塞而忽通。

〔33〕青蘋(pín):水上浮萍,其大者曰蘋。

〔34〕归老:终老。

本家陇西人[1],先为汉边将[2]。功略盖天地[3],名飞青云上。苦战竟不侯,当年颇惆怅[4]。世传崆峒勇[5],气激金风壮[6]。英烈遗厥孙,百代神犹王[7]。十五观奇书,作赋凌相如[8]。龙颜惠殊宠[9],麟阁凭天居[10]。晚途未云已,蹭蹬遭谗毁[11]。想像晋末时,崩腾胡尘起。衣冠陷锋镝,戎虏盈朝市。石勒窥神州,刘聪劫天子[12]。抚剑夜吟啸,雄心日千里。誓欲斩鲸鲵[13],澄清洛阳水。六合洒霖雨,万物无凋枯[14]。我挥一杯水,自笑何区区[15]。因人耻成事,贵欲决良图[16]。灭虏不言功,飘然陟方壶[17]。惟有安期舄[18],留之沧海隅。

【注释】

〔1〕本家:祖籍。陇西:郡名,治所在今甘肃临洮县南。

〔2〕汉边将:指李广,汉代名将,陇西成纪(今甘肃秦安县)人。

〔3〕"功略"句:《文选》李陵《答苏武书》:"陵先将军,功略盖天地,义勇冠三军。"刘良注:"先将军,广也,功绩谋略甚大,可盖于天地。"

〔4〕"苦战"二句:《史记·李将军列传》:"广尝与望气王朔燕语,曰:'自汉击匈奴,而广未尝不在其中,而诸部校尉以下,才能不及中人,然以击胡军功取侯者数十人,而广不为后人,然无尺寸之功以得封邑者,何也?岂吾相不当侯邪?且固命也?'"当,一作"富"。

〔5〕崆峒:山名,在今甘肃省,古时属陇西郡。相传这一带的人勇武善战。《尔雅》:"空桐之人武。"

〔6〕金风:秋风。

〔7〕王:通"旺"。

〔8〕凌:超越。相如:汉辞赋家司马相如。

〔9〕惠:赐给。殊宠:特殊的宠遇。

〔10〕麟阁:麒麟阁,原为汉代藏书处,这里借指翰林院(在大明宫中)。凭:依。天居:天子之居。此句一作"侍从承明庐"。

〔11〕晚途:晚年。蹭蹬(cèng dèng):不得意。

〔12〕"想像"六句:以晋末"五胡之乱"喻安史之乱。《晋书·孝怀帝纪》:"(永嘉五年)六月癸未,刘曜、王弥、石勒同寇洛川,王师频为贼所败,死者甚众。丁酉,刘曜、王弥入京师,帝开华林园门,出河阴藕池,欲幸长安,为曜等所追及,曜等遂焚烧宫庙,逼辱妃后,百官士庶,死者三万余人。帝蒙尘于平阳,刘聪以帝为会稽公。"崩腾,动荡,破坏。锋镝(dí),刀箭。戎房盈,一作"荆棘生"。

〔13〕鲸鲵:此喻指安禄山。

〔14〕六合:天地四方。一作"三台"。万物:一作"六合"。

〔15〕区区:微小。

〔16〕因人成事:依靠别人的力量而成事。《史记·平原君列传》载,毛遂曰:"公等碌碌,所谓因人成事者也。"决良图:定下灭虏良策。

〔17〕陟(zhì):登。一作"向"。方壶:古代传说中的仙山。

〔18〕安期舄(xì):《南方草术状》卷上:"番禺东有涧,涧中生菖蒲,皆一寸九节。安期生采服仙去,但留玉舄焉。"舄,鞋。

348

闻谢杨儿吟猛虎词因有此赠[1]

同州隔秋浦[2],闻吟《猛虎词》。晨朝来借问,知是谢杨儿。

【注释】

〔1〕猛虎词:即《猛虎行》,乐府《相和歌辞·平调曲》名。
〔2〕"同州"句:王琦注:"同州隔秋浦,谓同在池州,而所隔者只一秋浦之水也。"

宿清溪主人[1]

夜到清溪宿,主人碧岩里。檐楹挂星斗,枕席响风水。月落西山时,啾啾夜猿起[2]。

【注释】

〔1〕诗作于天宝十三载(754),时作者在池州。清溪:水名,在今安徽池州市北。
〔2〕啾啾:猿啼声。《楚辞·九歌·山鬼》:"猿啾啾兮狖夜鸣。"

系寻阳上崔相涣三首[1]

邯郸四十万,同日陷长平[2]。能回造化笔,或冀一人生[3]。

【注释】

〔1〕系寻阳、崔相涣:见本书《狱中上崔相涣》注。此诗前二首作于至德二载(757)。

〔2〕"邯郸"二句:《史记·白起王翦列传》载,秦昭王四十七年(前260),秦将攻赵,赵将廉颇坚守长平(今山西高平市西北),秦军久攻不下。后赵王中了秦人的反间计,以赵括代廉颇,括不知兵,被秦将白起围困,断其粮道。赵军困守四十六天,突围不成,括被射死。赵军四十万人降秦,全被活埋。

〔3〕一人生:沈炯《长安还至方山怆然自伤》:"秦军坑赵卒,遂有一人生。"

毛遂不堕井,曾参宁杀人[1]?虚言误公子[2],投杼惑慈亲[3]。白璧双明月[4],方知一玉真。

【注释】

〔1〕"毛遂"二句:《西京杂记》卷六:"昔鲁有两曾参,赵有两毛遂。南曾参杀人见捕,人以告北曾参母。野人毛遂堕井而死,客以告平原君,平原君曰:'嗟乎,天丧予矣!'既而知野人毛遂,非平原君客也。"

〔2〕公子:指平原君。

〔3〕慈亲:指曾参之母。

〔4〕明月:珠名。

虚传一片雨,枉作阳台神[1]。纵为梦里相随去,不是襄王倾国人[2]。

【注释】

〔1〕"虚传"二句:宋玉《高唐赋》描写楚王梦与巫山神女欢会,神女去而辞曰:"妾在巫山之阳,高丘之阻。旦为朝云,暮为行雨。朝朝暮暮,阳台之下。"

〔2〕襄王倾国人:指巫山神女。《全唐诗》注:"此首萧士赟云:'非上崔相。'"

巴陵赠贾舍人[1]

贾生西望忆京华[2],湘浦南迁莫怨嗟[3]。圣主恩深汉文帝,怜君不遣到长沙[4]。

【注释】

〔1〕巴陵:唐郡名,即岳州,治所在今湖南岳阳市。贾舍人:贾至。乾元二年(759),贾至贬岳州司马,诗即是时所作。

〔2〕贾生:贾谊,《史记·屈原贾生列传》载,贾谊遭权贵谗毁,被汉文帝贬为长沙王太傅。此喻指贾至。

〔3〕湘浦:湘水之滨。

〔4〕圣主:指肃宗。因岳阳在长沙之北,离长安稍近,故云"恩深汉文帝"。

351

卷十一

赠别舍人弟台卿之江南[1]

去国客行远,还山秋梦长。梧桐落金井,一叶飞银床[2]。觉罢揽明镜,鬓毛飒已霜。良图委蔓草,古貌成枯桑[3]。欲道心下事,时人疑夜光[4]。因为洞庭叶,飘落之潇湘[5]。令弟经济士[6],谪居我何伤[7]?潜虬隐尺水[8],著论谈兴亡。客遇王子乔[9],口传不死方。入洞过天地,登真朝玉皇[10]。吾将抚尔背,挥手遂翱翔[11]。

【注释】

〔1〕台卿:王琦注:"《旧唐书·永王璘传》云,璘以薛镠、李台卿、蔡坰为谋主,其即此台卿欤?太白之见辟于永王璘,想斯人为之累也。"

〔2〕银床:井栏。

〔3〕古貌:指相貌高古不凡。枯桑:喻衰老。

〔4〕"时人"句:邹阳《狱中上书自明》:"臣闻明月之珠,夜光之璧,以暗投人于道,众莫不按剑相眄者,何则?无因而至前也。"

〔5〕潇湘:因潇水、湘水在零陵合流,故零陵亦有潇湘之称。詹锳谓此诗即乾元二年秋作于零陵。

〔6〕令弟:犹贤弟。

〔7〕"谪居"句:一作"出门见我伤"。

〔8〕潜虬:《文选》谢灵运《登池上楼》:"潜虬媚幽姿。"李善注:"虬以深潜而保真。"尺水:指水浅。

〔9〕客遇:待之以客人之礼。一作"云见"。王子乔:周灵王太子晋,好吹笙,作凤凰鸣,道士浮丘公接以上嵩山。事见《列仙传》卷上。

〔10〕洞:洞天,道家称仙人居处为洞天。登真:登仙。玉皇:天帝。

〔11〕遂翱翔:一作"凌苍苍"。

醉后赠王历阳〔1〕

书秃千兔毫〔2〕,诗裁两牛腰〔3〕。笔踪起龙虎〔4〕,舞袖拂云霄。双歌二胡姬,更奏远清朝〔5〕。举酒挑朔雪,从君不相饶〔6〕。

【注释】

〔1〕历阳:唐郡名,治所在今安徽和县。

〔2〕兔毫:指笔。

〔3〕牛腰:王琦注:"苏颂曰:'诗裁两牛腰,言其卷大如牛腰也。'"

〔4〕起龙虎:指书法有龙虎之势。

〔5〕远清朝:瞿蜕园、朱金城注:"郡府古称郡朝,县府亦可称县朝,远清朝当是言歌舞之地,距其县府尚远,亦流连忘反之意。或清朝谓清晨,而远为误字。观下文不相饶,似无非言豜酒不肯遽散也。《李诗辨疑》云:'远清朝义疑,或曰曲名,未知是否。'"

〔6〕饶:让也。鲍照《拟行路难》:"日月流迈不相饶。"

赠历阳褚司马 时此公为稚子舞,故作是诗也

北堂千万寿[1],侍奉有光辉。先同稚子舞,更着老莱衣[2]。因为小儿啼,醉倒月下归。人间无此乐,此乐世中稀。

【注释】

〔1〕北堂:代指母亲。《诗·卫风·伯兮》:"焉得谖草,言树之背。"毛传:"谖草令人忘忧。背,北堂也。"

〔2〕老莱衣:老莱子孝养二亲,行年七十,常著彩衣以娱亲。事见《太平御览》卷四一三引《孝子传》。

对雪醉后赠王历阳

有身莫犯飞龙鳞[1],有手莫辫猛虎须[2]。君看昔日汝南市,白头仙人隐玉壶[3]。子猷闻风动窗竹,相邀共醉杯中绿[4]。历阳何异山阴时,白雪飞花乱人目。君家有酒我何愁?客多乐酣秉烛游[5]。谢尚自能鸲鹆舞[6],相如免脱鹔鹴裘[7]。清晨鼓棹过江去[8],千里相思明月楼[9]。

【注释】

〔１〕"有身"句：《韩非子·说难》："人主亦有逆鳞,说者能无婴人主之逆鳞则几矣！"

〔２〕"有手"句：《庄子·盗跖》："疾走料虎头,编虎须,几不免虎口哉！"

〔３〕"君看"二句：《神仙传》卷九载,壶公卖药于汝南,常悬一壶,夜则跳入壶中,中有仙宫世界,"楼观五色,重门阁道"。

〔４〕子猷：晋王徽之字子猷,家住山阴,尝种竹,人问其故,曰："何可一日无此君邪！"一夜大雪,睡醒酌酒,连夜乘舟访戴。杯中绿：指酒。

〔５〕秉烛游：《古诗十九首》："昼短苦夜长,何不秉烛游？"

〔６〕谢尚：晋人,王导辟为掾,"始到府通谒,导以其有胜会,谓曰：'闻君能作鸲鹆舞,一坐倾想,宁有此理否？'尚曰：'佳。'便著衣帻而舞"。见《晋书·谢尚传》。

〔７〕"相如"句：《西京杂记》卷二载,司马相如初与卓文君还成都,家贫,曾用鹔鹴裘换酒喝。

〔８〕清晨：一作"兴罢"。

〔９〕"千里"句：一作"他日西看却月楼"。

赠宣城宇文太守兼呈崔侍御[1]

白若白鹭鲜,清如清唳蝉[2]。受气有本性,不为外物迁。饮水箕山上[3],食雪首阳巅[4]。回车避朝歌[5],掩口去盗泉[6]。岩峣广成子[7],倜傥鲁仲连[8]。卓绝二公外,丹心无间然[9]。昔攀六龙飞,今作百炼铅[10]。怀恩欲报主,投佩向北燕[11]。弯弓绿弦开,满月不惮坚[12]。闲骑骏马猎,一射两虎穿。回旋若流光,转背落双鸢。胡虏三叹息,兼知五兵权[13]。铓铓突云将[14],却掩我之妍。多逢剿绝儿[15],先著祖生鞭[16]。据鞍空矍铄,壮志竟谁宣[17]?蹉跎复来归,忧恨坐相煎[18]。无风难破浪[19],失计长江边。危苦惜颓光,金波忽三圆[20]。时游敬亭上,闲听松风眠。或弄宛溪月,虚舟信洄沿。颜公二十万,尽付酒家钱[21]。兴发每取之,聊向醉中仙[22]。过此无一事,静谈《秋水》篇[23]。君从九卿来[24],水国有丰年。鱼盐满市井,布帛如云烟。下马不作威,冰壶照清川[25]。霜眉邑中叟,皆美太守贤。时时慰风俗,往往出东田[26]。竹马数小儿,拜迎白鹿前[27]。含笑问使君,日晚可回旋?遂归池上酌,掩抑清风弦[28]。曾标横浮云[29],下抚谢朓肩。楼高碧海出,树古青萝悬。光禄紫霞杯,伊昔忝相传[30]。良图扫沙漠,别梦绕旌旃。富贵日成疏,愿言杳无缘。登龙有直道[31],倚玉阻芳筵[32]。敢献绕朝策[33],思同郭泰船[34]。何言一水浅,似隔九重天。崔生何傲岸,纵酒复谈玄。身为名公子,英才苦迍邅[35]。鸣凤托高梧[36],凌风何翩翩!安知慕群客[37],弹剑拂秋莲[38]?

【注释】

〔1〕宣城:唐宣州,天宝元年改为宣城郡,治所在今安徽宣城。宇文太守:事迹不详。崔侍御:崔成甫。

〔2〕白鹭鲜:白鹭之羽毛。《隋书·食货志》:"是岁,翟雉尾一,直十缣,白鹭鲜半之。"清唳蝉:古人认为蝉只"饮露而不食",故曰"清"。

〔3〕箕山：相传尧欲让天下于许由，许由便逃到箕山之下、颍水之阳隐居。事见《吕氏春秋·求人》。

〔4〕首阳：山名，相传为伯夷、叔齐饿死处，在今山西永济市南。

〔5〕朝歌：殷纣王国都。《淮南子·说山》："墨子非乐，不入朝歌之邑。"

〔6〕盗泉：《文选》陆机《猛虎行》："渴不饮盗泉水，热不息恶木阴。"李善注引《尸子》曰："（孔子）过于盗泉，渴矣而不饮，恶其名也。"

〔7〕岧峣(tiáo yáo)：山高峻貌。此形容人的品格高远。广成子：古仙人。《庄子·在宥》载，黄帝立为天子十九年，闻广成子在崆峒之上，而往见之，问"至道之精"，广成子不答。黄帝退，捐天下，筑特室，闲居三月，复往求长生之道，广成子曰："必静必清，无劳女形，无摇女精，乃可以长生。"

〔8〕"倜傥"句：战国时，鲁仲连助赵解邯郸之围，平原君赠以千金，笑而不受。又助齐收复聊城，辞爵而逃隐于海上。事见《史记·鲁仲连邹阳列传》。

〔9〕外：犹言"内中"。间然：《论语·泰伯》："禹，吾无间然矣。"邢昺疏："间谓间厕。孔子推禹功德之盛美，言已不能复间其间也。"

〔10〕百炼铅：王琦注："百炼铅言其柔，铅性不能刚，经百炼则益柔矣。"

〔11〕佩：指官吏衣带上的饰物。投佩：谓去官。

〔12〕满月：指拉满弓。

〔13〕五兵：泛指武器。

〔14〕锵(qiāng)锵：象声词。突云将：犹云猛将。

〔15〕剽绝儿：安旗等注："剽绝儿，或剽儿，即健儿。《乐府诗集·横吹曲辞·幽州马客吟》：'快马常苦瘦，剽儿常苦贫。'"

〔16〕"先著"句：《晋书·刘琨传》载，琨与祖逖为友，闻逖被用，与亲故书曰："吾枕戈待旦，志枭逆虏，常恐祖生先吾著鞭。"

〔17〕"据鞍"句：《后汉书·马援传》载，马援年六十二，披甲上马，顾盼自雄，天子笑曰："矍铄哉，是翁也！"宣：倾诉。

〔18〕坐:张相《诗词曲语辞汇释》:"坐,甚辞,犹深也,殊也……坐相煎,犹云殊相逼也。"

〔19〕破浪:《宋书·宗悫传》:"愿乘长风破万里浪。"本句反用其意。

〔20〕金波:指月光。

〔21〕"颜公"二句:《宋书·陶潜传》:"先是,颜延之……在寻阳,与潜情款。后为始安郡,经过,日日造潜,每往必酣饮至醉。临去,留二万钱与潜。潜悉送酒家,稍就取酒。"

〔22〕仙:一作"眠"。

〔23〕秋水篇:《庄子》篇名。

〔24〕九卿:唐代中央政府的九个高级官职。

〔25〕下马:指初到任。冰壶:《文选》鲍照《白头吟》:"清如玉壶冰。"李周翰注:"玉壶冰,取其洁净也。"此处形容宇文太守为政清明。

〔26〕东田:谢朓为宣城太守,有《游东田》诗。

〔27〕竹马:用郭伋事。东汉光武帝时,郭伋任并州牧,有善政。行部至西河,有儿童数百,各骑竹马,迎拜于道;及归,诸儿复送至城外。事见《后汉书·郭伋传》。白鹿:《太平御览》卷九〇六引谢承《后汉书》:"郑弘为临淮太守,行春,有两白鹿随车,夹毂而行。弘怪,问主簿黄国:'鹿为吉凶?'国拜贺曰:'闻三公车幡画作鹿,明府当为宰相。'后弘果为太尉。"

〔28〕"遂归"二句:谢朓《郡内高斋闲望答吕法曹诗》:"已有池上酌,复此风中琴。"

〔29〕曾标:萧士赟注:"曾标,言其标致之高也。"

〔30〕光禄:瞿蜕园、朱金城注:"颜延年官终金紫光禄大夫,后人称为颜光禄。李盖以陶潜自比,而以宇文比颜,故云'伊昔忝相传'。"

〔31〕登龙:《后汉书·李膺传》:"膺独持风裁,以声名自高。士有被其容接者,名为登龙门。"

〔32〕倚玉:指高攀或亲附贤者。《世说新语·容止》:"魏明帝使后弟毛曾与夏侯玄共坐,时人谓:'蒹葭倚玉树。'"

〔33〕绕朝策:《左传·文公十三年》载,士会归晋,临行,秦大夫"绕朝赠之以策,曰:'子无谓秦无人,吾谋适不用也。'"

358

〔34〕郭泰船：《后汉书·郭泰传》载，郭泰游洛阳，与河南尹李膺友善。"后归乡里，衣冠诸儒送至河上，车数千辆。林宗唯与李膺同舟而济，众宾望之，以为神仙焉"。

〔35〕名公子：指诗题中之崔侍御，即崔成甫，盖为礼部尚书崔沔之子，故称。迍邅(zhūn zhān)：遭遇坎坷。

〔36〕"鸣凤"句：《诗·大雅·卷阿》郑笺："凤皇之性，非梧桐不栖，非竹实不食。"

〔37〕慕群客：瞿蜕园、朱金城注："慕群客，李白自谓有攀援之意也。"鲍照《日落望江赠荀丞》："岂念慕群客，咨嗟恋景沉。"

〔38〕弹剑：用孟尝君门客冯谖弹剑而歌的典故，事见《战国策·齐策四》。

赠宣城赵太守悦[1]

赵得宝符盛[2]，山河功业存。三千堂上客，出入拥平原[3]。六国扬清风，英声何喧喧！大贤茂远业，虎竹光南藩[4]。错落千丈松[5]，虬龙盘古根。枝下无俗草，所植唯兰荪[6]。忆在南阳时，始承国士恩[7]。公为柱下史[8]，脱绣归田园[9]。伊昔簪白笔[10]，幽都逐游魂[11]。持斧佐三军[12]，霜清天北门。差池宰两邑[13]，鹗立重飞翻[14]。焚香入兰台，起草多芳言[15]。夔龙一顾重，矫翼凌翔鹓[16]。赤县扬雷声[17]，强项闻至尊[18]。惊飙摧秀木[19]，迹屈道弥敦[20]。出牧历三郡，所居猛兽奔[21]。迁人同卫鹤，谬上懿公轩[22]。自笑东郭履[23]，侧惭狐白温[24]。闲吟步竹石,精义忘朝昏[25]。憔悴成丑士,风云何足论! 猕猴骑土牛[26],羸马夹双辕。愿借羲和景[27],为人照覆盆[28]。溟海不震荡,何由纵鹏鲲?所期要津日[29],倜傥假腾骞[30]。

【注释】

〔1〕赵悦:天宝十四载为宣城太守,参见《唐刺史考》卷一五六。

〔2〕宝符:《史记·赵世家》载,赵简子曾告诸子曰:"吾藏宝符于常山上,先得者赏。"

〔3〕"三千"二句:《史记·平原君虞卿列传》:"平原君赵胜者,赵之诸公子也。诸子中胜最贤,喜宾客,宾客盖至者数千人。"

〔4〕茂远业:指后裔繁盛。虎竹:《汉书·文帝纪》:"二年九月,初与郡守为铜虎符、竹使符。"南藩:指宣城。

〔5〕千丈松:《世说新语·赏誉》:"庚子嵩目和峤,森森如千丈松,虽磊砢有节目,施之大厦,有栋梁之用。"

〔6〕兰荪(sūn):香草名,喻指有才能的人。

〔7〕国士:旧称一国的杰出人物。

〔8〕柱下史:指御史。

〔9〕绣:绣衣,御史所服。

〔10〕簪白笔:《太平御览》卷二二七引《魏志》曰:"帝尝大会殿中,御史簪白笔,侧阶而坐。上问左右:'为何官何主?'左右不对,辛毗曰:'谓御史。旧持簪笔以奏不法,今者直备官,但珥笔耳。'"

〔11〕幽都:指幽州。游魂:安旗等注:"指斥敌寇之语,意谓不能久存。"此指赵悦以御史佐幽州军幕。

〔12〕持斧:汉武帝时,"绣衣御史暴胜之,使持斧逐捕盗贼,以军兴从事,诛二千石以下",见《汉书·王䜣传》。后以"持斧"指执法或御史等执法之官。

〔13〕差池:《诗·邶风·燕燕》:"燕燕于飞,差池其羽。"孔颖达疏:

"差池者,往飞之貌。"

〔14〕鹗(è)立:王琦注:"《埤雅》:鹗性好跱,故每立更不移处。所谓鹗立,义取诸此。"重飞翻:喻其复出为官。

〔15〕兰台:御史台,古亦称兰台寺。起草:后汉尚书郎主作文书起草。

〔16〕夔龙:虞舜之二臣名。此指当时的宰相杨国忠。矫:举。李白《为赵宣城与杨右相书》:"昔相公秉国宪之日,一拔九霄……衣绣霜台,含香华省(尚书省)。"

〔17〕赤县:京都所治为赤县。

〔18〕强项:《后汉书·董宣传》载,东汉董宣任洛阳令时,秉公处死湖阳公主的奴仆,抗旨不向公主谢罪。"帝令小黄门持之,使宣叩头谢主,宣不从,强使顿之,宣两手据地,终不肯俯"。帝称之为"强项令"。

〔19〕摧秀木:李康《运命论》:"木秀于林,风必摧之。"

〔20〕"迹屈"句:瞿蜕园、朱金城注:"此似指赵曾为赤县令而又罢黜。唐之赤县令,秩为正五品上,故虽罢黜而官资已显,得再起为郡守也。"

〔21〕猛兽奔:用后汉宋均事。东汉时,九江郡多虎,屡为民患。宋均为九江太守,退奸贪,进忠善,行仁政。猛虎乃相率渡江而去。见《后汉书·宋均传》。

〔22〕"迁人"二句:瞿蜕园、朱金城注:"迁人,李白自谓。此句意谓谬受赵之宠遇。"《左传·闵公二年》:"卫懿公好鹤,鹤有乘轩者。"

〔23〕东郭履:《史记·滑稽列传》:"东郭先生久待诏公车,贫困饥寒,衣敝,履不完。行雪中,履有上无下,足尽践地。道中人笑之,东郭先生应之曰:'谁能履行雪中,令人视之,其上履也,其履下处乃似人足者乎?'"

〔24〕狐白温:《文选》王微《杂诗》:"讵忆无衣苦?但知狐白温。"吕向注:"狐白,谓狐腋之白毛以为裘也。"

〔25〕精义:精深微妙的义理。《易·系辞》:"精义入神,以致用也。"

〔26〕"猕猴"句:喻指晋升缓慢。《三国志·魏书·邓艾传》裴松之注引《世语》载,司马懿(宣王)征辟州泰,三十六日而擢为新城太守。尚书钟繇调侃州泰:"君释褐登宰府,三十六日拥麾盖,守兵马郡,乞儿乘小车,

一何驶乎!"泰曰:"诚有此。君,名公之子,少有文采,故守吏职,猕猴骑土牛,又何迟也!"

〔27〕羲和:此处代指日。

〔28〕覆盆:盆戴于头顶,无法看天。比喻蒙不白之冤,无由申诉。司马迁《报任安书》:"仆以为戴盆何以望天。"

〔29〕要津:比喻显要的官职。《古诗十九首》:"何不策高足,先据要路津?"

〔30〕假:借助。腾骞(xiān):飞腾。

赠从弟宣州长史昭

淮南望江南[1],千里碧山对。我行倦过之[2],半落青天外。宗英佐雄郡[3],水陆相控带。长川豁中流,千里泻吴会[4]。君心亦如此,包纳无小大。摇笔起风霜,推诚结仁爱。讼庭垂桃李,宾馆罗轩盖。何意苍梧云[5],飘然忽相会?才将圣不偶[6],命与时俱背。独立山海间[7],空老圣明代。知音不易得,抚剑增感慨。当结九万期[8],中途莫先退。

【注释】

〔1〕淮南:指淮南道。江南:江南道。王琦注:"唐时之淮南道、江南道皆古扬州之境,中隔一江,江之北为淮南,江之南为江南。"

〔2〕倦:一作"尽"。

〔3〕宗英:指李白堂弟李昭。《汉书·叙传》:"四国绝祀,河间贤明。礼乐是修,为汉宗英。"佐雄郡:长史为郡(州)佐,故云。

〔4〕吴会:吴郡与会稽郡。此指长江下游地区。

〔5〕苍梧云:《艺文类聚》卷一引《归藏》:"有白云出自苍梧,入于大梁。"

〔6〕将:与。不偶:不遇。

〔7〕独立:《史记·滑稽列传》:"今世之处士,时虽不用,崛然独立,块然独处。"

〔8〕九万:《庄子·逍遥游》谓大鹏"抟扶摇而上者九万里"。

于五松山赠南陵常赞府[1]

为草当作兰,为木当作松。兰幽香风远,松寒不改容。松兰相因依,萧艾徒丰茸[2]。鸡与鸡并食,鸾与鸾同枝。拣珠去沙砾,但有珠相随。远客投名贤,真堪写怀抱。若惜方寸心,待谁可倾倒?虞卿弃赵相,便与魏齐行[3]。海上五百人,同日死田横[4]。当时不好贤,岂传千古名?愿君同心人,于我少留情。寂寂还寂寂,出门迷所适。长铗归来乎[5]!秋风思归客[6]。

【注释】

〔1〕五松山:在南陵,即今安徽南陵县。赞府:县丞。

〔2〕丰茸(róng):草木丰盛茂密貌。

〔3〕"虞卿"二句:《史记·范雎蔡泽列传》:"(秦)昭王乃遗赵王书曰:'……范君之仇魏齐在平原君之家,王使人疾持其头来。不然,吾举兵而伐赵,又不出王之弟于关。'赵孝成王乃发卒围平原君家,急,魏齐夜亡出,见赵相虞卿。虞卿度赵王终不可说,乃解其相印,与魏齐亡。"

〔4〕"海上"二句:《史记·田儋列传》载,刘邦称帝后,田横惧诛而与其徒属五百余人入海,居岛中。高帝闻之,乃使使赦其罪而召之。田横乃

与其客二人乘传诣洛阳,至尸乡而自刭,令客奉其头,从使者驰奏高帝。田横既葬,二客亦皆自刭,下从之。高帝大惊,闻其客尚有五百人在海中,使使召之。至则闻田横死,亦皆自杀,于是乃知田横兄弟能得士也。

〔5〕"长铗"句:用孟尝君门客冯谖弹剑长歌的典故。一作"长剑歌归来"。

〔6〕"秋风"句:《晋书·张翰传》载,张翰"因见秋风起,乃思吴中菰菜、莼羹、鲈鱼脍,曰:'人生贵得适志,何能羁宦数千里,以要名爵乎!'遂命驾而归"。

自梁园至敬亭山见会公谈陵阳山水兼期同游因有此赠[1]

我随秋风来,瑶草恐衰歇[2]。中途寡名山,安得弄云月?渡江如昨日,黄叶向人飞。敬亭惬素尚,弭棹流清辉[3]。冰谷明且秀,陵峦抱江城。粲粲吴与史[4],衣冠耀天京。水国饶英奇,潜光卧幽草[5]。会公真名僧,所在即为宝[6]。开堂振白拂[7],高论横青云。雪山扫粉壁[8],墨客多新文[9]。为余话幽栖,且述陵阳美。天开白龙潭[10],月映清秋水。黄山望石柱,突兀谁开张[11]?黄鹤久不来,子安在苍茫[12]。东南焉可穷?山鸟飞绝处[13]。稠叠千万峰,相连入云去。闻此期振策[14],归来空闭关。相思如明月,可望不可攀。何当移白足[15],早晚凌苍山?且寄一书札,令予解愁颜。

【注释】

〔1〕梁园:故址在今河南商丘市东南。敬亭山:在今安徽宣城北。陵阳:山名,传说为陵阳令窦子明得仙处,在宣州泾县西南一百三十里。

〔2〕瑶草:香草。

〔3〕弭棹(mǐ zhào):停船。流:流连。清辉:指山水景色。

〔4〕粲粲:鲜明貌,此指杰出。吴与史:宣城士人,名不可考。

〔5〕潜光:指隐居。曹植《仙人篇》:"潜光养羽翼。"

〔6〕"会公"二句:安旗等注:"以佛图澄喻会公。"王琦注:"《十六国春秋》:佛图澄,天竺人也。本姓帛氏,少出家,清真务学,诵经数百万言。石虎倾心事澄,乃下书曰:'和尚国之大宝,荣爵不加,高禄不受。荣禄匪顾,何以旌德?'"

〔7〕白拂:即僧人说法时常持之白色拂尘。

〔8〕"雪山"句:王琦注:"谓画雪山于粉壁之上。"

〔9〕"墨客"句:王琦注:"谓文墨之客多以新文赞美之。"

〔10〕白龙潭:在宣州。相传窦子明弃官学道,钓得白龙,放之于此,因名白龙潭。后龙来迎子明上陵阳山,遂成仙。

〔11〕黄山:在安徽南部。石柱山:在宣州旌德县西六十里。此二句:一作"白柱撞星汉,西崖谁开张"。

〔12〕子安:仙人名。《列仙传》卷下载,窦子明钓得白龙而放之,后得白鱼,腹中有书,教子明服食之法。"子明遂上黄山,采五石脂,沸水而服之。三年,龙来迎去,止陵阳山上。百余年,山去地千余丈,大呼下人,令上山半,告言溪中子安当来,问子明钓车在否。后二十余年,子安死,人取葬石山下。有黄鹤来栖其冢边树上,鸣呼子安云。"

〔13〕此句:一作"猿狖绝行处"。

〔14〕振策:犹言举杖,即出行。

〔15〕白足:慧皎《高僧传》卷十载,释昙始"足白于面,虽跣涉泥水,未尝沾湿,天下咸称白足和上(尚)"。

365

赠友人三首

兰生不当户[1],别是闲庭草。凤被霜露欺,红荣已先老。谬接瑶华枝[2],结根君王池。顾无馨香美,叨沐清风吹。余芳若可佩,卒岁长相随。[3]

【注释】

〔1〕"兰生"句:袁淑《种兰诗》:"种兰忌当门,怀璧莫向楚。"

〔2〕瑶华:玉花,传说中的仙花。《九歌·大司命》:"折疏麻兮瑶华。"

〔3〕卒岁:《左传·襄公二十一年》:"优哉游哉,聊以卒岁。"

袖中赵匕首,买自徐夫人[1]。玉匣闭霜雪,经燕复历秦。其事竟不捷[2],沦落归沙尘。持此愿投赠,与君同急难。荆卿一去后,壮士多摧残。长号易水上,为我扬波澜。凿井当及泉,张帆当济川。廉夫惟重义,骏马不劳鞭。人生贵相知,何必金与钱[3]?

【注释】

〔1〕"袖中"二句:《史记·刺客列传》:"太子豫求天下之利匕首,得赵人徐夫人匕首,取之百金。使工以药焠之,以试人,血濡缕,人无不立死者。乃装为遣荆卿。"

〔2〕其事:指荆轲刺秦王之事。

〔3〕"人生"二句:语本古乐府《白头吟》:"男儿重意气,何用钱

刀为？"

慢世薄功业[1]，非无胸中画[2]。谑浪万古贤[3]，以为儿童剧。立产如广费[4]，匡君怀长策。但苦山北寒，谁知道南宅[5]？岁酒上逐风，霜鬓两边白。蜀主思孔明，晋家望安石。时来列五鼎[6]，谈笑期一掷[7]。虎伏被胡尘，渔歌游海滨。弊裘耻妻嫂[8]，长剑托交亲[9]。夫子秉家义[10]，群公难与邻。莫持西江水，空许东溟臣[11]。他日青云去，黄金报主人。

【注释】

〔1〕慢世：放荡不羁，玩世不恭。

〔2〕画：谋略，计划。

〔3〕谑浪：《诗·邶风·终风》："谑浪笑敖。"毛传："言戏谑不敬。"

〔4〕"立产"句：用汉疏广事。《汉书·疏广传》载，汉宣帝时，太子太傅疏广告老还乡，宣帝赐黄金二十斤，太子赠金五十斤。广既归乡，天天大摆筵席，请族人故旧饮酒作乐，以尽余年。

〔5〕道南宅：《三国志·吴书·周瑜传》："坚子策与瑜同年，独相友善，瑜推道南大宅以舍策。"知：一作"分"。

〔6〕五鼎：古祭礼，大夫以五鼎盛羊、豕、膚、鱼、腊。后用以形容官僚贵族生活之奢侈。

〔7〕一掷：《晋书·何无忌传》："刘毅家无担石之储，樗蒲一掷百万。"

〔8〕"弊裘"句：《战国策·秦策一》："苏秦始将连横说秦惠王……书十上而说不行。黑貂之裘敝，黄金百斤尽。资用乏绝，去秦而归……归至家，妻不下纴，嫂不为炊。"

〔9〕"长剑"句：用孟尝君门人冯谖弹剑而歌的典故。

〔10〕家义：家风。

367

〔11〕"莫持"二句:《庄子·外物》说,庄子尝路遇涸辙之鲋鱼向他求斗升之水以救命,他说将激"西江之水"以迎鱼,鱼说那时我早已枯死了。

陈情赠友人

延陵有宝剑,价重千黄金。观风历上国,暗许故人深。归来挂坟松,万古知其心〔1〕。儒夫感达节〔2〕,壮士激青衿〔3〕。鲍生荐夷吾,一举致齐相〔4〕。斯人无良朋,岂有青云望?临财不苟取,推分固辞让〔5〕。后世称其贤,英风邈难尚。论交但若此,有道孰云丧?多君骋逸藻,掩映当时人。舒文振颓波,秉德冠彝伦〔6〕。卜居乃此地,共井为比邻〔7〕。清琴弄云月,美酒娱冬春。薄德中见捐,忽之如遗尘。英豪未豹变〔8〕,自古多艰辛。他人纵以疏,君意宜独亲。奈何成离居,相去复几许?飘风吹云霓〔9〕,蔽目不得语。投珠冀有报,按剑恐相拒〔10〕。所思采芳兰,欲赠隔荆渚〔11〕。沉忧心若醉,积恨泪如雨。愿假东壁辉,余光照贫女〔12〕。

【注释】

〔1〕"延陵"六句:用季札事。春秋时,季札出使过徐君,心许返回时将宝剑相赠。返回时,徐君已死,季札将剑挂于徐君墓树上。见《史记·吴太伯世家》。

〔2〕达节:指季札重义之节操。

〔3〕士:一作"气"。青衿:《诗·郑风·子衿》:"青青子衿,悠悠我心。"毛传:"青衿,青领也,学子之所服。"青,一作"素"。素衿,犹素襟。

〔4〕"鲍生"句:《史记·管晏列传》载,管仲少时,常与鲍叔游,后鲍叔荐管仲为齐相,佐齐桓公称霸。

〔5〕推:一作"揣"。

〔6〕彝(yí)伦:常伦,人之常道。

〔7〕共井:谓居住之地相邻合用一井。

〔8〕豹变:像豹文那样发生显著变化,比喻人的行为变好或势位显贵。《易·革》:"君子豹变,其文蔚也。"

〔9〕"飘风"句:《楚辞·离骚》:"飘风屯其相离兮,帅云霓而来御。"王逸注:"飘风,无常之风,以兴邪恶之众也。云霓,恶气也,以喻佞人。"

〔10〕"投珠"二句:汉邹阳《狱中上书自明》:"臣闻明月之珠,夜光之璧,以暗投人于道,众莫不按剑相眄者,何则?无因而至前也。"

〔11〕荆:一作"修"。

〔12〕"愿假"二句:《列女传》卷六载,齐女徐吾与邻妇李吾等会烛相从夜织,徐吾最贫而烛数不属。李吾谓其属曰:"徐吾烛数不属,请无与夜也。"徐吾曰:"夫一室之中,益一人烛不为暗,损一人烛不为明。何爱东壁之余光,不使贫妾得蒙见哀之恩,长为妾役之事?使诸君常有惠施于妾,不亦可乎?"李吾莫能应,遂复与夜,终无后言。

赠从弟冽[1]

楚人不识凤,重价求山鸡[2]。献主昔云是,今来方觉迷[3]。自居漆园北[4],久别咸阳西[5]。风飘落日去,节变流莺啼[6]。桃李寒未开,幽关岂来蹊[7]?逢君发花萼,若与青云齐[8]。及此桑叶绿,春蚕起中闱[9]。日出布谷鸣,田家拥锄犁。顾余乏尺土,东作谁相携[10]?傅说降霖雨[11],公输造云梯[12]。羌戎事未

369

息,君子悲涂泥〔13〕。报国有长策,成功羞执珪〔14〕。无由谒明主,杖策还蓬藜〔15〕。他年尔相访,知我在磻溪〔16〕。

【注释】

〔1〕诗作于天宝五载(746),时作者在山东一带漫游。

〔2〕"楚人"二句:《尹文子·大道上》载,楚人有担山鸡者,说是凤凰,路人信以为真,以二千金买之,欲献于楚王。经宿而雉死,路人不遑惜其金,惟恨不得献王。王闻之,感其欲献于己,召而厚赐之。重,一作"高"。

〔3〕迷:迷误。

〔4〕漆园:在今山东菏泽市北,庄周曾做过蒙漆园吏。

〔5〕咸阳:指长安。

〔6〕节变:季节变换。

〔7〕"桃李"二句:《史记·李将军列传》记古谚曰:"桃李不言,下自成蹊。"幽关,幽静冷落的门户。来,一作"成"。

〔8〕君:指李洌。花萼:喻兄弟。《诗·小雅·常棣》:"常棣之华,鄂不韡韡。凡今之人,莫如兄弟。"鄂,通"萼"。与青云齐:言情意之高。

〔9〕中闺:妇女的居室。

〔10〕东作:春耕。

〔11〕"傅说"句:《书·说命上》载,殷高宗命傅说(yuè)为相,曰:"若岁大旱,用汝作霖雨。"

〔12〕公输:即公输般,春秋时鲁国著名的巧匠,曾为楚国造云梯以攻宋。

〔13〕羌:我国古代西北方的少数民族。戎:泛指西方的少数民族。涂泥:犹涂炭。

〔14〕执珪:春秋时诸侯国爵位名。此指得到高位。

〔15〕杖策:扶杖。蓬藜:两种草名。

〔16〕磻溪:在今陕西宝鸡市东南,源出南山,北流入渭。传说姜太公

曾垂钓于此。周文王出猎,遇之,拜为师,遂兴周灭殷。见《韩诗外传》卷八。

赠闾丘处士[1]

贤人有素业[2],乃在沙塘陂。竹影扫秋月,荷衣落古池[3]。闲读《山海经》[4],散帙卧遥帷[5]。且耽田家乐,遂旷林中期[6]。野酌劝芳酒,园蔬烹露葵[7]。如能树桃李,为我结茅茨[8]。

【注释】
〔1〕闾丘:复姓。
〔2〕素业:平素的产业。
〔3〕衣:一作"花"。
〔4〕山海经:书名。大约成书于战国时代,书中保存了大量远古的神话传说和史地文献资料。
〔5〕散帙(zhì):指打开书卷。帙,书套。
〔6〕旷:荒废,耽误。期:约定,约会。
〔7〕露葵:菜蔬名。宋玉《讽赋》:"烹露葵之羹。"
〔8〕树桃李:《韩诗外传》卷七:"夫春树桃李,夏得阴其下,秋得食其实。"树,种植。茅茨(cí):以茅覆屋。

赠钱征君少阳[1]

白玉一杯酒,绿杨三月时。春风余几日?两鬓各成丝。

371

秉烛唯须饮[2],投竿也未迟[3]。如逢渭川猎,犹可帝王师[4]。

【注释】

〔1〕诗题:一作"送赵云卿"。征君:征士的敬称。古称不受朝廷征聘之士为征士。

〔2〕秉烛:《古诗十九首》:"昼短苦夜长,何不秉烛游?"

〔3〕投竿:垂钓。

〔4〕"如逢"二句:此处用姜太公吕尚与周文王相遇的典故。

赠宣州灵源寺仲濬公[1]

敬亭白云气,秀色连苍梧。下映双溪水[2],如天落镜湖。此中积龙象[3],独许濬公殊。风韵逸江左[4],文章动海隅。观心同水月,解领得明珠[5]。今日逢支遁[6],高谈出有无[7]。

【注释】

〔1〕仲濬公:《李白诗文系年》谓即《听蜀僧濬弹琴》题中之蜀僧濬。

〔2〕双溪:在宣州治所宣城县城下,二水合流,故名。

〔3〕龙象:佛教称诸阿罗汉中修行勇猛有最大力者为龙象,后亦称高僧为龙象。

〔4〕江左:江东,即长江下游南岸地区。

〔5〕"观心"二句:王琦注:"水月,谓水中月影,非有非无,了不可执,慧者观心,亦复如是。解领,解悟也。明珠,喻菩提大道也。"

〔6〕支遁:本姓关,河内林虑人,东晋高僧,善谈玄理,与谢安等过从

甚密。

〔7〕有无：王琦注："僧肇《维摩诘经注》：不可得而有，不可得而无者，其唯大乘行乎！欲言其有，无相无名；欲言其无，万德斯行。万德斯行，故虽无而有；无相无名，故虽有而无。然则言有不乖无，言无不乖有，或说有行，或说无行，有无虽殊，其致一也。"

赠僧朝美

水客凌洪波，长鲸涌溟海。百川随龙舟，嘘吸竟安在[1]？中有不死者，探得明月珠。高价倾宇宙，余辉照江湖。苞卷金缕褐[2]，萧然若空无。谁人识此宝？窃笑有狂夫。了心何言说[3]，各勉黄金躯[4]。

【注释】

〔1〕"百川"二句：木华《海赋》："鱼则横海之鲸……茹鳞甲，吞龙舟。噏波则洪涟踧蹜，吹涝则百川倒流。"

〔2〕金缕褐：王琦注："《隋书》：波斯多金缕织成。"

〔3〕了心：王琦注："《楞严经》：'汝之心灵，一切明了。若汝现成所明了心，实在身内。'"

〔4〕"各勉"句：王琦注："诗言水客泛舟大海，舟为长鲸所嘘吸，遂遭溺没，其中乃有不死者，反于海中得明月之珠，卷而藏之，不自炫耀，人亦不识。以喻人在烦恼海中，为一切嗜欲所汩没……乃其中有不昧本来者，反于烦恼海中悟得如来法宝。其价则倾乎宇宙，其光则照乎江湖，卷而怀之，不自以为有，而若空无者。然人皆不能识此宝，而唯我能识之。夫心既明了，更无言说可以酬对，唯有劝勉珍重此躯而已。盖人身难得……未可轻忽，故曰各勉黄金躯也。"

赠僧行融

梁有汤惠休,常从鲍照游[1]。峨眉史怀一[2],独映陈公出。卓绝二道人[3],结交凤与麟。行融亦俊发,吾知有英骨。海若不隐珠[4],骊龙吐明月[5]。大海乘虚舟[6],随波任安流。赋诗旃檀阁[7],纵酒鹦鹉洲。待我适东越,相携上白楼[8]。

【注释】

〔1〕"梁有"二句:《宋书·徐湛之传》:"时有沙门释惠休,善属文,辞采绮艳,湛之与之甚厚。世祖命使还俗。本姓汤,位至扬州从事史。"鲍照有《秋日示休上人》《答休上人》等诗。按:惠休为刘宋时期人物,此谓梁,盖忆误。

〔2〕史怀一:峨眉僧。卢藏用《陈子昂别传》谓"道人史怀一"与陈子昂"笃岁寒之交"。崔颢有《赠怀一上人》诗。

〔3〕道人:指僧人。

〔4〕海若:海神名,见《庄子·秋水》。

〔5〕"骊龙"句:《庄子·列御寇》:"夫千金之珠,必在九重之渊,而骊龙颔下。"明月,珠名。

〔6〕虚舟:《庄子·列御寇》:"巧者劳而知者忧,无能者无所求,饱食而敖游,泛若不系之舟,虚而敖游者也。"

〔7〕旃(zhān)檀:檀香。

〔8〕白楼:亭名,故址在今浙江绍兴。东晋时,孙绰、许询、支遁常在此清谈赏景。见《世说新语·赏誉》。

赠黄山胡公求白鹇并序

　　闻黄山胡公有双白鹇,盖是家鸡所伏,自小驯狎,了无惊猜。以其名呼之,皆就掌取食。然此鸟耿介,尤难畜之。余平生酷好,竟莫能致,而胡公辍赠于我,唯求一诗。闻之欣然,适会宿意。因援笔三叫,文不加点以赠之[1]。

请以双白璧,买君双白鹇。白鹇白如锦[2],白雪耻容颜。照影玉潭里,刷毛琪树间[3]。夜栖寒月静,朝步落花闲。我愿得此鸟,玩之坐碧山。胡公能辍赠,笼寄野人还[4]。

【注释】

〔1〕加点:《尔雅·释器》:"灭谓之点。"郭璞注:"以笔灭字为点。"即删改之意。《南史·刘孺传》:"尝在御坐为《李赋》,受诏便成,文不加点。"后以"文不加点"形容文思敏捷,写文一气呵成。

〔2〕白如锦:王琦注:"孔颖达《礼记正义》:'素锦,白锦也。白鹇毛羽白质黑边,有似锦文,故曰白如锦。'"

〔3〕琪树:玉树,对树的美称。

〔4〕野人:山野之人,李白自谓。

登敬亭山南望怀古赠窦主簿

敬亭一回首,目尽天南端。仙者五六人,常闻此游盘。

溪流琴高水[1]，石耸麻姑坛[2]。白龙降陵阳，黄鹤呼子安。羽化骑日月，云行翼鸳鸾[3]。下视宇宙间，四溟皆波澜[4]。汰绝目下事[5]，从之复何难？百岁落半途，前期浩漫漫。强食不成味，清晨起长叹。愿随子明去，炼火烧金丹[6]。

【注释】

〔1〕琴高水：即琴溪。王琦注："《江南通志》：'琴高山，在宁国府泾县北二十里，昔琴高于此山修炼得道，故名。有隐雨岩，是其控鲤上升之所……有钓台，台下流水即琴溪也。'"

〔2〕麻姑坛：《新定九域志》卷六："宣州：花姑山，亦谓之麻姑山，昔麻姑修道，于此上升，有仙坛在焉。"按：麻姑山在宁国府城（今安徽宣城）东三十五里。

〔3〕鸾：一作"鸥"。

〔4〕四溟：四海。皆：一作"空"。

〔5〕汰绝：涤除。

〔6〕"炼火"句：王琦注："《一统志》：'丹台在陵阳山中峰之半，平夷可容数人，相传窦子明尝炼丹其上。'"

经乱后将避地剡中留赠崔宣城[1]

双鹅飞洛阳[2]，五马渡江徼[3]。何意上东门，胡雏更长啸[4]！中原走豺虎，烈火焚宗庙。太白昼经天[5]，颓阳掩余照[6]。王城皆荡覆，世路成奔峭[7]。四海望长安，颦眉寡西笑[8]。苍生疑落叶[9]，白骨空相吊。

连兵似雪山,破敌谁能料?我垂北溟翼[10],且学南山豹[11]。崔子贤主人,欢娱每相召。胡床紫玉笛,却坐青云叫[12]。杨花满州城,置酒同临眺[13]。忽思剡溪去[14],水石远清妙。雪昼天地明[15],风开湖山貌。闷为洛生咏[16],醉发吴越调[17]。赤霞动金光,日足森海峤[18]。独散万古意,闲垂一溪钓。猿近天上啼,人移月边棹。无以墨绶苦[19],来求丹砂要[20]。华发长折腰[21],将贻陶公诮[22]。

【注释】

〔1〕此诗作于天宝十五载(756)春,时作者将从宣城、溧阳一带南下避难剡中。剡(shàn)中:古地名,在今浙江嵊州市和新昌县一带。崔宣城:宣城县令崔钦。见李白《赵公西候新亭颂》。

〔2〕"双鹅"句:《晋书·五行志》:"孝怀帝永嘉元年二月,洛阳东北步广里地陷,有苍白二色鹅出,苍者飞翔冲天,白者止焉。……陈留董养曰:'步广,周之狄泉,盟会地也。白者,金色,国之行也。苍为胡象,其可尽言乎?'是后刘元海、石勒相继乱华。"

〔3〕"五马"句:《晋书·五行志》载,晋室南渡前,有童谣说:"五马游渡江,一马化为龙。"后司马睿登帝位。徼(jiào),边界。

〔4〕"何意"二句:《晋书·石勒载记》:"年十四,随邑人行贩洛阳,倚啸上东门。王衍见而异之,顾谓左右曰:'向者胡雏,吾观其声视有奇志,恐将为天下之患。'"何意,何曾想到。

〔5〕太白:即金星,主杀伐。《汉书·天文志》:"太白,兵象也。"

〔6〕颓阳:落日。掩:隐藏。

〔7〕王城:东周王城,即唐之洛阳。时洛阳为安禄山所占。奔峭:艰难险峻。

〔8〕西笑:桓谭《新论·祛蔽》:"关东鄙语曰:'人闻长安乐,则出门西向而笑。'"

377

〔9〕疑:似,如。

〔10〕北溟翼:指北海大鹏的巨翅,语出《庄子·逍遥游》。

〔11〕南山豹:刘向《列女传》卷二载,陶答子妻语:"妾闻南山有玄豹,雾雨七日而不下食者何也?欲以泽其毛而成文章也,故藏而远害。"

〔12〕胡床:一种可以折叠的轻便坐具。青云叫:指在高处吹笛,其声好似来自云端。

〔13〕临眺:居高远望。

〔14〕剡溪:水名,在今浙江嵊州市南。

〔15〕雪昼:谓春日雪皆融化。昼,一作"尽"。

〔16〕洛生咏:《世说新语·轻诋》:"人问顾长康:'何以不作洛生咏?'答曰:'何至作老婢声!'"刘孝标注:"洛下书生咏,音重浊,故云老婢声。"

〔17〕吴越调:指吴越一带的歌曲。

〔18〕日足:从云隙中射出的日光。峤(qiáo):山高而尖。

〔19〕无以墨绶苦:时崔宣城为县令,故云。墨绶,结在印钮上的黑色丝带,后多以此作为县官及其职权的象征。

〔20〕丹砂要:即炼丹之要诀。

〔21〕折腰:陶潜为彭泽令,曾感叹"我不能为五斗米折腰向乡里小人",即日解印绶去职。事见《宋书·陶潜传》。

〔22〕陶公:陶渊明。

献从叔当涂宰阳冰[1]

金镜霾六国[2],亡新乱天经[3]。焉知高光起[4],自有羽翼生。萧曹安岘岘[5],耿贾摧榛枪[6]。吾家有季父,杰出圣代英。虽无三台位[7],不借四豪名[8]。激昂风云气,终协龙虎精[9]。弱冠燕赵来[10],贤彦多逢迎[11]。鲁连善谈笑[12],季布折公卿[13]。遥知礼数绝[14],常恐不合并。惕想结宵梦[15],素心久已冥。顾惭青云器[16],谬奉玉樽倾。山阳五百年,绿竹忽再荣[17]。高歌振林木[18],大笑喧雷霆。落笔洒篆文,崩云使人惊[19]。吐辞又炳焕,五色罗华星[20]。秀句满江国,高才掞天庭[21]。宰邑艰难时,浮云空古城。居人若薙草[22],扫地无纤茎。惠泽及飞走[23],农夫尽归耕。广汉水万里,长流玉琴声[24]。雅颂播吴越[25],还如太阶平[26]。小子别金陵,来时白下亭[27]。群凤怜客鸟,差池相哀鸣[28]。各拔五色毛,意重太山轻。赠微所费广,斗水浇长鲸。弹剑歌《苦寒》[29],严风起前楹。月衔天门晓[30],霜落牛渚清[31]。长叹即归路,临川空屏营[32]。

【注释】

〔1〕阳冰:李阳冰。此诗作于宝应元年(762)。

〔2〕金镜:刘孝标《广绝交论》:"盖圣人握金镜,阐风烈。"李善注:"《洛书》曰:'秦失金镜。'郑玄曰:'金镜,喻明道也。'"六国:战国七雄中除秦以外的其他六国。

〔3〕新:初始元年(8)王莽代汉称帝,国号新。天经:天之常道。

〔4〕高光:指汉高祖刘邦与汉光武帝刘秀。

〔5〕萧曹:指辅佐刘邦建立汉王朝的萧何、曹参。䡅䡇(niè wù):不安貌。

〔6〕耿贾:指辅佐刘秀建立东汉王朝的耿弇、贾复。欃(chán)枪:彗星,喻指战乱。

〔7〕三台(tāi):指三台星,计上台、中台、下台各二星。古人认为它象征人世的三公。

〔8〕借:犹"让"。四豪:指魏信陵君、赵平原君、齐孟尝君、楚春申君。

〔9〕"激昂"二句:《易·乾》:"云从龙,风从虎,圣人作而万物睹。"

〔10〕弱冠:《礼记·曲礼》:"二十曰弱冠。"

〔11〕贤彦:有德才之人。

〔12〕"鲁连"句:《史记·鲁仲连邹阳列传》载,战国时,鲁仲连助赵解邯郸之围,平原君赠以千金,笑而不受。

〔13〕"季布"句:《史记·季布栾布列传》:"单于尝为书嫚吕后,不逊,吕后大怒,召诸将议之。上将军樊哙曰:'臣愿得十万众,横行匈奴中。'诸将皆阿吕后意,曰:'然。'季布曰:'樊哙可斩也……'是时殿上皆恐,太后罢朝,遂不复议击匈奴事。"

〔14〕礼数绝:《文选》任昉《出郡传舍哭范仆射》:"平生礼数绝,式瞻在国桢。"李周翰注:"礼数绝,谓交道相得,虽品命有异,不为礼数。"

〔15〕惕(tì):忧也。

〔16〕青云器:《文选》颜延年《五君咏·阮咸》:"仲容青云器。"李善注:"青云言高远也。"

〔17〕"山阳"二句:自阮籍叔侄竹林之游,至唐代宗时约五百年。

〔18〕"高歌"句:《列子·汤问》载,秦青"抚节悲歌,声振林木,响遏行云"。

〔19〕崩云:鲍照《飞白书势铭》:"轻如游雾,重似崩云。"李阳冰工篆书。

〔20〕炳焕:文采鲜明华美。五色:五色云。

〔21〕掞(shàn)天庭:《文选》左思《蜀都赋》:"摛藻掞天庭。"吕向注:"掞,犹盖也。"

〔22〕薙(tì):除草。

〔23〕飞走:飞禽走兽。

〔24〕"广汉"二句:暗用宓子贱事。《吕氏春秋·察贤》:"宓子贱治单父,弹鸣琴,身不下堂而单父治。"广汉,汉水。

〔25〕雅颂:代称盛世之音。

〔26〕太阶平:三台六星,两两排列如阶梯,故名太阶。古人认为太阶平"则阴阳和,风雨时,社稷神祇咸获其宜,天下大安,是为太平"。白下亭:驿亭名,在金陵城西。

〔28〕差池:张翼而飞。

〔29〕苦寒:即《苦寒行》,古清调曲名,其辞备言行役遇寒之苦。

〔30〕天门:在当涂西南长江上,东岸的山名博望,西岸的山名梁山。两山隔江对峙,如同门户,俗谓之天门山。

〔31〕牛渚:山名,在安徽当涂县北长江边,北部突入江中。

〔32〕屏营:彷徨不安貌。

书怀赠南陵常赞府[1]

岁星入汉年,方朔见明主[2]。调笑当时人,中天谢云雨。一去麒麟阁[3],遂将朝市乖[4]。故交不过门,秋草日上阶。当时何特达,独与我心谐[5]。置酒凌歊台[6],欢娱未曾歇。歌动白纻山[7],舞回天门月[8]。问我心中事,为君前致辞。君看我才能,何似鲁仲尼[9]?大圣犹不遇,小儒安足悲[10]?云南五月中,频丧渡泸师[11]。毒草杀汉马,张兵夺秦旗[12]。至今西二河,流血拥僵尸[13]。将无七擒略[14],鲁女惜园葵[15]。咸阳天下枢,累岁人不足[16]。虽有数斗玉,不如一盘粟。赖得契宰衡,持钧慰风俗[17]。自顾无所用,辞家方未归。霜惊壮士发,泪满逐臣衣[18]。以此不安席,蹉跎身世违[19]。终当灭卫谤,不受鲁人讥[20]。

【注释】

〔1〕赞府:唐人称县令为明府,称县令之佐为赞府。诗约作于天宝十三载(754),时作者在南陵。南陵,唐县名,即今安徽南陵县。

〔2〕"岁星"二句:《太平广记》卷六引《洞冥记》及《东方朔别传》:"朔未死时,谓同舍郎曰:'天下人无能知朔,知朔者唯太王公耳!'朔卒后,武帝得此语,即召太王公问之曰:'尔知东方朔乎?'公对曰:'不知。''公何所能?'曰:'颇善星历。'帝问:'诸星皆具在否?'曰:'诸星具,独不见岁星十八年,今复见耳。'帝仰天叹曰:'东方朔生在朕旁十八年,而不知是岁星哉!'惨然不乐。"此以东方朔自喻。

〔3〕麒麟阁:西汉长安未央宫中阁名,为皇帝藏书之处。此借指翰林院。

〔4〕将:与。乖:分离。

〔5〕特达:特出。谐:合。

〔6〕凌歊(xiāo)台:台名,故址在今安徽当涂县北黄山上。

〔7〕白纻山:在当涂县东五里。

〔8〕天门:天门山。

〔9〕鲁仲尼:孔子,字仲尼,春秋时鲁国人。

〔10〕大圣:指孔子。小儒:李白自谓。

〔11〕"云南"二句:指鲜于仲通及李宓等两次征南诏丧师事。唐玄宗天宝十载(751),剑南节度使鲜于仲通率精兵八万讨伐南诏(今云南大理),大败于泸水之南,士卒死者六万人。天宝十三载,剑南节度留后李宓率师七万再征南诏,李宓被擒,全军覆没。见《资治通鉴》卷二一六、二一七。

〔12〕张兵:指南诏盛设军队。秦:一作"云"。

〔13〕西二河:即西洱河,其水汇为巨湖,称西洱海,在今云南省大理市。拥:塞满。

〔14〕七擒略:三国时诸葛亮南征,七次捉获南方少数民族首领孟获,又七次将他释放,使孟获真正感服。事见《三国志·蜀书·诸葛亮传》裴注引《汉晋春秋》。

〔15〕惜园葵:《列女传·仁智传》:"鲁漆室邑之女也,过时未适人。当穆公时,君老,太子幼,女倚柱而啸……其邻人妇从之游,谓曰:'何啸之悲也!子欲嫁耶?吾为子求偶。'漆室女曰:'嗟乎!……吾岂为不嫁不乐而悲哉!吾忧鲁君老,太子幼。"邻妇笑曰:"'此乃鲁大夫之忧,妇人何与焉!'漆室女曰:'不然……昔晋客舍吾家,系马园中,马佚驰走,践吾葵,使我终岁不食葵。……今鲁君老悖,太子少愚,愚伪日起。夫鲁国有患者,君臣父子皆被其辱,祸及众庶,妇人独安所避乎?吾甚忧之。'……三年,鲁果乱。齐楚攻之,鲁连有寇。男子战斗,妇人转输,不得休息。"

〔16〕咸阳:此指长安。枢:中枢。累岁:多年。人不足:指粮食不够吃。

〔17〕契:传说为虞舜的贤臣,任司徒,掌管教化。宰衡:宰相。持钧:指操持国政。风俗:此指百姓的疾苦。

〔18〕逐臣:诗人自指。

〔19〕不安席:不能安坐。蹉跎:虚度光阴。身世违:遭遇不好。

〔20〕"终当"二句:复旦大学古典文学教研组《李白诗选》:"卫谤,卫人对孔子的毁谤。据《史记·孔子世家》记载,孔子某次在卫,卫人在卫灵公前毁谤孔子,灵公使人用武装监视孔子,孔子遂离开卫国。鲁人讥,鲁人对孔子的讥笑。据《庄子·盗跖》记载,盗跖嘲骂孔子为大盗,说他'矫言伪行,以迷惑天下之主,而欲求富贵焉'。两句以卫人、鲁人对孔子的毁谤比时人对自己的毁谤,并表示终当洗雪之意。"

赠 汪 伦[1]

李白乘舟将欲行,忽闻岸上踏歌声[2]。桃花潭水深千尺[3],不及汪伦送我情。

【注释】

〔1〕诗作于天宝十三载(754),时作者正在今安徽泾县漫游。杨齐

383

贤注:"白游泾县桃花潭,村人汪伦常酝美酒以待白。"
　　〔2〕踏歌:连手而歌,踏地以为节。
　　〔3〕桃花潭:在今安徽泾县西南。

卷十二

安陆白兆山桃花岩寄刘侍御绾[1]

云卧三十年,好闲复爱仙。蓬壶虽冥绝[2],鸾凤心悠然。归来桃花岩[3],得憩云窗眠[4]。对岭人共语,饮潭猿相连[5]。时升翠微上[6],邈若罗浮巅[7]。两岑抱东壑[8],一嶂横西天[9]。树杂日易隐,崖倾月难圆。芳草换野色,飞萝摇春烟。入远构石室,选幽开山田。独此林下意,杳无区中缘[10]。永辞霜台客[11],千载方来旋。

【注释】

〔1〕诗题:一作"春归桃花岩贻许侍御"。诗约作于开元二十五年(737),时李白在安陆。安陆:唐县名,在今湖北安陆市。白兆山:在安陆市西三十里。刘绾(wǎn):尝官高陵主簿、太康令、监察御史。见《全唐诗人名考证》。

〔2〕蓬壶:古代传说中的海上仙山。

〔3〕桃花岩:《舆地纪胜》卷七七德安府:"桃花岩在白兆山,即太白读书之处。"

〔4〕以上六句:一作"幼采紫房谈,早爱沧溟仙。心迹颇相误,世事

空徂迁。归来丹岩曲,得憩青霞眠"。

〔5〕"饮潭"句:《尔雅翼》:"(猿)好攀援,其饮水辄自高崖或大木上累累相接下饮,饮毕复相收而上。"

〔6〕翠微:指青翠的山峰。

〔7〕罗浮:即罗浮山,在今广东博罗县北。相传罗山之西有浮山,乃浮海而至,与罗山并体,故名。

〔8〕岑:小而高的山。

〔9〕嶂:如屏障的山峰。

〔10〕区中缘:尘世间的俗缘。《文选》谢灵运《登江中孤屿》:"缅邈区中缘。"

〔11〕霜台:指御史台。霜台客:指刘绾。

淮南卧病书怀寄蜀中赵征君蕤[1]

吴会一浮云,飘如远行客[2]。功业莫从就,岁光屡奔迫[3]。良图俄弃捐[4],衰疾乃绵剧[5]。古琴藏虚匣[6],长剑挂空壁。楚怀奏钟仪[7],越吟比庄舄[8]。国门遥天外,乡路远山隔[9]。朝忆相如台,夜梦子云宅[10]。旅情初结缉[11],秋气方寂历[12]。风入松下清,露出草间白。故人不可见,幽梦谁与适[13]?寄书西飞鸿,赠尔慰离析[14]。

【注释】

〔1〕诗作于开元十四年(726),时作者卧病于扬州。淮南:唐淮南道采访使,治扬州(今江苏扬州)。赵征君蕤:赵蕤,字太宾,梓州盐亭(今四川盐亭县)人。著有《长短经》。开元中征之,不赴,故称征君。据《彰明逸

事》载,李白青少年时代曾与他交往,关系十分密切。

〔2〕吴会:指吴郡和会稽郡,相当于今江苏省东南部、浙江省西部一带。曹丕《杂诗》:"西北有浮云……适与飘风会。吹我东南行,行行至吴会。"此二句一作"万里无主人,一身独为客"。

〔3〕莫从就:无从成就。奔迫:迅急紧迫。

〔4〕良图:指政治抱负。俄:很快。

〔5〕绵剧:绵长加剧。

〔6〕虚:空。

〔7〕"楚怀"句:《左传·成公九年》:"晋侯观于军府,见钟仪,问之曰:'南冠而絷者谁也?'"此句一作"楚冠怀钟仪"。

〔8〕"越吟"句:《史记·张仪列传》载,越人庄舄在楚国官至执珪,不忘故国,病中吟唱越国的歌曲寄托乡思。

〔9〕国门:都城之门,此指蜀都之门。二句一作"卧来恨已久,兴发思逾积"。

〔10〕相如台:司马相如的琴台。子云宅:指扬雄(字子云)的住宅。故址均在今成都市。

〔11〕结缉:纠缠郁结。

〔12〕寂历:凋零稀疏貌。

〔13〕故人:指赵蕤。适:往,归。

〔14〕"赠尔"句:语本谢灵运《南楼中望所迟客》:"路阻莫赠问,云何慰离析?"离析,分离。

寄弄月溪吴山人

尝闻庞德公[1],家住洞湖水。终身栖鹿门[2],不入襄阳市。夫君弄明月[3],灭影清淮里。高踪邈难追,可与古人比。清扬杳莫睹[4],白云空望美。待我辞人间,携手访松子[5]。

【注释】

〔1〕庞德公:《后汉书·庞公传》载,庞德公,襄阳人,居岘山南,不曾入城府,躬耕垄亩。荆州牧刘表数延请,不能屈,后携妻子登鹿门山,采药不返。

〔2〕鹿门:鹿门山,在今湖北襄阳。

〔3〕夫君:指吴山人。

〔4〕清扬:《诗·郑风·野有蔓草》:"有美一人,清扬婉兮。"毛传:"清扬,眉目之间,婉然美也。"

〔5〕松子:即赤松子,传说中古代仙人。

秋山寄卫尉张卿及王征君[1]

何以折相赠?白花青桂枝。月华若夜雪,见此令人思。虽然剡溪兴,不异山阴时[2]。明发怀二子[3],空吟《招隐诗》[4]。

【注释】

〔1〕卫尉张卿:即右相张说次子张垍,尚宁亲公主,拜驸马都尉。王征君:事迹不详。

〔2〕"虽然"二句:用王子猷雪夜访戴事。见《世说新语·任诞》。

〔3〕明发:黎明。

〔4〕招隐诗:陆机作,载《文选》卷二二。同卷亦有左思作《招隐诗》二首。

望终南山寄紫阁隐者[1]

出门见南山,引领意无限。秀色难为名[2],苍翠日在眼。有时白云起,天际自舒卷。心中与之然,托兴每不浅。何当造幽人,灭迹栖绝巘[3]?

【注释】

〔1〕诗约作于天宝三载(744),时作者在长安。终南山:广义指秦岭,东西绵延千里。紫阁:终南山之一峰,在陕西省西安市鄠邑区。

〔2〕难为名:难于用言语形容。

〔3〕灭迹:绝迹于人间。绝巘(yǎn):极高的山顶。

夕霁杜陵登楼寄韦繇[1]

浮阳灭霁景[2],万物生秋容。登楼送远目,伏槛观群峰。原野旷超缅,关河纷错重[3]。清晖映竹日,翠色明云松。蹈海寄遐想[4],还山迷旧踪。徒然迫晚暮,未果谐心胸。结桂空伫立[5],折麻恨莫从[6]。思君达永夜,长乐闻疏钟[7]。

【注释】

〔1〕杜陵:古县名,西汉元康元年(前65)改杜县置,因宣帝筑陵葬

此,故名。在今陕西西安市东南。

〔2〕浮阳:日光。阳,一作"云"。

〔3〕错:一作"杂"。

〔4〕蹈海:用鲁仲连事。《史记·鲁仲连邹阳列传》:"彼(指秦)即肆然而为帝,过而为政于天下,则连(仲连自谓)有蹈东海而死耳。"

〔5〕结桂:《楚辞·九歌·大司命》:"结桂枝兮延伫。"

〔6〕折麻:《楚辞·九歌·大司命》:"折疏麻兮瑶华,将以遗兮离居。"

〔7〕永夜:长夜。长乐:汉宫名,在长安。徐陵《玉台新咏序》:"厌长乐之疏钟。"

秋夜宿龙门香山寺奉寄王方城十七丈奉国莹上人从弟幼成令问[1]

朝发汝海东[2],暮栖龙门中。水寒夕波急,木落秋山空。望极九霄回,赏幽万壑通。目皓沙上月,心清松下风。玉斗横网户[3],银河耿花宫[4]。兴在趣方逸,欢余情未终[5]。凤驾忆王子[6],虎溪怀远公[7]。桂枝坐萧瑟[8],棣华不复同[9]。流恨寄伊水,盈盈焉可穷[10]?

【注释】

〔1〕龙门:在今河南洛阳市南三十里。以有龙门山(西山)和香山(东山)隔伊水夹峙,故又名伊阙。香山寺:在香山上,后魏时建。方城:唐县名,属山南道唐州。奉国:寺名,在唐东都洛阳修行坊。见《唐两京城坊考》卷五。

〔2〕汝海：即汝水。

〔3〕"玉斗"句：王琦注："玉斗即北斗，色明朗如玉，故曰玉斗。网户，门扉上刻为方目如罗网状，若今之隔亮也。《楚辞》：'网户朱缀，刻方连些。'"

〔4〕耿：明亮。花宫：王琦注："花宫，佛寺也。佛说法处天雨众花，故诗人以佛寺为花宫。"

〔5〕此二句一作"咫尺世喧隔，微冥真理融"。

〔6〕"凤驾"句：《列仙传》卷上载，周灵王太子晋好吹笙，作凤凰鸣，道士浮丘公接以上嵩山。

〔7〕"虎溪"句：虎溪在江西九江庐山。晋时高僧慧远居东林寺，每送客至此，辄有虎吼鸣，因名虎溪，后送客未尝过此。一日，与陶潜、陆修静共话，不觉过溪，三人大笑而别。见《莲社高贤传》。

〔8〕桂枝：《楚辞·招隐士》："攀援桂枝兮聊淹留。"

〔9〕棣华：喻兄弟。此指幼成、令问二弟。

〔10〕盈盈：《古诗十九首》："盈盈一水间，脉脉不得语。"

春日独坐寄郑明府

燕麦青青游子悲，河堤弱柳郁金枝[1]。长条一拂春风去，尽日飘扬无定时。我在河南别离久，那堪对此当窗牖？情人道来竟不来[2]，何人共醉新丰酒[3]。

【注释】

〔1〕郁金：香草名，色黄。

〔2〕情人：指友人。

〔3〕新丰：汉县名，在今陕西西安市临潼区东，古以产美酒著称。

寄淮南友人[1]

红颜悲旧国,青岁歇芳洲[2]。不待金门诏[3],空持宝剑游。海云迷驿道,江月隐乡楼。复作淮南客,因逢桂树留[4]。

【注释】

〔1〕淮南:此指扬州。

〔2〕青岁:犹青春,即春天。陈子昂《春台引》:"迟美人兮不见,恐青岁之还遒。"

〔3〕金门:汉未央宫门名,武帝铸铜马立于门外,故名。

〔4〕桂树:《楚辞·招隐士》:"桂树丛生兮山之幽……攀援桂枝兮聊淹留。"王逸注:"桂树芬香,以兴屈原之忠贞也。"五臣注:"淹留于此,以待明君。"

沙丘城下寄杜甫[1]

我来竟何事?高卧沙丘城。城边有古树,日夕连秋声。鲁酒不可醉[2],齐歌空复情[3]。思君若汶水[4],浩荡寄南征。

【注释】

〔1〕诗作于天宝四载(745),时李白寄寓兖州。沙丘:当在汶水附

近,李白尝寓家于此。

〔2〕鲁酒:鲁地的酒,薄酒。《庄子·胠箧》:"鲁酒薄而邯郸围。"

〔3〕齐歌:指齐地的音乐。空复情:徒然有情。

〔4〕汶水:源出今山东莱芜之原山,经泰安、东平、汶上流入运河。

闻丹丘子于城北山营石门幽居中有高凤遗迹仆离群远怀亦有栖遁之志因叙旧以寄之[1]

春华沧江月,秋色碧海云。离居盈寒暑,对此长思君。思君楚水南,望君淮山北。梦魂虽飞来,会面不可得。畴昔在嵩阳[2],同衾卧羲皇[3]。绿萝笑簪绂,丹壑贱岩廊[4]。晚途各分析,乘兴任所适。仆在雁门关[5],君为峨嵋客。心悬万里外,影滞两乡隔。长剑复归来,相逢洛阳陌。陌上何喧喧!都令心意烦。迷津觉路失,托势随风翻。以兹谢朝列,长啸归故园。故园恣闲逸,求古散缥帙[6]。久欲入名山[7],婚娶殊未毕[8]。人生信多故,世事岂惟一?念此忧如焚,怅然若有失。闻君卧石门,宿昔契弥敦。方从桂树隐[9],不羡桃花源[10]。高风起遐旷,幽人迹复存。松风清瑶瑟,溪月湛芳樽[11]。安居偶佳赏,丹心期此论。

【注释】

〔1〕高凤:后汉南阳叶人。好学,"遂为名儒,乃教授业于西唐山中(唐时在唐州湖阳县西北)"。终身不仕,卒于家。见《后汉书·高凤传》。

王琦注:"庾信作《高凤赞》有'石门云度,铜梁雨来'云云……岂石门山即西唐山之异名耶?"

〔2〕畴昔:往昔。嵩阳:嵩山之阳。

〔3〕羲皇:即伏羲氏。此犹言"自谓是羲皇上人"(陶渊明语)。

〔4〕岩廊:殿旁高廊,此指朝堂。

〔5〕雁门关:在今山西省代县北。

〔6〕缥帙:书卷。徐陵《玉台新咏序》:"开兹缥帙,散此缃编。"

〔7〕入:一作"寻"。

〔8〕"婚娶"句:反用向子平事。《后汉书·向长传》载,向长字子平,隐居不仕,屡辞征辟。建武中,为子女婚嫁毕,与同好游五岳名山,不知所终。娶,一作"嫁"。

〔9〕桂树隐:《楚辞·招隐士》:"桂树丛生兮山之幽。"喻隐居。

〔10〕桃花源:陶渊明《桃花源记》描写的理想境界。

〔11〕湛:澄清。芳樽:美酒。

淮阴书怀寄王宋城〔1〕

沙墩至梁苑〔2〕,二十五长亭〔3〕。大舶夹双橹,中流鹅鹳鸣〔4〕。云天扫空碧,川岳涵余清。飞凫从西来,适与佳兴并。眷言王乔舄〔5〕,婉娈故人情〔6〕。复此亲懿会〔7〕,而增交道荣。沿洄且不定〔8〕,飘忽怅徂征〔9〕。暝投淮阴宿,欣得漂母迎〔10〕。斗酒烹黄鸡,一餐感素诚。予为楚壮士〔11〕,不是鲁诸生〔12〕。有德必报之,千金耻为轻。缅书羁孤意〔13〕,远寄棹歌声。

【注释】

〔1〕淮阴:唐县名,在今江苏淮安市淮阴区。宋城:唐县名,属宋州。
〔2〕沙墩:淮阴地名。梁苑:故址在唐宋州宋城县。
〔3〕二十五长亭:王琦注:"长亭即斥堠也,古制十里一长亭。二十五长亭,则二百五十里矣。"
〔4〕大舶:大船。鹅鹳鸣:似指摇橹声。
〔5〕飞凫、王乔舃:《后汉书·王乔传》载,王乔为叶县令,有神术,每月朔望,自县诣台朝,"临至,辄有双凫从东南飞来。于是候凫至,举罗张之,但得一只舃焉。乃诏尚方诊视,则四年中所赐尚书官属履也"。此皆喻指宋城令王某。
〔6〕婉娈:缠绵。
〔7〕亲懿(yì):懿亲,至亲。
〔8〕沿洄:在水中回旋往返。
〔9〕徂征:远行。
〔10〕漂母:韩信家贫,尝钓于城下,有一漂母见其饥,哀怜而饭之。
〔11〕楚壮士:指韩信。李白自喻也。
〔12〕鲁诸生:指不通时变的鄙儒。《史记·刘敬叔孙通列传》载,西汉初高祖命叔孙通制定朝廷礼仪,于是叔孙通使征鲁诸生三十余人,有两生不肯行,曰:"公所为不合古,吾不行。公往矣,无污我!"叔孙通笑曰:"若真鄙儒也,不知时变。"
〔13〕羁孤意:羁旅孤独之情。

闻王昌龄左迁龙标遥有此寄[1]

杨花落尽子规啼[2],闻道龙标过五溪[3]。我寄愁心与明月,随风直到夜郎西[4]。

【注释】

〔1〕诗约作于天宝八载(749)暮春,时作者在金陵。左迁:贬官。龙标:唐县名,在今湖南洪江市治所黔城镇,时昌龄贬龙标尉。

〔2〕子规:即杜鹃鸟。杨花落尽:一作"扬州花落"。

〔3〕五溪:王琦注引《通典》谓:辰溪、酉溪、巫溪、武溪、沅溪。在今湖南西部。

〔4〕风:一作"君"。夜郎:唐县名,在今湖南芷江县西。

寄王屋山人孟大融[1]

我昔东海上,劳山餐紫霞[2]。亲见安期公,食枣大如瓜[3]。中年谒汉主,不惬还归家。朱颜谢春晖,白发见生涯。所期就金液[4],飞步登云车。愿随夫子天坛上[5],闲与仙人扫落花。

【注释】

〔1〕王屋:山名,在山西垣曲、阳城,以及河南济源等县市之间,为古代道教胜地。

〔2〕劳山:在今山东即墨市境。

〔3〕"亲见"二句:《史记·封禅书》载李少君言:"臣尝游海上,见安期生(古仙人)。安期生食巨枣,大如瓜。"

〔4〕金液:元君传授给老子的仙丹,入口则其身皆金色。服半两成地仙,服一两为天仙。见《抱朴子·金丹》。

〔5〕天坛:王屋山之绝顶曰天坛。

忆旧游寄谯郡元参军[1]

忆昔洛阳董糟丘,为余天津桥南造酒楼[2]。黄金白璧买歌笑,一醉累月轻王侯[3]。海内贤豪青云客,就中与君心莫逆[4]。回山转海不作难,倾情倒意无所惜。我向淮南攀桂枝[5],君留洛北愁梦思。不忍别,还相随。相随迢迢访仙城[6],三十六曲水回萦[7]。一溪初入千花明[8],万壑度尽松风声。银鞍金络到平地,汉东太守来相迎[9]。紫阳之真人[10],邀我吹玉笙。餐霞楼上动仙乐[11],嘈然宛似鸾凤鸣[12]。袖长管催欲轻举[13],汉中太守醉起舞。手持锦袍覆我身,我醉横眠枕其股。当筵意气凌九霄[14],星离雨散不终朝[15],分飞楚关山水遥[16]。余既还山寻故巢,君亦归家渡渭桥[17]。君家严君勇貔虎[18],作尹并州遏戎虏[19]。五月相呼渡太行[20],摧轮不道羊肠苦[21]。行来北凉岁月深[22],感君贵义轻黄金[23]。琼杯绮食青玉案[24],使我醉饱无归心。时时出向城西曲,晋祠流水如碧玉[25]。浮舟弄水箫鼓鸣,微波龙鳞莎草绿[26]。兴来携妓恣经过,其若杨花似雪何。红妆欲醉宜斜日,百尺清潭写翠娥[27]。翠娥婵娟初月辉[28],美人更唱舞罗衣[29]。清风吹歌入空去,歌曲自绕行云飞[30]。此时行乐难再遇[31],西游因献《长杨赋》[32]。北阙青云不可期[33],

东山白首还归去[34]。渭桥南头一遇君,鄡台之北又离群[35]。问余别恨今多少,落花春暮争纷纷。言亦不可尽,情亦不可及。呼儿长跪缄此辞[36],寄君千里遥相忆。

【注释】

〔1〕谯郡:唐亳州,天宝元年改为谯郡,治所在今安徽亳州市。元参军:元演,李白好友。参军,郡守佐吏。

〔2〕董糟丘:可能是当时一个酒商的别号。糟丘,酒糟堆成的小丘。天津桥:在唐洛阳南洛水上。

〔3〕累月:接连好几个月。

〔4〕青云客:喻有远大前程及不凡声誉的人。就中:其中。莫逆:指心投意合。《庄子·大宗师》:"四人相视而笑,莫逆于心,遂相与为友。"

〔5〕攀桂枝:指隐居。《楚辞·招隐士》:"攀援桂枝兮聊淹留。"五臣注:"淹留于此,以待明君。"

〔6〕仙城:山名,李白有《冬夜于随州紫阳先生餐霞楼送烟子元演隐仙城山序》。

〔7〕三十六曲:形容河道弯曲多折。回萦:迂回旋绕。

〔8〕千花明:众芳吐艳。《文选》江淹《杂体诗》李善注:"凡草木,花实荣茂谓之明,枝叶凋伤谓之晦。"

〔9〕汉东:唐随州,天宝元年改为汉东郡,治所在今湖北随州市。

〔10〕紫阳:即胡紫阳,李白有《汉东紫阳先生碑铭》记其生平。真人:对道士的敬称。

〔11〕餐霞楼:胡紫阳在随州苦竹院中修造的楼。

〔12〕嘈然:众乐齐奏貌。

〔13〕轻举:飘然欲飞,形容起舞的姿态。

〔14〕意气:意态、气概。

〔15〕星离雨散:喻指离别。不终朝,不满一个早晨,言分别之速。

〔16〕楚关:指随州,其地先秦属楚。

〔17〕还山:回乡。渭桥:唐长安渭水上有三座桥,称中渭桥、东渭桥、西渭桥。

〔18〕严君:父亲。貔(pí)虎:猛兽。

〔19〕并州:治所在今山西太原市。开元十一年,改并州为太原府。尹:府之最高长官。遏:抑止。戎虏:此指突厥,当时常侵扰太原以北地区。

〔20〕太行:即太行山。当时从洛阳往太原须经太行。

〔21〕摧轮:摧折车轮。羊肠:即羊肠坂,太行山上的险隘小道。曹操《苦寒行》:"北上太行山,艰哉何巍巍! 羊肠坂诘屈,车轮为之摧。"

〔22〕北京:王琦注谓应作"北京",天宝元年曾改太原为北京。

〔23〕贵:一作"重"。

〔24〕琼杯:玉杯。绮食:精美的食物。青玉案:饰以青玉的短足托盘。

〔25〕晋祠:周代晋国开国君主唐叔虞的祠庙,在今山西太原市西南二十五里悬瓮山下。晋水发源于此,为当地名胜。

〔26〕龙鳞:形容波纹的细碎。莎草:水草名。

〔27〕写:画,映照。翠娥:指美女。

〔28〕婵娟:秀丽美好貌。初月:新月。

〔29〕更唱:轮流歌唱。宋玉《高唐赋》:"更唱迭和,赴曲随流。"

〔30〕"歌曲"句:《列子·汤问》载,秦青"抚节悲歌,声振林木,响遏行云"。

〔31〕行:一作"欢"。

〔32〕西游:指到长安。长杨赋:《汉书·扬雄传》载,扬雄从汉成帝猎,至长杨宫,上《长杨赋》。此句指自己天宝元年奉诏入京。

〔33〕北阙:指朝廷。青云:喻高官显爵。

〔34〕东山:东晋谢安出仕前隐居东山,故以东山指隐居处。

〔35〕酂(cuó)台:一名酂亭,在谯郡,在今河南永城市。

〔36〕长跪:直身而跪。缄此辞:缄封此诗。

399

月夜江行寄崔员外宗之[1]

飘飖江风起[2],萧飒海树秋。登舻美清夜[3],挂席移轻舟[4]。月随碧山转,水合青天流。杳如星河上,但觉云林幽。归路方浩浩,徂川去悠悠[5]。徒悲蕙草歇,复听菱歌愁。岸曲迷后浦,沙明瞰前洲。怀君不可见,望远增离忧。

【注释】

〔1〕崔宗之:故相崔日用之嗣子,为李白好友。员外:员外郎之省称。宗之于开元年间官至尚书省礼部员外郎。

〔2〕飘飖:一作"飘飘"。

〔3〕舻:船首。此指船。

〔4〕挂席:张帆。

〔5〕徂川:逝水。

宿白鹭洲寄杨江宁[1]

朝别朱雀门[2],暮栖白鹭洲。波光摇海月,星影入城楼。望美金陵宰,如思琼树忧[3]。徒令魂作梦,翻觉夜成秋。绿水解人意,为余西北流。因声玉琴里,荡漾寄君愁。

【注释】

〔1〕白鹭洲:古代长江中的沙洲,在今南京市水西门外。后世江流西移,洲与陆地遂相连接。江宁:唐县名,属润州,本金陵地,在今南京市。杨江宁:杨利物,时为江宁令。

〔2〕朱雀门:即金陵南门。

〔3〕"如思"句:语本吴均《与柳恽相赠答诗》:"思君甚琼树,不见方离忧。"琼树,比喻美好的人品、风度。

新林浦阻风寄友人[1]

潮水定可信[2],天风难与期。清晨西北转,薄暮东南吹。以此难挂席,佳期益相思。海月破圆影,菰蒋生绿池[3]。昨日北湖梅[4],开花已满枝。今朝白门柳,夹道垂青丝。岁物忽如此,我来定几时？纷纷江上雪,草草客中悲[5]。明发新林浦,空吟谢朓诗[6]。

【注释】

〔1〕新林浦:王琦注:"《景定建康志》:新林浦在城西南二十里,阔三丈,深一丈,长十二里。源出牛头山,西七里入大江,秋夏胜五十石舟,春冬涸。"

〔2〕"潮水"句:因潮至有时,故言其"可信"。

〔3〕菰蒋(gū jiǎng):俗称茭白,其实如米,可食。

〔4〕北湖:即玄武湖。王琦注:"徐爰《释问》:晋太兴三年,始创北湖,筑长堤以壅北山之水,东自覆舟山,西至宣武城六里。宋元嘉中,有黑龙见,因改名玄武湖。"

〔5〕草草:忧虑。《诗·小雅·巷伯》:"骄人好好,劳人草草。"

〔6〕谢朓诗:谢朓有《之宣城郡出新林浦向板桥》诗。本诗一本题作"金陵阻风雪书怀寄杨江宁",云:"潮水定可信,天风难与期。清晨西北转,薄暮东南吹。以此难挂席,洄沿颇淹迟。使索金陵书,又叨贤宰知。弦歌止过客,惠化闻京师。岁物忽如此,我来复几时?纷纷江上雪,草草客中悲。明发新林浦,空吟谢朓诗。"

寄韦南陵冰余江上乘兴访之遇寻颜尚书笑有此赠[1]

南船正东风,北船来自缓。江上相逢借问君,语笑未了风吹断。闻君携妓访情人[2],应为尚书不顾身[3]。堂上三千珠履客[4],瓮中百斛金陵春[5]。恨我阻此乐,淹留楚江滨[6]。月色醉远客,山花开欲燃。春风狂杀人,一日剧三年。乘兴嫌太迟,焚却子猷船[7]。梦见五柳枝[8],已堪挂马鞭。何日到彭泽[9],长歌陶令前。

【注释】

〔1〕韦南陵冰:南陵县令韦冰。南陵,即今安徽南陵县。颜尚书:颜真卿。乾元二年六月为升州刺史、浙西节度使,上元元年(760)二月为刑部尚书。此诗盖上元元年春作,时颜由金陵返京,途过江夏,韦于江上寻之。

〔2〕情人:友人,指颜真卿。

〔3〕身:自身。王琦注:"身犹我也,魏晋后多自称曰身。"

〔4〕珠履(lǚ)客:《史记·春申君列传》:"春申君客三千余人,其上客皆蹑珠履。"珠履,缀有明珠的鞋子。

〔5〕金陵春:酒名。唐人多以"春"名酒,如烧春、石冻春、土窟春等,

见李肇《国史补》卷下。

〔6〕淹留：久留。

〔7〕子猷船：王子猷雪夜思念友人戴安道，即便夜乘小舟就之，经宿方至，不见而返，人问其故，答曰："吾本乘兴而行，兴尽而返，何必见戴？"事见《世说新语·任诞》。

〔8〕五柳：晋陶渊明，宅边有五柳树，因自号五柳先生。此喻指韦冰。

〔9〕彭泽：陶渊明曾为彭泽令，此以韦冰比拟陶渊明。

题情深树寄象公

肠断枝上猿[1]，泪添山下樽。白云见我去，亦为我飞翻。

【注释】

〔1〕"肠断"句：《世说新语·黜免》："桓公入蜀，至三峡中。部伍中有得猿子者，其母缘岸哀号，行百余里不去，遂跳上船，至便即绝。破视其腹中，肠皆寸寸断。"

北山独酌寄韦六

巢父将许由[1]，未闻买山隐[2]。道存迹自高，何惮去人近[3]？纷吾下兹岭，地闲喧亦泯[4]。门横群岫开[5]，水凿众泉引。屏高而在云，窦深莫能准。川光昼昏凝,林气夕凄紧。于焉摘朱果,兼得养玄牝[6]。坐月观宝书[7],拂霜弄瑶轸[8]。倾壶事幽酌,顾影还独尽。念君风尘游,傲尔令自哂[9]。

【注释】
〔1〕巢父、许由:均为尧时隐士。将:与,及。
〔2〕买山隐:《世说新语·排调》:"支道林因人就深公买印山。深公答曰:'未闻巢、由买山而隐。'"
〔3〕去:距离。
〔4〕泯:灭。
〔5〕岫(xiù):峰峦。
〔6〕玄牝(pìn):《老子》:"玄牝之门,是谓天地根。"玄,微妙;牝,雌性。意谓"道"就像微妙的母体一样,生殖万物,故称"玄牝"。
〔7〕宝书:指道书。江淹《杂体诗·休上人别怨》:"宝书为君掩。"
〔8〕瑶轸(zhěn):指琴。王琦注:"琴下系弦之柱,谓之轸,或以玉之故曰瑶轸。"
〔9〕"念君"二句:一本作"安知世上人,名利空蠢蠢"。

寄当涂赵少府炎[1]

晚登高楼望,木落双江清。寒山饶积翠[2],秀色连州城。目送楚云尽,心悲胡雁声。相思不可见,回首故人情。

【注释】
〔1〕当涂:即今安徽当涂县。少府:县尉的别称。

〔2〕饶:多。

寄东鲁二稚子在金陵作[1]

吴地桑叶绿,吴蚕已三眠[2]。我家寄东鲁,谁种龟阴田[3]?春事已不及[4],江行复茫然。南风吹归心,飞堕酒楼前[5]。楼东一株桃,枝叶拂青烟。此树我所种,别来向三年[6]。桃今与楼齐,我行尚未旋[7]。娇女字平阳,折花倚桃边。折花不见我,泪下如流泉。小儿名伯禽,与姐亦齐肩。双行桃树下,抚背复谁怜?念此失次第[8],肝肠日忧煎。裂素写远意[9],因之汶阳川[10]。

【注释】

〔1〕诗作于天宝八载(749),时作者在金陵。东鲁:指兖州任城(今山东济宁市),李白曾寓家于此。

〔2〕吴地:金陵春秋时属吴地。三眠:意谓春蚕将老。蚕在吐丝作茧前经过四次蜕皮,其时不食不动,俗称眠。

〔3〕龟阴田:龟山以北的田地。龟山,在山东新泰市西南。

〔4〕春事:春天的农事。

〔5〕酒楼:据《太平广记》卷二〇一载,李白曾在任城建造酒楼,"日与同志荒宴其上,少有醒时"。

〔6〕向:近。

〔7〕旋:回归。

〔8〕失次第:言心情不平静,失其常度。

〔9〕裂素:撕开白绢。古时常用白绢书写。

〔10〕之:往。汶阳川:即汶水。"娇女字平阳"下,一作"娇女字平阳,有弟与齐肩。双行桃树下,折花倚桃边。折花不见我,泪下如流泉"。

独酌清溪江石上寄权昭夷[1]

我携一樽酒,独上江祖石[2]。自从天地开,更长几千尺?举杯向天笑,天回日西照。永愿坐此石,长垂严陵钓[3]。寄谢山中人,可与尔同调。

【注释】

〔1〕诗约作于天宝十三载(754),时李白在秋浦。清溪:在池州府(今安徽池州市)城北。"石"上疑脱一"祖"字。

〔2〕江祖石:山名,在安徽池州市西南。

〔3〕严陵:即严光,字子陵。东汉著名隐士,为刘秀同学,刘秀即帝位,召至京师,授官而不受,旋归隐于富春江。

禅房怀友人岑伦

时南游罗浮,兼泛桂海,自春徂秋不返,仆旅江外,书情寄之[1]。

婵娟罗浮月,摇艳桂水云[2]。美人竟独往,而我安能群?一朝语笑隔,万里欢情分。沉吟彩霞没,梦寐群芳歇[3]。归鸿度三湘[4],游子在百越[5]。边尘染衣剑,白日凋华发。春气变楚关[6],秋声落吴山。草木结悲绪,风沙凄苦颜。揭来已永久[7],颓思如循环。飘飘限江裔[8],想像空留滞。离忧每醉心,别泪徒盈袂。坐愁青天末,出望黄云蔽。目极何悠悠！梅花南岭头[9]。空长灭征鸟[10],水阔无还舟。宝剑终难托,金囊非易求[11]。归来倘有问,桂树山之幽[12]。

【注释】

〔1〕罗浮:山名,在广东东江北岸,增城、博罗、河源等市县间。桂海:南海。王琦谓此处实指桂水。江外:江东。

〔2〕摇艳:美好貌。桂水:今广西境内之漓水,入临桂境后称桂水。

〔3〕群:一作"琼"。

〔4〕三湘:泛指今洞庭湖南北、湘水流域一带。

〔5〕百越:上古时期,江浙闽粤之地,皆为越族所居,故称。

〔6〕气:一作"风"。

〔7〕揭来:犹去来。

〔8〕江裔:江边。飘飘:一作"飘飖"。

〔9〕南岭:又称梅岭,即大庾岭,在江西、广东两省边境。南,一作"遍"。

〔10〕空长:一作"长空"。

〔11〕金囊:盛金之囊。《史记·郦生陆贾列传》载,贾出使南越,南越王尉佗赐贾"橐(大囊),中装直千金"。

〔12〕"桂树"句:《楚辞·招隐士》:"桂树丛生兮山之幽。"喻隐居。

卷十三

庐山谣寄卢侍御虚舟[1]

我本楚狂人,凤歌笑孔丘[2]。手持绿玉杖[3],朝别黄鹤楼。五岳寻仙不辞远[4],一生好入名山游。庐山秀出南斗傍[5],屏风九叠云锦张,影落明湖青黛光[6]。金阙前开二峰长,银河倒挂三石梁[7]。香炉瀑布遥相望,回崖沓嶂凌苍苍[8]。翠影红霞映朝日,鸟飞不到吴天长[9]。登高壮观天地间,大江茫茫去不还。黄云万里动风色,白波九道流雪山[10]。好为庐山谣,兴因庐山发[11]。闲窥石镜清我心,谢公行处苍苔没[12]。早服还丹无世情,琴心三叠道初成[13]。遥见仙人彩云里,手把芙蓉朝玉京[14]。先期汗漫九垓上,愿接卢敖游太清[15]。

【注释】

〔1〕卢虚舟:字幼真,范阳人,肃宗时曾任殿中侍御史。诗作于上元元年(760),时作者由江夏赴寻阳重游庐山。

〔2〕"我本"二句:《论语·微子》:"楚狂接舆歌而过孔子曰:'凤兮!

凤兮！何德之衰？往者不可谏,来者犹可追。已而！已而！今之从政者殆而。"

〔3〕绿玉杖:指仙人之手杖。

〔4〕五岳:东岳泰山、西岳华山、南岳衡山、北岳恒山、中岳嵩山。

〔5〕秀出:突出。南斗:星名,即二十八宿中的斗宿,古人认为庐山一带是斗宿的分野。

〔6〕屏风九叠:即庐山九叠屏,其地峰峦起伏众多,状如屏风九叠。明湖:指鄱阳湖。青黛:青黑色。

〔7〕金阙:指庐山金阙岩,又名石门。王琦注引慧远《庐山记》:"西南有石门山,其形似双阙,壁立千余仞,而瀑布流焉。"二峰:即形似双阙之石门二峰。银河:指瀑布,即九叠屏左之三叠泉,其势三折而下,如银河之挂石梁。

〔8〕香炉:庐山香炉峰。回崖:曲折的山崖。沓嶂:重叠的山峰。凌:超越。苍苍:青天。

〔9〕翠影:指山色。吴天:庐山一带春秋时属吴国,三国时为吴地。

〔10〕九道:相传长江流到浔阳分为九道。雪山:指长江之浪峰。

〔11〕兴:诗兴。

〔12〕石镜:《艺文类聚》卷七〇引《浔阳记》:"石镜在山东,有一团石悬崖,明净照人。"谢公:指谢灵运,其《入彭蠡湖口》云:"攀崖照石镜。"没:掩没。

〔13〕还丹:道家炼丹,将九转丹再炼,化为还丹,谓服之可白日升天。无世情:摒弃人世之情。琴心三叠:道教修炼术语,指心静气和的一种境界。

〔14〕把:持。芙蓉:荷花。玉京:道教谓元始天尊所居的仙境。

〔15〕"先期"二句:谓己先往,愿卢也来,一起同游仙境。《淮南子·道应》载:卢敖游于北海,见一深目玄发之人迎风而舞,卢愿与之结伴而游,其人曰:"吾与汗漫期于九垓之外,吾不可以久驻。"期,约定。汗漫,此指仙人别名。九垓(gāi),九重天,指天空极高远之处。太清,神仙所居之仙境。此处以卢敖借指卢侍御。

下寻阳城泛彭蠡寄黄判官[1]

浪动灌婴井[2],寻阳江上风。开帆入天镜,直向彭湖东[3]。落景转疏雨,晴云散远空[4]。名山发佳兴,清赏亦何穷。石镜挂遥月,香炉灭彩虹[5]。相思俱对此,举目与君同。

【注释】

〔1〕诗作于上元元年(760),时李白泛舟于寻阳彭蠡湖。寻阳:唐江州治所,今江西九江市。彭蠡(lǐ):湖名,即今鄱阳湖。

〔2〕灌婴井:在今九江市。《元和郡县图志》江南道江州:"汉建安中,孙权经此城,权自标地,令人掘之,正得古井,铭云:'汉六年颍阴侯(灌婴封颍阴侯)开,三百年当塞,后不满百年,当为应运者所开。'权以为己瑞。井极深大,江中风浪,井水辄动。"

〔3〕天镜:形容湖水清澈,犹如明镜。彭湖:即彭蠡湖。

〔4〕"落景"二句:一作"返景照疏雨,轻烟澹远空"。

〔5〕"石镜"二句:一作"瀑布洒青壁,遥山挂彩虹"。

书情寄从弟邠州长史昭[1]

自笑客行久,我行定几时?绿杨已可折,攀取最长枝。翩翩弄春色,延伫寄相思。谁言贵此物?意愿重琼蕤[2]。昨梦见惠连,朝吟谢公诗[3]。东风引碧草,不觉生华池。临玩忽云夕,杜鹃夜鸣悲[4]。怀君芳岁歇,庭树落红滋[5]。

【注释】

〔1〕邠州:治所在今陕西彬州市。长史:州刺史佐职。

〔2〕愿:一作"厚"。琼蕤:《文选》陆机《拟古诗》"玉颜侔琼蕤",张铣注:"琼蕤,玉花也。"

〔3〕"昨梦"二句:谢灵运在永嘉西堂思诗,竟日不就,忽梦见惠连,便得"池塘生春草"之句。自称"此语有神助,非我语也"。见钟嵘《诗品》卷中引《谢氏家录》。

〔4〕杜鹃:即子规鸟。

〔5〕红滋:红花。

寄王汉阳[1]

南湖秋月白[2],王宰夜相邀。锦帐郎官醉[3],罗衣舞女娇。笛声喧沔鄂[4],歌曲上云霄。别后空愁我,相思一水遥。

【注释】

〔1〕王汉阳:即汉阳令王某。汉阳,唐沔州治所,在今湖北武汉市。此诗作于乾元元年(758)。与《泛沔州城南郎官湖》作于同时。

〔2〕南湖:即郎官湖。王琦注引《湖广通志》:"郎官湖在汉阳府城内。"

〔3〕郎官:指尚书郎张谓。

〔4〕沔鄂:沔州与鄂州。鄂州治所在今武汉市武昌。

春日归山寄孟浩然[1]

朱绂遗尘境[2],青山谒梵筵[3]。金绳开觉路[4],宝筏度迷川[5]。岭树攒飞栱,岩花覆谷泉。塔形标海日[6],楼势出江烟。香气三天下[7],钟声万壑连。荷秋珠已满,松密盖初圆。鸟聚疑闻法[8],龙参若护禅[9]。愧非流水韵,叨入伯牙弦[10]。

【注释】

〔1〕孟浩然:襄州襄阳(今属湖北)人,唐代著名山水田园诗人。

〔2〕朱绂(fú):古代礼服上的红色蔽膝,后多借指官服。

〔3〕梵筵(fàn yán):僧人说法之讲席。

〔4〕金绳:佛教谓净土世界"以琉璃为地,金绳界其道"。见《妙法莲华经·譬喻品》。

〔5〕宝筏:喻佛法。王琦注:"《翻译名义》:《功德施论》云:如欲济川,先应取筏。至彼岸已,舍之而去。"

〔6〕日:一作"月"。

〔7〕三天:指三界,即欲界、色界、无色界。

〔8〕"鸟聚"句:《续高僧传》卷八《僧范传》载:"尝有胶州刺史杜弼于邺显义寺请范冬讲,至《华严》六地,忽有一雁飞下……正对高座,伏地听法……又于此寺夏讲,雀来,在座西南伏听,终于九旬。又曾处济州,亦有一鹖飞来入听,讫讲便去。"

〔9〕"龙参"句:《孔雀王经》《大云经》均言诸龙王护持佛法。

〔10〕"愧非"二句:《列子·汤问》:"伯牙善鼓琴,钟子期善听。伯牙鼓琴,志在登高山,钟子期曰:'善哉,峨峨兮若泰山!'志在流水,钟子期

曰：'善哉,洋洋兮若江河！'"

流夜郎永华寺寄浔阳群官[1]

朝别凌烟楼[2]，暝投永华寺。贤豪满行舟，宾散予独醉。愿结九江流，添成万行泪。写意寄庐岳[3]，何当来此地？天命有所悬，安得苦愁思？

【注释】

〔1〕夜郎：在今湖南芷江县西。诗作于乾元元年（公元758年），时诗人远流夜郎途经浔阳西之永华寺。永华寺：在浔阳（今江西九江）西。

〔2〕凌烟楼：在浔阳，南朝宋临川王刘义庆为江州刺史时所建。

〔3〕庐岳：庐山，此处代指群官所在的浔阳。

流夜郎至西塞驿寄裴隐[1]

扬帆借天风，水驿苦不缓。平明及西塞，已先投沙伴[2]。回峦引群峰，横蹙楚山断。砯冲万壑会[3]，震沓百川满。龙怪潜溟波，候时救炎旱[4]。我行望雷雨，安得沾枯散？鸟去天路长，人愁春光短。空将泽畔吟[5]，寄尔江南管[6]。

【注释】

〔1〕诗作于乾元元年（758），时作者流放夜郎行至西塞驿。西塞驿：

当在西塞山附近。西塞山,在今湖北黄石市东长江边,山势险峻。

〔2〕投沙伴:指一同被放逐的人。投沙,用汉贾谊遭权贵谗毁,被贬为长沙王太傅事,见《史记·屈原贾生列传》。

〔3〕砯(pīng):水冲击山岩的声音。

〔4〕候:一作"俟"。

〔5〕泽畔吟:用屈原事,《楚辞·渔父》:"屈原既放,游于江潭,行吟泽畔。颜色憔悴,形容枯槁。"

〔6〕江南管:谢朓《夜听妓》:"要取洛阳人,共命江南管。"管,管乐器。

自汉阳病酒归寄王明府〔1〕

去岁左迁夜郎道〔2〕,琉璃砚水长枯槁〔3〕。今年敕放巫山阳〔4〕,蛟龙笔翰生辉光〔5〕。圣主还听《子虚赋》,相如却与论文章〔6〕。愿扫鹦鹉洲〔7〕,与君醉百场。啸起白云飞七泽,歌吟渌水动三湘〔8〕。莫惜连船沽美酒,千金一掷买春芳。

【注释】

〔1〕诗作于乾元二年(759),时作者在江夏一带。明府:县令的别称。李白有《赠王汉阳》《寄王汉阳》《望汉阳柳色寄王宰》《早春寄王汉阳》《醉题王汉阳厅》,皆即此诗之王明府。

〔2〕去岁:指乾元元年(758)。由此可知此诗当作于乾元二年,时李白遇赦还至江夏。

〔3〕"琉璃"句:谓不再写作诗文。

〔4〕巫山:在今重庆巫山县东。李白流放夜郎途经巫山时遇朝廷发

布赦令而得释。

〔5〕"蛟龙"句:谓诗兴勃起,又能挥笔如蛟龙飞腾般写作诗文了。

〔6〕"圣主"二句:《史记·司马相如列传》载,《子虚赋》是汉大赋家司马相如的代表作,深得汉武帝赏识。与:一作"欲"。

〔7〕鹦鹉洲:原在与黄鹤楼斜对之长江中,今已不存。《海录碎事》卷三上:"黄祖杀祢衡埋于沙洲之上,后人因号其洲为鹦鹉,以衡尝为《鹦鹉赋》故也。"

〔8〕啸:此指吟诗。七泽:在今湖北省境内。司马相如《子虚赋》:"臣闻楚有七泽,尝见其一,未睹其余也。臣之所见,盖特其小小者耳,名曰云梦。"三湘:此处泛指洞庭湖南北、湘江流域一带。

望汉阳柳色寄王宰[1]

汉阳江上柳,望客引东枝[2]。树树花如雪,纷纷乱若丝。春风传我意,草木度前知[3]。寄谢弦歌宰[4],西来定未迟。

【注释】

〔1〕王宰:即上诗之"王明府"。
〔2〕望:对。客:诗人自指。
〔3〕度前知:一作"发前墀"。
〔4〕弦歌:指礼乐教化。弦歌宰,指汉阳令王某。

江夏寄汉阳辅录事[1]

谁道此水广?狭如一匹练。江夏黄鹤楼,青山汉阳县。

大语犹可闻,故人难可见。君草陈琳檄[2],我书鲁连箭[3]。报国有壮心,龙颜不回眷[4]。西飞精卫鸟[5],东海何由填?鼓角徒悲鸣,楼船习征战[6]。抽剑步霜月,夜行空庭遍。长呼结浮云[7],埋没顾荣扇[8]。他日观军容,投壶接高宴[9]。

【注释】
〔1〕此诗作于乾元二年(759)。江夏:唐鄂州江夏郡,治所在江夏县(今湖北武汉市武昌)。汉阳:唐沔州汉阳郡,治所在今武汉汉阳。
〔2〕陈琳檄:陈琳以善作檄文闻名于时,一天曹操因病卧床,读陈琳檄文,翕然而起曰:"此愈我病。"事见《三国志·魏书·王粲传》裴注引《典略》。
〔3〕鲁连箭:《史记·鲁仲连邹阳列传》载,齐将田单破燕军,收复齐城,惟聊城不下。燕将固守岁余,士卒多死。鲁连乃为书,束之于矢,以射城中遗燕将。燕将得书,泣三日,乃自杀,齐军遂克聊城。
〔4〕回眷:回视,理睬。
〔5〕精卫鸟:《山海经·北山经》载,炎帝少女名女娃,游于东海,溺而不返,遂化为鸟,名曰精卫,常衔西山之木石,以填东海。
〔6〕鼓角:鼓和号角,古时军中用以报时、警众或发号施令。楼船:船上有楼的大船。
〔7〕结浮云:高适《塞下曲》:"结束浮云骏,翩翩出从戎。"结,装束。浮云,骏马名,见《西京杂记》卷二。
〔8〕顾荣:晋怀帝时人。《晋书·顾荣传》载:陈敏叛乱,顾荣讨之,"敏率万余人出,不获济,荣麾以羽扇,其众溃散。"此以顾荣自许。
〔9〕投壶:《后汉书·祭遵传》:"对酒设乐,必雅歌投壶。"

早春寄王汉阳

闻道春还未相识,走傍寒梅访消息。昨夜东风入武昌[1],陌头杨柳黄金色。碧水浩浩云茫茫,美人不来空断肠[2]。预拂青山一片石,与君连日醉壶觞。

【注释】

〔1〕诗作于上元元年(760)春,诗人由零陵返回江夏之时。唐鄂州武昌县,即今湖北鄂州市。

〔2〕美人:指王汉阳。

江上寄巴东故人[1]

汉水波浪远[2],巫山云雨飞。东风吹客梦,西落此中时。觉后思白帝[3],佳人与我违[4]。瞿塘饶贾客[5],音信莫令希。

【注释】

〔1〕此诗约作于开元十三年(725),时诗人离蜀远游初至汉水流域。巴东:即归州,天宝元年改为巴东郡,治所在今湖北秭归县。

〔2〕汉水:长江支流,源出陕西省宁强县,东南流经陕西南部、湖北西北部和中部,在武汉市入长江。

〔3〕白帝:白帝城,故址在今重庆奉节县白帝山上,东汉公孙述所建。

〔4〕佳人:指巴东故人。违:离别。

〔5〕瞿塘:瞿塘峡,此代指长江三峡。饶:多。

江上寄元六林宗[1]

霜落江始寒,枫叶绿未脱。客行悲清秋,永路苦不达。沧波眇川汜[2],白日隐天末。停棹依林峦,惊猿相叫聒。夜分河汉转[3],起视溟涨阔[4]。凉风何萧萧,流水鸣活活[5]。浦沙净如洗,海月明可掇[6]。兰交空怀思,琼树讵解渴[7]?勖哉沧洲心[8],岁晚庶不夺。幽赏颇自得,兴远与谁豁[9]?

【注释】

〔1〕元六林宗:詹锳谓即元丹丘。李白又有《秋日炼药院镊白发赠元六兄林宗》诗,其中有"投分三十载,荣枯同所欢"之句,可知元与李白为旧交。

〔2〕川汜(sì):水滨。

〔3〕夜分:夜半。河汉:即银河。

〔4〕溟涨:泛指大海。

〔5〕活(guō)活:流水声。

〔6〕掇:拾取。

〔7〕兰交:《易·系辞上》:"二人同心,其利断金;同心之言,其臭如兰。"臭(xiù),气味。琼树:亦喻指友人。《古诗源》卷四《拟苏李诗》:"思得琼树枝,以解长渴饥。"

〔8〕勖(xù):勉励。沧洲:泛指隐士居处。

〔9〕兴远:意兴高远。豁:抒发。

寄从弟宣州长史昭[1]

尔佐宣城郡,守官清且闲。常夸云月好,邀我敬亭山[2]。五落洞庭叶[3],三江游未还[4]。相思不可见,叹息损朱颜。

【注释】

〔1〕宣城:今安徽宣城。李白又有《赠从弟宣州长史昭》诗。

〔2〕敬亭山:在今安徽宣城北。

〔3〕"五落"句:谓已历数秋。《九歌·湘夫人》:"袅袅兮秋风,洞庭波兮木叶下。"

〔4〕三江:其说甚多,此处泛指江河。

泾溪东亭寄郑少府谔[1]

我游东亭不见君,沙上行将白鹭群。白鹭闲时散飞去,又如雪点青山云。欲往泾溪不辞远,龙门蹙波虎眼转[2]。杜鹃花开春已阑,归向陵阳钓鱼晚[3]。

【注释】

〔1〕泾溪:又名赏溪,在安徽泾县西南一里。少府:县尉的别称。

〔2〕龙门:指龙门山,在安徽泾县西北四十里,中有石窦似门,故名。虎眼转:王琦注:"谓水波旋转,有光相映,若虎眼之光。"

〔3〕陵阳:山名,在泾县西南一百余里处。钓鱼:用窦子明事。相传窦子明弃官学道,钓得白龙而放之,后龙来迎子明上陵阳山,遂成仙。见《列仙传》卷下。

宣城九日闻崔四侍御与宇文太守游敬亭余时登响山不同此赏醉后寄崔侍御二首[1]

九日茱萸熟,插鬓伤早白[2]。登高望山海,满目悲古昔。远访投沙人,因为逃名客[3]。故交竟谁在?独有崔亭伯[4]。重阳不相知,载酒任所适。手持一枝菊,调笑二千石[5]。日暮岸帻归[6],传呼隘阡陌。彤襜双白鹿[7],宾从何辉赫!夫子在其间,遂成云霄隔。良辰与美景,两地方虚掷。晚从南峰归,萝月下水壁。却登郡楼望,松色寒转碧。咫尺不可亲,弃我如遗舃[8]。

【注释】

〔1〕九日:即九月九日重阳节。崔四侍御:即崔成甫。响山:在安徽宣城南。

〔2〕茱萸(yú):茱萸是一种香气浓烈的植物,古人于九月九日登高,佩戴之,以避邪禳灾。

〔3〕投沙人:用贾谊谪长沙事。李白《泽畔吟序》:"《泽畔吟》者,逐臣崔公(成甫)之所作也。公……起家校书蓬山,再尉关辅。中佐于宪车,因贬湘阴。"崔成甫《赠李十二》云:"我是潇湘放逐臣。"逃名:一作"名山"。

〔4〕崔亭伯:崔骃字亭伯,汉和帝时,为车骑大将军窦宪府掾,因数进谏,不为宪容,出为长岑长。事见《后汉书·崔骃传》。此喻指崔成甫。

〔5〕二千石:指州郡长官。

〔6〕岸帻(zé):将帻掀起露出前额称"岸帻"。帻,头巾。

〔7〕襜(chān):车帷。古刺史之车用彤襜。双白鹿:用郑弘事,《太平御览》卷九○六引谢承《后汉书》:"郑弘为临淮太守,行春,两白鹿随车夹毂而行。弘怪,问主簿黄国:'鹿为吉凶?'国拜贺曰:'闻三公车画作鹿,明府当为宰相。'后弘果为太尉。"

〔8〕舄(xì):鞋。

九卿天上落[1],五马道傍来[2]。列戟朱门晓[3],褰帷碧帐开[4]。登高望远海,召客得英才。紫绶欢情洽[5],黄花逸兴催[6]。山从图上见,溪即镜中回。遥羡重阳作,应过戏马台[7]。

【注释】

〔1〕九卿:古代中央政府的九个高级官职。

〔2〕五马:汉代太守出行时乘坐五马之车,故以"五马"为太守的代称。

〔3〕列戟:古代显贵之家门前列戟,木制无刃,以为仪仗。

〔4〕褰(qiān)帷:撩起车帷。汉代刺史上任,传车垂帷。贾琮为冀州刺史,升车言曰:"刺史当远视广听,纠察美恶,何有反垂帷裳以自掩塞乎?"乃命褰帷,贪官污吏闻风而逃。见《后汉书·贾琮传》。后因以"褰帷"为官吏接近百姓,实施廉政之典。

〔5〕紫绶:古代高官佩用的紫色佩绶。唐制,二品、三品官员玉佩用紫绶。见《旧唐书·舆服志》。

〔6〕黄花:菊花。

〔7〕戏马台:项羽建,故址在今江苏徐州市南。谢灵运有《九日从宋

公戏马台集送孔令》诗。此言崔侍御重阳之作,过于谢公戏马台之诗也。

寄崔侍御[1]

宛溪霜夜听猿愁[2],去国长如不系舟。独怜一雁飞南海,却羡双溪解北流[3]。高人屡解陈蕃榻[4],过客难登谢朓楼[5]。此处别离同落叶,明朝分散敬亭秋。

【注释】

〔1〕诗约作于天宝十二载(753),时作者在宣城。崔侍御:即崔成甫。

〔2〕宛溪:在今安徽宣城东。

〔3〕双溪:在宣城东土山下,以二水合流而得名。

〔4〕陈蕃榻:徐穉以德行著称,屡辟不起,陈蕃为豫章太守,以礼请署功曹。"蕃在郡不接宾客,唯穉来,特设一榻,去则悬之"。见《后汉书·徐穉传》。

〔5〕过客:指崔成甫。难:一作"还"。谢朓楼:一名北楼,南齐谢朓为宣城太守时所建。

泾溪南蓝山下有落星潭可以卜筑余泊舟石上寄何判官昌浩[1]

蓝岑耸天壁,突兀如鲸额。奔蹙横澄潭,势吞落星石。沙带秋月明,水摇寒山碧。佳境宜缓棹,清辉能留客。

恨君阻欢游,使我自惊惕。所期俱卜筑,结茅炼金液[2]。

【注释】

〔1〕蓝山:在安徽泾县西五十里,高千仞。落星潭:在蓝山下,相传晋陈霸兄弟捕鱼于此,见一星落潭中,故名。何判官昌浩:李白又有《赠何七判官昌浩》诗。判官,唐代节度、采访等使幕府均有此官职。

〔2〕金液:元君传授给老子的仙丹,入口则其身皆金色。服半两成地仙,服一两为天仙。见《抱朴子·金丹》。

早过漆林渡寄万巨[1]

西经大蓝山,南来漆林渡。水色倒空青,林烟横积素。漏流昔吞翕,沓浪竞奔注。潭落天上星,龙开水中雾。峣岩注公栅[2],突兀陈焦墓[3]。岭峭纷上干[4],川明屡回顾。因思万夫子,解渴同琼树[5]。何日睹清光[6],相欢咏佳句。

【注释】

〔1〕漆林渡:泾溪渡口,距蓝山约十里。

〔2〕峣(yáo):一作"巉"。注公栅:胡震亨注:"注公,疑是左公。隋末左难当筑城栅拒辅公祏于泾,与大蓝山近。"

〔3〕陈焦:三国吴人,永安四年(261)亡,埋之六日更生,穿土中出。见《三国志·吴书·孙休传》。其墓在泾县五城山左,见《江南通志》。

〔4〕上干:上插云天。

〔5〕"解渴"句:《古诗源》卷四《拟苏李诗》:"思得琼树枝,以解长

渴饥。"

〔6〕睹清光:指再相见。

游敬亭寄崔侍御〔1〕

我家敬亭下,辄继谢公作〔2〕。相去数百年,风期宛如昨。登高素秋月,下望青山郭。俯视鸳鹭群〔3〕,饮啄自鸣跃。夫子虽蹭蹬〔4〕,瑶台雪中鹤。独立窥浮云,其心在寥廓。时来一顾我,笑饭葵与藿。世路如秋风,相逢尽萧索。腰间玉具剑,意许无遗诺〔5〕。壮士不可轻,相期在云阁。

【注释】

〔1〕诗题:一作"登古城望府中奉寄崔侍御"。诗作于天宝十二载(753),时作者在宣城。

〔2〕谢公:谢朓,有《敬亭山》诗。

〔3〕"俯视"句:一作"府中鸿鹭群"。

〔4〕蹭蹬(cèng dèng):潦倒失意。

〔5〕"腰间"二句:春秋时,季札出使过徐君,心许返回时将宝剑相赠,返回时,徐君已死,季札将剑挂于徐君墓树上。见《史记·吴太伯世家》。玉具剑,剑口及把手部分以玉为饰的剑。此二句:一作"愿为经冬柏,不逐天霜落"。

三山望金陵寄殷淑[1]

三山怀谢朓,水澹望长安[2]。芜没河阳县[3],秋江正北看。卢龙霜气冷[4],鸤鹊月光寒[5]。耿耿忆琼树[6],天涯寄一欢。

【注释】

〔1〕三山:在今南京市西南,有三峰南北相接,故名。殷淑:《全唐文》卷三四〇颜真卿《茅山玄靖先生广陵李君碑铭》:"真卿与先生门人中林子殷淑……尝接采真之游。"

〔2〕水澹:水动貌,一作"绿水"。望长安:谢朓《晚登三山还望京邑》有"灞涘望长安,河阳视京县"之句。

〔3〕河阳县:在今河南省孟县西。因当时已被安史叛军所占,故云"芜没"。此诗盖至德元载(756)秋作于金陵。

〔4〕卢龙:山名,即今南京市狮子山,周围五里,西临大江。晋元帝初渡江,至此,见山岭绵延,与石头城相接,险要似塞北卢龙,因以为名。

〔5〕鸤(zhī)鹊:南朝宫中楼观名,故址在今南京市。

〔6〕琼树:喻美好的风姿,指友人。《世说新语·赏誉》载,王戎称美王衍"神姿高彻,如瑶林琼树,自然是风尘外物"。

自金陵溯流过白壁山玩月达天门寄句容王主簿[1]

沧江溯流归,白壁见秋月。秋月照白壁,皓如山阴雪^[2]。幽人停宵征,贾客忘早发。进帆天门山,回首牛渚没^[3]。川长信风来,日出宿雾歇。故人在咫尺,新赏成胡越^[4]。寄君青兰花,惠好庶不绝。

【注释】

〔1〕白壁山:在安徽当涂县北三十里。天门:山名,在今当涂县西南,二山夹江,对峙如门,东曰博望山,西名梁山。句容:唐县名,即今江苏句容。主簿:县令佐吏。

〔2〕山阴雪:用王子猷雪夜访戴的典故。

〔3〕牛渚:山名,在今当涂县西北。

〔4〕新赏:新结识的友人,此指王主簿。胡越:胡在北,越在南,指相距遥远,不能相见。

寄上吴王三首^[1]

淮王爱八公^[2],携手绿云中。小子忝枝叶^[3],亦攀丹桂丛^[4]。谬以词赋重,而将枚马同^[5]。何日背淮水^[6],东之观土风?

【注释】

〔1〕吴王:嗣吴王李祗,太宗第三子吴王恪之孙,天宝十二载(753)在庐江太守任。

〔2〕淮王:淮南王刘安。八公:《神仙传》卷四《刘安传》载,汉淮南王刘安招致天下方术之士,于是有八公者,皆浓眉皓白,诣门求见。王师事之,八公授王仙术,遂相与白日升天而去。

〔3〕忝枝叶:李白自称与唐王室同宗,故云。

〔4〕攀丹桂:《楚辞》淮南小山《招隐士》:"攀援桂枝兮聊淹留。"王逸注称淮南小山是淮南王的门下士,此处李白借以表达愿依附吴王之意。

〔5〕将:与。枚马:汉辞赋家枚乘、司马相如。

〔6〕背淮水:邹阳《狱中上书自明》:"臣所以历数王之朝,背淮千里而自致者⋯⋯窃高下风之行,尤说(悦)大王之义。"背,离开。

坐啸庐江静〔1〕,闲闻进玉觞。去时无一物,东壁挂胡床〔2〕。

【注释】

〔1〕坐啸:《后汉书·党锢列传》载,成瑨为南阳太守,请岑晊为功曹,郡中大治,时人谣曰:"南阳太守岑公孝,弘农成瑨但坐啸。"庐江:唐庐州,天宝元年改为庐江郡,治所在今安徽合肥。

〔2〕"去时"二句:《三国志·魏书·裴潜传》注引《魏略》:"潜为兖州时,尝作一胡床,及其去也,留以挂柱。"此言吴王为官清廉。

英明庐江守,声誉广平籍〔1〕。洒扫黄金台,招邀青云客〔2〕。客曾与天通,出入清禁中〔3〕。襄王怜宋玉,愿入兰台宫〔4〕。

【注释】

〔1〕广平:郑袤任广平太守,治郡以德化为先,善作条教,百姓爱之。事见《晋书·郑袤传》。籍:盛大。

〔2〕黄金台:故址在今河北易县东南。传说燕昭王置千金于台上,以延天下贤士。事见《史记·燕召公世家》及《战国策·燕策》。青云客:喻高尚之材。

427

〔3〕清禁:皇宫。此二句指己曾入翰林。

〔4〕襄王:喻指吴王。宋玉:诗人自喻。兰台宫:战国时楚宫名。宋玉《风赋》:"楚襄王游于兰台之宫,宋玉、景差侍。"